KB267732

살아주어서 고마워

살아주어서 고마워

살아주어서 고마워

초판 1쇄 인쇄 2011년 7월 1일
초판 1쇄 발행 2011년 7월 5일

지은이 | 이승현
펴낸이 | 손형국
펴낸곳 | (주)에세이퍼블리싱
출판등록 | 2004. 12. 1(제315-2008-022호)
주소 | 서울특별시 강서구 방화3동 316-3번지 한국계량계측협동조합회관 102호
홈페이지 | www.book.co.kr
전화번호 | (02)3159-9638~40
팩스 | (02)3159-9637

ISBN 978-89-6023-629-5 03810

살아주어서 고마워

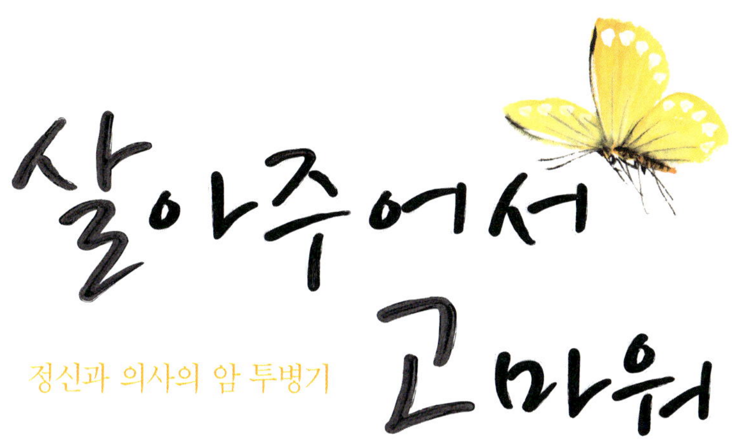

정신과 의사의 암 투병기

이승현(李承汯) 지음

살아주어서
고마워

독자 여러분의
가족과 친구 및 모든 구성원의 건강과 행복을
기원하며…

머리말

사람은 언젠가 죽는다. 그 시기가 언제인지 자신도 모른다. 생명은 아름다운 것이다, 들에 핀 꽃처럼…. 하나하나 모두 다 아름답다. 평소에 형처럼 다정한 노교수가 책을 써보라고 거듭 충고했다. 고민 고민하다가 어렵게 서두를 쓴다. 책을 발간하는 사람들은 흔히 삶에 충만한 기운이 넘치는 명사나 문장가들이었다.

그러나 내게는 책을 쓴다는 것이 너무도 힘든 작업으로만 보인다. 법정스님은 고목가지로 만든 의자, 벼루와 묵, 한지 등 사소한 물건을 소재로 마법사처럼 글을 쓰고 보석 같은 그림을 그렸다. 새벽이슬, 대자연의 공기, 계곡의 물, 산사, 아름다운 대자연 같은 흔한 소품들로 글을 써서 장엄하고 보편타당한 진리를 창조하여 세상을 빛냈다.

또한 이 세상의 용기 있는 사람들의 삶에 관한 수기는 얼마나 아름다운가? 그런데 나에겐 글을 쓴다는 것이 상당히 쑥스럽고 무언가 부족함을 드러내는 것이어서 매우 송구스럽고 어려운 일이다.

그럼에도 불구하고 노교수는 책을 써보라고 권고를 아끼지 않았다. 의사가 체험한 죽음에 대한 공포라면, 의사가 체험한 슬픔과 기쁨, 그리고 덤으로 50세가 넘은 주책없는 나이 든 인물이라면 인생에 대하여 쓴 소리, 단 소리에 구수한 소리도 겸할 수 있다는 주장이었다.

다른 사람들에게 도움이 될 거라고, 나의 비겁하고 때로는 용감한(?) 생명에 대한 절규가…. 아무리 생각해보아도 어설픈 이야기를 쓰라는 소리로밖에 안 들린다. 세상의 조롱감이 되어도 타인에게 도움이 된다면 좋은 일이 될 거라는 지론이었다.

평생을 존경하며 살아온 대선배이자 스승인 노교수의 충고로 책은 쓰지 않는다는 평소의 소신을 접기로 했다. 조금은 주책을 부려도 될 나이 아닌가? 동기의 아들들이 의사가 되어 경쟁하는데….

나는 독자들이 일상적이고 평범한 이야기를 읽어주는 것만으로도 감사할 따름이다. 의학적 전문용어나 인용을 피하고 단순하고 명백한 것만 쓰려고 노력했고, 일부 역사적 인물들은 피할 수 없어 그대로 사용했다. 그러나 모든 등장인물의 사생활을 존중하여 가명을 썼다.

또한 단순히 간경화증과 간암에 대한 극복에 국한하지 않고 우리의 전반적인 삶, 그리고 앞으로 어떤 시대가 열릴 것인가에 대한 긍정적인 사고와 계획 같은 것을 기록해보았다. 더구나 우리들이 보기에 성공한 자같이 보이는 탤런트나 유명 인사들이 거침없이 자살을 선택하는 이 시대에 맞추어 가능하다면 삶을 사랑하는 많은 사람들에게 건강한 삶의 중요성을 보다 확실하게 심어주고 싶은 마음이다.

비록 투병기 또는 투병에 대한 소소한 기록에 지나지 않지만, 이 세

상이 성공한 자만을 위한 것이 아니며, 우리 모두가 다 사랑받기 위한
존재임을 말하고 싶었다. 이 책은 존재의 시간 속에서 순간과 순간을
감사하며 사랑하고, 고통과 고통이 이어지는 환자들의 기도 속에서도
감사와 사랑을 느꼈던 지난 몇 년간의 회고록이다.

2011년 5월 15일

차례

살아주어서
고마워

의사는
스트레스로 먹고 산다

소파 닥터

우리 집이 60평이든 15평이든 난 항상 소파에서 잔다. 시체를 눕히는 관 사이즈다. 거기서 잘 때 마음이 가장 편하다. 그런데 나만 그런 것이 아니다. 대학에서 아주 열심히 연구하는 대학교수나 명성이 높은 학자이면서 의사인 사람들 가운데도 귀가하지 않는 사람들이 있다. 그들도 소파에서 잔다. 1970년대나 1980년대에는 나무로 된 긴 환자용 벤치에서 자고 다니는 명교수도 있었다. 그들은 생명을 지키기 위한 연구로 날을 지새우며 세균 또는 암이나 다른 무수한 질병과 사투를 벌이는 학문을 연구하기 위해 소파에서 하루에 서너 시간 잔다. 그러나 내가 소파에서 자는 데는 또 다른 사연이 있다. 우선 영화나 드라마를 정말 좋아할 뿐만 아니라 클래식 음악 역시 거실 소파가 어울린다. 의사들 중에는 그림, 테너 가수, 바이올린 연주가, 소설가뿐 아니라 컴퓨터 전문가 등 여러 가지 취미를 가진 사람들이 많다.

어느 젊은 20대 수련의는 처음으로 의사로서 타인의 죽음을 경험했다. 물론 내과나 외과 계열의 수련의들은 셀 수 없이 많은 죽음을 경험하지만, 정신과 수련의는 죽음을 그렇게 많이 경험하지 않는다. 죽음이나 사고를 24시간 대기하고 있는 사람들이 의사들이다. 수많은 수련의나 당직 의사들이 초조함을 달래는 방법 중의 하나로서 취미생활을 한다. 그 중 가장 간단한 방법이 영화 보기이다. 물론 사회적으로 물의를 일으키는 도박, 마약, 포커, 마작을 즐기는 소수의 의사들도 있지만, 오히려 어려운 수술의 중요한 부분을 끝낸 교수가 마지막 수술 작업을 하는 후배교수들을 위해 긴장을 풀라고 바이올린을 켜주고 퇴장하는 대가들도 있다고 한다. 정말인지 거짓말인지는 모르지만 말이다. 신문지상에는 '외과 계열 의사 후배의사 구타'라는 화제가 늘 등장하고 선량한 의사 이야기는 드물다.

정신과 입원환자의 죽음이 끔찍하고 두려운 점은, 어느 정도 죽음을 예측할 수는 있지만, 확실히 단정할 수도 없을 뿐 아니라 의료 기계로 측정할 수가 없다는 점이다. 그래서 정신과는 돌연사, 자살, 의문사, 폭행에 의한 죽음이 많다. 다시 말해서 어느 유능한 수련의가 깊고 달콤한 잠을 자고 새벽에 미리 회진을 한 번 하고 아침 10시 정도에 교수 회진을 한다. 그런데 그 유능한 수련의(나)가 새벽에 싸늘한 시체를 보게 된다면, 순식간에 돌팔이가 되어 보호자들에게 멱살을 잡히고 만다. 유능한 의사가 병신 되는 것은 순간이다. 더구나 한참 젊고 예민한 경험이 없는 수련의로서는 황당하고 깊은 죄책감에 빠진다. 그래서 간호사를 불신하며 당직실 방에 아예 불을 켜놓고 잠을 잔다. 그리고 새벽에 더 자주 회진을 한다. 환자의 죽음을 본 이후 타인의 죽음이라는 엄청난 공포와 죄책감에 시달리고 불면증으로 고생한다. 그 후 밤잠을 소파에서 자는 바람에 전기세는 두 배로 나오지만, 50이 넘도록 죽는 환자는 없다.

수련의 때는 선배들 눈치 보며 술을 적게 먹었는데, 전문의가 되고

난 후 소파에서 자는 나쁜 습관과 더불어 불면증이 생겨 양주 한 잔
씩, 양주 없으면 소주 반 병 또는 한 병을 마시는 습관이 생겼다. 타인
의 생명을 책임진다는 것은 항상 엄청난 스트레스였다. 이러한 나의
잘못된 습관은 20세쯤에 얻은 B형 간염을 간경화증으로 전환시키는
데 일조하고 있다는 사실을 모른 채, 시간은 빠르게 흘러 금방 50세를
뛰어넘어 버렸다.

"어이 소파 선생, 얼른 들어와서 같이 자자."

때로는 사랑스럽기도 하고 무섭기도 한 아내의 목소리다. 논문, 환자
증례 발표, 응급실 당직 등으로 후세 번창 사업을 게을리 한 할 말 없
는 남편이다.

"예, 들어갑니다."

이렇게 정중해진 것도 50세가 넘은 후였다. 그전엔 내 마음대로였던
것 같다.

제2장

B형 간염

　20세쯤이던 의예과 2학년 초여름 어느 아침, 기말고사가 얼마 남지 않은 때였다. 피곤해서 눈도 안 떠지고 온몸에 힘이 하나도 없었다. 당시 나는 의학적 지식이 없는 데다 술 한 잔 못 마시는, 고등학교를 갓 졸업한 순수한 학생이었다.

　'이게 무슨 일인가? 왜 이렇게 힘이 없지? 사랑하는 여학생도 없으니 실연도 아니고 우울증일까? 그래, 조상님들의 부부싸움 탓에 드디어 우울증이 온 거다.'라고 생각하며 일어나는데 그만 방바닥에 쓰러져버렸다. 일단 부모님께 알리지는 못하고, 전문의 선생들과는 거리감이 있어서 평소에 존경하는 인턴 선배를 찾아가 토할 듯하며 피곤하다고 호소했다. 그러자 아무래도 간염 같다며 피검사를 공짜로 해주었다.

　"B형 간염이구만, 입원해야 쓰것다."

　"형… 나… 돈 없거든…. 어떻게 하면 돼?"

　"… high protein(고단백), absolute bed rest(절대 안정)! … 알것제?"

　"전복, 소고기?"

"그라제…. 역시 똑똑하구만…. 그란디 그 비싼 것을 어떻게 날마다 사먹는디야? 내 호주머니에 3000원이 있응께 삼겹살 사서 기름 떨어불고 고기만이라도 먹어봐라."

"고마워, 형."

"그리고 SGOT, SGPT가 100 이상이여…. 입원해야 돼! 나 바뻐서 간다잉. 똥구멍 찢아지게 가난한 놈이 어떻게 전복 사묵을래?"

그 선배는 나중에 그런 인덕에 학장이 되었다. 좌우지간 세상에 가장 불쌍한 놈이라며 알지 못할 기묘한 쓴웃음을 남기고 자리를 떴다. 입원할 형편도 못 되는 나로서는 의학과 과정이 아닌, 의학 지식이 없는 의예과 학생이어서, 도서관에 가서 B형 간염에 대해 책을 보고 하루걸러 수업에 참가하고, 하루는 학교를 아예 결석하고 집에서 쉬든지 하며 절대 안정을 취하거나 아니면 그냥 학교 벤치에 누워 약 두 달을 보내니 좋아졌다. 그리고 B형 간염의 균(Virus)들이 나의 간을 점령하고 깃발을 꽂고 '이제 시작이다.'라고 외치는 줄도 모르고 완치되었다고 생각했다. 정말 이때는 고등학교 갓 졸업한 햇병아리라서 술도 먹지 않았고 담배만 조금 배우는 중이었다. 어찌 되었든 나의 간은 B형 바이러스라는 균들의 놀이터가 되었다. 항원만 존재하고 항체는 없으며, 발병되지는 않고 타인에게 질병을 옮기는 보균자(carrier)가 되었다. 1970년대에는 대한민국 국민의 1/3이 간염환자였다. 어쨌든 이 시기에 내 생애 처음으로 울면서 신에게 기도를 올렸다.

'이번 한번만 살려주세요!'

'의사 되기 전에 환자부터 만드시는 주님의 의도는 은총입니까?'

증상이 안 좋아져 너무 피곤할 때는 묵주 알을 껴안고 잤다. 너무나 화가 치밀었다. 예수님, 하느님, 성모 마리아님 할 것 없이 모조리 미움의 기도와 철저한 나만을 생각하는 기도를 올린 결과 반절의 치유가 되었다. 그 후 B형 간염은 만성 활동성 간염이 되고, 또 간경화증이 되고, 그 중 일부는 간암이 된다는 사실은 모른 채 52세가 되도록 바이러스들과 친구로 지냈다. 무려 32년간을 친구로 지냈으니 누구보다 가장 오래 사귄 무서운 악마 같은 친구였다.

'내가 이 병이 나으면 신에게 저를 바치어 신부가 되고 동시에 의사가 되어 사회에 봉사와 헌신하겠나이다.'

개 코 같은 이야기다. 오죽 급했으면…. 신은 상대방이 참을 수 있는 만큼의 고통의 한계를 너무도 잘 알고 계셨다. 그리고 나의 뻔뻔한 속임수에 또 은총을 베풀어 주셔서 건강을 다시 주셨다. 나는 등산을 무척 좋아한다. 그렇다고 누구처럼 히말라야나 백두대간을 등반하는 정도는 아닐 뿐만 아니라 그럴 시간도 없었다. 그저 600~800미터 정도의 고지 정상 바위에 누워 여인보다 아름답고 장미보다 더 진하고 고운 자연과 야생초들 사이에서 호흡을 크게 한다.

'나의 이 호흡의 한 줄기가 생명의 표현으로 지구를 한 바퀴 도는 데 몇 시간 걸릴까? 신은 알고 있을 것이다. 나의 수없는 거짓과 당신만을 생각한다는 언약을…. 악마도 알고 있었다. 너의 생명은 바이러스 님의 주관 하에 몇 가지 양념을 추가하기로….'

제3장

술, 흡연

우울증에 대해 이야기하기 전에 일단 유전과 술에 대해 간단히 생각해보았다. 1970년대와 80년대를 겪은 대학생들은 일부 특별한 학생들을 제외하면 가난하고 무언가 찌들고 억눌리고 자유롭지 못한 세대들이다.

요즈음 학생들은 도대체 뭣 때문에 자살할까? 그저 우리들 눈에는 행복하고 축복받은 세대로만 보인다. 물론 우리들의 동시대적 자랑이라기보다는 변명일 수도 있지만 우리의 자녀들도 충분한 변명거리가 있을 것이다. 이 글을 쓰고 있을 때 나는 간 이식 후 4개월이 흐른 시기였는데, 담즙 관을 연결한 T-tube(T자형 관)에 문제가 생겨 재입원한 간암환자와 같은 병실을 사용했다. 그는 나보다 두 살 위인 55세로서 신장에도 암세포가 퍼져 있었다.

'죽어라고 일만 하다 살 만하니까 병에 걸린 우울한 동시대 인물… 대개 저기까지 가면 가족들만 알고 친구들에겐 비밀로 할 거야. 부인도 불쌍하고 아이들은 다 컸지만 그래도 어쩐지 우울하다.'

아는 사람은 아니지만 내 눈에 연민의 눈물이 고였다. 군사정권과 부동산 급상승에 정신적으로나 경제적으로 가난한 피해자들이 꼭 불행한 병에 걸려 평생 모은 돈을 일류 병원에 헌납하고 저 세상으로 간다. 병원에 가면 항상 소설과 시가 있다.

의학과 1학년 때부터 졸업할 때까지 그렇게 많은 술은 먹을 수도 없었다. 물론 술 먹고 담배를 피울 돈도 없었다. 술 마시고 담배 피우겠다는 생각도 안 했다. 그런데 왜 우리는 술과 담배를 했을까? 시대적 배경을 보면, 첫째로 미국 영화 주인공들이 다 술 담배를 마시며 연기를 했다. 율 브리너, 스티브 맥퀸 등…. 너무 촌스러운 이야기지만 영화배우처럼 자유롭게 술 마시고 담배 피우고 싶은 마음에 대학 간 친구들도 있었다.

두 번째는 구타와 군사 문화였다. 요즈음 젊은이들도 어느 정도 사회적 상황만 주어지면 다시 구타 문화가 유발될 수 있다. 최근 신문 지상의 여중생간의 구타, 이지매, 남학생의 성폭행들을 보면 언제든지 구타 문화는 재발할 수 있다.

그러나 우리들 시대의 구타 문화는 부분적이 아니라 전반적인 사회 현상이었다. 지극히 미개하고 유치한 일이었다. 대개의 대학들이 의학과 4학년으로부터 명령이 아닌 지령(의학과 2학년은 1학년을 구타)을 내린다. 그래도 의예과 때는 일반 대학과 같이 교양 과정이라서 지성인 흉내라도 내며 니체, 헤르만 헤세, 막스 밀러, 프로이트 등을 읽으면서 미팅도 하고 지성인이라고 방심하며 보냈다.

그런데 불행한 시대에 불행한지도 모르는 본과 2학년 학생은 본과 1학년 학생을 야구방망이(부모도 안 때리는 사랑의 매)로 때린다. 정원이 60명이나 사립인 경우에 족보 없는 뇌물도 바쳐야 했다(사립학교의 기부금이 정당화된 사회도 아니었고 지금도 그러하지만, 학교가 인간이 되는 것을 책임지는 곳이 아니라 공부만 가르치면 되는 곳이었던 데다, 그것도 부족하여 돈까지 모았다). 학생 20명 정도 추가하면 80명밖에 안 되었다. 그래서 정원 60~80명의 의과 대학생들은 사랑의 매라는 이름으로 야구방망이로 선배들 기분에 따라 패곤 했는데, 이는 체제 유지를 위한 유치한 구타에 지나지 않았다.

모든 사립 의과대학이 그러했을 것이다. 총장이 정하면 법이다. 추가된 20명은 계속 낙제하여 학교 수입은 두 배가 된다. 도대체 예나 지금이나 대학이란 상아탑이 아니라 돈 버는 무책임한 장소인 듯싶다. 이번 'KAI' 총장도 말만 하면 법이 되어버린다. 0.01학점 당 학자금 6만원 인상이 세계 유수의 대학과 어깨를 같이한다는 대학의 정책으로 법이 된 것이다. 학생 앞에서 스승은 모범의 상징도 되지만 법도 된다. 그 강렬한 법이 구타보다 더 무서웠는지 한 달 사이에 몇 명이 자살을 하는가.

사실 머리 좋은 아이들이 더 정신연령이 어리다는 것이 나의 임상경험이다. 또한 의사나 교수들이 사회인보다 정신연령이 어리고 순진하다. 순진한 것과 순박하고 착한 것은 좀 다르다. 순진한 것은 세상물정은 모르고 교활한데, 착한 것은 세상물정을 알아도 선한 것이다.

KAI 학생들을 교수가 괴롭힐 수 없는 커다란 이유 몇 가지를 대보자. 첫째 KAI에서 매년 에디슨과 아인슈타인이 안 나온다는 사실은 KAI가 김연아 씨가 다니는 고려대학보다 못함을 말해준다. 둘째, 국가나 KAI가 만들어 놓은 과학자의 허상이 학생들의 욕구를 채우지 못하며, 셋째, 대학졸업 후 연구직은 매우 박봉이요 확실한 미래도 없다는 점이다. 넷째, 정부도 이공계 대학에 그다지 많은 투자를 하지 않는다는 점이며, 다섯째, 의대로 가장 많이 이동한다는 점이다. 그렇게 볼 때 1970년대 총장의 사고방식은 시대착오적은 아니나 인간성 말살에 기여할 수 있다. 구타보다 더 무섭다.

간과 구타가 무슨 상관이냐고 생각할지 모른다. 하지만 그 상관관계는 바로 술에 있다. 정신분석학적으로 볼 때 알코올 중독은 과도하게 처벌적인 초자아와 구강기 고착, 구강기 공격성의 표현으로서 군대나 대학 사회에서 많이 볼 수 있다고 한다. 두들겨 패고 맞은 선후배들은 '마치 맞고 사는 부인' 달래듯 바로 술과 담배를 (무언가 덜 떨어진 천재들, 기형아들처럼) 사주었다. 나도 그 유치한 무리 중에 하나이지만 철저하게 구타 문화와 맞서 싸웠다. 그러나 개인의 힘보다 더 무서운 것이 다수의 논리이고 사회의 흐름과 그 힘이다.

나는 처음으로 선배가 사준 술과 담배를 접하고 어지러워서 그대로 바닥에 쓰러져 버렸다. 그리고 그때 처음으로 술과 담배가 나쁜 줄 알았다. 하지만 이것을 배우는 것이 동료나 선배들로부터의 따돌림을 피하기 위한 나의 최초의 노력이었다.

현대의학에서 이 두 가지 물질은 백해무익한 악마로 정의된다. 그래서 그때 시작한 담배와 술을 31년간 지속적으로 가까이 했다. 그래서 만성간염은 간경화로 20% 진행하며, 그 중에 5% 정도가 간암으로 진행되고, 80%는 간에 해로운 물질들을 피하면 별일 없다는 사실도 모르는 무식한 의사가 된 것이다. 평소에 건강에 신경을 쓰고 살아야 된다고 남에게는 열심히 외치면서, 정작 나 자신은 술 먹어도 된다는 불사신이었다.

그렇다! 의사들은 자신이 불사신이라는 망상을 가지고 과로와 스트레스 아래 산다. 그리고 밥은 바빠서 굶고 술과 담배로 시간을 보내며 암에 걸리기 쉬운 40대와 50대를 쉽게 맞이한다. 그러므로 의사는 단명하며 사망률이 높다. 얼마 전 동네 의사 모임에 나갔는데, 평소 친하게 지내던 이웃학교 출신 선배 의사가 겁에 질려서 이렇게 말하며 담배 한 대를 피웠다.

"내 나이 60인데, 우리 동기 50명 중 절반이 죽어서 요즈음 동문회 나가기가 무섭다."

세월은 참 빠르다. 인간은 20세에 죽어도 100세에 죽어도 '인생은 짧다.'라고 말한다.

제4장

유전

그러면 전부 술, 담배 탓일까? 법정스님이 임종 몇 달 전에 불교방송에 나와 강론하시는 것을 본 적 있다. 대략 이런 내용이다.

"제가 암에 걸려 병원에서 치료를 받는데, 항암제 치료라는 것이 매우 혹독하더군요. 체중이 40Kg까지 떨어지더니 뼈만 남더라고요. 4대강 사업은 중단되어야 합니다. 얼마나 많은 자연을 훼손할 작정입니까? **(중략)** 저는 죽음이라는 내세의 세계보다는 현재를 봅니다. 지금 우리가 실존하고 있는 현세를 봅시다. 내세는 사실 모릅니다."

몇 만 년을 거쳐야 인간으로 태어나고 사바세계가 어떻고 하는 이야기와는 상당히 거리가 멀고 다른 강론 때보다 힘이 부족하고 쇠약해 보였다. 강론의 흐름은 불교 강좌라기보다는 현 정권이 해서는 안 될 일과 실존에 대한 감사와 축복에 관한 내용이었다. 나는 내심 법정이라는 사회적 대표성을 띤 스님도 죽음 앞에서는 약간 허약해지면서 내세에 대한 확신이 부족해지는 듯한 **(아마도 병 때문에 허약해져서 그러할 것으로 추정)** 인상을 받았다. 불법보다 그동안 이 세상에 태어나 감사하게 살았다는 실존 또는 현존에 대한 이야기를 하신 듯하다.

법정스님은 천재는 아니다. 하지만 대단히 보편타당한 글들을 남기셨다. 보편타당하다는 이야기는 '인간으로서 당연히 지켜야 할 도리'에 관한 글이라는 말이요 독자들이 읽기에 참 편안한 글이라는 말이다. 왜냐하면 속세의 사람들이 보편타당한 상식을 안 지키고 살기 때문에 거의 성경처럼 아무 때나 아무 곳을 읽어도 되고, 머리맡에 놓아두고 아침마다 읽어도 될 법한 책이다. 고기, 술, 담배 같은 세속적인 물질에 손도 안 대는 금욕적 삶을 살아오신 분이 왜 폐암에 걸려 돌아가셨을까? 정말 모를 일이다. 신은 왜 그처럼 산사에서 맑은 공기와 맑은 생각을 가지고 사는 사람을 폐암으로 불러들여 데리고 가셨을까?

이럴 때 의사들은 '조상 탓'을 한다. 현재를 담는 것은 카메라라고 하지만, 사실은 과거를 모은 것이 되어버리는 것이 사진과 사진기(**추억을 기록하는 기록기**)이다. 미래를 추측하는 것은 인간의 유전인자와 예언적 기능을 가진 꿈이다. 법정스님 스스로도 당황했으리라 추측된다. 인간은 태어날 때부터 미래가 그려진 질병에 대한 지도를 받는다. 신이 한 장씩 나누어주었다. 그런데 자비로운 신은 인간에게 스스로 알 수 있는 지혜를 주었다. 바로 3대에 걸쳐 아버지와 어머니 쪽의 질병을 조사하는 것이다.

예를 들어 어머니 쪽에서 당뇨와 간암으로 돌아가신 삼촌이 있다면, 평생 먹는 것을 조심하고 운동을 좋아해야 한다. 그런데 반대로 부모가 비만이면 자식도 비만이다. 이들은 밤만 되면 지방간이 올 만큼 맛있는 튀긴 통닭 같은 야식과 술을 맛있게 즐긴다. 인간의 궁극적인 목적이 금전, 먹는 것, 섹스, 욕망, 권력투쟁 또는 경쟁하는 엔조이(enjoy) 문화가 되어버린다면, 그 인간은 잘살고 있다고 볼 수 없다. 우리의 정신이 보다 높은 지점을 쳐다볼 때 비로소 환희와 기쁨에 찬 행복(happiness)을 누릴 수 있다.

비만한 사람은 마구 뛰어 다니며 사회봉사를 함으로써 이웃과 나눈다면 건강과 행복을 누릴 것이다. 즐기고 행복을 누리지 못하게 하는 것이 질병이다. 심지어 그가 어떤 신분이라 하더라도 질병은 그를 약자와 비겁자로 만들어버린다. 한 순간에 말이다. 사실 요즈음은 숭고한 것보다는 술을 즐기고, 남녀가 애정을 즐기고, 가족도 돈을 써야 되는 소비문화(최근 엥겔계수는 더 상승하고 있다고 한다)에 빠져 온통 즐기는 문화의 홍수 속에서 산다.

사실 즐긴다는 단어는 낭비와 희롱이라는 의미를 같이 가지고 있다. 그래서 우리는 즐기는 것을 조금 자제하고 행복해야 한다. 그러기 위해서는 보다 숭고한 것들이 필요하다. 절제, 자제, 금욕, 기도, 순결, 용기 등 대단히 어려운 인내력을 내포할 때 우리는 비로소 행복해질 수 있다. 행복(happiness)은 즐기는 문화와는 달리 정성과 가까운 사람들에게 희생하고 배려하는 대단한 노력을 필요로 한다.

질병이 없이 천수를 누리는 것도 행복이다. 형제나 가족들이 사이가 좋아도 행복하다. 부부 사이가 좋아도 행복하다. 자기 자신을 학대하거나 원수가 있다면 불행하다. 그러므로 인생에서 즐기는 것(마시는 것, 약물중독, 성적 희롱, 권력의 힘을 빌려 타인을 괴롭히는 것을 포함)보다 행복한 것이 더 우위를 점한다. 그러므로 행복하면 건강하다. 유전인자를 소유한 자가 술과 담배를 사랑하고 즐긴다면 암에 걸려 고생하는 팔자를 예약한 거나 다름이 없다. 그리고 이 문제는 현재에도 논문의 주제이며 이미 확인된 불멸의 사실이다. 그러나 술과 담배는 하면 할수록 맛이 떨어지는 기호품이 아니라 더욱 더 맛있어지는 무서운 기호품이다. 그러므로 아예 배우지 말거나 절대적인 의지로 끊어야 한다. 자신을 사랑한다면 말이다.

살아주어서 고마워

제2부

우울증과 죽음

제1장

우울증

　우울증이라는 거창하지도 않은 제목을 써놓고 우울의 숲과 성을 쌓으려니 아무 생각이 안 난다. 뿐만 아니라 요즈음은 건망증이 심해 무언가 수첩에 적지 않으면 안 된다.

　우리는 가끔씩 땀을 흘리며 산행을 했다. 오랜 시간 속없이 살다가 속 차린 부부다. 이제 겨우 오십을 넘긴 젊은(?) 부부지만 시간이 흐를수록 부부밖에 없는 것 같다. 아쉬운 것은 아내보다 남편 쪽이다. 일단 남자가 나이 들면 집에서 노는 백수나 병자가 되기 쉬운 것이 자연의 법칙이다. 그러면 기득권이 아내에게 넘어가게 된다. 내가 해본 여론조사에 의하면(여론조사나 마나 친구 몇 사람인데), 제일 두려운 것이 '퇴직 후 부인에게 구박 또는 무시당하는 것'이다. 특히 젊었을 때 '바람피운 영웅적 기질이 있는 고위층 인사'일수록 불안이 심하다. 돈이 많은 자가 죽기 싫어하는 불안과 똑같다.

　"저기 저 아저씨 영감님같이 흰머리 났네, 굉장히 열심히 운동하시네."

　"…"

“대단하시네! 상당히 힘든 코스인데, 그렇지?”

“… 으응 ….”

“피부는 쭈글쭈글하고 거칠고 검구먼….”

“….”

나는 열심히 이야기하는데 처는 말이 없다. 은근히 화가 난다. 예전엔 그러지 않았는데, 아내의 마음을 살피고 눈치를 본다. 늙었다는 증거다.

“왜 그래? 화났어?”

“화날 이유가 있겠어요, 당신 모습도 저 사람들과 똑같다고요.”

“뭐? 이 사람아, 난 삼십이야. 내일 모레 장가갈 수도 있다고!”

“정신 차리쇼, 내일 모레 시집갈 딸이 있다고요.”

“… 울적하구만. 그 많은 세월이 어디로 갔남…?”

나이 들면 호르몬 장애로 우울증이 생긴다. 이는 노화를 촉진시키고 알코올 중독과 간경화를 강화시킬 뿐 아니라 암을 유발시킨다. 여러분이 잘 아는 엔도르핀과 여러 화학물질의 부족으로 말이다.

타살에 의한 죽음

인간은 과연 천사나 악마 중 어떤 동물일까? 아주 오래 전에 유명한 소아 정신과 교수님이 이런 질문을 했다.

"여러분, 어린아이? 우리가 흔히 미화하듯 천사라고 생각하십니까?"

수련의들은 아이들은 다 천사라고 대답했다. 왜냐하면 아동용으로 만들어진 동화나 영화, 만화에서 착한 아이들이 묘사된 것을 보고 느끼고 자라온 우리 레지던트들 입장에서는 아이들을 원래 착한 존재로만 알고 있었다. 그것이 고정관념이 된 지 오래다. 그러면 대 사부님이 왜 저런 질문을 하실까?

"아이는 천사입니다."

어떤 일류대학 레지던트가 확신에 찬 듯 대답했다. 우리는 일류대학 병원 레지던트의 말이라서 그대로 수긍을 했다. 우리 신경정신과 의사들은 이런 문제가 제기되면 마치 양파 껍질을 벗기듯 분석하고 토론하는 버르장머리를 배운다. 우리는 대가의 질문에 당황하면서도 어떤 결론이 나올지 호기심에 차 있었다. 흔히 대가라는 사람들은 그동안 공들이고 돈 들여가며 배운 것을 쉽게 내놓지는 않는다. 우리는 그 답변을 기다렸다. 그러나 교수님은 아무 말도, 어떤 해석도 없이 자리를 떠나버렸다. 우리는 시원한 대답을 듣지 못해 못내 아쉬웠다. 매우 답답한 마음으로 퇴청을 했다. 그 숙제로 머리만 아파했으나 끝내 명쾌한 답을 내리지 못했다. 그것도 '인간이 악마인가, 천사인가?'라고 광범위하게 질문하셨다면 문제의 실마리를 찾았을지도 모른다. 문제는 소아가 악한가, 선한가? 라는 질문에 교수님이 악하다고 생각하셨다고 하자. 그렇다면 우리는 그저 군색한 답변을 성악설에서 찾을 수밖에 없었다. 항상 대가는 답은 안 가르쳐주는데 과정도 안 가르쳐 주면 더욱 대가가 되고, 수제자들은 더욱 궁금해진다. 그런데 악한 것이 맞는 답이라고 선배들이 말해주었다. 정답인지 아닌지는 모른다.

도대체 사람이란 동물은 과연 만물의 영장이요 다른 동물보다 훨씬 질이 우수한 삶을 살아가는 동물일까? 아니면 복잡하게 구성되어 항상 끊임없이 누군가와 경쟁하며 평생을 소비하는 삶을 살지 않으면 안 되는 소모적인 동물일까? 아니면 문자 그대로 다른 사람에게 의존하며 혼자서는 못 살고, 또 다른 사람을 생각하는 인도주의적인 생각에 사는 그런 종류의 동물이 인간일까?

동물학자 데스몬드 모리스는 『털 없는 원숭이』란 책에서 인간을 동물보다 못한 존재로 쉽게 설명했다. 그렇다면 소아 신경정신과 교수님처럼 소아는 형편없는 악마에 들어간다. 왜 이런 억지 주장을 펴는가? 단순히 억지 주장이 아니다. 실제로 여러 소아를 만나다 보면, 아버지가 판사면 자신이 판사가 되는 것은 매우 쉬운 일이라고 쉽게 생각해버린다. 즉 노력하지 않아도 자신의 아버지처럼 될 수 있다고 믿는 버릇이 있다. 특히 의사 아들들은, 전부 그렇지는 않지만, 경제적으로 풍요한 데다 아버지가 의사로서의 생활이 바쁘다 보니 자식교육을 등한시하는 가정이 되어 자식들이 공부를 못 하는 경우가 많다. 그런 데도 의사 자녀들은 자기가 쉽게 의사가 될 수 있다고 생각한다. 그래서 마음은 의사지만 실력이 없는 낙제생으로 남는 경우를 흔하게 보아왔다. 그러나 세상일이 어디 그러한가? 현실은 항상 어렵고 노력하지 않는 자에게는 아무런 소득도 없게 되어 있다. 인간의 선악은 부모의 교육에 달려 있다. 특히 대한민국처럼 일류 기술만 가르쳐도 되는 것이 학교의 역할이요 동시에 일류 학교에 보내는 학원 역할만 하면 그만인 나라에서 선악은 부모가 가르쳐야 된다.

인간은 울면서 태어나게 되어 있다. 웃고 태어난다든지 조용히 태어나는 놈은 산부인과 의사를 긴장시키거나(혹시 죽은 아이가 아닌가 하여) 기형아나 조산아, 아니면 이상한 놈으로 취급된다. 그렇지 않으면 신경학적으로 이상이 있는 아이로 판정 받는다. 그러므로 인간은 태어나는 것 자체도 업보다. 태어나면서 울어야만 되게 되어 있다. 무언가 전생에 죄를 많이 지었으니 고통스럽게 태어나는 것이다. 이제 너는 인간으로 태어났으니 선한 일을 하라는 지시일 것이다. 어디 그것뿐이랴. 태어나면서부터 얼마나 숙제가 많은가? 육체적으로 온전하게 태어나면 그만이지, 다음 문제를 해결하지 못하면 신경정신과적인 문제가 있는 아이가 아닌가 하고 의심을 받고 소아과나 신경정신과에 자주 드나들게 된다. 그들의 유식한 인터넷(internet) 세대 어머니에 의해서 이 병원 저 병원 돌아다닌다. 1주부터 늦어도 4주 안에는 울어라. 특히 배가 고플 때는 크게 울어라! 그렇지 않으면 엄마가 밥을 안 줄지도 모른다. 오줌이 마려워도 울어라. 4주부터 8주 사이에는 배고픔과 통증에 반응을 보여라. 8주부터 16주가 되었으니 이제 반대로 웃어라. 웃지 않는 놈은 이상한 놈이다. 조금만 이상해도 어머니는 긴장한다.

요즈음은 특히 의학 프로그램이 많아 잠자다가 죽는 아이도 있다는 것을 안다. 그녀들이 현대 여성이기 때문에 많은 것을 과학의 힘으로 풀려고 한다. 7개월과 8개월이 되었다. 이제는 너도 모르는 낯선 사람도 알아보고 놀라는 표정도 배워야 한다. 2.5세가 되었으니 낮에는 소변을 가려라. 그렇지 않으면 너는 또 신경정신과에 가서 의료비를 지출해야 된다. 이제 3세가 넘으면 보다 확실하게 밤에도 소변을 가려라. 최소한 4세가 되면 대변도 가려야 한다. 숙제가 가득하니 약이 받친다. 그래도 아이들은 이런 임무를 완성한다. 완성하지 못하면 야뇨증 등의 진단을 받게 될 것이다, 잘난 정신과 의사에 의해서….

그러니 아이들은 더욱 화가 난다. 분노의 수단으로 대소변을 못 가림으로써 부모에게 저항한다. 아이를 키우는 어머니는 아이의 표정만 보고도 그 아이가 오줌을 누었는지 물이 먹고 싶은지 어디가 아픈지 본능적으로 알게 된다. 어머니는 아이에게 절대자로 군림하며 아이의 철저한 보호자가 된다. 그러다 보니 엄마는 얼굴이 야위고 밤잠을 설친다. 그래도 건강한 엄마는 덜 시달리지만, 정신적으로 미성숙한 엄마들은 아이를 낳고 키우는 데 불안하다.

아이는 어머니를 알아보고 웃지만 맨 처음의 미소나 언어는 그저 의미 없는 옹알거림이나 부처님의 미소처럼 보일 뿐이다. 알쏭달쏭한 신경학적 옹알거림에 지나지 않는다. 그러나 나중에는 정말로 어머니를 알아보고 웃는다. 정신적인 교감이 이루어지는 시기가 온다는 조짐이다. 그리고 엄마를 알게 된 후부터는 낯선 사람을 보면 두려운 반응을 보인다. 아이는 엄마의 심장소리를 알아듣고 각인한다. 엄마를 보면 절대로 필요한 사람이라고 느끼는 것이 아니라, 절대적인 식량과 애정의 공급원으로 알게 된다. 그러나 이런 일련의 작업들이 대부분 동물적인 것처럼 보일 따름이다. 만일 이런 숙제를 완성하지 못하거나 제때에 기지 못하면, 또는 제때에 걷지 못하면 문제가 된다. 얼마나 고달픈 숙제들인가? 아이도 힘들고 부모도 힘들다. 다른 짐승들에 비해 인간은 훨씬 더 부모에게 의존적이다.

이것도 서양과 동양 사회로 나누어 차이를 구분해볼 수 있다. 서양은 비교적 짧은 기간인 16세까지만 부모가 책임을 지지만, 동양 사회는 비교적 오랜 시간에 걸쳐 자식에 대해 책임을 진다. 특히 한국 사회는 자식들을 대학까지 보내는 것만으로 책임이 끝나지 않고 시집장가 간 이후에도 책임을 지곤 한다. 그러니 부모의 고통이 남달리 큰 나라 중 하나일 것이다. 더구나 다른 짐승들은 어느 정도 키우면 모두 혼자서 스스로 성장한다. 그러나 인간은 어떠한가? 특히 우리 사회는 부자 부모를 만나면 여러 가지 면에서 유리하다. 그러니 자기 자신이 스스로 어떤 조직이나 라인을 타지 않으면 출세할 수도 없어 동물 세계처럼 공정한 게임을 하지 않는다. 인간만큼 미래가 불안정한 동물도 없다. 이 아이들이 조금 더 크면 선과 악을 배운다. 초등학교 과정 이전에 상벌 제도를 받아들여야 한다. 그리고 선한 일을 하면 상을 받고, 악한 일을 하면 벌을 받게 된다. 즉 상벌 제도를 받아들여야 하는 것이다. 이렇게 따지면 성인이 될 때까지 마쳐야 되는 숙제가 수천 가지이다. 또 결혼하여 아이를 낳는다. 그러므로 결국 그 유명한 교수님이 하신 말씀의 결론은, 소아는 정서적인 교육과 부모의 훈육에 따라 선한 아이가 된다는 것이다. 부모들이여, 자식의 실존으로 감사하고, 자식을 인간으로 존중하려거든 과거보다 더 많이 간섭하고 훈육하라! 세상은 과거보다 악과 선의 공존 물질이 더 많음을 명심하라! 아이에게 많은 자유를 주라는 유명한 정신과 의사들에게 속지 마

라. 적절한 구속과 자유는 하나의 예술이다. 아이들에게 이런 것을 자유자재로 구사할 수 있는 엄마라면 맹자의 엄마요 신사임당이리라.

그러나 그토록 어려운 과정을 거친 내 자녀가 타인에 의해 살해된다면 부모의 심정은 어떠할까(소아 강간살해 사건)? 또 성인으로 장성한 군인자녀를 둔 부모의 심정은 또 어떠할까(천안함 사건)? 국가에 의해 무차별 사살(소아, 청년, 장년, 노인)을 겪은 부모의 마음은 어떠할까(광주 민중항쟁)? 부모를 잃은 자식의 마음은 어떤가(광주 민중 항쟁)? 어찌되었든 타살에 의한 죽음을 경험한 부모나 자녀들은 사회에 대한 분노로 극심한 우울증에 시달려 자살을 기도하거나 알코올 중독이 된다. 나 역시 슬픔이 많은 사람이라 알코올과 담배에 대해 너그럽다. 아마 정신과 의사의 절반 이상이 이 문제에 대하여 너그러울지도 모른다. 그리고 절반 이상이 알코올 중독자를 혐오하거나 수입의 대상으로 삼을 것으로 추측된다. 이 점이 아마 다른 과 의사들과 다른 점이다. 왜냐하면 알코올 중독처럼 치료가 안 되는 질병이 없을 뿐 아니라 성격장애나 극심한 정신병리 또는 수많은 상처로 얼룩진 사연을 가진 사람들이 없기 때문이다. 이들은 소주나 담뱃값을 인상한다고 해서 소비를 줄일 사람들이 아니다. 인상한다면 국가와 소주공장과 담배회사가 재미를 볼 뿐이다. 이들의 정신병은 극히 일부에 한해서 좋아진다. 이들이 술과 담배를 끊었다 하여 정신과 의사들은 완치라는 판단을 내릴지 모른다. 그러나 6.25, 여순 반란사건, 제주 4.3 사태 등 억울한 죽음과 당사자들에게는 의문의 죽음으로, 슬픈 상처로 남아 있다. 그뿐 아니라 우리 사회가 자꾸 일류와 경제대국이라고 외치지만, 사회적 구조가 우울증을 일으킨다.

나는 가끔 젊은 회사원들이 식당에서 "파이팅! 내일은 잘해보자!"라고 외치는 소리가 "우리 같은 샐러리맨은 비전이 없어요. 부인을 위해,

그녀들을 위해 언제 집을 사주고 좋은 차를 타고…?” 하는 말로 들린
다. 물론 의사라면 환자를 위해 살아야 하고, 회사원은 회사를 위하
고, 가장은 가정을 사랑하는 것이 인생의 목적이라지만, 이제 시궁창
에서 용이 나는 세상은 끝났다. 부모의 도움 없이 성공하기 힘든 냉혹
한 사회구조는 많은 사람을 우울증으로 인도할 것이다. 그래서 불경기
에도 술집은 만원이다. 의사는 병원을 짓기 위해 살며, 회사원은 집을
사기 위해 회사에 다닌다면 더 우울해진다. 못 살 테니까….

광주 민중항쟁 때부터 언제 어디서 들려온 소리인지 모르지만 논리
적으로 말이 안 되는 소리가 흘러나왔다.

“용서는 하되 잊지는 말자!”

도대체 용서라는 단어가 얼마나 성스러운 단어인지 알고나 하는 말
인가? 용서라는 말 속에는 잊는다는 의미가 포함되어 있는 것이다. 그
리고 진실과 진심이라는 의미도 포함되어 있다. ‘용서는 하되 잊지는
말자’는 이야기는 정치적 용어로 6.25 사변부터 지금까지 다 통용되는
말이다. 용서라는 단어는 종교적인 의미로서 배신한 자를 다시 형제로
받아줄 정도로 강인한 너그러움과 자비심이 숨어 있는 단어이다. 그런
데 용서는 했는데 잊지는 말자고, 용서라는 단어에 이미 포용하고 받
아들인다는 의미인데 잊지는 말라고 하다니. 혹시 김대중 선생이 이
말을 유포했다면 질문하고 싶어진다(전두환 씨를 용서할 목적으로라기보다는
더 큰 혼란을 막고자 하는 기독교적 입장에서).

광주 민중항쟁은 잊지 못할 사건(전쟁, 제2의 6.25)이었다. 피해 당사
자들은 여전히 상처를 받고 정신 분열증, 알코올 중독, 우울증과 외
상 후 자극 증후군에 시달리고 있다…. 잊지 못해서, 또한 하느님이
상도 내리시기 전에 광주 민중항쟁을 너무 많이 우려먹는 국회의원이
나 일반인들이 혹시 있다면 죽은 자에 대한 도리가 아니다. 어찌되었

든 말도 안 되는 '용서는 하되 잊지는 말자'는 사태는 다시는 이 나라 정치인들에 의해 일어나서는 안 된다. 우울증 이야기를 하다가 너무나 장황한 거대한 국가적 문제를 다룬 데 불만이 있다면 나는 이렇게 말하리라.

"좋은 재상이 모든 국민을 치료한다면, 의사는 한 사람만 구하고 있다. 좋은 재상이 못 될 바에야 의사가 되라. 왜냐하면 나쁜 재상이 1억 명을 죽일 때 수많은 사람을 구하니까."

기억하시라, 광주 민중항쟁 때 병원에 총질한 나라가 우리 대한민국이라는 사실을. 경제대국일지는 모르지만 불행한 정신적 빈곤 국가임에는 틀림이 없으리라….

환자 형제의 죽음

이 이야기는 내가 환자를 보던 중 가장 슬펐던 이야기이자 너무도 잔혹하고 무서웠던 이야기이다. 어머니는 알코올 중독자였다. 하루는 아주 긴 이야기를 했다. 듣는 사람이 고통스러울 정도로. 그녀는 취해 있었으나 이성을 잃지 않아 면담에 응해주었다. 일반적으로 음주한 경우엔 면담을 거부하는 것이 원칙인데, 때마침 대기환자가 없어서 들어주기로 했다.

"선생님, 꿈을 꾸고 있는 것 같아요. 두 아이가 한 장소에서 죽다니."

"한 장소에서 죽다니요?"

"3년 전에 큰아이가 그 저수지에서 목매달아 죽었거든요."

"…"

"그런데 둘째아이가 똑같은 장소에서 1주일 전에 목을 매어 숨겨 있었어요."

"뭐라고요?"

"두 아이가 다 죽었다고요."

"…"

대강 내용은 이러하다. 일단 이 환자들은 내가 보아온 환자는 아니다. 이웃병원에서 보던 환자들인데 결과가 안 좋을 때 백화점 쇼핑하듯 또는 기존의 담당의에게 직접적인 공격성을 표시하지 못하고 서러운 마음을 달래러 오는 경우가 가끔 있다. 항상 이들을 불쌍히 여기고 경청하며 위로한다. 어차피 이것이 나의 소임이다. 고 1, 고 2학년 형제가 있었다. 이들은 어려서부터 유난히 우애가 깊었다. 그런데 어느 날 우연히 고 2인 형이 친구들로부터 "너무 말이 없고 내성적이어서 너의 마음을 알 수 없다."라는 아주 단순한 이유로 이지메를 당한다. 형은 동생에게 자꾸 죽고 싶다고 했다. 동생은 어머니에게 이 사실을 알렸으나 어머니는 그다지 심각하게 생각하지 않고 이웃 정신과에 데리고 다녔다. 그런데 이웃 정신과 선생님도 가벼운 우울증으로 생각해버리고 말았다. 그리고 몇 년 후 저수지에 서 있는 나무에 목을 매달아 자살한 것이다. 그리고 또 몇 달 후 동생이 똑같은 장소에서 자살했다. 이 어머니는 두 아들의 제사를 치르고 남편 손에 이끌려 우리 병원에 왔다. 그녀의 남편은 아내마저 죽어버리면 어쩌나 하는 심정에서 나를 만나러 온 것이다. 그야말로 하늘이 무너지는 일보다 더 두려운 일이 있다면, 그것은 바로 이 세상 모든 어버이가 자식의 죽음을 먼저 보는 일이다. 나는 어머니에게 계속해서 죽고 싶다는 생각이 들면 아무 때나 우리 병원을 방문하라고 했다. 그리고 그녀는 1년 가까이 병원에 다녔지만 상처는 남았고 우울증은 치료되었다.

엄밀히 말하면 정신과에서 치료되는 병은 별로 없다. 대신에 그녀는 알코올 중독자가 된 것이다. 항상 상처로 남는 것이다. 자녀들의 죽음은 부모의 죽음보다 더 슬프고 부모로부터 모든 것을 앗아간다. 이 이야기는 20년 전 이야기지만, 요즈음 자살은 더 증가 추세에 있다. 이 사건은 최진실 사건과 유사했다. 형제간의 우애와 동일시가 이토록 비참한 일을 초래한다는 것이 나를 우울하게 했다.

장애인의 죽음

장애인들은 선천성인 경우 20세 이전에 죽는 병들이 많고, 원인도 제대로 규명되지 않은 희귀한 질환들이 많다. 다시 말하지만 인간은 울면서 태어나게 되어 있다. 분명히 말하지만 웃고 태어난다든지 조용히 태어나는 놈은 산부인과 의사를 긴장시키거나 기형아 또는 조산아, 아니면 이상한 놈으로 취급된다. 그렇지 않으면 신경학적으로 이상이 있는 아이로 판정받는다. 장애인들은 대개 조용하고 힘없이 태어난다. 앞에 기술했듯이 제때 걷지도 못하고 제때 듣지도 못하며, 제때 달리지도 못하고 제때 기지도 못한다. 도대체 하느님은 왜 몇 년도 못 사는 이런 사람들을 만들었을까?

"선생님, 이 아이가 왜 이러죠?"

"자폐아 같은데요."

"그럴 리가요?"

수련의 시절 하얀 제복을 입고 환자의 고통을 이해하고 진단을 내릴 때, 그 진단이 맞으면 선배들은 흡족해 하고 틀리면 싫어한다. 그리고 젊기 때문에 실력이 없어도 자신감에 차 있다.

"선생님, 우리 아이가 무슨 병이죠?"

“정신지체인데 뇌성마비가 혼재되어 있는지 분명치 않으니 좀더 지켜봅시다.”

“그럼 무슨 방법이…?”

“너무 초조해 하지 마세요.”

이러한 일상들이 나의 진지하고도 지루한 일상적인 소임이었다. 달콤한 신혼의 꿈과 연애시절의 빛나는 희망은 어두운 암흑의 시간으로 변했다. 최소한 불치병에 대해서 의사는 ‘나쁜 소식의 전달자’요 우체부 아저씨이다. 레지던트 2년차로 환자 진료, 학생들의 실습지도, 컨퍼런스, 논문 정리 등으로 한참 바쁜 나날을 보내고 있던 때였다. 꽃 같은 신방아내와 생후 3개월 된 자식에게도 매정한 시간들이었다. 레지던트 1년차가 끝난 지 얼마 안 되고 2년차가 되었어도 1년차 지도를 위해서 야간 응급실을 드나들곤 했다.

“여보, 우리 아들이 이상해요.”

“무엇이 이상해? 나 바쁘거든. 퇴근 후에 얘기하자.”

“알았어요.”

순간 뭔지 모르게 불길한 느낌이 들었다. 3개월 된 내 아들은 태양처럼 밝고 웃음이 많은 아이였고, 아빠와 엄마를 벌써 알아보는 천재라고 생각하고 있었다. 그런데 아이가 하체를 못 썼다. 이상하다는, 의문을 품은 그 말 한 마디에 대한민국의 내로라하는 병원들을 두루 다녔다. 아내는 더 열심히 뛰었고, 나는 휴가 때마다 이 병원 저 병원 재활의학과를 돌아다녔다. 아이를 등에 업고 전문의 시험도 무시하고 다녔다. 우리 부부는 눈물 흘리며 의사 선생님들께 하소연을 했다. 그리고 그때부터 진정으로 환자와 환자의 보호자 심리를 몸으로 체험했다. 우리는 점점 우울해졌다. 나는 그때부터 동료나 선배 의사들에게 말도 잘 하지 않는 우울한 의사로 통했다. 아들은 뇌성마비에다 몸

안에 요산이 계속 쌓이는 불치병 환자였다. 23세의 아내는 아들로 인한 고뇌로 괴로워하며 어머니가 되어가고 있었다. 우리의 달콤한 신혼은 아주 짧은 봄이었다. 아들의 병과의 전쟁은 그 후로도 12년간 지속되었다. 아내는 독실하고 성실한 가톨릭 신자가 되었고, 나는 아내 몰래 한숨을 내쉬며 술이나 마시는, 죄책감에 가득 찬 아빠가 되어가고 있었다. 아내 역시 아무도 없는 곳에서 눈물짓는 세월을 보냈다. 나는 점점 더 우울해져갔고 분노와 신에 대한 원망, 괴로움으로 가득 찼다. 서서히 죽어가는 아들의 혈액 성분의 변화를 보며 잠자다가도 깨어서 아들의 숨소리를 확인했다. 의사로서 자기 자식의 죽음을 빤히 처다보며 속수무책이라는 사실을 안다는 것은 너무도 불행한 일이었다. 나의 수련의 시절은 그야말로 어둡고 기나긴 터널이었다. 그 복잡한 가운데 선배들은 나를 생각한다며 엄격한 훈련을 시켰지만 나는 항상 집안일로 머리가 복잡했다. 그들의 즐거운 대화가 귀에 들어오지 않았다. 그런데 그 와중에 전문의 자격시험에 합격한 것이 신기했다. 나와 아내는 빠르게 어른이 되어가고 있었다.

"우리 아들 좋아지겠지?"

"그럼, 좋아지고말고!"

나는 아내에게 불치병이라는 사실을 알리지 않았다. 간절히 기도하는 아내의 모습, 자신이 장애인 부모이면서 다른 장애인 부모들을 돌보고 서로 위로하는 모습을 볼 때마다 '불쌍하다'는 생각보다는 아름답고 숭고하다는 생각이 들었다. 아마 의사가 아닌 다른 아빠라고 해도 이렇게 말했을 거다. "그럼, 완치될 거야!"라고 말이다.

그러나 그 긴 12년의 세월을 성숙한 어른처럼 보낸 것은 아니다. 우리 부부도 인간이므로 가끔은 서로를 원망하거나 너무 슬퍼서 별을 보고 짐승처럼 울부짖기도 했다. 때로는 타인의 비웃음을 사기도 했다. 휠체어를 탄 아들을 택시에 태울 때 마치 큰 죄라도 진 듯 고마워하기도 했고, 거절당하면 분노와 원망이 밀려오기도 했다. 그래도 모성 본능이 무섭다고, 엄마는 용감했다. 25년 전인 그 무렵에는 장애인을 위한 시설이나 병원, 장애인 법 등이 부실했으며, 장애인 학교를 중심으로 모인 부모들의 동호회가 고작이었다. 종교단체의 수녀님들은 많은 고생을 했다. 이 세상에서 아름다운 것들은 빨리 사라진다고 한다. 단 한 번 한 계절에만 피는 꽃들이 그렇다. 들국화, 제비꽃, 참외꽃, 루드베키아, 봉숭아꽃, 해바라기, 민들레꽃과 벚꽃 등 다 한순간이다. 요즈음은 하우스로 여러 차례 피는 꽃도 있지만, 아마 장미 같은 화려한 꽃들은 보톡스 맞은 늙은 스타나 볼품없는 나 같은 장년 또는 가공된 중년 같은 것이 아닐까. 착한 아이의 생명, 천사 같은 사람의 생명, 타인을 위해 생명을 버리는 자, 신혼의 달콤함, 미인박명(美人薄命) 등 아름다운 시간들은 너무 짧다. 실로 젊음은 짧고 인생은 길다. 순수한 시절은 짧고, 탐욕스러운 위선은 길다. 나는 아이들과 젊은 사람들을 좋아한다. 순수하기 때문이다. 아내는 결혼을 안 해도 될 만큼 철두철미하고 완벽주의자이다. 큰아들의 질병 때문에 그녀의 신앙심은 더욱 더 깊어져갔다. 사람은 고통스러운 일이 많으면 신앙심이 깊어지는 것 같다.

"왜 우리한테 이런 고통을 주셨을까?"

"고통을 견딜 만한 부부라고 생각하셨기에…."

"고통을 견딜 만한 부부란 어떤 건데요?"

항상 이런 질문에 난 당혹해 했고 고통스러웠다.

"가령 가난한 사람에게 장애아를 주면 버릴지도 모르고 굶어 죽을 수도 있으니까 의사 가정에 주셨을 거다."

이런 식으로 나는 항상 슬픔 해결사 역할을 했다. 사실 나는 결혼이 무엇인지도 몰랐고, 그것이 얼마나 많은 책임을 요구하는지 상상도 못했다. 나는 원래 게으르고 천성이 나태하며, 창조적이고 규격화된 삶을 사는 예절바른 사람이 아니다. 그래서 나보다 조금 부지런한 여자를 만나 결혼해야 한다고 생각했다. 그런데 무슨 초등학교 선생님같이 과도하게 철두철미하고 윤리적이며 도덕적인 꼼꼼한 사람과 결혼하게 되었다. 외과 의사처럼 자주 씻거나 깔끔하지 못한 나 같은 사람에게 정말 필요한 신부였다. 그런데 신혼 때는 좋게 들리던 말도 나중에는 어머니가 하는 잔소리같이 들린다. 사실 남편에게는 아내가 필요하지 엄마 두 명이 필요한 게 아니다. 세상의 거의 모든 이혼의 결정타는 두 여자를 사귀거나 두 남자를 사귀는 것이다.

"여보, 씻고 오세요."

평생 제일 많이 들은 말이다. 두 번째는 "술 마시지 말고 들어오세요." 하는 말이었다. 어찌되었든 젊은 날은 괴로움도 많고 슬픔도 많아 의욕이 상실되었다. 수련의 때는 월급이 적지만 아들을 일류병원에서 치료했다. 개원 후에도 마찬가지여서 돈을 모으지 못했다. 아내에게 불치병이라고 말하면 좁쌀영감이라고 할까봐 겁났다. 돈 아끼려는 쫀쫀한 사내로 보이기 싫었다. 당직 날이 있어서 집에 날마다 들어오는 것도 아니었다. 퇴근할 때쯤이면 나의 육신은 날마다 피곤했다. 아마 우울했을 것이다. 젊었을 때는 정직한 사람으로, 강인한 사람으로 계속 남아 있기를, 상냥한 사람으로 계속되기를, 다른 사람의 모든 것을 배려하는 마음이 지속되기를, 그리고 소중한 사람들을 계속 지킬 수 있기를 기도했다. 그러나 점점 게을러지고… 늙어가며 지쳤다. 배려라는 의미는 여러 가지가 있겠지만 세 가지로 요약할 수 있다. 즉 첫째는 아내에 대한 배려, 또는 애인이나 남편에 대한 배려이다. 둘째는 자식에 대한 배려와 부모님에 대한 배려, 그리고 마지막으로 친구나 이웃에 대한 배려 등으로 나눌 수 있다. 다른 부분도 마찬가지다.

아이들은 어렸을 때부터 어른들로부터 크면 무엇이 되고 싶으냐는 질문을 계속 받는다. 다른 아이들과 달리 나는 굉장히 나태하고 게을렀다. 그래서 할 게 한 가지밖에 안 보였다. 아버지가 되는 것이다. 여성에 대한 본능적인 감각이나 장가는 가겠다는 얄팍한 속셈이었다. 그런데 세상에서 가장 어려운 것이 부모가 된다는 것, 그것이 얼마나 큰 책임인지 몰랐다. 의사가 된 것도 특별히 할 만한 게 없었기 때문에 한심하게도 아버지가 시켜서 했을 뿐이다. 아버지는 의사에 대한 철학을 가지고 계셨다. 남을 배려하는 유일한 직업은 의사뿐이다. 당신 같은 법관은 박정희 부하일 뿐이고, 그것은 자신을 부끄럽게 만들고 정의를 실현하는 법관이 되지 못한다고 하셨다. 그러한 이 나라의 현실을 안타깝게 생각하시더니 결국 사표를 내고 변호사를 개업하셨다. 그러나 유신반대, 보안법 철폐, 끊임없는 저항으로 박정희 씨로부터 미움을 사서, 평생 안기부와 정보과 형사님들과 악연을 맺은 친구로 사셨다. "이 나라에선 법관이 되지 마라. 법관이 되면 너와 부모 자식 간의 의리를 끊을 것이다. 의사가 되라. 너희들 자식도 법관은 시키지 마라." 하는 엄명에 따랐을 뿐이다. 무엇이 될까?

① 공군: 고소 공포증이 있다.

② 육사: 보병은 다리가 아프다.

③ 해사: 강호동 씨같이 배멀미가 심하다.

④ 군인은 사람을 죽여서 애국을 한다고 하나, 우리 시대에는 공포와 혐오의 대상이었다. 왜냐하면 적군을 죽인 게 아니라 같은 나라의 백성을 고문하고 실제로 죽였기 때문이다.

⑤ 의사: 게으른 나에게는 안 맞다.

⑥ 대통령: 머리 아프다.

⑦ 신부: 교회만 가면 검은 제복을 입은 신부님의 "우리 모두는 죄인
　　이다."라는 말 때문에 항상 두렵고 무서웠다. 제일 무서운 사람
　　이 신부님이었다.
⑧ UN 사무총장: 꿈도 안 꾸었다.
⑨ 아버지: OK. 참 한심했다. 어린 나이에 아무런 야망이 없었다.

　12살 된 아들에게 죽음이 서서히 다가오고 있었다. 나는 일과가 끝
나면 동료들과 술을 마시고 귀가했다. 그 날은 병원에서 알코올 중독
자가 산책 시간에 퇴원을 요구하며 나를 부르더니 "퇴원이 안 되면 죽
겠다."고 했다. 사실 알코올 중독자의 절반 이상이 자살로 생을 마감
하는 것을 보았다. 알코올 중독자 모임이라는 치료 프로그램을 6년간
이끌어본 적도 있다. 나만 그렇게 운이 나쁜 의사는 아니다. 수많은 정
신과 의사들이 알코올 중독자의 자살 행위를 두려워한다. 그런데 그
날 그 환자가 아무도 모르게 옥상에서 뛰어내렸으나 다행히 실패하고
말았다. 하지만 오른쪽 갈비뼈 12개가 다 부러졌다. 환자의 보호자는
고소한다고 난리를 쳤다. 나는 처참한 심정이 되어 가까스로 문제를
막 해결하고 퇴청한 후 그 날 수고한 정형외과 의사와 정신과 직원들
과 한 잔 하고 돌아왔다. 씻고 나서 누워서 지내는 아들에게 물었다.
나 자신이 하도 한심하여 웃으면서(나를 비웃는 웃음- 그러나 아이는 모른다)
아들에게 물었다.
　"아빠가 살아보려고 노력하는데, 유명한 사람도 아니고 날마다 실수
투성이라면… 그래도 아들이 아빠를 좋아할까?"
　아들은 어눌한 말로 나에게 되물었다.
　"다리도… 못… 쓰는 나를 사랑해?"
　"아들인데 당연히 사랑하지."

"나도 아빠니까 당연히… 사랑하지."

　우리는 다른 부자지간처럼 아빠보다 아들이 강해야 된다거나 아빠는 아들 앞에서 강해야 된다는 그런 부류의 인간들이 아니었다. 아니, 그런 조건이 안 되는 특수학교 학부형이라는 별칭을 달고 살았다. 나는 장애인은 천사라는 생각이 들었다. 사람에게 눈이 없다면 눈으로 짓는 죄를 짓지 않으며, 머리의 지능이 떨어지면 다른 사람을 속이지 않을 것이며, 사람에게 손이 없다면 최소한 소매치기는 안 될 것이고, 최대한 부모를 죽이는 살인은 생각도 못 할 것이다. 또 발이 없으면 움직이지 못해 아무런 죄를 짓지 못한다. 어찌되었든 여전히 내 몸에 간염 바이러스는 살고 있었고, 애인 같은 바이러스는 조용히 질병을 진행시키고 있었다. 우울증으로 술을 마시며 괴로워하고, 아무도 없는 외로운 거리에서 혼자 울부짖으며 살아가고 있었다.

　천안함 사건같이 또는 의문사같이 다 키운 아들이 죽었을 때 그 부모는 무슨 희망과 낙이 있을까? 사람들은 성공한 남자와 아름다운 여인만 보기 원할 뿐 어두운 이야기는 별로 좋아하지 않는다. 아마 이것을 가장 잘 이용하는 것이 언론과 매스컴일 것이다. 그러나 우리 모두는 현실을 사는, 어딘가 결함이 조금씩 있는 보통사람일 뿐이다. 정말 아버지 되는 수업은 너무도 힘들었다. 게다가 연년생의 동생이 딸인데, 큰아이에게 너무 신경을 쓰느라 둘째 아이에게 상처가 안 가도록 우리 부부의 한계 내에서 열심히 노력했다. 그 덕분에 딸은 아주 명랑하고 밝은 아이로 커주었다. 부모나 자녀의 상실 또는 죽음은 알코올 중독을 강화시키고 자기 자신을 집어삼킨다.

　한동안 여행을 갔다 왔다. 가난해서 수학여행 한번 못 가본 나는 겨우 50세가 넘어서 두 차례의 수술(한 번의 암 수술과 또 한 번의 간이식 수술)을 끝내고 포항의 내연산, 청송 주왕산, 주산지, 얼음계곡, 그리고 경주

내연산

불국사에 처음으로 다녀왔다. 너무나 아름다웠다. 동해는 평화로웠다. 경주 불국사는 2010년 가을에 가본 게 처음이었다. 88 고속도로를 달렸다. 참으로 허접하고 쓸쓸하고 지루하고 좁은 도로였다. 왜 똑같은 한민족인데 남북을 가르듯 경상도와 전라도의 경계를 이렇게 답답한 도로로 연결해 놓았을까, 하는 생각이 들었다. 또 시화호나 새만금 방조제 예산의 백분의 일이면 해결될 도로를 이렇게 처리해 놓았나 싶었다. 어찌되었든 아름다운 금수강산을 보고 나니 게을러지고, 불행한 이야기를 왜 공연히 쓰고 있나 싶었다. 우리나라에서 가장 많이 팔리는 책이 운전면허 시험 출제집과 고3 참고서라고 한다. 이런 책 써서 뭐 하나 하는 생각에 게으름을 피웠다. 더구나 나는 책을 많이 읽는다고 해서 훌륭한 사람이 된다고 생각지 않는 사람이다. 사람이 살면서 얼마나 선했는가가 가장 중요하다고 생각하며, 이를 반드시 행위로 옮기면 그만이다. 아무리 고통스러워도 말이다.

석굴암의 부처를 보는 순간 나도 부처가 되었다. 아들이 유전병이라고 했을 때 젊은 아내는 성당에 항상 서 계시는 성모 마리아 앞에서 기도를 했다. 집에서는 석가모니같이 앉아서 날마다 기도를 낭송했다. 우리는 현실 속에서 얼음계곡을 누비고 있었다. '겨울의 찬 서리와 한여름의 강한 햇살', '겨울의 찬 얼음과 봄날의 철쭉.' 아마도 이것이 인생일 것 같다. 부부 사이란 여름날의 일기예보처럼 변덕스럽다. 우리도 보통 부부들처럼 '아들이 그렇게 태어난 것'이 서로의 탓이라고 싸우곤 했고, 그것이 그저 말다툼이려니 했지만 서로에게 상처를 여지없이 주고받았다. 특히 어렸을 때의 소망이 '단란한 가정'이었던 나로서는 내심 '우리 집안의 장손을 없앤 여인'이라는 생각이 들어 과거엔 서운하게 생각했으나 이제는 운명이라고 포기했다. 부부관계는 잘 차려입은 연애와는 다른 너무도 복잡한 현실세계이다. 과거에는 남편의 바람기와 경제적 무능이 겸해 있을 때 이혼이 많았지만, 요즈음은 이웃나라 일본처럼 성격차이나 사소한 이유로 이혼율이 50%를 넘고, 드디어 비혼주의나 독신주의도 많이 생긴 듯하다.

"집에 들어올 때 단돈 1원이라도 벌어오세요."

"Yes."

"그렇다고 진짜 1원만 가지고 오지 말고."

"Yes."

"사랑이 전부가 아니니까…"

요즈음은 사랑하는 사람과 동거나 결혼을 자유롭게 하기도 하고 결혼과 이혼을 반복하기도 하는 듯하다. 더구나 돈을 1원 한 푼 못 버는 소설가, 고시 준비생, 유학만 반복하는 부유층 자녀 등 비현실적 이상주의의 남편을 가졌을 때 여자는 불행하게 되어 있다. 그러한 사실을 알면서도 모성애로 받아주는 여자도 있지만 십중팔구 오래 가지 못한다. 그러나 여성은 사랑이라는 단어, 영원한 단어를 생각나게 하는 존재이지, 천박함을 강조하는 단어를 생각나게 하는 단어는 아니다. 여성은 모성애라는 본래적인 감각과 출산에 대한 감각을 가지고 태어난다. 그것들은 흔히 남자가 흉내 내기 힘들다. 여성은 아이를 낳을 수 있는 여성 고유의 능력을 부여받았다. 그것은 남성이 할 수 있는 일이 아니다. 여성은 남성보다 비교적이 아니라 절대적으로 섬세하다. 여성도 개발하기에 따라 남성보다 더 멋진 일을 할 수 있다. 그러나 남성을 개조한다 하더라도 여성처럼 아이를 낳을 수 없고 아이를 양육하는 기술도 떨어진다. 여성은 병자를 간호하고 돌보는 데는 예수보다 더 탁월하다. 그리고 사랑의 표현에도 여성이 더 섬세하다. 지극히 고상하고 높은 사고나 너그러운 사고에는 여성이 더 섬세하다. 여성은 아름다운 존재이다. 사실 남자보다 더 민주적이다. 딸을 더 딸답게 하고, 딸뿐 아니라 아들도 더욱 아들답게 하는 이도 여성이다. 그러나 신사임당이나 성모 마리아가 아닌 이상 10년 이상 돈을 벌지 않는 남편이 있다면 여지없이 이혼 당한다. 그만큼 이혼 사유 가운데 경제적 측면은 중요하다. 이러한 사랑은 불안하고 초조하여 서로간의 폭력을 유발하거나 균형이 깨지고 무리한 사랑을 요구하게 된다. 그대로 아무 말 안 해도 지속되기 힘든 결혼생활이다. 내 부모 이야기이다.

아버지는 박정희 씨와 나이가 같은 1917년생이었다. 아버지는 정치인은 아니지만 이 나라의 일류 법조계 인물이었다. 아버지는 둔재도 아니며 친일파도 아니다. 난 초등학교나 중학교 시절에 가장 많이 받은 질문이 "너희 아버지 친일파 아니냐?"라는 질문이었다. 나는 죄 없는 내가 왜 그런 질문을 받아야 되는지 그 이유를 알 수 없었다. 아주

신경질 나는 말이었다. 친일을 하려면 1919년에 고시에 합격을 했어야 한다. 인터넷을 조사해 보니 1919년엔 3.1 운동이 일어나서 일본은 수많은 판사와 검사가 필요했다. 그래서 이 시기엔 법원 서기도 판사로 임명했다고 한다. 한국인 재판관들이 많이 필요했기 때문이다. 그런데 이것을 계산해보면, 아버지가 1919년에 2세이므로 재판관이 될 수 없다. 좌우지간 그 시기에 한국인 재판관이 몹쓸 짓을 했다고 인터넷에 떠 있으니 독자들도 찾아보라. 나도 최근에 안 일이다.

아버지는 어렸을 때 일본군의 칼에 할아버지가 처형되는 것을 보았다. 할아버지는 성격이 온순하신 분으로 2남 1녀를 두었다. 작은아버지는 경성제국대학 학생회장을 지내다가 일본군에 의해서 징용을 간 후 무소식이었고, 고모는 최근까지 살아 계시다가 돌아가셨다. 할아버지가 처형당한 것은 독립운동 같은 것 때문이 아니었다. 명절 때 일본인들과 항상 해년마다 열리는 씨름대회에서 우승하셨는데, 그만 일본군인대장을 이겨버렸다. 이에 분노한 일본군 대장이 할아버지를 단칼에 베어버렸다고 한다. 우리 집안의 전설치고는 좀 초라하다. 무슨 독립군 대장도 아니고 강호동 씨와 비슷한 씨름선수로 사망하셨다니, 몸이 원래 부실한 나로서는 도저히 이해가 안 간다.

언젠가 나는 아버지께 왜 동생과 아버지를 죽인 일본에 가서 대학을 나왔냐고 물었다. 그러자 아버지는 "아버님이 돌아가시고 광주 서중에 합격했는데, 95%가 일본인이고 한국인은 부잣집 자식 다섯 명밖에 없더라. 더구나 한국에선 중학생도 학비를 내야 되었지만 일본 중학교는 무료여서 밤배로 부산에서 일본으로 동전 하나 없이 출발했다."라고 말씀하시며 책 2권을 던져주셨다. 초등학생이 도요토미 히데요시, 도쿠가와 이에야스, 메이지 유신 등을 읽고 무슨 생각을 했겠는가? 둔재인 나는 "아이고! 일본에도 이렇게 재미있는 무협지 소설이 있구나!"라고 감탄하고 말았다. 왜냐하면 아버지에게 무슨 무협지가 이 렇게 재미있냐고 물었다면 "내가 자식은 확실히 잘못 낳구나."라고 확 신하셨을 것이기 때문이다. 나도 내 자식을 키워보니 자식이 둔재라는 것을 대학 갈 때쯤 알았다.

"일본은 한 번쯤 가볼 필요가 있는 나라다. 꼭 한 번은 가보아라. 넌 자꾸 나한테 친일 행각을 했냐고 물어볼 것 같아 미리 말하는데, 이 애비는 동생과 너의 할아버지를 일본인 손에 의해 잃었다. 그런 내가 어떻게 친일을 하겠느냐? 우울한 나날이었다."

다시 말해 28세 되는 해에 바로 해방이 되었을 뿐 아니라 일본인은 자신의 원수라는 것이다. 그런데 뭘 배우라는 것일까? 아버지는 일본 인에 대해서 애증을 동시에 가지고 계셨다. 그 중 몇 가지는 그들의 단 합과 질서, 배려와 복종체계였다.

"일본인은 내가 한국인이라고 그렇게 짓밟더니 고시에 패스하자마자 일본 경관과 형사들이 한국계 형사들보다 더 복종을 잘하더라. 그것 이 무엇을 뜻하느냐 하면, 그들에겐 배려와 질서의 문화도 있지만, 사 무라이 문화인 복종의 문화도 같이 살아 있다는 얘기다. 즉 무서운 백 성이라는 거다. 너희들이 일본을 얕잡아 볼 처지가 못 된다."

당시 우리나라의 일본에 대한 교육은 쪽발이, 왜놈, 나쁜 놈이 전부 였다. 감히 일본에 대한 칭찬은 할 수도 없는 분위기였다. 최근에 일본 에 가본 후 아버지의 말과 에도 시대의 문화, 메이지 유신과 일본인의 배려, 그리고 여전히 살아 있는 군대 같은 조직문화를 이해하게 되었 다. 미국도 마찬가지지만, 일본은 한국과는 달리 자신보다 계급이 높으 면 철저히 존중한다는 것이다. 사무라이 중 싸워서 두목이 되면 철저 히 그를 따르는 문화다. 우리는 이러한 계급의식이 군대, 공무원, 깡패 사회에 남아 있지만 그 피해자는 항상 억울한 민중이다. 동시에 끔찍

한 배려 문화를 가진 일본은 일본과 유럽이 합쳐진 나라다.

한국은 옛날이나 지금이나 민중과 독립군, 노동자가 역사를 바꾸는 사회인 데 반해, 일본은 리더에 대한 존경감이 사회를 바꾸는 구조이다. 이번 분당선거도 마찬 가지다. 극도로 분노해야만 선거율이 40% 이상 넘는 듯하다. 그전엔 별로 선거에 관심이 없다. 그 틈에 독재자가 나와 버린다. 난 54세가 되도록 일본을 증오만 하고 '우리보다 후진적 사고방식을 가진 경제대국'으로만 안 둔재였다. 일본이 선진국임을 가 보고 나서 깨달았으니 말이다. 확실히 적의 나라엔 직접 가보아야 한 다. 그런데도 미국과 호주, 유럽과 동남아 등은 가보고 일본은 나쁜 나 라라며 제일 나중에 가보았다. 난 확실히 둔재였다! 동시에 우리들의 한없이 존경스러운 선배와 스승들은 아주 좁은 시야로 우리에게 역사 를 가르쳤으며, 일본식 교육과 구타 문화를 가르친 부끄러운 스승들이 라는 것도 이제야 알다니, 나는 확실히 바보다. 우리는 개발만 배우고 사랑을 배우지 못한 세대다.

내가 가장 행복했던 시절은 초등학교 6년간뿐이었다. 아버지는 요 즈음 흔한 말로 대한민국 5위 안에 드는 천재였다. 왜냐하면 아버지 의 시대는 일제강점기였고 한국의 대학보다는 일본의 대학을 더 알아 주던 시대였다. 일본에서 법대를 나와 일본 문관시험에(**요즈음 말하는 사 법고시**) 19세 때 합격했다. 한국인은 제2 외국인으로 분류되어 변호사 밖에 할 수 없는 시절이 있었는데, 바로 그러한 때 한국인은 극소수만 뽑는 시험에 합격하신 것이다. 그런데 지금도 일본에서 제2 외국인은 변호사만 할 수 있다고 한다. 그렇게 자기 민족만을 보호하는 국가는 일본밖에 없다고 한다.

박정희 씨는 박정희 독재에 대한 반항과 유신헌법 반대를 한 아버 지를 교도소로 보냈을 뿐 아니라 실업자로 만들었다. 원래 박정희 씨는 동학운동을 한 훌륭한 아버지로부터 태어나 연좌제로 고생한 집안이었던 걸로 아는데, 자신이 그 연좌제나 국가 보안법을 빌어 이 나라의 수많은 인재들을 교도소로 보냈다. 온 나라를 연좌제로 묶어 자신의 욕을 한다거나 노래가사가 수상해도 교도소에 집어넣어 교도소가 만원인 시대가 되었다. 그 중 하나가 아버지였다. 우리 집안은 그래서 중학교 이후 의대 졸업할 때까지 완전히 거지였다. 어찌되었든 무능한 아버지는 어머니와 평생을 같이 보냈다. 박정희 씨가 대통령을 그렇게 오래 하리라는 미래를 모르는 이상 아버지의 정의감은 꺾이지 않았다. 부부간의 관계는 알 수 없다. 남성이 여성의 마음을 모르고 평행선을 달리는 것은 서로간의 불일치다. 그래도 서로 싸우고 상처를 내며 헤어지지도 않는 그런 이상한 상태로 살아가셨다. 우리 형제들은 10여 평의 셋방으로 옮겨와 10여 년 동안 강호동 씨가 좋아하는 라면을 먹고 때로는 굶기도 했다. 우리는 그 시절 검은 정보과 차와 보안과 형사들로부터 날마다 감시를 받으며 형제처럼 지냈다. 참으로 희한한 것은 당시가 내 생애에서 신앙생활을 조금 열심히 한 때라는 점이다. 그것은 참혹한 현실들을 극복하게 해주었던 것 같다. 그런 환경인지라 중, 고등학교 때 수학여행을 가지 못해 53세가 되어서야 경주 불국사에 처음 가보았다. 부모님 가슴은 찢어지고 미어지는 심정으로 수학 여행비를 마련하지 못한 죄책감에 시달리셨을 것이다. 어찌되었든 부모님만 보더라도 결혼은 미래를 모르는, 즐겁거나 혹은 즐겁지 못한 불행한 여행일지도 모른다는 생각이 들었다. 네 형제가 모두 의사가 된 것을 제외하고는 두 사람 다 참으로 힘든 시대를 살아간 불행한 결혼이었다.

"천사 같은 얼굴이구만…"

어머니의 말씀이다. 다른 친척들도 이구동성으로 그렇게들 이야기했

다. 나 역시 그렇다고 생각했다. 아내는 조금씩 훌쩍거리더니 꼬박 그
후로도 4일간을 큰소리로 창피함도 모른 채 울어대었다.

"그래, 천사 같구나. 미안하구나."

장례식 준비에 들어가기 전 죽어버린 나의 분신이 얼굴화장을 마친
상태였다. 열두 살 된 나의 아들은 이제 갓 세상에 태어난 왕자같이 보
였다. 나도 아내처럼 반은 정신이 나가 있었다. 성당으로 시체가 옮겨
졌다. 성당에서 아들이 마지막으로 가는 길에 많은 사람들이 도와주
었다. 지금 생각해보면 우리 부부는 정신을 놓고 있었기 때문에 그 많
은 성당 식구들에게 고맙다는 말을 못 했던 것 같다. 그리고 아들은
영원히 하늘나라로 가버렸다.

"왜 죽어야 하는 거야! 당신 의사잖아요? 살려내요!"

"…"

이게 끝이다. 허무했다. 끝은 새로운 시작을 가져온다. 이렇듯 죽음
들의 종류는 셀 수 없이 많다.

죽음 후의 상처

사람이 죽는다는 것과 죽음을 거두어들인다는 것은 성직자나 의사
들이 할 일이다. 성직자는 간접적인 죽음을 접하고 의사는 보다 직접
적인 죽음을 만난다. 성직자는 보다 현학적이고 경이롭게 죽음을 표현
하지만, 의사는 직접적이고 현실적이며 혈압과 호흡의 수치 같은 것으
로 죽음을 표현한다. 죽음 후에 오는 슬픔, 가족의 분노, 격앙된 흥분,
이별의 큰 울음소리, 삶의 후회와 절대자를 향한 원망이 모두 의사에
게 돌아온다. 그 다음의 일은 성직자의 일이다. 그래서 이 두 직업 역

시 술을 잘 마시게 한다. 만일 조상 중에 술을 잘 먹는 사람이 있었다면 성직자나 외과, 또는 생명에 관련된 직업이나 지극히 응급을 요하는 직업을 갖지 말라고 조언하고 싶다. 술 때문에 타인의 생명이나 생명의 성스러움을 잃게 해서는 안 되기 때문이다. 술은 막중한 책임감에서 해방감을 느끼게 해주기도 하고 노쇠한 마음속에서 다시 청춘이 살아나는 것 같은 느낌도 준다.

어찌되었든 자식의 죽음은 나를 꽤 오랜 시간 동안 괴롭혀서 우울한 나날들을 보냈다. 이제 나는 의사임에도 불구하고 타인의 죽음도 두렵고 환자의 죽음도 두렵다. 가족의 죽음과 이 세상의 모든 사랑하는 사람들의 죽음도 두려워졌다.

여행

또 글을 쓰는데 글이 막혀서 여행을 떠났다. 우리 모두는 여행을 좋아한다. 어쩌면 아직도 찾지 못한 인생의 의미와 존재의 의미를 깨닫고 싶어서인지도 모른다. 여행하는 중에는 최소한 환자를 보지 않으므로 휴식과 여유를 누릴 수 있다. 우리 모두는 각자의 꿈을 좇는다. 여행을 하면서 천천히 삶의 발자취를 돌아보고 앞으로의 꿈을 구상한다. 현실을 도피하고 싶을 때도 여행이 최고이다. 자신이 건강한지 건강하지 않은지를 체크하는 데는 등반이 최고다. 40대까지는 가능하면 등반을 하고 50대부터는 제주 올레길 산책 정도가 좋지 않을까 싶다. 각자의 한계까지만 하면 된다.

나는 중국에 매료되어 있는데, 아내는 내가 간 이식 후 면역 억제제

제주도 유채꽃밭

를 복용하므로 깔끔하기로 유명한 일본으로 가자고 한다. 세균 감염에 평생 노출되므로 조심해야 된다는 것이다. 언제 죽을지도 모르고 어렵게 다시 태어난 생명이기에 감사한 마음으로 우리는 오키나와로 배낭여행을 갔다. 제주도보다 훨씬 작은 곳에 무엇이 볼 것이 있을까 싶었다.

2010년 말은 참으로 이상했다. 내가 여행을 떠날 때마다 난리가 일어났다. 포항에 갈 땐 연평도 사건, 제주도에 갈 땐 구제역, 오키나와에 있을 때는 가고시마 현의 화산폭발 등. 불안했다.

"일본어 책 세 권을 줄 테니까 각자 입국심사는 통과하도록 할 것. 말끝에 꼭 아리가토우, 쓰미마셍을 집어넣으세요, 수상한 사람으로 여겨지지 않게." 하며 일본어 회화 책을 각각 한 권씩 나누어주었으나 아내와 딸은 단 한 자도 안 보았다. 실제로 건강할 때 혼자서 태국, 하와

오키나와 버섯바위

이 등으로 배낭여행을 했던 탓에 별로였는데, 대학생인 딸 녀석과 아내는 탄성을 지르고 난리다. 쇼핑센터에서 구두, 가방과 옷을 고를 때는 너무도 즐거워들 한다.

오키나와의 문화는 일본의 본토 문화와는 약간 다르다. 대만이 가까워 중국 문화와 일본이 혼재되어 있다. 나하 공항 근처의 슈리 성은 나하 고속도로 IC 근방에 있다. 슈리 성에서 오키나와 역사를 알 수 있었다. 오키나와 역사는 14세기 류쿠 제국에서 중국 왕의 편지 여섯 장으로 시작된다고 한다. "류쿠는 영원하라. 뭐… 국가로서 인정한다."라는 구절과 함께 일본 본토의 역사와는 별개로 발전했다고 주장한다. 또한 오키나와 자유여행은 비교적 다른 지역과 다르게 미군 주둔지여서 가끔 영어를 아주 잘하는 경찰이나 지식층을 만날 수 있다. 여행 일본어 회화 정도면 얼마든지 배낭여행을 할 수 있지만 물가가 너무 비싸다. 식사는 중국에 비해 깔끔하고 예쁘고 우아하지만 기름지고 맛이 없다. 김치와 일회용 밥을 싸가도 괜찮다. 일본은 역시 일본이어서 우선 도로가 휴지 한 장 볼 수 없이 깨끗하고, 사람들이 섬사람이어서 순박하기 이를 데 없다. 그러나 영어회화를 일본식으로 해야 하며 반드시 현금으로 3,000엔 정도 바꾸어 가야 한다. 우리나라처럼 강제로 카드를 사용하게 하지 않고 현금 거래가 많아 탈세가 충분히 가능해 보인다. 그러나 겉으로 보기엔 너무도 정직하고 친절하다. 오히려 카드 사용을 금해서 현금이 없는 경우엔 혼이 났다. 예를 들어 "Where is the Okinawa world?"라고 물을 때 '오키나와 월드'라고 하면 모르고 '오키나와 와루도'라고 해야 한다. '나고 파인애플 파크'도 '나고 파이나푸르 고엔' 등 하여간 이상한 영어를 한다. 나중에는 아예 종이와 연필로 그리면서 돌아다녔고, 일본어는 공부한 지 오래 되어 동사, 접속사는 무시하고 "나고 파이나푸르 고엔 도꼬?"라고만 해도 알아먹었다. 무지한 아내와 딸은 "아빠가 최고!"라며 나의 엉터리 일본어를 칭찬해 주었다.

"꼭 고향에 온 것 같다. 그치?"

"말이 되니까 고향에 온 것 같지. 엄마."

나는 속으로 웃음을 참으며 계속 엉터리 일본어와 영어를 사용했다. 아메리칸 빌리지에서 회전초밥을 먹을 때 와사비를 달라고 할 때는 '와'를 조금 길고 강하게 발음하고 '사'를 조금 올리고 '비'를 짧게 말해야 알아먹는다. 회전초밥은 우리나라보다 더 싱싱하고 그다지 비싸지 않았다. 미군들이 많이 살고 있어 "Where is Jack's steak house?"라고 했더니 일본 현지인이 모른단다. 그러더니 "아! 재키 스테이크 하우스."라고 하더니 자기 장사는 버려두고 자동차로 식당까지 데려다준다. 오키나와는 팁 문화가 없는 듯하다. 이 집 스테이크는 싸고 맛있다. 일본에서 가장 인상적인 식당은 대가(大家)이다. 한문과 일어가 식당 앞까지 쓰여 있는 이 집은 개인이 운영하는 오키나와 정통 국수집인데, 전통가옥이 방대하고 개인이 만든 식당임에도 폭포가 대단히 아름답다.

　돈이 없으면 태국을 가고, 돈이 많으면 하와이를 가고, 돈이 중간이면 오키나와를 가라. 모두 아열대 식물군이지만 그 중 가장 아름다운 곳은 단연 하와이의 산과 해변이다. 오키나와는 가장 깨끗하며 주민들이 교통질서를 잘 지킨다. 우리에겐 사고 나기 쉬운 좌측통행과 좌회전이지만 60~80km로 달린다. 그러나 일본에 가면 먹는 걸로 돈을 낭비하지 마라. 너무 비쌀 뿐 아니라 음식이 달고 양이 적으며 기름지다. 인터넷을 보면 대학생들이 배낭여행을 했다고 나온다. 내 생각에 언어가 필수이다. 언어를 모르는 대학생이라면 그저 입 다물고 뻔뻔하게 손짓 발짓으로 버티고, 말이 안 통하면 굶고 자전거 여행을 할 것 같다.

　헨자지마 해중도로를 거쳐 반드시 다리 하나를 건너고 그 뒤 섬을 보자. 해중도로만 보면 썰렁하다. 섬이 버섯머리처럼 생긴 섬들이 많다. 히로시마에 떨어진 원자폭탄, 우산, 버섯구름을 연상케 하여 마치 신이 일본의 2차 대전(태평양 전쟁)의 패배를 예언하는 것처럼 느껴졌다. 히로시마와 나가사키의 원폭 투여가 이미 예정된 것 같았다. 일본이나 미국이 우리보다 선진국이라는 점을 보여주는 것은 그들의 청결함, 교통질서, 특히 양보 운전과 앰뷸런스 이동 시 차들이 좌우로 비켜주는 것 등인데, 그럴 땐 마치 군대의 사열행진 같았다. 우리나라 응급실은 완전 난장판인 데다가 자동차들이 비켜주지 않아 죽기도 한다. 일본의 교통 문화는 정말 배울 만하다. 또한 우리나라 사람들이 타는 렉서스는 한 대도 못 보았고, 모두 유럽처럼 미니카다. 하와이는 10년 간격으로 두 번 가보았는데, 오키나와와 마찬가지로 10년 전 도로 그대로이다. 도로가 커지면 그만큼 자연이 죽고 황폐화된다는 것이 그 이유이다. 우리나라처럼 4대강 사업, 시화호, 새만금 사업처럼 10년도 안 되어 강산이 바뀌는 선진국은 없다. 그러나 오키나와의 아메리칸 빌리지나 미군부대 근방엔 대형 미제 차를 볼 수 있으나 도로 폭이 좁아 오히려 더 불편하다.

국제거리에서 조금 넘어선 곳을 아내가 걸어보자고 해서 "난 기분이 어째 이상해." 하며 국제거리에서 RGR Naha Hotel 사이를 걸었다. 분위기가 썰렁하고 여자들 그림만 붙어 있는 게 마약에 취한 듯하다. 검은 정장의 사람들과 블랙 재킷을 입은 깡패 같은 사람들이 산재해 있는데, 사창가인 듯싶었다. 우리가 오키나와에 간 것은 1월이었다. 1월에 가면 비 오고 바람 부는 날이 많아 해변이나 바다를 감상할 수 없다.

만좌모, 비오로의 언덕, 류쿠무라, 오키나와 평화공원, 한국인 위령탑, 추라우미(아름다운 바다라는 뜻) 수족관, 갑파곶, 선셋 비치 등 너무나 많은 볼거리가 있지만, 그 가운데 오키나와 평화공원과 한국인 위령탑이 인상적이었다. 일본군 9만 4천 명, 미군 1만 2천 명, 민간인 9만 4천 명, 한국인은 480명의 이름이 적혀 있다. 만 명이 넘게 강제징용을 당해 전사, 학살되거나 힘든 노동으로 20세 전후에 사망했다고 한다. 우리 가족은 성호를 긋고 각자 기도를 올렸다. '지구상에 이데올로기나 강대국의 논리에 따른 더 이상의 처참한 전쟁이 없기를…' 하고 비는데, 정말 죽어가는 절규의 비명들이 소름끼치게 들리는 듯했다.

"아버지가 항상 말씀하셨지. 그리운 동생이 경성제국대학 학생회장이었는데 징용 가서 어디서 죽었을까 하셨는데, 그 영혼이 나를 오키나와로 불렀을 거다."

"그 당시 젊은이들이 일본으로 한두 명 끌려갔을까?" 하고 아내가 편잔을 주며 자기네 집안 누구도 징용을 갔다고 주장한다.

"한 마디도 안 지는구먼…"

"엄마는 윤 씨니까… 윤봉길 오빠, 윤동주 오빠랑 많이 있어."

딸이 맞장구를 친다. 오키나와 평화공원 뒤쪽의 절벽이 매우 아름답다. 왜 항상 아름다운 곳에서 인간은 전쟁을 하는지 모르겠다. 미군이 상륙 작전하는 모습이 눈에 선하다. 멋진 풍광이 나온다. 놀러 갈 때 앞만 보지 말고 그 뒤를 보자! 등산을 하다 보면 꼭 팻말이 하나씩 서 있는데, 거기엔 대개 이런 글귀가 적혀 있다.

'무슨 임금 때 전봉준이 동학혁명을 일으켜 관군과 싸우고 전사…'

'무슨 임금 때 왜군이 쳐들어와 이 충무공이 지휘하던 곳.'

'무슨 장군이 싸우던 곳'

일본의 배려 문화와 그들의 단결력에 감탄들을 하지만, 그 단합된 일본인 손에 총과 칼이 쥐어진다면 단숨에 오합지졸 같은 정체성 문제를 가지고 자기 잘난 맛에 사는 한국인들은 금방 포로가 되지 않을까 생각하니 온몸이 섬뜩하다. 그들만을 위한 배려 문화는 배 사마의 50억은 그대로 꿀꺽 하고, 한국 백성이 모금한 돈도 그대로 꿀꺽 한다. 그리고 한참 후 아니나 다를까 '독도는 우리 땅'이라고 한다. 실제로 지금도 오키나와의 가장 아름다운 곳은 미군부대라고들 한다. 이런 것을 보면 위대한 인간을 만드는 작업 역시 수많은 피 흘림을 필요로 하는 듯하다. 풍랑으로 깎이고 깎이는 절경처럼 말이다. 신은 사랑하는 사람에게 수많은 고통을 겪게 하여 많은 사람을 살리게 한다. 편안하게 살아온 사람은 평범한 사람이 될 수밖에 없는 것 같다. 죽은 다음이 더 좋다고들 하지만, 간 이식 후 살아 있기에 또 아름다움을 느끼는 것이다. 오키나와를 보면서 전투 당시 일본인과 한국인의 부모들 마음을 생각하고 나는 시 한 수를 평화공원 내 여명의 탑 아래서 지었다.

오키나와의 울음

그렇게 크게 우는 사람을
보지 못했다.

그렇게 슬피 우는 비명을
듣지 못했다.

하늘엔 커다란 폭탄 눈덩이가
쏟아지고…
땅은 젖어 있어 삽질하기도 불편한 날!

우리는 피맺힌 가슴을 쓸어내리며
아픈 눈물로도 부족했다.

자식들이 가던 날…

예수도 그렇게 애비를 부르면서…

"아버님! 저를 버리지 마세요."라고 절규하며…

언제 태어난 듯했더니 무정하게 꿈처럼 사라지더라.

그 울음은 고집스럽게도 평생 가더라.

살아주어서
고마워

아프면 겸손해진다

아프면 겸손해진다

어떤 귀신같이 나를 잘 아는 노교수가 "의사가 아팠으니 사람들이 궁금해 할 거다. 그리고 그것은 많은 사람들에게 도움이 될 거다."라고 하여 나는 지금 이 글을 쓰고 있는데, 도움이 될지 모르겠다. 다만 수많은 나의 질병을 자랑하여 수많은 환자들이 치료받기를 거부한다든지 내가 종합병원에서 취업을 거부당할 수 있을 것 같다. 어쨌든 지금은 완치된 상태이다. 질병에 대한 지식은 좋을 수도 나쁠 수도 있다. 오키나와 여행 이야기를 했지만, 마치 일본어를 잘하면 행복할 것 같으나 그렇지 않다. 언어를 잘하면 여행을 즐길 수 있지만, 언어를 모르고 떠나는 대학생의 배낭여행과 자전거 여행은 그를 순례자로 만든다. 자연을 벗하고 밤길엔 별들이 아름답고 맑고 빛나게 보일 것이다. 물론 말이 안 통해 밥은 굶지만 영혼은 더욱 맑아진다. 고국에 돌아올 때는 일본어를 아는 사람보다 "아, 조국이 좋구나!"라며 행복해 할 것이다. 그리고 그는 맛깔나게 무용담을 만들 수 있다. 즐겁고 재미있었다는 단어는 세속적이지만, 행복하다는 단어는 종교적이다. 그러므로 굳이 애써서 질병이나 일본어를 미리 공부해야 한다는 법은 없다. 질병과 여행은 신의 특별한 선물이며 자신을 돌아보는 화두의 시간이다.

2006년 봄 나는 아무런 생각 없이 평소처럼 출근을 위해 아침 일찍 일어났다. 그런데 온몸이 찌뿌듯하고 미열이 있고 침샘이 부어 있었다. 평소 때 같으면 개인병원에 들러서 간단히 치료할 텐데, 그날따라 이상하게 종합병원으로 발길이 향해졌다. 살려고 그런 모양이었다. 나보다 15년~20년 정도 어린, 배가 좀 튀어나온 내과의사로 기억된다. 잠시 촉진도 하고 열심히 내 목을 만지더니 "별일 없는데 목소리가 조금 쉬어 있고 목에 2cm 정도의 덩어리가 만져지네요." 한다.

"그래요? 그러면 무슨 검사가 필요한가요?"

내과의사는 갑자기 글러브를 끼고 초음파를 하고 냅다 주사기를 목에 꽂아 조직검사를 했다. 의사가 환자로 바뀌는 데는 그다지 시간이 걸리지 않았다. 요즈음은 의학도 발달되고 기계가 좋아서 그렇게 빨리 알려줄 필요도 없는데, '같은 의사'라고 이틀 만에 알려주었다. 다른 사람이라면 일주일 걸렸을 것이다.

"암입니다. 수술하셔야 합니다."

내 생전에 그렇게 사람을 겸손하게 만든 단어는 없었다. 암이라는, 바로 '암'이라는 한 글자였다. 그 말 한 마디에 겁먹어서 다니던 병원에 사표를 내고 바로 이불 덮고 자리에 누웠는데 세상이 노랗게 보였다. 후배의사들이 모두 선배의사로 보이고, 칼잡이 외과 의사들은 신(神)처럼 보이기 시작했다. 나는 한없이 쪼그라들고 위축되어 세상 모든 의사들이 무서워졌다. 난 드러누워 하늘을 보고 생각해보았다, 최대로 겸손한 자세로. 그렇게 교만하던 내가 마치 성자같이 겸손해졌다. 갑상선 암 수술이 그다지 어려운 수술이 아니라는 사실을 알게 될 때까지.

'아홉수가 안 좋다더니 49세로 세상을 하직하는구나.'

'그렇다면 살면서 사회에 얼마나 봉사했는가, 의사로서?'

'살려주실까, 그분이?'

'죽일까, 예수님이?'

보통때는 예수라고 불렀는데 모든 사람에게 '님' 자를 붙이게 되었다. 젊은 내과의사는 저렇게 당찬데 나는 이제 죽는구나 하는 생각이 들었다. 지금 생각하면 그 내과 선생님이 은인이었으나, 당시에는 '저놈이 감히 나에게 암을 선물하는구나' 하고 원망했다. 세상을 위해 무슨 일을 해왔는가 하는 반성보다 우선 처자식은 어떻게 살릴 것인가? 이 거친 세상에 '돈 버는 일'은 단 한 번도 안 해본 처자식은 과연 어떻게 할 것인가, 하는 고민이 최우선이 되었다. 6개월이란 긴 휴가를 갖는 의사 환자로서 죽음에 대해 그렇게 많이 생각하며 시간을 보낸 것은 처음이었다. 죽음이라는 것이 나에게는 무의미하더라도 타인과 가족에 대해서는 무책임한 일이라고 처음으로 생각했다. 아마 나는 날마다 의사여서 영생하리라 믿는 불사신이었던 모양이다. 얼마나 평범한 태도인가? 죽음 앞에서 의사, 대통령, 판검사 같은 고귀한 권력층, 돈 많은 자의 거금과 호사스러움은 한낮 사치에 불과하다는 진리를 깨닫는다.

법정스님과 김수환 추기경도 죽음 앞에서 무기력했고 허무했다. 법정스님과 탁닛한 스님은 과거를 탓하지 말고, 과거의 인연이나 악연을 용서하고 현재만 쳐다보며 현재에 집중하여 '내가 실존함을 깨닫는 것'이 가장 중요한 깨달음이라고 했다. 하지만 융(Jung)은 40대나 50대는 자신이 평가 받는 시기로서 과거의 과오와 실수를 망각하려 애쓰지 말고 과거를 받아들여 현재를 완성하라고 했다. 나도 이 말이 무슨 말인지 정확히 모른다. 어떤 자는 과거를 잊으라고 하고, 어떤 자는 과거는 현재를 깨닫게 해주는 힘이라고 한다. 그러나 과거의 모든 일들이 주마등처럼 스쳐갔다. 대부분 후회와 소소한 즐거움들이다.

'조금 더 너그럽게 살 걸…'

'조금 더 용서하며 살 걸…'

'조금 더 겸손하게…'

'조금 더 사랑하며 살 걸…'

'조금 더 봉사하고 살 걸…'

'조금 더 베풀 걸…'

'친구들에게 술값을 더 낼 걸…'

나는 지금 죽으면 인생의 의미를 못 남기는데, 다시 살기만 하면 사회에 봉사하리라 맹세했다. 그렇지만 이러한 맹세도 갑상선암이 다 나았을 땐 오리 지능지수처럼 다 잊고, 담배를 피우며 친구들과 술집에서 한동안 마셨다. 간경화증이 기다리고 있는지도 모르면서. 인간은 참으로 나약하다. 술 담배를 끊은 기간이 3년 정도밖에 안 된 것 같다. 물론 현재는 안 마신다.

의사 고르는 법
(Doctor shopping)

갑상선암에 걸리자 '별것도 아닌 암'이라고 해도 사돈네 팔촌까지 특종 뉴스로 전달이 되었다. 서로 '어떤 의사'가 좋다고 추천하면서 서울의 유수한 병원들을 다 들먹였다. 집사람 입단속을 안 시킨 나도 잘못이지만, 집사람이 '암'이란 소리만 듣고 경악해서 울면서 떠든 한 마디가 화근이었다. 사돈네 팔촌(친척)들은 입으로 떠들기만 하지, 간경화증에 걸렸을 때는 '간 좀 빼 달라.'고 하니까 다들 슬슬 눈치만 보고 도망쳐버렸다. 나는 '병에 걸린 사람'이 죄인이지, 하고 생각했지만 한동안 분노가 사라지지 않았다. 어찌되었든 당시 가장 도움이 되고 항상 관심을 가져준 사람은 대인관계가 넓은 서울 고법 부장판사인 손윗동서였다.

'서울로 올라오면 다 해결된다'면서 최고의 의사를 소개해주었다. 어찌되었든 아내의 얼굴은 사색이 되었고, 그 얼굴을 본 나 역시 사지에 힘이 빠졌다. S대 병원에서 하루 종일 기다려서(예약: 3시, 정식진료: 6시, 5분 미팅) 잠깐 진료를 받았다. 광주에서 서울까지 수술은 아는 사람의 소개로 왔고, 같은 의사여서 1년 6개월 걸릴 것을 7개월 기다리라며 서너 번 더 외래 진료를 했다. 그리고 나중에는 담당교수가 바빠서 아는 사람 얼굴도 잊어버렸다고 했다. 그런데 내가 아는 사람이 우습지만 전 S대 병원장이었다. 내심 화가 났다. 하지만 꾹 참고 외과외래를 나왔다. 아내도 화가 났다. 아내는 키가 작고 내성적이며 내 눈엔 귀엽다. 현명하지만 때로는 과분하여 과하다. 넘친다.

"여보 나 따라와요."

나를 응급실로 데려가더니 누우라고 한다. 응급실은 피투성이고 환자들이 대문짝들처럼 널러 누워 있다. 무척 시끄럽고 싸움질을 한다.

"네가 내 아들을 죽여!"

"나도 같이 죽어라!"

"김 교수 나와 봐!"

욕지거리들이 난무하는데 침대도 없는 바닥에 나보고 누우란다. 고맙게 처형도 진지하게 따라와서 확실하게 누우라고 한다.

"나보고 누우라고?"

"그래, 누워, 이 웬수야!"

아내는 나를 갑자기 아이 다루듯 무섭게 말한다.

"알았어."하고 누웠다. 한 시간쯤 누워 있는데 어느 의사도 안 봐준다. 이미 의사들은 알고 있다. 중환자와 경한 환자가 누구라는 것을.

'내가 지금 뭐하고 있나? 아! 암 최면에 걸려 개그콘서트를 하고 있구나!'

나는 이불을 차고 벌떡 일어났다. S대 병원 내에 아는 사람이 많지는 않지만, S대 소아정신과에서 6개월간 레지던트를 파견 나온 적이 있어 몇 사람 또는 극소수의 의사는 알고 있었다. 극소수라고 하는 이유는 우리가 공부할 때 교수님들이 대부분 다 퇴직하셨기 때문이다.

더구나 난 타 학교 출신이다.

"내려가자."

병원 문을 박차고 나는 나와버렸다. 물론 담당 교수에 대한 원망은 단 한번도 안 했다. 나는 그 교수보다 건망증이 심해서 사립병원에 근무할 때 이사장 친척도 잊어버리고 치료를 방치한 적이 있고, 어머니 친구도 잊어버리고 모른 척 지나간 적도 있다. 갑상선암은 어렸을 때 목 부근의 방사선 조사가 원인으로 되어 있다. 그러니까 목 부위에 편도선염이 있거나 감기에 걸려 목 근처에 방사선을 맞으면 그렇다는데 잘 모르겠다. 이론상 그렇단다.

어찌되었든 굳이 보호자들에게 휘둘릴 것이 아니라 내가 주체가 되고 나의 결정으로 수술이 이루어지는 것이 타당하다고 생각했다. 큰 동서는 물 좋고 산 좋은 계곡에서 태어나 판사가 되었고, 아버지도 산 좋고 묏자리 좋은 화순군 동복면에서 태어나 일제 때도 고시를 합격하셨고, 화순에 사는 오촌형님 역시 물이 좋아 고시에 합격하셔서 모두들 그 어렵다는 부장 검사와 부장판사를 지냈으나, 나만 J대 병원과 CH대 병원 사이의 광주광역시 학동이라는 데서 태어났다. 병원 사이에서 태어나서 의사가 되었다. 또 집안에 13명의 의사가 있는데, 10명이 J대고 2명이 CH대, 나머지 한 명이 K대 의대이다. 나는 공부를 못해 CH 의대에 갔다. 조금은 열등감도 있었으나 그런대로 버티고 살아왔다. 의사가 환자가 되면 부유한 의사는 대개 서울 S병원이나 AS병원, SS대 병원으로 가고, 지방대학으로 다니지 않는다. 이것은 아마 자신의 약점을 고향에서 드러내고 싶지 않기 때문이라는 의미로 해석된다.

다른 선배나 후배들은 자기 모교에서 치료를 잘 안 한다. 특히 정신과 치료는 학교를 엇바꾸어 치료하는 것을 보았다. 나 역시 J의대로 방향을 잡았는데, S대학 의과대학 병원에서 암이 충분히 진행된 1년 후에 수술을 받으라고 하면 3개월 안에 지방대학에서는 끝난다. 이런 나의 경험으로 비추어 볼 때 그 분야에 일인자만 고집하는 것이 한국의 의료 풍토인 것 같다. 한국 환자들이 그런 사고방식을 가지고 있기 때문에 이류 의사들은 항상 콤플렉스에 시달린다. 삼류 의사도 수술은 잘하는데 파리 날리고 사는 의사도 많다. 이것은 꼭 '누구누구'의 소개로 병원에 간다는 우리의 의식에 문제가 있다.

나는 갑상선 암 정도는 설명도 잘해주고 이야기하기도 편한 지방대학 젊은 교수를 권하고 싶다. 외과는 나이 든 대가보다는 현장에서는 건강과 젊음이 보장된 자신감 있는 이류가 더 나을 때가 있다. 그래서 나는 그 길을 선택했다. 지방대학도 어떤 분야들은 서울의 대학병원 못지않다. 급히 수술을 해야 하고 갑상선 암처럼 완치율이 높은 질병의 경우 서울에서 산다면 지방대학을 적극 추천한다. 그 이유는 암이라는 병은 조기치료가 우선이기 때문이다. 군이 대가의 수술을 기다리며 시간 낭비하는 것은 경제적인 낭비다. 수술을 빨리 해서 건강한 몸으로 빨리 직장에 나가는 것이 건강하게 사는 법이며 돈을 버는 길이다. 그래서 군이 도회지의 유명한 의사를 찾는 것은 좋지만, 일등 의사는 조금 피해주는 게 본인에게 유리하다. 사실 이것이 일등 의사의 바람이기도 하다. 너무 바빠 일등 의사로서 적정 진료가 아니라 기업체의 노예의사가 되어버리기 때문이다.

일등이라는 것은 사실 멋도 없고 기계적이며 불쌍한 인생인데, 의사들은 자꾸 일등이 되려고 한다. 일등이라는 것에는 여러 가지 함정이 있고 보편타당한 길을 못 살게 하는 장벽이 있다. 대한민국 환자를 혼자서 다 치료하라는 말인데, 이 이야기는 한국에서는 말이 된다. 왜냐하면 대한민국의 99% 정도는 일류도 못 되면서 일등만 찾기 때문이다. 더 한심한 것은 환자가 돈이 많거나 성격이 강박적이어서 암 치료는 안 받고 정신병적으로 '의사 쇼핑 또는 전국 의사 비교 분석하기'가 취미인 사람들이 실제로 있다는 것이다. 비교하다 사망하는 것도 자유니까 뭐라고 할 필요는 없다. 그러나 간 이식은 조금 다르다. 간 이식은 20시간 이상이 걸리는 데다 하루 종일 수혈을 한다. 혼자서 하는 수술이 아니라 여러 의사의 힘이 필요하므로 팀워크, 단합과 조화가 잘되는 외과 의사들이 모여 있는 곳이 필요하다. 그리고 그것은 모르긴 몰라도 하나의 기계적인 종합예술이 되어야 할 것 같다. 하지만 나는 못 보았다. 왜냐하면 수술 받는 20시간 내내 마취되어 잠을 맛있게 잤으니까.

제3장

레빈튜브(Levine tube), 몸에 부착되는 여러 보따리와 전깃줄들

쉽게 쓰기 위해 웬만하면 의학용어를 안 쓰려고 했는데, 벌써 레빈 튜브라는 영어가 나와버렸다. 몸에 부착되는 부착물(artificial artifacts 또는 foreign bodies)들이 있다. 정부에서는 차트를 한글로 쓰라며 환자의 인권을 중요시한다. 다시 말해 환자의 알 권리를 주장한다. 그런데 의과대학 교육 중 아주 잘못된 것이 본과 3학년, 4학년 때 한글로 된 정신과학(이○균 교수 등)이란 책으로 배우는데, 영어보다 한글이 더 어렵다. 우리가 학교 다닐 때는 이○균 교수님보다 더 고참 교수님이 쓴 얇은 녹색 책으로 배웠다. 그런데 정신과 레지던트를 하면서 영어 원서로 배우는데, 이상하게도 원서가 더 이해가 잘 된다.

이 말은 정신과를 전공하지 않는 의사들은 정신과 레지던트를 하지 않는 이상 정신과를 모른다는 이야기다. 의사도 모르는데 시민 단체에서 떠드니까 한글화해서 배우는 것이 낭패다. 그래서 타과 의사들이 정신과 의사들은 '환자들 잠이나 재우는 의사'라고 표현한다. 달리 표현하자면, 대전이라는 도시를 안 가보아도 알 수 있는 것이 한문이다.

'大田'이라고 쓰면 '큰 밭'이니 산이 없고 길이 십자형으로 아주 넓은 밭 모양이구나 하고 안다. 해남에 가면 '옥천 면'이라는 데가 있는데, '구슬로 꿰매어 넣은 옥같이 맑은 물이 많은 곳이니 쌀이 맛있고, 논산에 가면 예로부터 '산에서 논 하는 사람'이 많아 서당이나 학자가 많이 나오겠구나 하고 유추할 수 있다. 영어로 stomach은 위장인데, 이것을 예를 들어 '밥통'으로 번역하면 어느 정도는 알 수 있다. 나는 정신과 의사이지만 누가 'psycho, soul, spirit, mind'라는 단어의 각각의 의미를 물으면 나는 모른다고 말한다. 왜냐하면 모두 한글로 번역할 때 '정신'으로 번역하지만, 이들 영 단어가 라틴어나 그리스어의 어딘가로부터 왔고 각각 다를 수도 있지만 모두 '정신'이기 때문이다. 정말 어려운 한글 책이 정신과 교과서이다. 우리의 정서와는 다른 라틴어에서 비롯된 영문들을 한문으로, 다시 한문도 안 배운 세대에게 한글로 번역시켜 가르치는 교수들을 보면 대단한 분들이다. 나는 개인적으로 바이블부터 시작하여 모든 번역본들을 의심한다.

지금 이 말을 논하려고 하는 것은 아니다. 다만 입 또는 코로 삽입되는 의료기구들이 상당히 고통스럽다는 말이다. 정확하게는 모르겠는데 갑상선 수술 때 약 다섯 개쯤 몸에 붙이면, 수술 후엔 목에 거즈한 장 붙어 있었다면 간이식 수술 방에서 나올 때 약 12개, 또는 심전도 전선 등을 포함하면 약 20개 정도가 될까 한다. 이런 것들은 상당히 고통스럽지만 수술 후 의사와 전문 간호사들이 하나하나씩 제거해주니 그리 걱정할 문제는 아니다. 하지만 굉장히 신경이 쓰인다. 어찌되었든 죽을 맛이었다.

수술 전 검사

수술 전에는 여러 가지 검사를 하게 된다. 가슴 X-ray, EKG(심전도), 혈액검사 등 기본적인 검사에서 시작하여, 갑상선 수술은 갑상선 초음파, CT(단층 촬영), MRI 검사 등 복잡한 검사를 여러 차례 시행하여 수술의 정확도를 높인다. 그런데 이때 B형 간염이 진행되어 간경화증이 가볍게 존재한다는 소견을 발견했으나, 당시엔 아무 증상이 없다가 약 1년 정도 일이 많은 병원에서 근무하면서 스트레스로 악화되었다. 간은 질병이 있어도 증상을 나타내지 않는다고 한다. 그러나 갑자기 악화되면 회복이 어려워진다. 그리고 그렇게 진행되기 시작하면 직업적 기능이 마비되고 잦은 내과 입원이 시작되며 과도한 CT 촬영과 MRI 촬영이 시작된다.

이러한 잦은 검사는 내과와 외과가 거의 동일하다. 어쩌면 초창기에는 검사가 더 지겹다. 수많은 날을 검사를 위한 금식으로 보낸다. CT 한 장은 평생을 찍는 X-ray 조사량(방사능에 노출되는 양)과 맞먹는다. 그리고 많은 환자들이 수술에 대한 공포로 수년간 간경화증으로 내과적

진료를 받게 된다. 내과 의사들이 들으면 서운하겠지만, 심한 간경화증으로 진행되지 않고 중단되어 증상이 사라지면 내과 진료를 받는 것도 괜찮지만, 진행된 간경화증이면 한 살이라도 젊을 때 외과적 간 이식을 할 것을 권하고 싶다. 물론 사람과 각자의 질병에 따라 다르니 여러 사람의 의견을 들어보기를 권한다. 내 경험상으로 볼 때 이 세상에서 가장 좋은 의료서적은 환자들이 쓴 수기다. 미안하게도 닥터나 박사들이 쓴 책은 눈에 거슬리게 자기 자랑과 일류병 환자들이 쓰는 진부하고 유치한 개인기(의료기술 자랑과 광고)가 많을 뿐 환자에 대한 배려가 없다. 환자가 쓴 체험기 모음은 가장 좋은 참고 서적이며 다양한 경우의 집합체이다. 그러므로 이 책에서 충고하는 간 이식도 일부의 충고에 지나지 않는다. 그러나 이식에 대한 대한민국의 지대한 의료발전은 무시할 수가 없다. 거의 신(神)의 경지에 도달했다고 본다. 몇몇 의사들을 통해서 말이다. 나는 간 이식 수술 후 다소의 불편감은 있지만 대단히 잘했다고 생각한다.

요즈음 나는 이런 생각을 한다.

'정신분열증은 안 낳는 병 중의 한 가지인데 뇌 이식을 해버리면 좋지 않을까?'

그러나 이 문제는 종교인과 이 땅에 사는 모든 지식인 및 법조인들이 토론하고 고민하며 스스로 괴로워하다가 나중엔 데모를 할 것이다. '뇌 이식 수술은 인권 탄압이며 인간 복제와 똑같다.'라고 하며 굉장히 시끄러워질 것이다. 어찌되었든 수술 전 검사의 종류는, 쉽게 표현하자면 '남자의 자격'에서 방영한 검사와 각종 검사(피검사, 가슴, 배, 머리사진과 각종 내시경 및 초음파, 수시로 반복되는 피 검사, 수시로 찍어서 금식으로 힘든 CT와 MRI 등)를 하게 되는데, 간 이식 수술 2주 전에 검사를 위해 입원하게 된다.

　　이 책은 의사들을 위한 책이 아니므로 의사들은 볼 필요가 없다. 그러나 혹시 본다면 양해를 바란다. 특히 교수님들은 보지 마시기를…. 의사와 교수는 편견이 과하고 한쪽으로 편향되어 있는 자들이다. 모든 것을 자기 전공과목으로 해석하여 세상을 보려 한다. 그리고 가장 중요한 배려를 할 줄 모르는 바쁜 일류 엔지니어에 불과하다. 산 정상은 너무 날카로워 타인들을 세우기엔 여유가 없다.

　　"왜 콤마와 점을 혼용하지? 원래 피검사(**혈액 검사**, Blood sample test, **혈액 종양지표 검사 등**) 하고 정확히 표기해야 되는데. 참 한심하구만."이라고 하실지 모르지만, 난 환자들을 위해 똑같은 환자의 눈높이로, 그냥 쉽게 혈액검사라고 총칭하여 쓰겠다.

살아주어서
고마워

반복되는 입원

제1장

눈(Snow)

　첫눈, Snow, 雪, 스노우 등은 모두 다 똑같은 말이다. 나는 유화와 등반이 취미이다. 그런데 '하늘에서 떨어지는 솜덩이 같은 눈들'을 병 때문에 그림 한 장 못 그렸다. 이런 생각을 하며 2006년 한 해 동안 나는 내과와 외과 병실을 번갈아가며 잦은 입원으로 보내고 있었다. 내가 입원한 병원에서 밖을 내다보면 바로 눈 내린 산이 보인다. 아름다웠다. 그리고 그때는, '이러다가 서서히 죽어가겠지.'라는 절망감이 가득했지만 대체로 받아들였다. 살면서 날마다 해도 못 하고 부족한 기도를 그때 다 한 것 같다. 여름부터 입원하기 시작하여 잦은 입원으로 벌써 한 해가 가고, 눈은 그야말로 비 오듯 쏟아진다. 청진기, 새하얀 가운, 젊은 수련의들, 재잘거리는 꽃다운 간호사들, 건방지고 한없이 솟구치는 야망 속에서 꿈틀대는 젊은 교수들, 영원히 산다는 불사신 같은 젊은 수련의들, 모든 것이 부럽고 아름답게만 보인다. 밖에서는 눈이 펑펑 쏟아지고, 차들은 눈 때문에 버둥대고, 눈 쌓인 웅장한 산은 자비로운 미소 같다. 의사로서 청진기와 가운 같은 사소한 물건들이 앞으로 몇 년 후에는 영원히 못 만지는 물건들이 될 수도 있다는 생각이 들었다. 허무했다. 병원의 일상은 날마다 똑같다.

"환자분 일어나세요. 혈액검사 시간입니다."

- 새벽 5시

"환자분, 가슴사진과 복부 촬영입니다. 어디 가시면 안 돼요."

- 새벽 6시

"환자분, 혈압과 당뇨 체크입니다."

- 새벽 6시 30분

"환자분, 오늘은 당이 높네요."

간호사들이 환자분이라고 자꾸 외쳐주는 바람에 나는 자연스럽게 환자가 되었다.

"환자분, 식사시간입니다, 날마다 보리밥과 저염식입니다."

- 아침 7~8시

이때 병원에 따라 청소하는 아줌마가 식사 중에 들어온다. 기분이 상한다.

"환자분 회진 시간입니다."

대학병원은 아직도 간호사들이 한 시간 전부터 회진준비를 하는데, 어떤 날은 한 시간 회진 준비가 두 시간도 되고, 나중엔 점심시간이 되기도 한다. 김 박사, 이 교수, 최 대가(大家) 모두 다 좋은데… 회진 전에 수술이 있어서, 회진 전에 너무 유명해서, 회진 전에 응급환자가 있어서 등 별의별 평계로 회진을 늦게 한다. 하루 종일 링거주사에 알지 못할 어떤 물질들을 혼합하여 두 병 맞으면 하루가 간다.

"오늘도 당이 높네요, 운동하세요."

나는 화가 머리끝까지 솟아서 결국 화를 내고 만다.

"야! 임마! 나도 의사라는 것은 놔두고 환자로서 하는 말인데, 두 시간 이상 사람을 앉혀놓고 어디 가지 말라고 해놓고 당이 높다고 운동이 부족하다고 하면… 교수 오라고 해봐! 열 받네! 회진 좀 제시간에 하라고 해. 하루 이틀 늦어야지. 사립병원이면 의사해고야."

조금만 내가 이해하면 될 일을 또 화를 낸다. 환자니까. 그런데 의사보다 더 높은 게 간호사고, 극장 주인보다 더 높은 사람이 표 받는 사람이고, 호텔 사장보다 더 높은 사람이 수위라고 간호사들끼리 모여서 수군거린다.

"207호실 환자 말이야, 자기가 뭐 의사라고… 당뇨가 어쩌고저쩌고 하면서 화내는 거 있지. 환자가 간호사 말을 들어야지. 참 웃기지, 그렇지요?"

나는 앞으로 몇 달을 또 병원에서 보내야 될지도 모르는데 앞으로 힘들게 생겼다 싶어 간호사들에게 한 마디 했다.

"이 가시나들이 모여서 뭐하나! 여기 병원 원장이 고등학교 선배다. 야! 너! 신입, 초자지, 너 말고…."

"저 말인가요?"

수간호사가 놀라서 일어난다.

"멀대 말고… 키 작고 뱁새눈 말이야. 간호사가 돼 가지고 환자를 등 뒤에서 씹는 거 아니다. 내 말이 틀렸나? 운동할 시간이 없어서가 아니라 운동할 시간을 안 주는 병원이 어디 있어? 내 말이 틀렸나?"

사과는 안 하고 눈만 멀뚱멀뚱 쳐다본다. 마침 운동시간이어서 다른 환자들도 하나 둘 모이기 시작한다. 나는 사과만 받고 끝내려고 했는데, 옆에 서 있던 경상도 아지매가 구수한 사투리로 나와 함께 합창하다가 나중에 큰 소란으로 바뀌어버렸다. 내가 이런 것을 의도한 것이 아닌데….

"그라고 뒤에서 수군거리는 것이 아니제."

"이 가스나들이 아저씨 숭(흉) 봤읍니꺼? 마! 어매, 무신 놈의 병원이 환자들을 앉히고 세 시간씩이나 회진 기다린다고 환자들 안차놓고, 여기가 군대가?"

조용하던 병실이 점점 시끄러워진다.

"죄송합니다."

그제야 수간호사가 사과한다. 그동안 쌓인 환자들의 불만이 쏟아졌다. 나는 내 입장이 난처해지자 슬그머니 자리를 피해 병실로 돌아온다. 밖은 소란스럽고, 창밖에서는 속절없이 눈이 펑펑 쏟아진다.

"우리 남편은 다리가 부러져 기브쓰 하고 있는데, 앉아서 두 시간씩 기다리게 하는 법이 어디 있당가?"

"죄송, 죄송합니다."

"우리 남편은 마박(머리)에 금 가서 정신없는디, 두 시간씩 회진한다고 앉아 있으라고 하냐? 니는 그렇게 머리도 없냐?"

"죄… 송… 죄송합니다."

병실은 너무 소란스럽고 풍경은 멋지고, "어따! 나도 모르겠다." 하며 병실로 가서 한참을 소파에 누워 있었다. 그러자 간호과장이 내려와 각 병실마다 사과하고 다닌다. 뱁새 간호사 한 명만 손봐주고 기죽였더니 그 후 병실은 질서정연하게 돌아갔고 나는 특사 대접을 받았다. 참 너무 미안했다. 그러려고 그런 것도 아닌데 말이다. 저녁 다섯 시에 올 때도 있고 말 때도 있는 레지던트 회진.

저녁 여섯 시 식사시간. 7시가 되어 밥 달라고 하면 실수로 밥 배달이 안 된 경우 간호사들이 식당 아줌마에게 사정하는 진풍경도 벌어진다. 주치의나 담당의사가 수술이 밀려서 끝나면 밤늦게 회진을 돌기도 하는데, 젊은 시절의 내가 떠올라 가끔은 의사들이 처량하게 보인다. 불쌍한 마누라는 간 제공자와 AS병원에 가서 간 이식 상담을 하겠다고 서울에 가고 없다. 참으로 쓸쓸한 겨울이었다.

당시엔 당뇨가 있었는데 혈당이 200~300까지 올라가서 힘들었다. 나는 내과 의사들에게 욕을 얻어먹곤 했다. 무엇을 먹었는지 하는 문제와 운동 좀 해야 한다는 이야기였다. 외과의사에 비해 내과의사들은 친절하지만 치료방법이 대범하지 못했다. 그 당시 란투스 20유닛 정도 맞았는데, AS병원에 도착하자마자 60유닛을 사용하는 것을 보고 좀 놀랐다.

"운동을 안 하셨죠?"

"아니요, 했는데요?"

"지금 수치로는 갑상선암 수술 못 들어갑니다."

"…"

며칠 지나자 의사들은 약간씩 화를 낸다.

"당 수치가 이러면 수술 못 해요. 운동 좀 하세요."

"운동은 계단 오르기 두 시간 했거든요."

"이상하네, 왜 당이 안 떨어지지? 내일모레가 수술이죠, 제가 알아서 하겠습니다."

나는 이틀간 밥을 굶고 여덟 시간 운동을 했다. 수술 당일 혈당이 정상으로 나와 수술을 무사히 마쳤다. 간 이식도 이 방법을 썼다. 나중에 이 이야기를 간 이식 주치의에게 했더니 웃으면서 "공연한 짓 했다." 한다. 갑상선 수술을 한 외과나 내과 교수님들에게도 감사했다. 왜냐하면 '간경화증'이라는 병을 발견해주었기 때문이다. 그리고 간암으로 바뀐다는 점을 주지시켜 주셨다. 그러고 보니 쓸데없는 시간을 CH 대 병원에서 보낸 것이 아니었다. 나도 의사지만 나의 병을 치료해준 의사들에게 눈물 나는 감사를 드리고 싶다.

간은 호르몬 합성과 소화기능 및 당 분해 능력을 가진 기관이다. 지금 생각해보면 간은 병세가 없는 상당히 멍청한 놈이지만 우리 몸의 중요한 기능들을 대부분 맡아서 한다. 간 이식 후 당 분해 능력과 당 저장 기능이 정상화되자 한 시간만 땀 흘리며 운동을 해도 혈당 수치가 놀랍게도 80~120에 머무르고, 150이 넘던 혈압도 120으로 떨어졌다. 2010년은 수술로 보내고, 2011년은 직장을 구하러 다녔다.

일본에서 화산 폭발이 두 번 일어나고 눈이 100cm쯤 내려 강원도를 강타했다. 전국에 구제역 폭풍도 불었다. 앞으로 4대강 개발 사업과 구제역으로 소 돼지가 흘린 피는 반드시 인간에게 보복을 할 것이다. 아름다운 것을 소중하게 여기지 않고 서로를 배려하지 못한 우리를 되돌아볼 시간도 없이 수많은 세균을 배양하고 있을 이 땅이 두렵다. 그러나 그러한 무서운 것들을 묻어버린 채 눈은 탐스럽고 아름다웠다. 갑상선암을 제거한 2006년 여름 수술을 마치고 무사히 직장에 귀환했다. 암센터가 화순에 있는 관계로 화순 정신병원에 취업했다. 조금 고상한 말로 두 번이나 병원장에 부임하고 마지막은 과장으로 부임했다.

그런데 이놈의 병원이 한가한 병원이 아니라 코피 나게 바쁘고 스트레스가 이만 저만이 아니었다. 2007년 여름에 직장에 복귀했으나, 기업체의 고급 노예가 의사란 직업이다. 담배는 확실히 암과 모든 질병을 유발한다. 술도 몇 가지 질병을 일으키지만, 사실 술 중독환자는 정신병이 더 무섭다. 내가 아무리 '나를 빌어서' 술과 담배가 해롭다고 해도, '우리 아버지는 술과 담배를 다 했는데, 하루에 담배 세 갑 피우고 술은 대두병 한 병을 날마다 마시고 아흔까지 건강하게 살았다.'라는 글귀들을 인터넷상에서 자주 본다. 그런 사람들 말처럼 나도 공연히 술 담배를 3년씩이나 끊고 있는가 싶다. 술 담배보다 더 무서운 것이 스트레스와 과로다. 왜냐하면 H군 정신병원 근무는 나에게 많은 스트레스를 주었다. 봉급이 많다고 욕심낼 일이 아니다. 돈밖에 모르는 불쌍한 의사 가족과 현명한 후배 의사들이 나에게 조언한 것을 믿은 게 내 잘못이었다. 과로는 간경화증을 악화시키고 나를 넘어뜨렸다.

"선배님! 돈도 적게 주면서 스트레스 주는 오너가 많아요. 무조건 돈 많이 주는 회사로 가세요."

그런데 아니다. 돈 준 만큼 빼먹고 부려먹는다. AS병원과 화순 CH대 암센터의 환자들을 보며 시 한 수를 지어보았다.

병원(순번)

많은 아픈 사람들이
슬픈 얼굴로 줄지어 서 있다.

모든 색이 힘 빠진 하얀색이다.

간암, 폐암, 위암… labels
주검들이 서 있다.
슬피 서서히 죽어가는
사람들의 행렬이다.

아무 희망도 없고
욕망마저 없는 천사들 같다.

사람은 아프면 천사가 된다.
어떤 조건은 사람을
천사로 만든다.

간, 폐, 신장 등을
기다린다.

이들 중 몇 명은 이식을 받고 웃으며 돌아가지만
많은 사람들이 순서대로
천사처럼 죽어갈 것이다.

오늘도 그 자리엔…
날마다 운명적인 순번이
기다리고 있다.

은총과 죽음이…

초기 증상

2007년부터 새로운 직장을 다녔는데, 병원 자체가 일이 많아 과로를 했으나 특별한 증상은 없었다. 그런데 어느 날부터 갑자기 한 번 코피가 나면 멈추질 않고 계속되고, 몸에 상처를 입고 출혈이 생기면 잘 멈추지 않았다. 그리고 계속 졸렸다. 하루 종일 피곤했다. 신기하게도 간 수치(GOT, GPT, T-bilirubin, D-bilirubin)가 정상이었다. 간 이식 받기 전까지도 별 이상이 없었다. 단지 45세 때부터 생긴 Type II 당뇨병과 빈혈 증세(혈소판 감소) 및 전해질 장애가 전부였다. 그래서 그냥 직장에 다녔다. 낚시를 갈 때도 운전 중 졸음이 와서 아내가 운전을 하고, 산에 갈 때도 졸음이 와서 또 아내가 운전을 해야 했다. 머리가 맑은 적이 별로 없는 것 같았고 가끔씩 출혈이 지속되었다. 내가 좋아하는 바다낚시를 하는 동안만 눈을 뜨고 있었다. 그러한 전해질 장애로 인한 졸음이 혼수로 진행되고 사망에 이른다는 사실도 모르고 있었다. 내 전공이 아니어서….

개인병원 내과의사들은 "그다지 심각하지는 않지만 경화된 결절이 두 개 정도 보인다.”고 했다. 그리고 언젠가는 문제가 될 것이라고 이미 J대 병원에서 들었던 이야기를 들었다. 그래도 소홀히 하고 과로한 것은 사실이다. 당시엔 “나이 먹어서 하는 박사학위는 사람을 죽이니 하지 마라. 이상하지만 박사학위를 늦게 하면 꼭 죽더라.”라는 말을 듣고도 학위 공부에 매달렸다. 하필이면 논문발표 날 라식스 3개와 독한 주사를 맞아서 헛소리까지 하고, 목소리와 손에 경련이 일어나 박사학위 취득은 수포로 돌아갔다. 늙어서 옆에서 학위 하라고 충고하면 절대로 하지 말기 바란다. 사실 학위를 따서 기분만 좋을 뿐 별 볼일 없다. 교수들을 제외하고는 말이다.

어느 날이었다. 아침에 일어났는데 눈이 잘 안 떠지고 비틀거렸다. 그래도 출근했다. 오죽하면 아내가 출근하지 말고 큰 병원에 가보자고 한다. 내가 알아서 하겠다며 출근하여 피검사를 해보았다. 혈소판 수치와 소디움(Na+) 이온이 매우 낮았다. 조금만 더 떨어지면 혼수(coma)에 들어갈 형편이었다. 병원과 계약 기간도 만료되어 급히 사표를 제출해야만 했다. 당시에 정신과 의사 두 명이 그만두고 도망간 관계로 갑자기 나 혼자서 150명의 입원환자를 보고 있었다. 원장의 만류에도 불구하고 건강이 먼저여서 그만두었다. 좀 미안하다고 생각했지만 어쩔 수 없었다.

그리고 2009년 7월부터 본격적으로 간 이식에 대한 고민을 시작했다. 당시에 가장 고달팠던 것은 전해질 장애로 인한 혼수와 출혈이었다. 간경화증에 대해 모르는 분들을 위하여 한 마디 해드린다면, 간 문맥의 순환장애로 식도에 정맥류가 생기는데, 이것이 터지면 의사들을 정신없게 만드는 출혈이 생긴다. 이때는 어떤 방법을 동원해도 피가 멈추지 않거나 사망에 이른다.

그러나 나의 경우 그 정도는 아니었다. 단지 자주 쓰러져 직업적 기능을 못 해서 간 이식을 결심했을 뿐이다. 나중엔 근육통이 심해져 고생을 했는데, 칼슘 때문에 그렇단다. 하여간 몸 전체의 전해질 균형이 좋지 못했다. 그런데 난 잘했다고 생각한다. 옆에 같이 입원한 환자들은 '간암'도 아니면서 수술한다고 핀잔을 주었지만 나는 조기치료를 해버렸다. 그러나 간 이식을 향한 여행은 만만치가 않았다. 간제공자를 찾는 데 거의 1년이 낭비되었고 직장도 휴직을 해야 했다. 건강을 잃으면 경제적 손실이 이만 저만이 아니다.

죽음과 삶의 경계에서

많은 환자들이 가족들에게 이렇게 많은 피해를 주느니 '죽는 게 낫다.'라고 생각하는 것 같았다. 나 역시 그런 생각이 들었다.

'무슨 방법으로 죽을까?'

'의사니까 마약과 수면제를 구해 혈관주사를 놓을까?'

'정신과 약을 모아서 한꺼번에 먹을까?'

'목을 맬까?'

다른 환자들과 똑같은, 참으로 쓸데없는 생각들을 많이 했다.

'아내가 불쌍해지겠지, 날 미워한 놈들은 시원하다고 하겠지.'

'난 무엇을 이루었을까?'

'딸은 날 원망하겠지.'

'유서는 무얼 쓰지. 미안하다고 쓸까?'

'날 사랑했던 사람들은 울겠지.'

'친구들은 하루 정도 서운해 하다가 폭탄주 마시고 날 잊으려고 노력할 거야.' 별의별 생각이 다 들었다. 마치 비행기를 타고 여행을 할 때 대기 속에서 쭉 멈추지 않고 내려가는 기분이다. 그럴 때 사람들은 청룡열차나 공포체험보다 더 기분 나쁘다고 한다. 바다 한가운데서 배가 항해 중 물속으로 계속 가라앉는 느낌이랄까? 하여간 사람이 좌절한다는 것이 어떤 건지는 죽음이 다가오면 느낀다. 뭐라고 표현하기 힘들다. 온몸에 힘이 하나도 없고 솜털같이 가볍고 무거운 쇠가 나를 누르는 압박감이 같이 공존하는 느낌이다. 시간도 멈춘다. 아내는 상처를 많이 받았다. 여권이 신장되었으나 그런 것과는 상관없이 시부모를 모신다. 착하다. 자녀들을 한두 명밖에 낳지 않아 가족 중 사소한 사고에서 큰 사고에 이르기까지 불행이 닥치면 견디기 힘든 일도 겪었다. 나 자신과 딸이 따뜻한 모성애를 박탈당하는 적이 없도록 해주었다. 외도한 적도 없다. 그런 착한 아내와 딸을 두고 나는 먼저 저 세상으로 간다고 생각하니 눈물이 앞을 가린다. 다들 생각하는 문제다. 허무하고 웃음만 나왔다. 긴 침묵과 정적이 흐른다. 수없이 의미 없는 날들이 지나간다. 아마 이런 기분이 죽음을 의미할 것이다.

퀴블러 로스라는 학자는 죽음을 받아들이는 자세와 태도를 몇 단계로 구분했다. Denial(부정), Anger(분노), Bargaining(협상), Acceptance(승낙, 수락) 등의 단계가 있다고 한다. 그러나 나의 체험으로는 우스운 이야기다. 전혀 맞지 않는 어불성설이다. 병들자마자 인간의 존엄성은 사라진다. 그러므로 병에서 나아서 반드시 병과 싸워 이겨야 한다. 죽음은 차분하게 네 단계를 거칠 시간도 없이 사람을 추해지게 한다. 참으로 쓸데없는 일이 죽음을 분석하는 일이었다. 죽음은 생물학적 현상이며 불쌍한 사람이 되는 것일 뿐이다. 종교적으로는 이 세상과의 결별을 의미한다. 아주 간단하고 단순명료하다. 죽어서 부패되는 것이다. 슬픈 일이다. 연기 같은 삶인 것이다.

제4장

간경화증으로 인한 지루한 입원생활

간경화증이 생기자 나는 자주 반복적으로 전해질 불균형으로 입원을 했다. 건강할 때는 몰랐지만 질병은 나에게 많은 교훈을 주었다. 내가 가지고 있는 지식, 열정, 용기를 저장했다가 심장으로 보내주는 기관이 간이라는 기관임을 몰랐다. 간이 아프니 자연스럽게 용기와 정열이 사그라지고 무기력해졌다. 세상에 멍청한 간이 이렇게 더 많이 축늘어지면서 전 기관을 노인네로 만들다니…. 신체는 경이로웠다. 난 천재가 아닌 바보의사다. 교과서로 배운 것을 몸으로 경험하니 그렇게 신비로울 수가 없었다.

그러나 내과적 치료 과정은 정신과보다 더 멍청해 보였고 별다른 발전이 없는 치료였다. 반면에 간 이식은 획기적이다. 문제는 사람들의 편견이다. 내가 간 이식 후 강원도 모 병원에 지원했는데, 내 일생일대에 없는 낙방을 했다. 다시 말해 '간 이식을 했으니 얼마나 건강이 안좋을까?' 하고 생각하는 것 같았다. 남원의 모 병원도 고개를 저었다. 환자들은 간 이식을 하고 분명 좋아졌는데, 다른 사람들은 엄청난 사건으로 생각한다는 점이다. 그러니 회사에 다시 입사할 때는 간 이식을 비밀로 하는 것이 좋을 듯하다.

간은 '생화학 공장'이며 대사와 영양물질의 보관, 담즙 생산 및 배출 기능을 한다. 또 알부민과 혈액응고 물질, 그리고 그 요소 및 콜레스테롤 등의 물질과 술이나 약물 및 독소를 해독한다. 대사 기능이란, 장으로부터 흡수된 물질을 우리 몸의 여러 조직에서 사용할 수 있도록 간에서 적절히 변화시키며, 여러 조직들이 이용하고 남은 노폐물들을 다시 간으로 운반하여 처리한다. 자동차로 설명하자면, 엔진은 인간의 심장을 의미하며, 간은 정제된 휘발유를 저장하고 불순물이 든 휘발유를 정제하여 보관하는 에너지원의 저장고인 셈이다. 군대로 말하면 군수물자와 식량의 창고를 의미한다. 그러므로 전쟁을 할 때도 공군이 비행기를 적진에 급파하여 휘발유와 경유(인체의 혈액에서 생성된 당 에너지), 폭탄과 식량 창고를 폭격하면 사단 전체가 맨손으로 싸워야 되는 것과 같다.

이토록 중요한 것이 간이다. 그래서 병든 간의 증상은 극도의 피로감으로 나타난다. 적군이 가지고 다니는 A, B, C형 바이러스 균과 독소들이 간을 끊임없이 공격하여 간경화증이 되면 피를 탁하게 만들고 고갈시켜 출혈 경향을 증가시킨다. 인체의 휘발유인 혈액에 치명타를 입힌다. 전해질 균형도 엉망이 된다.

또 주제넘은 이야기를 하고 말았다. 정신과 의사가 내과 영역을 건드려버렸다. 그러나 학생 때 이 정도 이상을 배워서 한 번도 안 써먹고 자기 분야 중 한 분야만 전공하는 멍청이 의사를 만드는 것이 오늘의 의학도 현실이니 개탄스럽기도 하다. 전쟁이 나면 정신과 의사도 간단한 상처를 꿰맬 수 있어야 한다.

영양소를 흡수하기 위해서는 반드시 담즙 산을 생산하고 배출하는

데, 이 기능을 간에서 한다. 담즙은 담도를 통해 장으로 배출된다. 이런 것을 측정하는 방법이 담관을 초음파로 촬영하여 담즙이 잘 흐르는가를 보고, T-bilirubin, D-bilirubin 등을 측정하는 방법이다. 난 이런 수치들이 모두 정상이었다. 간경화증이 심해지면 GOT, GPT, T-bilirubin, D-bilirubin이 모두 엉망이 된다. 그런데 나의 경우는 황달도 없고 극심한 출혈도 없으며 복수도 없었다. 단지 어지럼증, 코피나 출혈이 생기면 지혈이 잘 안 되고(가끔 진료 중 코피가 나와 난처했던 적이 있었다), 소디움 혈중수치 저하로 혼수 직전 상태가 되는 것, 그리고 혈당의 상승 정도였다. 그러나 직업이 '죄 많은 의사'라서 환자 앞에서 완벽할 필요가 있었다.

조상 중에 간암으로 죽은 외갓집 식구(술 안 먹는 착한 할머니, 삼촌 등)가 있었고, 이는 유전적 성향이 있을 거라고 판단했다. 그래서 우선 이 문제를 처리해야 했다. 지금도 내과적 치료를 주장하는 사람도 있고, 수술 같은 처치를 주장하는 학파가 있겠지만, 나는 내가 원해서 거의 1년 이상을 간 제공자(도너, Donor)를 찾아 헤맸다. 그리고 간 이식 수술 여행을 단행했다. 물론 B형 간염이 원인이긴 하지만 평소에 조금씩 하는 술 담배도 영향을 미쳤으리라고 생각한다. 간 이식 수술을 하고 나서 술 담배를 끊어 '대단한 의지의 사나이' 같지만, 오죽 의지가 나약하면 그 지경이 돼서야 술 담배를 끊었을까?

또 한 가지는 내과적 치료가 발달했다고 하나 우리가 수련을 받던 1980년에 비해 내 눈에 크게 달라진 것이 없었다는 점이다. 실은 외과 의사가 '수술하라'고 충고한 것이 아니라, 평소에 잘 알고 지내던 선후배 내과의사들이 증상이 경미해도 수술을 추천했다. 나중에 목에서 피 토하며 '추접기(더럽게) 떨고 피 토하며 죽은 불쌍한 의사'로 죽는다고 겁을 주었다.

"예, 오늘은 암모니아 수치가 조금 올라서 관장을 합니다."

"…."

"에 또, 오늘은 전해질 장애로 수액 요법을 합니다."

"…."

"에, 오늘은 또 당뇨 수치가 올라서…."

"…."

"에 또, 오늘은 뭐 할까? 음… 알부민은 몇 개 이상은 보험이 안 되지만 또 맞으세요."

"…."

"에, 오늘은 라식스를 2앰풀로 늘릴게요."

"…."

"식사는 고단백, 저염식, 당뇨식입니다."

"…."

"뭐 몰래 먹은 것 없어요? 당이 많이 올라갔네요."

"자장면이 너무나 먹고 싶어서 밖에서 몰래 사먹었는데요."

"아니, 의사 선생이… 말을 안 듣네요."

아마 간경화증에 걸린 사람이나 의사들은 이 대화가 무슨 대화인지 금방 알 것이다. 내과 치료라는 것이 먹으면 간에서 대사를 못 해 암모니아나 불순물이 쌓이고 인체에 독성반응을 나타내므로 전해질 균형을 맞추면서 소변과 대변을 강제로 뽑아내는 것이다. 그러니까 먹고 마시고 쏟아내는 작업인데, 라식스 1앰풀 맞으면 30분쯤 지나면 강제로 오줌이 나와 서너 시간 동안 화장실을 다닌다. 또 듀파락이라는 달콤한 맛을 내는 설사약을 먹이는데, 오전 내내 대변 보러 화장실을 다닌다. 그러니까 라식스 2앰풀이나 3앰풀을 맞으면 하루 종일 소변보는 일을 전해질이 맞을 때까지 한 달이고 두 달이고 하는 것이다. 또 대변이 잘 나오라고 마그밀을 먹고 듀파락을 먹는다. 그러면 화장실에서 살게 된다. 새벽에 반복되는 채혈, 쓸데없는 가슴 사진, 반복되는 검사들, 자조 섞인 내과의사들의 독백, 반복되는 재입원, 고통스럽지는 않지만 자꾸 졸다가 혼수로 들어가는 것 등. 그야말로 짜증나는 몸에 부착된 전해질과 수액 세트들을 생각하면 나중엔 진절머리가 난다.

'에라 빌어먹을 놈들아! 이것이 무슨 치료냐?' 하고 악을 쓰고 싶지만 이미 오십이 넘은 의사의 추태를 젊은 의사와 가족들에게 보여주게 될 뿐이다. 그리고 난 환자다. 환자란 알아서들 포기하는 사람들 같았다. 시간이 흐르면 흐를수록 말이 없어지고 자동기계처럼 우울증이 온다. 참으로 한심한 것이 내과치료였다. 재발은 계속된다. 세 번 이상 입원하면 저절로 욕이 나온다. 하도 화가 나서 "먹는 것 다 빼내는데 단식하겠다."고 했더니 젊은 의사가 달랜다. 하는 수 없이 싱겁고 맛없는 식사를 한다. 이게 한심한 내과치료다. 그러나 아무리 돈이 많고 지위가 높아도 간 기증자가 없으면 이 치료를 받아야 한다. 그렇지 않으면 죽는다. 이런 지루한 행보가 1년 이상 지속되면 일반인들은 경제적 타격이 이만 저만이 아니고 환자는 기가 죽는다.

간질환 중 간암이 사망률 1위이고, 간경화가 2등이다. 그러므로 간암과 간경화중 말기는 형제나 다름없다. 적절한 치료가 없다면 간암보다 더 빨리 죽을 수도 있다. 그 점에 대해서는 내과의사들에게 감사해야 하지만, 삶의 퀄리티(quality)는 엉망이다. 나를 수술해 주신 고마운 L 교수님은 '세계적인 학자, 초일류 외과의사, 착한 일 많이 한 의사, 수많은 제자를 거느린 휘황찬란한 의사, 천재의사'인데, 나는 '피 토하고 가족들이나 괴롭힌 보통 정신과 의사'로 죽어간다고 생각되었다.

기가 막혔다. 그 유명하다는 선생님들을 찾기 시작했다. 최소한 더럽게 죽기는 싫었다. 그런데 L 박사님은 정말 유명했다. 입원실에서 자주 들려오는 소식과 AS병원 소식지를 읽었는데, 거의 매달 상을 타는 것 같았다. 무슨 간에 관련된 학술 상, 평화봉사 상, 심지어 환자들이 고맙다고 주는 상까지. 무슨 아카데미 상도 아니고 안 가봐서 모르긴 몰라도 L 선생님 집에 가면 '돈 안 되는 엄청난 명예스러운 상패'만 있을 것 같다. 영화배우같이 미남이시고 아줌마들에게도 인기다. 의사 말고 영화배우 하셨어도 아카데미 상을 밥 먹듯 타실 분이다. 그리고 실제로 그분은 명실상부한 위대한 외과의사다.

좌우지간 인턴 때 보았던 간경화증 말기환자들이 피를 토하면 무슨 방법을 동원해도 출혈이 멈추지를 않았다. 그리고 그것은 환자에게 엄청난 공포와 경제적 부담을 주는 죽음일 뿐임을 너무도 많이 보았다. 더구나 정신과 의사로서 4년 동안 A. A(Alcoholic anonymous)를 담당하여 알코올리즘 환자들을 치료했는데, 간암 이외의 간질환과 자살을 합쳐 사망자가 입원 치료했던 사람들의 약 50% 정도 되며, 영원히 술을 끊는 사람은 10% 이하다. 그래서 본격적인 알코올 전문병원 정신과 의사의 지원율은 낮고 보수는 많다. 그러나 술을 끊겠다는 각오만 있으면 일시적으로 20%까지 술을 스스로 끊는다. 간질환도 불쌍하지만 알코올 중독도 불쌍한 병이다.

어찌되었든 난 간 수술도 했고, 지금은 술과 담배와 가무는 하지 않는다. 인생이 좀 재미없긴 하나 술 좀 안 마시고 담배 좀 안 한다고 해서 죽는 것은 아니다. 이 세상에 먹을 것이 천지로 널려 있다. 술과 담배를 할 때 체중이 70Kg이었는데, 술과 담배를 끊은 후 계속 불어 83Kg가 되어 고민이다. 정말 지루한 내과의 입원 생활이었다. 그때 같이 입원했던 영감님이 생각난다.

"어이! 몇 살이여? 난 팔십인데…."

"53세입니다."

"젊은이는 무신 병이여?"

"간경화증인데요."

"내 동생이구먼. 난 간암이여."

'살아 계실까?' 하고 혼자 중얼거려본다.

살아주어서
고마워

아내의 희생

제1장

백일기도

건강이 점점 악화되면서 초조해졌다. 아내가 백일기도는 아니지만 좋아질 때까지 기도를 하자고 한다. 당시엔 그 말이 죽을 때까지 기도를 해야 한다는 말로 들렸다. 그렇다. 사람은 출생에서 죽음까지 신에게 감사드려야 한다. 왜냐하면 이 세상 전부를 공짜로 신이 주셨고, 생명도 공짜로 주셨기 때문이다. 사람은 사람에게 목욕탕에서 목욕을 해도 돈을 받고, 집을 임대해도 돈을 받고, 물을 마셔도 돈을 받고, 좋은 공기가 있는 장소에 펜션을 지어 창가 쪽 공기와 바다가 멋지다고, 비싼 배경이라며 비싼 돈을 지불하라 한다. 오로지 신과 자연만이 공짜다. 공짜란 말은 은총이란 말이다. 소유라는 경계를 떠난 것이 은총이다. 대한민국에 널려 있는 신의 소유인 산과 바다는 공짜다. 그래서 생명의 은총에 대해 날마다 기도하는 일은 당연하다. 감사의 기도를 시작했지만 죽음을 앞둔 나는 신을 단순히 감사의 눈으로 보지 못했다. 하지만 그 백일기도처럼 계속되는 소원 때문에 나는 간 제공자(도너, Donor)를 만났다. 기도의 힘은 대단하다. 그래서 간을 제공받지 못

하는 환우 여러분도 지치지 말고, 실망하지 말고 기쁜 마음으로 억지 기도라도 하기를 권한다. 신이 들어주실지도 모른다.

"은총이 가득하신 주여, 이렇게 기도합니다. 그대의 뜻이거든 이 생명을 가져가시고, 그대의 뜻이 미천한 내가 지구상에 할 일이 남았다고 생각하시면 지구에 남기어 그 뜻을 이루게 하소서."라고 기도하라. 불교가 신앙이라면 "영원한 진리의 수호자인 부처여! 그대가 이 미물에 흥미가 있거든 간을 보내주소서."라고. 날마다 신과 입씨름하는 기도라도 하면 희망이 보일지도 모른다. 그래서 기도하기 바란다. 기도는 투병 중 많은 도움이 되었다.

제2장

세상에서 가장 서운한 말

김수환 추기경님도 돌아가실 때 "시간이 흐르면 난 쉽게 잊힐 거다."
라고 말씀하셨다. 법정스님도 마찬가지로 "이제 내 책을 출간하지 마
시오. 공연히 허튼 꿈들을 적은 것 같소."라는 허망한 뉘앙스의 말씀
들을 남겼다. 그래서 나도 언제 죽을지 몰라 항상 아내에게 "나 죽거
든 좋은 사람 만나서 새로 시집가라."는 악의 없는 말을 하곤 했다. 그
런데 어느 날 몸이 아픈 나에게 햇볕을 쬐고 양기 보충하자며 주례를
서주시고 항상 걱정해주시는 고마운 바오로 신부님이 찾아오셨다. 그
래서 우리는 정읍 내장산으로 산책을 갔다. 아름다운 산을 보고 물을
보니 한결 마음이 가벼웠다. 그래서 또 그 이야기를 했다.

"나 죽거든 좋은 사람 만나서 새로 시집가라."

"너 지금 무슨 이야기하니?"

"나의 죽음을 슬퍼하지 말고 새로 시집가라는 말을 했는데요."

신부님은 정색을 하고 나를 준엄하게 꾸짖었다. 물론 사랑의 매였다.

"넌 너의 부인에게 세상에서 가장 잔인한 욕을 하고 있는 거야. 그

냥 속으로만 생각해라. 듣는 사람이 얼마나 괴롭겠니? 그리고 너의 아내가 보통사람이니? 대단한 부인이야. 앞으로는 그런 말 하지 마라."

정말 가만히 생각해보니 김수환 추기경, 법정과 나는 세 사람 다 똑같이 이기적인 생각을 한 거였다. 어찌 사람이 떠나면서 남는 자를 홀대할 수 있단 말인가? 떠나는 자와 남는 자 중 누가 더 슬픈가? 둘 다 똑같이 슬프다. 아니다. 여행을 할 때도, 직장을 떠날 때도, 사람이 죽을 때도 떠나는 사람은 즐겁게 떠날 수 있다.

사실 어떤 새로운 곳을 향해 가는 자는 떠나는 자다. 남는 자는 정지하고 있는 자이며 기다리는 자이다. 그럼에도 우리는 부모를 버리고 수도자가 된다고 떠나며, 부모를 버리고 출세한다고 서울로 가고, 유학을 가고, 즐겁게 여행도 떠났다. 다시 말해 고향을 할 수 없이 지키는 부모님, 장남, 장녀들은 안중에도 없이 얼마나 많은 길을 방황하고 떠났는가? 그리고 얼마나 많은 동창이나 사람들과 이별하며 지내왔는가? 대개 고향에 남는 자들은 멍청하고 출세하지 못한 수고하고 짐 진 자들이다. 그래서 인류에게 봉사하고 착한 일들을 했는가? 떠나오면서 울면서 남겨진 자를 얼마나 많이 원망했는가?

대부분의 부모는 한 해가 새로 시작되는 구정 때 어차피 떠날 젊은 자식을 한 번 만나는 것으로 만족하며, 설날이 끝나 각자의 길로 돌아갈 때면 '자식들이 사라질 때까지' 지켜보곤 하시지 않았는가? 요즈음같이 인물이 없는 시대에 김수환 추기경과 법정스님이 사라지면서 매정하게 "잊을 거다, 잊게 될 거다, 잊어라!" 하니까 더욱 그립기만 하다. 몸이 아픈 나는 "새로 시집가라."라고 했는데, 지금 살아서 곰곰이 생각해보니 안 해도 될 말을 했다.

세상에서 가장 큰 욕이 자기는 떠나면서 '잊어버려라.' 하는 말인 것 같다. 나이가 드니 철이 들어 말 한 마디도 신경이 쓰인다. 떠나는 자의 슬픔보다 남겨진 자의 슬픔을 몰랐던 젊은 날들이 원망스럽다. 아내 역시 '다른 데로 시집'가라는 말이 가장 서러웠다고 했다. 내가 바보 같은 말을 했다.

제3장

결혼

 나는 극악무도한 B형 바이러스와 먼저 부인 몰래 약혼하고 결혼도 했지만, 그 후에 사랑스러운 아내와 결혼도 했다. 대개 이런 식으로 이야기하면(자식 자랑하고 아내 자랑질하면) 세상 사람들이 팔불출이라 한다. 그래서 조금 달리 표현을 해보기로 하자. 대부분의 남편들이 자기 아내와 자식들을 지극히 사랑하듯 나 역시 그러하다.

 앞장에서 말한 것처럼 나는 지극히 부유한 집안에서 태어나 지극히 거지같이 성장하며 가난하게 자랐다. 가끔 이외수 씨가 텔레비전에 나와서 "저는 배고프게 살았습니다. 밥은 굶기 일쑤였고, 마음이 비기 전에 내장이 비었습니다. 저는 작품 활동을 할 때는 그때 그 시절이 생각나… 배가 고파서 길에 떨어진 나락을 먹었습니다. 할머니는 저에게 도적질은 하지 말라고 가르쳤습니다."라고 자주 강조하곤 하는 것을 보았다. 젊은 사람들이나 강호동 씨가 볼 때는 그런 사람들이 대단하게 보일지 모르겠다. 그러나 그 당시엔 모두 마찬가지였다. 1970년대 초반까지는 남북한 간 경제사정이 비슷했다고 하나 1950년을 기점으로 출생한 다산 시대의(전후 베이비붐 세대) 어른들은 대부분 힘들게 살았다. 그러므로 이는 이외수씨에 국한된 이야기는 아니다. 그 세대는 전쟁으로 부모가 사망하여 편모슬하에 자란 자녀들도 상당히 많다. 형제가 많고 집안이 가난하니 이를 악물고 부동산 투자도 하고 땅 투기도 해대서 돈벼락을 맞은 사람도 있고, 그냥 월급쟁이만 하다가 명예퇴직 당하여 공원에서 모여 노는 사람도 있다.

내 기억으로 과거에는 나쁜 사람보다 착한 사람들이 더 많았고 인간의 도덕성이 살아 있었다. 과거엔 전라도와 경상도가 한 나라였다. 지금처럼 이상한 국가 구도가 아니었다. 가난했지만 착했다. 물론 그때나 지금이나 "내 자식 잘 봐 달라"며 학교 선생님에게 없는 농부는 계란 한 줄과 장문의 편지를 건네는 것이 눈에 띄곤 했었다. 살인사건도 거의 없었다. 단지 '진짜 간첩과 가짜 간첩'들이 많았을 뿐이다. 일본인들은 박정희 씨를 '잘 훈련된 일본인'이라고 평가하곤 했다. 전라도 사람에 대한 푸대접과 산업화로 많은 사람이 서울과 부산으로 이동하여 전라도 인구가 많이 줄어들었다. 요즘 전라남도엔 경상도 사람들이 많이 늘고 있는 것 같다. 좋은 현상이다. 경상도 의사나 경상도 사람에게 물었더니 아버지가 전라도 사람이라고 했다. 옛날 전라도 사람 잡아가던 시절에 경상도로 도망가서 성공한 후 귀향한 사람들이다. 과거엔 호적을 옮길 정도로 전라도를 홀대했으나, 덕분에 전국에서 구제역이 없는 도시와 아름다운 시골 그리고 토지가 보존되고 있다. 광주 출신으로 자부심을 느낀다.

어찌되었든 나 역시 끼니를 굶을 정도로 가난하게 살았다. 이상하게도 의과대학엔 의사 아들, 즉 부유한 아이들이 많았다. 20%에서 30% 정도 되었던 것 같다. 그 당시 나의 체중이 40kg이었다. 지금의 절반이다. 그리고 나이가 들어 시대가 많이 좋아질 때쯤(그 당시엔 마이카 시대가

도래하고 있었고, 네모 난 그랜저, 일명 깡패 차가 유행) 레지던트로서 결혼들을 많이 했다. 당시에도 의사들이 신랑감으로 인기가 좋아서 선배들은 흑백 TV를, 우리는 컬러 TV를 선물로 받았다. 운이 좋게 의사 딸을 만나면 교수 자리나 병원 지을 땅을 물려받기도 했다.

나는 장인이 당시 잘나가는 사업가였는데, "병원도 지어주고 집도 사주마."라고 약속을 해주셔서 아주 기분이 좋았다. 내 인생이 이제 승승장구로구나 하고 착각했다. 장인은 정확하게 내가 결혼하자마자 부도가 났고, 마누라는 내게 말도 못 하고 무려 3년간 부도 사실을 감춘 채 아파트 잔금을 내 봉급으로 치르고 있었다. 그러니까 당시에 장인이 해주신 것이 중고차 르망 한 대와 아파트 계약금 300만 원 정도였다. 이 사실을 알고 나서 전문의 따고 개업해서 아파트를 내 아파트로 만들었으니 내가 산 거나 다름이 없었다. 대개 의사들의 경우 연애를 해서 결혼까지 성공한 사람은 손에 꼽을 정도였다. 반에서 두세 명 정도 있을까. 연애결혼이 이혼 확률도 높다. 왜 그런지는 모르겠다. 다시 말해 연애할 시간이 별로 없고, 설령 애인이 '신중한 프러포즈'를 한다고 해도 눈치를 못 챘다.

정식 시험, 가짜 시험, 전문의 시험, 자격증 시험, 환자보기 놀이, 선후배 챙기기 등 인생의 몹쓸 짓들로 결혼 적령기를 놓치고 선을 봐서 결혼해버린다. 나는 선을 삼세판이 아닌 삼십 번 보아서 '운 없는 결혼'을 했다. 즉 가난해져버린 착한 여자를 만난 것이다. 한동안은 분해서 마누라에게 심하게 대하기도 했는데, '된 여자'라서 아무 말도 안 하고 '독한 인내'로 참아냈다. 내가 없어도 성당에 가서 기도하느라고 혼자서 잘 노는 '무탈한 여자'라고 생각했다.

어느 날 선배의사는 연필을 가지고 이상한 짓을 했다. 선을 100번 보았는데 나이가 33세여서 "어쩔 수 없이 결혼해야겠다."며 종이에 100

명 이름을 써놓고 연필을 굴려댔다. "야! 됐다. 여기다!" 하더니 의사 부인을 만나 종합병원 주인이 되셨다. "아! 세상에 복도 많은 사람!" 하며 나는 감탄과 존경을 했다. 세상의 복은 타고난다는 말이 맞는 것 같다. 그런데 후배들 장가갈 때 의사 부인 만나고 요즈음은 BMW까지 사주는 것 같은데 어째 나보다 더 불행하게 보인다. 처갓집에 꼼짝없이 잡혀 사는 것을 많이 본다. 세상은 공평하다. 그런데 아내가 요즈음 대단한 활약상을 보여주었다.

"실망하지 마세요, 당신 간 내가 줄게."

"…."

"내가 시체 간이라도 빼온다."

"…."

"내가 당신 형제들 간을 빼온다."

"…."

"나만 믿어라. 기도합시다."

"…."

"사촌동생이 지능이 떨어지는데 그놈 간이라도 빼올까?"

"…."

"중국 가자, 중국 가면 간이 있다더라."

"…."

정말 많은 위로를 받았다. 딸도 간을 주겠단다. 널린 것이 간이었다. 그런데 정작 간을 준 사람은 나의 사촌동생이다. 하지만 나이 들어 같이 살아갈 시간도 얼마 안 남았는데 계속 끊임없이 용기를 주고 가려운 데를 긁어주는 아내를 볼 때 나는 행복하다. 장가는 잘 간 것 같다. 제일 좋은 점은 아내가 요리를 잘한다. 게다가 부지런하고 철두철미해서 아파트 복도나 엘리베이터 안에서, 시내에서, 차안에서도 정시에 약을 먹인다. 아내는 자신의 혈액형이 나와 다르고 간 크기가 콩알만 해서 결국 나에게 간을 제공하기에 부적절하다고 판명 나 간을 주지 못했다. 하지만 생명을 같이 나눈 전우나 다름이 없다. 난 행복하다. 결혼을 잘한 것 같다.

주상절리(柱狀節理)에 핀 할미꽃 전우

하나, 당신은 그대나 그녀를
영원히 사랑하고 섬기겠는가?

또 하나, 당신은 그대나 그녀가 아플 때나
힘들 때도 함께하겠는가?

하나, 당신은 머리가 백발이 되도록…
그대와 그녀가 함께하겠는가?

또 하나, 당신은 아내의 엄청난 실수에도
용서를 할 수 있는가?

하나, 당신은 남편이 거지가 되어도
영원히 함께 살겠는가?

하지만 세월과 사랑은
하나와 또 하나를 필요 없게 만들고…
깊게 주름만 늘어가더니…

사랑은 동적인 힘과 정적인 가슴으로
세월을 겹겹이 주상절리처럼 쌓아가는 예술이다.

언제인가부터 당신 안에
자연스럽게 내가 쉬고 있더라.
내가 당신 안에서만
행복을 공유하며 자유를 느끼더라.

틈과 틈 사이에서…
세월과 세월 사이에서….

제4장

내가 이혼하지 않고 잘 살았네

　예로부터 우리나라는 전쟁이 하도 많아 어디서부터 어디까지가 전후세대인지 모르지만, 일본인들은 단까이 세대라고 지칭하고 우리는 전후세대라고 부른다. 다시 말해 이 말은 전쟁이 터지고 우리나라의 재건과 발전을 위해 힘쓴 거의 모든 인생을 군대 생활처럼 하고 난 후 소모품처럼 버려지는 남성들을 빗대어 하는 말 같다. 1950년대에 시작해서 자식 많이 나온 마지막 연도까지를 말하는 것 같다. 대략 50대에서부터 70대까지인 듯하다.

　그런데 놀랍게도 이 전후세대의 황혼이혼이 일본을 능가하고 있다고 한다. 텔레비전에 자주 출현하는 정신과 의사 Y대 출신 이 박사의 말이다. 누구나 할 수 있는 이야기를 면허증 가진 사람이 한 번 더 반복하여 강조하는데, 대개 개원의들은 대충 말하고 교수들은 논문으로 고증된 것만 이야기하려는 경향이 있으니, 개원의인 Y 박사의 말은 현장감 있게 들어도 되고 대충 들어도 된다. 2011년 4월 15일 KSH 방송 같다.

"전후세대라고 부르는 계층은 아내가 남편을 기다리는 시간에 대부분 직장에서 시간을 보내고 야간엔 술집에서 세일즈나 상사들과의 인간관계, 국토의 재건으로 시간을 모두 낭비하게 됩니다. 그러므로 집안에 있는 남편을 기다리는 아내는 처음에는 참지만, 10년 20년 참다보면 마침내 극단적인 생각을 하게 됩니다. 소위 말해 황혼이혼을 선택하는 거죠. 어쩌면 역사의 피해자들…."

'어쩌고저쩌고' 하더니 한쪽 구석에서 웅성웅성하고 박장대소한다. 남이 이혼하고 싸우는데 관객들은 웃으라고 하는 프로그램이다. 한 여자가 30년에서 40년 쌓아온 한을 거의 방송제한 없이 한꺼번에 한탄을 해댄다. 관객들은 공감하며 '남의 불행은 나의행복'이라는 속설을 믿는 분위기다. 남편은 말도 못 하고 기가 죽어 있다.

"이 사람은요, 별명이 쫄쫄이에요. 퇴직 후 왜 그렇게 사람 뒤를 따라다니고 귀찮게 하는지 몰라요. 시장을 가도 어디 가냐고 묻고, 밖에 모임이 있어 나가면 몇 시에 들어오냐고 묻지요. 나가면 왜 안 들어오냐고 전화를 하지요. 신혼의 달콤함도 없이 바삐 보낸 사람이 무슨 강아지도 아니고…."

대개 '아침 뜰'의 제작자나 작가가 의도한 부부를 뽑아서 공개 창피 사건을 만들어 연출시킨다. 출연료가 얼마인지는 모르겠으나, 그런 사건이 개인적으로 어마어마한 정신적인 상처가 되거나 실제로 이혼에 이를 수도 있다. 그런데도 제작자나 젊은 작가 또는 돈이 궁한 늙은 작가들은 너무 무식해서 상관치 않는다. 이것이 한국의 현실이다. 또한 2008년 우리나라의 합계 출산율(가임여성 1명당 평생 낳을 것으로 기대되는 자녀 수)은 전년(1.25명)보다 소폭 낮아진 1.19명으로 OECD 회원국 중 최하위를 기록했다. 합계 출산율은 OECD 평균(1.71명)에도 크게 못 미쳤다. 전후 세대의 이혼율, OECD 회원국 중 최저 출산율과 미혼율은 일본을 앞지르고 있다. 정부 추산에 따르면 OECD 회원국만큼만 아이를 낳아주어도 인구 감소와 노령화 진행 속도를 1930년까지 늦출 수 있다고 한다. 회원국 중 최저가 되는 것이 무엇인가는 각자 인터넷에서 알아보고 스스로부터 개선하길 바란다. 이는 경제대국이 되었어도 인간으로서의 지성과 행복은 최하라는 이야기다. 최저 출산 국가, 최고 이혼 국가, 황혼이혼이 일본보다 심한 나라, 최고 지가(땅값) 국가, 최대 자살 국가, 최대의 반 배려(밟는 문화 - 다재다능한 안철수 씨도 이 용어를 썼다) 국가다.

한 예를 들어 가수 김세환 씨가 출생이 8개월 빠른 윤형주 씨를 보고 '형님'으로 깍듯이 모시는 것도 마치 8개월 먼저 제대를 한 형님 같다. 뭐 이런 것쯤은 군사문화 이전에 인간적인 아름다움이다. 하지만 요즈음 신세대들이 보면 우습다고 할 것이다. 문제는 '남자들끼리만 가는 여행', '기러기 아빠', '여자들끼리만 가는 여행' 등 참 이혼하기 좋은 문화가 자녀들에게 전달되어, 결혼 후 부모들과 똑같이 산다는 것이다. 더욱 재미있는 것은 기러기아빠 문화는 제쳐두더라도, 해외여행을 갈 때 보면 젊은 남편만 골프채를 들고 있고 아내는 아이를 안고 있다. 도대체 여행 가서 아내는 얘기 보고, 남편은 친구들과 골프 치는 백성이 어디에 있는가? 친구나 상사와의 골프는 국내에서 치시고, 최소한 해외 가족여행은 가족과 함께해야 한다. 그래도 영어회화는 기막히게 잘한다. 영어회화를 잘하는 것이 지성이 아니다. 기러기아빠 문화 역시 좋은 문화가 아니다. 이렇게 해서 의대에 진학한 사람보다 이혼한 사람이 더 많다. 내가 근무했던 병원에는 조그마한 사립병원인데도 의과대학생들이 교육을 받으러 오곤 한다. 나는 그들에게 일일이 물어본다.

"너희 아빠는 뭐하시니?"

“은행원이요.”

“너희 아빠는 너 때문에 힘들겠다. 등록금이 얼마니?”

“그래요. 아빠가 참 불쌍해요.”

“너희 아빠 혹시 기러기아빠였니?”

“박사님, 호구 조사하세요. 기러기 생활 한 번도 안 했어요.”

“그건 아니고 지난번 조 아이들은 원장 딸들이 많아서 혹시 또 의사 아들인가 해서…”

기러기아빠 하지 마시고, 갈매기들 보니까 떼로 다니던데, 갈매기나 잉꼬처럼 외국도 함께 가서 살다 왔으면 좋겠다. 남편은 일은 일대로 열심히 해서 외국으로 돈 보내고, 나중에 늙어서 함께하지도 않는다. 그런 여인네도 문제지만, 기러기아빠라는 것은 정신적으로 굉장히 불행한 일이며 자녀도 결코 올바른 길로 못 간다. 왜냐하면 부부의 행복한 모습을 못 본 자녀가 어떻게 행복한 결혼을 꿈꾼단 말인가? 늘어나는 고령화와 낮은 출산율은 사회적인 이슈다. 미혼은 증가하고 출산율이 떨어지는데, 어떻게 지가가 상승하고 아파트가 전세 대란을 맞이하며 국가를 지키는 막강한 군대가 나온다는 이야기인지, 무지한 나로서는 알 수가 없다. 인구수가 줄어들면 환자도 없어지고, 간, 신장 등 이식받을 가족도 줄어든다. 그러므로 의사도 가까운 시일 내에 인구수 대비 의사 비율이 매우 증가할 것이다. 그런데도 의대 커트라인이 왜 올라가는지 잘 모르겠다. 의대생은 증가하고 의대생이 의사가 되면, 그 의사가 환자가 되어야 의사들이 먹고 산다. 수치로만 봐서는 그렇다. 또한 미래엔 ‘이승기’란 배우는 오래 갈 것 같다. 30년 후 젊은이가 안 나와서 ‘이승기 중년 노인’이 ‘문근영 중년 할머니’와 함께 영원히 주인공 하는 드라마가 계속 나올지도 모른다.

본론으로 돌아가자. 가족이란 외국에 살든 서울에 살든, 아니면 지방에 살든지 간에 살아 있는 삶 속에서 함께하는 것이다. 이 원칙이 깨지면 이혼이 된다. 다시 말해 인생의 황혼기엔 이혼으로 결산하면 안 된다는 말이다. 저자 역시 군사문화가 나은 자식이라서 호모들같이 남자동료들과 어울리는 시간이 많았고 병원에서 보내는 시간이 많았다. 그러면 왜 이혼을 안 했는가? 살다 보니 마누라가 이혼을 원하면 내가 아프고, 내가 아프면 '아픈 놈에게 어떻게 이혼까지?' 하는 생각을 했을지도 모른다. 또 내가 이혼을 원하면 자식이 병들어 '병든 자식이 너무 불쌍해서…'라며 아내를 불쌍히 여겼기 때문이었다고 생각할 수 있으리라. 그러니 독자 여러분도 동반자가 이혼을 원하면 병들라는 이야기가 아니다. 우리는 모든 것을 함께하려고 서로 노력했고 지금도 노력 중이기에 '내가 이혼하지 않고 잘 살았네.'라고 이야기할 수 있다. 이혼하기 싫으면 중병이라도 걸리면 되는데, 그것도 신이 알아서 하는 일이라고 하시는 것 같다. 하도 이혼율이 높고 보편타당한 것들이 무너지니까 별게 다 자랑이 되는 사회다. 부끄러운 일이다. 경제대국이라고 하는 나라에서.

살아주어서
고마워

경제대국에 비해
아쉬운 기증자 부족국가

Donor(간 기증자) 구하기

윤리적 문제

가) 친척 이외의 다른 사람 간 기증

원칙적으로 불가능하다. KONOS에서 수많은 서류와 여러 가지 절차가 기다리고 있다. 인터넷상에서 얼마나 복잡하고 엄격하게 규제하고 있는지 가르쳐주었다. NAVER 형님께 그냥 KONOS라고 치면 살벌하고 매정한 이야기가 가득하며, 타인의 간을 탐냈다간 장기매매를 금하는 우리나라에서는 형사적 처벌을 받기 이전에 KONOS에서 알아서 걸러낸다.

그 복잡한 이야기는 인터넷에 쓰여 있는데, 환자 입장에서만 보면 서운하고 냉정한 이야기뿐이다. 무슨 검사님들도 아닌 사람들이 우리나라 법을 잘 수호하고 있다. 윤리적 측면만 보면 맞는 말이고, 그렇게 엄격하게 해야만 된다는 데 다른 의견을 달 수도 없다.

나) 친척 중 정신과 환자의 간 기증

현실 판단능력이 있는 자와 정신지체의 경우, 그리고 경미한 판단장애만 있을 경우만 해당된다. 그러므로 심한 장애가 있는 경우는 친척이라 하더라도 의사보다 더 무서운, 그 망할 KONOS가 걸러낸다. 사실 이 문제는, 정신과 환자가 상태가 좋은 시기와 나쁜 시기가 일정하지 않다는 것, 그리고 불변이긴 하지만 지능지수도 환자가 안정된 상태에서 검사를 받느냐 공포나 불안 상태에서 검사를 받느냐에 따라 달라진다는 것 때문에, 앞으로 법적인 유권해석이나 분쟁의 소지가 다분하다.

다시 말해 정신분열증이나 정신지체라 하더라도 거의 정상에 가까워 직업적인 능력을 다하고 자신의 의사를 분명하게 밝히는 사람은, '간을 제공할 의지가 있는 경우 수술을 못 하게 하는 것'이 인권침해가 되지만, 반대로 완전하게 판단능력이 없는 사람을 '수술한 것'도 인권침해가 된다. 이 문제를 가족이나 개인의 의사를 무시하고 국가가 완전히 전담하는 것도 문제가 된다. 그래서 가)와 나) 항의 문제가 있다면 수술은 심사 절차로 당연히 늦어지게 되므로 수술 시기를 넉넉히 잡아야 될 것 같았다.

다) 중국인의 간을 기증받는 문제와 가족의 갈등

해외에서 수술하는 경우가 과거에는 많았는데, 한국의 의료기술 발달로 굳이 외국에서 수술 받을 필요는 없으나 많은 사람들이 간 기증자를 중국에서 찾는다. 나 역시 그런 생각을 했었으나 여러 모로 이기적인 것 같아 포기했다. 수술 후 15일 정도 지나니까 조금 정신도 나고 통증도 약간 가라앉아 무균실에서 아내와 함께 1층 식당 구경을 나왔다. 타인의 간을 사용하는 처지라서 여러 가지로 감사하고 송구스러운 마음으로 감격하고 있었다.

그런데 수술 후 12회에서 18회 정도 약물이 투여되고 온몸이 마취로 절어 있었기에 밥맛이 희한하고 밥맛이 없었다. 수술 받은 모든 사람들이 각자 입맛이 다양하겠지만 나는 모든 음식(**달지도 않은 김치, 맹물, 미역국 등**)이 달게 느껴져서 먹을 수가 없었다. 음식이 달다는 말은 맛있다는 표현이 아니라 안 달아야 될 음식이 달아서 맛이 없다는 의미다. 그래서 혹시 식당에서 뭐 먹을 것 혹은 입맛에 맞는 음식을 찾았으나 별 소득이 없었다. 그런데 아내가 빵을 사러 간 사이에 이상하고 경이로운 일이 생겼다.

"혹시 간 이식을 하셨나요."

60대 초반으로 보이는 키가 크고 미남인 신사분이 다가와 나에게 말을 건넸다. 상냥하고 친절한 사람이었다.

"예."

"한 이주쯤 되신 것같이 보이네요. 뭐 드시려고 내려오신 모양이네요. 저는 부산에서 삽니다. 원래 술과 회를 굉장히 좋아했는데 저도 간 이식을 했어요. 3년 지났습니다. 그 후로 백김치밖에 못 먹습니다. 인생이 재미가 없더군요."

"아! 그러세요? 저는 재작년엔 갑상선 암으로 수술하고 올해는 간 이식을 했습니다. 에이고! 산다는 것이 뭔지…."

"저와 비슷하시네요. 갑상선암을 수술하고 계속 간 이식수술, 뇌졸중, 혈전증, 신장투석으로 약 2, 3년은 거의 놀다시피 하다가, 최근에 후배와 함께 부산에서 외과병원 개업을 하고 있습니다."

"선생님도 의사 선생님이세요? 저도 회와 술을 즐기는 정신과 의사입니다. 이제는 다 끊겠지만…."

간 이식 후 회를 먹고 재입원하는 경우를 몇 차례 보았다. 왜 그러는지는 모르지만 아마도 면역 억제제를 사용하고 있기 때문에 균에 대한 저항력이 떨어진 탓이 아닐까 하고 조심스럽게 생각해본다.

"세상에 먹을것이 회와 술밖에 없는 것이 아니고, 널린 것이 먹을것 아닙니까?"

"그렇죠. 먹을것 좀 안 먹는다고 큰일 나는 것은 아니죠."

"…."

"…."

나는 수술이 끝난 지 얼마 되지 않아 미래의 모든 일이 궁금하여 먹는 것은 잊어버리고 많은 정보를 교환했다.

"그런데 누구의 간을 기증 받으셨나요?"

"아! 사촌동생입니다. 처음엔 중국에도 가려 했고, 친형제들이 모두 거절했을 때는 정말 절망적이었죠. 선생님은요?"

"저도 마찬가집니다. 저는 3녀 1남을 두고 있는데, 원래는 가장 사랑했던 아들에게 부탁했더니 사정없이 거절하더군요. 그래서 한밤중에 현찰 1억을 달러로 바꾸어 중국 북경에 들어가서 수술을 하려고 했죠. 그런데 하필이면 베이징 올림픽대회가 열리고 간 이식 문제로 세계 각국의 인권단체가 모여 수사 중이라는 소식을 듣고… 아! 이것 큰일이다. 빨리 한국으로 들어가야겠다. 중국 공안에 끌려가면 뼈도 못 추리겠다 싶더라고요. 더구나 신분이 의사여서 조금 창피하기도 했지요. 그래서 갈 때처럼 서둘러 다른 일행들 몰래 숙소에서 빠져나와 한국으로 돌아와버렸어요. 참 막막하더군요."

"그래서요?"

나도 형제들로부터 간 기증을 거절당한 아픈 기억 때문에 외과 선생님의 말에 공감하고 있었다.

"그리고 완전히 좌절해 있는데 내가 평소에 가장 미워했던 딸이 다가와 '아빠 제 간을 줄게' 하더라고요. 순간 나는 너무 고마워 눈물이 나더군요. 한편으론 시집보낼 일이 답답하더라고요. 배에 흉터가 남을 텐데…"

"저와 비슷하네요. 아내의 간 크기가 작아 안 되고, 아들이 하나 있었는데 먼저 가고, 딸이 하나 있는데 마지막엔 딸이 간을 주겠다고 하더군요. 그래도 저는 너무 미안해서 그렇게는 못 하겠다고 하고 중국행을 생각했는데, 그것도 못 하겠더라고요. 중국 사형수도 사람인데 산 자의 전체 간을 이식하면 무언지는 몰라도 살인에 동참하는 기분이 들어서 말이죠. 그런 짓을 하다간 언젠가는 벌 받을 거라고 생각했어요. 그리고 완전히 포기하고 육 개월 정도 절망 상태였는데, 글쎄, 느닷없이 경찰관인 사촌동생이 간을 준다고 해서 말이죠."

우리는 둘 다 청승맞게 눈물을 글썽거렸다. 그 후 그 외과 선생님은 시기별로 나누어 언제가 고비며 무엇이 힘들고 어떻게 치료받아야 한다는 것을 전부 가르쳐주었다. 한결 마음이 가벼워졌다. 그때 그 도움이 고마워서 나 역시 다른 신참환자들이 물어오면 친절하게 조언을 해주었다. 사랑이란 돌고 도는 전염성이 있다. 미국은 타국에서 수술 받으러 온 사람을 5%로 제한하며, 중국 역시 자국의 환자를 우선으로 한다. 그럼으로써 전 세계에서 인정한 장기매매 불량국가라는 오명을 벗으려고 노력하며 서서히 경제대국이 되어간다. 미안하게도 우리나라보다 중국인이 부자는 더 부자이고 부자가 많다. 어찌되었든 전라도 간경화증 환자와 경상도 간암 환자의 평화로운 대화는 끝났다. 의사 환자들의 대화에는 국경이 없었다. 날 새기로 이야기를 할 판인데, 간호사의 호출로 중단해야만 했다. 감격스러웠다.

중국에서 수술한다 해도, 정확히는 몰라도 현찰로 1억 원에서 1.5억 원을 생각해야 한다. 미국은 수술비만 30만~50만 달러가 든다. 우리 돈으로 계산하면 어마어마한 액수다. 수술 후 한 달간 약값은 만 달러(1,147만~1,200만 원)이라고 하니, 계산이 안 나온다. 4,000만 원이면 중국에서 수술할 수 있다는 말은 옛말이다. 재스민 혁명을 한다면 또 사형수가 나와 수술비가 싸질지 모르지만, 아무래도 간 이식은 상대에게 죄를 짓는 것 같다는 느낌을 지울 수가 없다. 사실 간 기증자만 구하면 수술 절반 이상을 한 것이다.

그러나 간을 기증하는 데는 대단한 용기가 필요하다. 사실 97% 이상의 수술 성공률을 보이는 데다, 간은 재생되며 간 기증자가 수술로 기증하던 중 죽은 일은 0%라고 외쳐대도 간 제공자를 구하는 것은 하늘의 별 따기였다. 참고로 우리나라는 간이식 수술비는 1,000만 원 정도이고, 기증자의 수술비를 포함한 전체 금액은 4,000~9,000만 원 정도 소요되지만 병원에 따라 달라질 수 있다. 수술 후 6개월간 관리비용은 매월 약 30만~70만 원 정도, 그 이후에는 20만~60만 원 정도 된다. 이렇게 범위를 넓게 잡은 이유는 B형 간염 보균자인가 아닌가? 또 어떤 합병증이 생기는가에 따라 병원비가 달라지기 때문이다. 예를 들어 초기 간암만 있다면 병원비는 줄어든다. 나는 수술 후 폐에 물이 차고 담즙 누수로 인한 복막염으로 입원하는 바람에 병원비가 좀 더 들었으나, 9,000만 원까지는 안 들고 4,000만 원 정도 들었던 것 같다.

배려 문화와 치열함의 구분

가) 배려 문화

우리나라와 일본은 여러 가지 차이가 있다. 그 중 대표적인 차이점은 아마도 질서의식과 배려 문화일 것이다. 치열한 경쟁 속에서 살고 서로를 경계하며 배타적인 점은 동일한 것 같다. 일본은 '쓰미마생' 문화, 실례 문화, 아리가토 문화, 감사 문화, 배려 문화 등으로 불리는 데 비해 우리나라는 정의 문화이다.

일본인의 고급차는 운전자가 차에서 내릴 때 발밑의 장애물을 조심하라고 불이 들어오고, 택시는 선진국처럼 문에 자동 개폐기가 있어 문도 열어주며, 여관이나 호텔에서 체크아웃 할 때도 고맙다는 말을 듣기 싫을 정도로 등 뒤에서 해댄다. '아리가토우 고자이마시다.'라는 소리를 아마 5번 이상은 할 것이다. 일본은 서울처럼 택시가 승차거부를 하지도 않으며 잘못한 것도 별로 없으면서 '미안하다'라고 반복적으로 외쳐댄다. 식당에서 음식이 한 가지씩 나올 때마다 '미안하고 감사하고'라고 한다.

그래서 어떤 개그맨은 일본은 쓰미마생, 쓰마라는 단어 하나만 가지고 먹고 산다고 말했다. 또 어떤 비평가는 일본과 미국은 원래 깡패나라여서 사무라이 칼과 총이 있어 언제 서로 사람을 찌를지 모르기 때문에 '너 나를 해치지마!' 하는 의미에서 예절이 바르다고도 말한다. 일본이나 선진국이 자랑하는 것이 청결이다. 미국보다 더 깨끗한 나라가 일본이다. 도로나 해변에 쓰레기 한 장 없다. 신기할 정도다. 더 놀라운 것은 일본이나 독일처럼 질서와 깨끗한 매너를 자랑하는 나라가 왜 전쟁을 일으켰을까?

한국의 배려 문화는 정이다. 전라도 말로 한번 읊조리면 다음과 같다.

"우리는 길을 가다가 그라니께(그러니까)… 동상(동생)이나 후배나 선배가 있으면 멈추제. 아! 세상에 의리와 정이 최고니께… 거 뭐시기 하면 택시비도 안 받어 부러."

택시기사도 아는 사람에겐 배려를 아끼지 않지만, 서울 택시기사는 아무 말도 없이 그냥 지나치다 더블이라고 외치면 선다. 전라도 택시기사는 말이 많아 택시 안에서 손님이 기사의 눈치를 봐야 한다. 돈 내고 운전수 눈치 보는 나라는 한국뿐일까? 잘 모르겠다. 그러다가 접촉사고라도 나면 길가에서 주먹다짐하다 경찰서에 가서 또 싸움질한다. 공권력의 권위를 찾아볼 수 없다.

"워매, 미쳐버리것네. 아지매가 먼저 중앙선을 쳐들어 왔지라. 내가 참고 넘어갈라고 했는디…."

"옴마! 이 아자씨 웃기네. 아자씨 술 먹었어. 내가 언제 중앙선을 침범해. 아자씨가 먼저 들어오니까…. 어쩌고 저쩌고…."

그러다가 파출소까지 간다. 미안하고 고맙다는 말은 들어볼 수도 없다.

파출소에서도 이런 상황이 벌어진다.

"그나 저나 아짐, 어서 많이 본 얼굴이여?"

"대한민국이 좁은디 그짝도 어서 많이 본 얼굴인디…."

"혹시 아자씨가 화정 1동 동장이고 서석 초등학교 나왔제?"

"혹시 너 동식이 아니냐? 나 서석 초등학교 67회여. 니 월산동에 살제?"

"너는 애자? 남편은 뭐하나?"

"야! 반갑다. 남편 뭐 그냥 저냥 산당게."

한참 보고 있던 경찰관이 하는 말 한 마디로 사건이 모두 종료된다.

"그라믄 서로 아는 사람이니까 다들 합의하고 끝내더라고… 여기 도장 찍으쇼. 땡."

아는 사람과는 화해하고 모른 사람과는 코피 터지게 죽을 때까지 싸운다. 그래서 우리는 배타적으로 산다. 동향과 동문을 따지며 좁은 땅덩이에서 치열하게 싸운다. 싸움이 끝나면 허무하고 쓸데없는 너무도 긴 전쟁을 했구나 하는 생각이 든다. 우리는 매우 감정적이어서 두렵다. 성질 건드리면 미국이 개입 안 해도 남북전쟁도 불사할 것 같다. 우리 문화에 비하면 일본이나 미국이 더 현실적이다. 그리고 논리가 강하다. 물론 일본인 모두가 다 친절한 것은 아니다. 또 미국 사회에 얼마나 많은 폭력이 존재하는가?

그건 그렇고, 아프면서 제일 힘들었던 것은 우리나라의 체면과 정 문화이다. 정확히 말하면 아직은 조금 명맥을 유지하나 나중에는 사라질 부패해버린 유교 문화이다. 간은 기증하지도 않으면서 자기 죄라도 씻듯이 발바닥 닳도록 밀어닥치는 방문객이다. 나는 수술을 받고 1박 2일 동안 개그 프로그램을 보지 못했다. 웃으면 담당 교수님이 꿰매놓은 수술 자리가 굉장히 당기고 아프다. 그만큼 환자에겐 안정, 정숙, 무균 상태가 필요하다. 물론 방문해주신 분들에겐 감사하지만, 병원 규칙은 따라야 하는 것이 배려다. 전라도 광주에서, 강원도 평창에서, 서울에서 친척들이 찾아오지를 않나? 여호와, 가톨릭, 기독교, 불교 신자 등 이슬람교만 빼고 알지 못할 봉사단체 기도는 얼마나 많은지? "어따! 고생했다, 썩을 놈아. 그래 내가 건강 조심하라고 했제?"부터 시작해서 잔소리 많은 시골 촌장어른까지 다 오셨다.

"그래서 주색잡기는 허는 것이 아니야!"

정이 많은 것도 좋지만 이 정도면 배려를 넘어서서 피곤하게 하는 것이다. 어른들에게 원인이 B형 바이러스라고 해보았자 술 먹은 죄로 욕을 한 바가지 얻어먹고, 기독교 신자도 아닌데 기도는 왜 그렇게도 길며, 그만 오라는 여호와 신자는 막무가내로 들어오고, 가톨릭 신자들은 '단체기도를 해주어서 감사하다.'고 말하기도 힘들었다. '내 앞으로 어른들 잔소리' 듣기 싫어서라도 '더러워서 술은 안 먹겠다.'고 다짐했다. 한국인인데 어쩔 거냐? 미국 가서 살 수도 없고, 그렇다고 일본에 가서 산다는 것은 거의 죽음이나 다름없다.

좌우지간 일본의 배려 문화는 상품을 팔기 위한 마케팅이라기보다는 '타인에게 걱정이나 폐를 끼치면 안 된다.'라는 유년시절의 철저한 교육 덕분이다. 일본은 아이들에게 '맞고 들어오라.'고 교육시키고, 우리는 상대방을 '뒈지게 패고 들어오라.'고 교육시킨다. 뭐 알아서들 생각하시라. 하지만 우리도 배려 문화를 좀 배워야 되지 않을까.

장기기증 실태를 보면 미국 전체 인구의 30%, 영국은 23%, 일본은 12%, 한국은 3% 정도여서 타인을 위한 배려도는 한국이 가장 낮다. 장기기증은 타인에게 새 생명을 주는 문화이므로 사랑의 결정체이다. 그러나 유교 문화와 묘에 관련된 풍수지리가 많은 우리나라에선 장기기증을 위해 대단한 용기가 필요한 것 같다.

나) 치열함에 대하여

나는 치열한 전후 대가족 시대의 산물이다. 그리고 일류도 못 되면서 일류 편향적 교육을 받았다. 왜냐하면 나의 아버지, 형제, 심지어 스승들도 모두 일류 학교 출신이었기 때문이다. 인간의 감정이라고는 찾아볼 수 없는 냉정하고 치열한 교육이 의과대학 교육이었다. 나는 명절이 싫었다. 명절만 되면 일류 친척들이 모여서 치열한 논쟁을 즐겼다. 그러면 나는 맨 뒤에 앉아서 일부러 S대 출신 형님들이나 S대출신

오키나와에 있는 일본 최대의 추라 우미 수족관의
치열한 일본 고기들은 일본인을 닮았다.

매형들을 피했다. 내가 잘못한 것이 아니라 집안이 잘못되었다. 나는
어디서 주워온 놈 같았다. 누나들은 E여대나 SJ여대를 나왔는데, 그 당
시엔 이들 학교가 좋은 학교였다.

아버지는 더 좋은 일본 대학을 나오셨다. 완전 초죽음이다. 무슨 도
움도 안 되는 집안이 뭐 이렇게 일류가 많은지…. 그리고 그 어렵다는
일본의 고등문관 시험에 19세 때 합격하셨다. 나는 그런 치열함 속에
서 뭔가 고장난 평범한 사람이었다. 더구나 아버지 때문에 감시당하는
대학생이었다. 이미 연좌제 안에 포함되어 있었다고 생각한다. 왜냐하
면 내가 학교에 등교하려고 집을 나서면 항상 검은 지프차가 대기하고
있었다. 정보부 차량이었다. 아버지는 민주인사 또는 인권 변호사, 운
동권으로 불렸다. 내가 의사가 된 것은 아버지의 강제적 권고였다. 그

나마 하류 의대에 간 데 대해 아버지는 크게 칭찬해주셨다. 아버지로부터 내 인생 처음 듣는 칭찬이었다. 아마도 본능적으로 자식을 보호하는 것이 '의사를 만드는 것'이었으리라. 고등학교도 나는 이류를 나왔는데, 의과대학에 와보니 그 형편없는 의대에 광주J고 출신이 80%여서 놀랐다. 당시에 광주J고는 검판사가 많이 나오는 일류 학교이자 수많은 인재를 배출하는 치열함의 극치인 학교였다. 박정희를 비롯한 군사정권하에서는 '존경, 사회적 명예, 권위 등'은 아무것도 아니었다. 특히 문과대학 교수, 경제학 교수 등 정치 문제에 연루된 인사들은 농부보다 더 못한 환경 속에서 살아야 했다. 그러니까 아버지는 자식들을 의대에 보냈지만, 의대 학비를 못 내는 무능한 사람이었다. 나는 당시에 아버지를 바보라고 생각했다. 그리고 비웃었다,

"학비도 못 내는 주제에 무슨 의대를 갑니까? 법대에 가면, 고시만 합격하면 돈도 적게 들잖아요?"

"이 멍청한 놈아! 이 애비를 봐라. 법복을 입은 노예가 되고 싶냐? 박정희가 시키는 대로 하는 재판이 헌법과 법률의 자유냐?"

"아버지가 잘난 척해서 우리가 피해를 보잖아요?"

"뭐라고? 이놈의 자식이…."

아버지는 나 때문에 형제들에게 구걸을 했으나 아버지의 형제들은 돈이 아까워서가 아니라 안가 사람들이 무서워서 피했다. 마치 내가 형제들에게 간을 구걸할 때 모두 피했던 것과 같다. 나도 친척들에게 돈을 꾸러 다녔지만 의대 학비가 보통 비싼 것이 아니어서 조금밖에 구하지 못했다.

그 후 장남이라서 망해버린 집구석을 살리는 데 수많은 희생을 강요당했다. 동생들의 학비도 거의 내 차지였다. 그래서 의사인 동생들은 모두 자기 건물을 소유하고 있지만 난 지금도 별 볼일 없다. 광주에서

공부를 잘하면 "절대 정치가나 문과로는 가지 마라."고 해서 전부 의대로 피해 의사가 되었다. 안타깝지만 아마 한동안 광주에서 인물이 나오기는 힘들 것이다. 치열하면 뭐하고 일류면 뭐하겠는가? 타인에 대한 배려 없는 치열함은 공허한 것이다. 의사는 몇 사람 제외하고 나 같은 멍청이가 해도 된다.

의대에 갔더니 모조리 외우는 것뿐이고, 기초 학문인 수학이나 공학 수학은 하나도 필요 없어서 머리 쓸 필요가 없었다. 뭐 하려고 수학 99점 맞는 학생이 의대에 올까? 문리대나 고등수학이나 기초 학문을 해야 하지 않을까.

사실 내가 일류대학에 못 간 이유는 수학 때문이었다. 다시 말해 영어를 99점 맞으면 수학은 45점이었다. 왜 그렇게 수학을 못 했는지 모르겠다. 의대에서 가장 반가운 일은 수학으로 수술하는 사람이 없다는 것이었다. 수학은 아무 쓸모가 없었다. 그런데 오늘날은 수학도 90점 이상을 맞아야 우리 의대에 들어온다. 의사는 보통 머리에 정직하며 손기술만 있으면 된다. 그러므로 한국의 치열한 일류들은 제발 문과로 가서 정치가가 되어 똑똑한 정치를 하고, 수학 잘하는 사람들은 헐거운 이공대학에 가서 과학적 업적을 남기시길 바란다.

치열한 과거

"야 태평수! 넌 예쁜 아가씨가 옆에서 졸면서 자꾸 너에게 기댄다면…?

"스테파노! 신부님도 그런 말 하니?"

"대답해봐… 대답해보라니까!"

스테파노 신부는 의과대학을 중퇴한 신부다. 모처럼 시간이 나서 KTX로 정읍을 거쳐 10월의 단풍놀이를 위해 내장사로 향하고 있었다. 창밖은 벼가 누렇게 익어서 추수하는 농부들의 모습들로 넘쳐났다. 가을 향기가 넘친다.

"나 같으면 정중하게 '아가씨! 정신 좀 차리세요.'라고 하겠다."

"나 같으면 내 어깨에 기대어 자라고 모른 척할 거다. 너처럼 말한다면 아가씨가 무안해 할 테니까."

"너 그러고도 신부 노릇하니?"

"뭐가 어때서?"

우리는 쓸데없는 잡담으로 지루한 시간을 달래고 있었다. 참, 스테파노 신부의 본명은 김병태다. 한때 의과대학 동기였으나 지금은 신부다.

1977년

그래, 보건 장학금 2년만 타자. 그리고 뒷일은 그때 가서 생각하자. 그 보건 장학금을 타면 당시에는 의사가 되어 그것을 돈으로 갚을 수도 없고, 전문의를 의무복무 기간 이전에는 딸 수가 없었다. 무조건 의사가 되면 국가에서 발령을 내는 지역에 가야 하는 제도가 있었다. 국가의 무의촌 해소정책의 일부였다. 동시에 보사부 내부에 의사 공무원이 필요하여 국가가 동남아 보건단체 순회여행도 보장하던 시절이었다. 그야말로 의사의 시대였다. 졸업생이 J의대와 CH의대를 합쳐서 120명 정도 되었을 것이다. 덕분에 나도 한때는 국가의 녹을 먹는 보건소장이라는 행정을 담당하는 행운을 가졌다. 단 의사고시에 떨어지면 전액 배상을 해야 되는 머리 아프고 부담스러운 돈이었다. 그 이후 무의촌이 해소되어 보건 장학금은 없어진 것으로 안다.

어느 날 학장실 문을 두드리고 들어섰다. 학장님은 거대한 산 같은 배를 내밀고 소파에서 파이프 담배를 피고 계셨다. 표정이 어둡고 심기가 몹시 불편해 보였다. 나는 학장님의 얼굴을 보고 도저히 무슨 부탁을 할 용기가 나지 않아 그냥 문을 열고 나가려 했다. 그런데 학장님이 나를 쳐다보더니 다시 들어와보라고 하셨다.

"학생, 들어와요. 무슨 볼일이 있으면 말을 하고 나가야 될 것 아닌가? 그렇게 바람같이 살짝 들어와서 말도 안 하고 가면 어떻게 하나?"

나는 스승의 고전적인 분위기에 압도되었다. 몰래 일단 나가고 기분이 조금 좋으실 때 만나려고 했었는데, 나를 불러 세워주신 학장님이 못내 반가워 약간의 비겁한 미소를 보냈다. 생사가 걸려 있는 장학금을 얻어 쓰는 게 나로서는 급선무이기 때문이었다. 아부성 미소를 내 자존심이 최대로 허락하는 범위 내에서 지어야만 했다.

"학장님, 그간 안녕하셨습니까?"

"안녕 못 하다. 무슨 일인가? 용건만 간단히 말해!"

"2학기 학자금이 부족해서 보건 장학금을 좀 타서 쓰려는데, 학장님 추천서가 필요해서요."

"돈 없으면 학교 다니지 마라. 오늘 아침에 총장님이 노발대발이셔! 지금 의과대학 교수들 초상났어. 새벽에 '박정희 독재정권 타도하자'라는 유인물이 자네 반에서 발견되었어. 게다가 상급학생들 교실에도 불온 유인물이 돌고 있다고. 보건 장학금 이야기는 나중에 기분 좋을 때 하자고!"

나는 학장실을 나오면서 국내에서 초일류 학교를 나오고 그것도 모자라 외국까지 다녀오신 학장님이 야속하다는 생각보다는, 이 나라 교육자들은 어떤 눈에 보이지 않는 체계 안에서 연구생활보다는, 목구멍이 포도청이라고, 데모 학생까지 감시하는 학장님이 가엾다는 생각을 했다. 대학은 연구할 수 있는 분위기가 되어야 한다. 또 한 학기를 시작해야 될 학생들이, 그리고 공부해야 될 학생들이 애국 애족 한답시고 데모로 자신들의 역량을 거세하는 것은 소모적이다. 이래가지고 언제 세계적인 석학이 나오겠는가? 어찌되었든 잘못하다가는 하지도 않은 데모 주동으로 몰리기 전에 학장실을 빠져나가는 것이 상책이라고 생각했다. 장학금 타러 왔다가 잘못하여 또 연줄제인가 연좌제인가 하는 이상한 제도에 걸려 조상 잘못이 자식 잘못으로 번지면 어떻게 아버지의 얼굴을 보고 살겠는가? 만일 그런 일이 생긴다면 우리 집안은 요즈음 유행하는 쥐약 먹고 동반자살 하는 일이 생길 것이다. 그때만 해도 갑 학교에서 데모 주동을 하다가 운 좋게 학교를 졸업해도, 을 대학병원에 의사로 취직하러 가면 갑 학교에서 이미 정보가 새어나가 이미 을 대학병원에서 알고 취직도 못 하게 하는 장치가 있었다. 우리 병원만 그런 것이 아니라 전국적으로 모든 직종에서 그랬다. 지금은 사라지고 없겠지만 말이다. 하지도 않은 데모 주동으로 몰리면 살아남기 힘든 세상이었다. 그래도 그때 학생들은 순진했다. 데모할 때 쇠파이프도 없었고, 주동은 가슴을 내밀고 자진 출두해서 경찰서나 학장실을 방문하여 떳떳이 자수하곤 했다. 지금 생각하면 참으로 서슬 퍼런 독재정권 하에서 그렇게 용기 있기도 힘들었지만, 그래도 용감한 사람들이 있었다.

"에라 모르겠다. 이까짓 시시한 의과대학 그만 다니지 뭐? 이렇게 멋없고 맛없는 나라에서 의사가 되면 무엇 해? 애초에 의사가 될 마음도 없었잖은가? 대학의 전통은 연구가 아니라 학생운동이 전통이 되어버렸고, 정부는 민주주의를 한다고 외치면서 데모나 하는 이들을 두들겨 패는 작업이 전통이 되어버린 지 오래인데… 나도 모르겠다."

애초에 의사가 될 마음도 별로 없었다. 옛날 같으면 과거를 준비하고 나라의 관료가 되어 나라를 위해 일하는 사람이 되려다가 과거에 낙방하든지 과거에 합격하더라도 돈이 없어 어차피 매관매직을 못 했을 것이다. '애초에 나란 놈은 의사가 될 사람이 아니었다.'라고 되뇌었다.

대학 시절 교정에 피는 벚꽃은 아름다웠다. 이 일본의 국화 벚꽃은 아름답지만,
그 아름다움에 비해 등록금은 잔인할 만큼 비쌌다. 지금도 그런다고들 한다.

쉽게 말해 '죽도 밥도 아니었다.'라는 말과 유사했다. 그러나 우리는
기득권자들의 싸움 때문에 수많은 학생과 서민들이 피해를 보았다. 기
득권자들에게는 국민이 죽든 말든, 서민이 다치든 말든 아무 상관이
없었다. 그래서 총칼 앞에 쇠파이프와 화염병들이 등장하는 방식으로
데모의 양상이 변한 것이다. 그래도 우리 시대에는 이런 것이 드물었
다. 5.18은 하나의 전쟁이었다. 생명이 생명으로서의 가치를 지니지 못
하고 주검으로 얼룩진 물건들에 지나지 않았다.

그런데 나의 제일 친한 친구 병태라는 놈이 있었다. 그 역시 의사가
되는 것이 꿈이 아니라, 신학공부를 해서 성직자나 신학교수가 되는
것이 꿈이었다. 그런데 시골에서 농사짓는 아버님의 한 맺힌 꿈 때문
에 의대에 입학하게 되었다. 병태 아버지는 어려서 농사일을 하며 너무

도 고생을 많이 하신 분이다. 그래서 자식고생 안 시키려고 의대에 보냈는데, 정작 의대는 병태 아버님이 다니고 병태는 심리적으론 의대를 안 다니고 마음속에서 신학을 키우고 있었다. 이런 것들을 보고 부모가 학교 다닌다고 한다. 지금은 그래도 먹고 살 만하게 농장도 하나 경영하시는 그분은 아들만은 자신만큼 고생 안 시킨다고 의대에 보냈다. 농사를 지어 부를 이루고 정미소도 하나 장만해서 경제력을 소유하신 것이다. 그리고 곧 경제력의 완성이 병태로 이어졌다.

그러나 병태는 작년에 하라는 공부는 안 하고 성경공부만 하다가 보기 좋게 낙제하여 우리 반이 되었다. 우리는 서로 상이하고 차이가 나지만, 또 한편으로는 비슷한 동질성 때문에 서로 좋아하게 되었다. 병태는 문학을 좋아하는 휴머니스트였고 철학을 좋아해 칸트나 프로이트를 보곤 했다. 병태 아버지는 치열하지만 정작 병태는 슬로우 시티나 슬로우 댄스였다. 그는 성경을 가장 좋아해 성경책 대부분을 암기하고 있었다. 그는 의학 교과서보다 성경책에다 더 많은 밑줄을 치고 별표를 하는 놈이었다. 옆에서 보고 있으려면 짜증날 정도였다. 그러다 보니 낙제는 당연한 인과요 업보였다. 그러나 그와 함께 있으면 언제나 마음이 편했다. 언제나 진실로 기도를 하기 때문에 녀석은 이미 성직자와 비슷하니 편안한 얼굴을 하고 있었다. 나는 어려서 유아영세를 받았지만 나에게 내려주는 불행들이 너무 많아 성당에 다니는 것도 형식적이거나 냉담자로 지낼 때도 많았다. 하지만 인간의 구원에 매달리고 '갈 때는 먼지에서 먼지로, 흙에서 흙으로 간다는' 병태의 기도 속에서 나는 평화를 느낄 수가 있었다.

거리엔 어느덧 시원한 초가을이 오고 캠퍼스엔 하나 둘 낙엽이 떨어졌다. 미니스커트를 입은 여학생들은 여전히 행복하게만 보였다. 그러고 보면 우리처럼 불행하게 의과대학을 다니고 있는 놈들은 없었다.

의과대학을 다니는 학생들의 50% 이상이 아버지가 의사여서 가업을
물려받기 위한 부자들이 많았다. 하다못해 형이라도 의사인 집안이 많
았다. 그래서 우리는 약간의 소외감을 느끼며 살았다. 일단은 돈을 쓰
는 폼이나 폭이 서로 달랐으니까…?!

병태와 나는 푸른 잔디에 누워 동물해부학 시간을 땡땡이쳤다. 막걸
리와 오징어 한 마리 놓고 멍청히 창공을 올려다보고 있었다.

"병태야! 한 잔 해라."

"너 무슨 괴로운 일 있냐?"

"아니 그냥 사는 게 답답해서…."

막걸리 잔을 기울이자 병태는 극구 사양을 했다.

"나는 신학교에 가야 된다고! 언젠가는 신부님이나 신학교수가 되고
말 테니까…. 너나 많이 마셔, 돈 걱정은 말고!"

"어쭈, 네가 내 아비냐?"

자식 기어이 사고를 치겠구먼. 갸륵하신 아버지의 뜻을 어기고 각오
를 단단히 하고 있구나! 병씨 가문에 효자 한 명 나오게 생겼네, 병태
아버님 큰일이시네….

"지난해 종교에 미쳐서 낙제까지 했는데, 올해는 신심을 더욱 깊이
있게 하기 위해 술을 안 먹기로 했다."

"그래? 그러면 나 혼자 마시지 뭐! 아이고, 불효자식!"

나는 막걸리를 단숨에 마시고 하늘을 올려다보니 너무도 구름이 너
무 맑아 구름을 타고 그 높은 하늘까지 날아가고 싶은 충동이 일었다.
하지만 내 마음은 학비와 부모님의 불면증 생각으로 인해 가을바람이
일고 있었다. 병태는 기도를 해주었다.

"하늘에 계신 우리 아버지…."

"이놈아! 시끄럽다. 하느님인지 하나님인지 잘 몰것다마는, 내 학비

보태주냐?”

녀석은 깜짝 놀라 하나님을 욕하면 세상에서 가장 큰 죄악이라고 난리쳤다. 아이고, 불쌍한 자슥! 하라는 공부는 안 하고 성경에 미쳐가지고 참말로 효자 났구먼! 나도 저렇게 미쳐서 추태를 보이기 전에 못 다닐 학교라면 일찌감치 그만두고 하루 빨리 자전거 타이어라도 때워야지.

'병태 니는 좋겠다! 시골 아버님이 보내주시는 돈으로 뜨뜻한 밥 먹으니께…. 어차피 나는 며칠이 지나면 등록금 마감 날이 끝나고 청빈과 금욕을 주장하는 네놈과도 이별이니께….'

나는 다음날 아침 9시가 넘도록 잠에 취해 있었는데 누군가가 흔들어 깨웠다. 어머니였다.

“네 친구 병태 왔다. 얼른 등교해라!”

“학교 가서 뭣해요? 학교에 갈 돈도 없는데?”

어머니는 속이 한참 상하셨는지 눈물을 글썽거리셨다. 내 말이 서운하셨을까? 아니면 내가 어이없는 말을 했을까? 하여튼 나는 학교 측으로부터 일주일만 더 다니면 끝장이라는 통보를 받았다. 그리고 못 다니게 될 확률이 훨씬 많다고 생각했다. 자본주의 사회에서 돈처럼 천하고 흔한 것도 없지만, 없는 사람에게는 돈만큼 피 같은 것이 없고 귀한 것이 없었다.

그리고 그 날 엄청난 일이….

동물해부학 시간이 되었다. 첫 시간에 출석 안 하고 병태와 함께 술 먹고 놀아버린 탓인지, 어제 오리엔테이션에 무엇을 했는지, 또 교수님이 누군지 알 수가 없었다. 더구나 실습실엔 교수님의 얼굴은 보이지 않고 목소리만 어디서 들리는데, 교수님이 계신 건지 아니면 스피커로

방송만 하시는 건지 도대체 알 수가 없었다. 나는 길게 목을 빼고 교수님의 얼굴을 보았다. 얼굴 형태는 사각이고 할아버님 목침같이 생겼다. 키는 책상이 아닌 걸상만큼 작았고, 바늘로 찔러도 피 한 방울 안 나오게 생기셨다.

'아, 저분이 학점에 대해서 악랄하다는 소문으로 유명하신 콩 교수구나!'

병태 말로 작년에 콩 교수님 덕분에 낙제할 정도라고, 독종이라고 귀띔해주던 기억이 났다. 학점관리 잘하라고 나에게 충고를 아끼지 않았다. 실습이 시작되었다. 개구리 배를 가르고 무슨 혈관에 공기를 주입시켜 닭을 안락사 시키고 심장, 모래주머니, 식도를⋯. 모두들 실습에 열중하는 모습이 정말 병아리의사들같이 보였다. 나는 나의 너무도 불확실한 진로 때문에 마음이 처량하기 그지없었다. 나에게 분배된 몫인 큰 눈 가진 개구리와 제삿날 기다리는 통닭 한 마리를 쳐다보며 그 동물들이 내 모습을 많이 닮았다고 느꼈다. "아이고, 불쌍한 놈들! 너희들이 내 손에서 안락사를 당하는구나!" 하면서 나는 호주머니를 뒤지고 있었다. 호주머니엔 고가의 청자담배가 들어 있었는데, 나도 모르게 그것을 꺼내 물었다. 그리고 처량한 신세타령을 나의 실험동물들과 나누기 시작했다.

"닭아! 개구리야! 너는 도대체 무엇 때문에 지금까지 살아왔냐? 참 딱하기도 하다. 이 쓰디쓴 청자담배 한 번 피워보시게나."

나는 수탉의 입술에 담배를 물려주었다. 그런데 예기치 못한 사건이 터지고 말았다. 수탉이 담배를 피우며 실습실을 뛰어다니고 '꼬꼬꼬' 하는 함성이 터진 것이다. 우리 조의 여학생들은 킥킥거리고, 나는 수탉을 잡으러 실습실을 뛰어다니다 넘어지고, 난리가 나버렸다. 그런데 그놈의 수탉이 담배라도 땅에 놓아주면 좋으련만 입술에 꽉 물고 뛰어

다녀 실습실을 태울 작정을 한 모양이다. 순식간에 아수라장이 되고 말았다.

"꼬꼬, 꼬꼬데엑!"

드디어 잡아서 담뱃불을 끄고 다시 내 실습탁자에 묶어놓았다. '아이고, 하마터면 학교까지 태워먹고 감방신세 질 뻔했네.' 하고 생각하고 있었다. 학비도 못 내는 놈이 그 비싼 의과대학에 방화를 해서 신문에 톱기사로 나고, 기자들은 특종을 잡았다고 플래시를 터트리고, 완전히 방화범으로 교도소를 갈 뻔했으니까. 아, 사람이 이래서 교도소 가는구나! 하는 생각을 하고 있는데, 누군가 옆에서 옆구리를 콕콕 찌른다. 나는 신경이 몹시 날카로워져 있었다. 글로브를 낀 채 주사기를 들고 닭을 안락사 시키려고 하는데, 이번에는 뒤에서 등을 탁탁 친다. 나는 신경질이 나서 글로브를 낀 손으로 얼굴도 안 보고 상대방을 한 방에 날려보냈다. 아이고, 그런데…? 대형 사고다.

"어떤 놈이냐? 나도 한때는 주먹 좀 썼다고!" 하면서 때린 것이 다름 아닌 콩 교수였다. 인제는 교수까지 구타를 한 것이다. 아하, 이래서 콩 교수구나? 베트콩처럼 어디선가 불쑥 나타나고 얼굴도 잘 안 보이고 해서 콩 교수라고들 하는구나. 그것이 약자로 콩 교수였구나 하고 후회한들 나는 이미 죽은 목숨이었다. 그러나 콩 교수는 이미 화가 날 때로 나 있었다. 교수님은 수첩을 꺼내더니 내 이름 '낙동강'에 빨간 볼펜으로 강하고 진하게 한 줄도 아니고 두 줄을 그어버렸다.

"학생, 학생은 올해 한 학기 낙제네, 그리고 학교 다닐 생각은 하지도 마라! 교수생활 10여 년에 학생한테 맞아보기는 처음이구먼!"

하여간 나는 본의 아닌 교수 구타 죄, 방화 실패범으로 낙인찍혀야 했다. 그 후 병태는 콩 교수의 실습 수칙을 메모한 노트를 보여주었다.

1. 실습실 내 금연. 이유 - 의사는 생명체를 다룰 때 경건한 마음을

가져야 하기 때문…. 2. 생명에 대한 절대적인 외경과 존경심.

오리엔테이션 때 땡땡이친 것이 얼마나 큰 실수였는가? 그리고 형님이 실수할 때 아우 병태는 어디 가고, 너무나 중요한 일을 이렇게 늦게 가르쳐주면 어쩌란 말이냐? 이제 완전히 끝났구나 생각했다. 정말 어처구니없는 일을 저지른 것이다. 병태가 나를 낙동강 오리알로 만든 것이 섭섭하고 원망스러웠다. 엄숙한 실습실에서 담배 피우고 생명체를 모욕하는 것은 시험 볼 자격도, 앞으로 의사가 될 자격도 없다는 것이 콩 교수의 지론이었다. 백 번 맞는 말씀이다. 나는 이렇게 해서 의예과 1학년을 보내고 있었다. 의사가 되기도 전에 문턱에서 잘리는 낙동강 오리알 신세가 된 것이다. 우리 곁에 항상 숨어 계시는 너그럽고도 인자하신 분이라서 선배들이 '콩'이라고 별명을 붙였다고 한다. 병태야! 너 그러지 마라! 중요한 사실은 미리미리 가르쳐주면 될 것 아니냐? 너만 먹고살래? 나도 좀 먹고살자! 해보았자 이미 화살은 시위를 떠나버리고, 변심한 애인 달래본들 무엇 하리? 닭 잡던 개 지붕 쳐다보면 무엇 하리?

하지만 한편으로는 잘됐다고 생각했다. 어차피 못 다닐 학교인데 아쉬운 것이 또 뭐가 있냐? 단지 급우를 때린다고 한 게 교수님을 때린 것, 이것이 깊은 죄책감으로 밀려왔다. 그러나 하교하다가 우연히 게시판을 보았는데 또 하나의 사건이 터졌다. 학장님의 성은과 너그러운 은총이 기록되어 있었다. 다름 아닌 군의탁 장학금 명단과 보건 장학금 명단에 내 이름이 새겨져 있었던 것이다.

태평수 - 합격

백두산 - 합격

한라산 - 불합격 등등.

"축하한다! 다시 너 학교를 다닐 수가 있게 되었다."

“아니, 아니 이럴 수가! 이런 우연의 일치가! 병태 너 기도를 어떻게 했기에 이런 웃지 못할 사건의 연속이냐?”

나는 웃어야 될지 울어야 될지 몰랐다. 실로 황당했다.

“잘못 되면 조상 탓하고 잘 되면 내 탓이냐?”

병태는 자신의 일처럼 기뻐해주었다. 그러나 그 기쁨은 잠시뿐이었고 콩 교수와의 사건은 어떻게 처리해야 한단 말인가?

“콩 교수와의 문제를 어떻게 처리하냐?”

“다 방법이 있어, 따라와.”

병태는 자신의 경험담을 들려주었다. 나는 용기를 얻었다. 1970년대는 그래도 비교적 인심이 좋았다. 지금은 의과대학 신입생 등록금이 8백만 원을 육박하지만, 그때는 50만~70만 원 정도였다. 물가가 10배 이상 뛰었다. 1997년도를 보면 말이다.

“콩 교수는 술에 취하면 마음이 천사 같아져. 그걸 이용하면 된다.”

“그럴까?”

“글쎄 나만 믿으라니까? 그리고 너도 오늘은 술을 좀 많이 먹을 각오를 해라.”

“알았어. 근데 나 돈이 없어.”

“그건 걱정 마! 아버님이 책값도 주시고 술 마시라고 술값도 준 것 나한테 있어.”

콩 교수님 댁 앞에서 우리는 호주머니를 털었다. 순전히 병태 돈이지만, 친구가 죽는다는데 지가 어쩌겠는가? 그 비싼 ‘보리술’ 맥주 두 박스를 사고 오징어 몇 마리와 사모님 좋아하시는 스카프까지 사들고 우리는 콩 교수님댁을 방문했다. 콩 교수님은 눈이 시푸른 컬러로 채색된 채 화초에 물을 주고 계셨다. 나를 처다보지도 않다가 한참의 침묵 후 병태와 나를 들어오라고 승낙하셨다. 맥주 한 박스를 우리가 다

마실 때쯤 콩 교수는 얼굴이 빨개져 분위기가 서서히 풀리고 있었다. 병태는 잘 먹지도 못하는 맥주를 먹어가면서 콩 교수를 달래고 아부하고 사정하고 별 지랄을 다 떨었고, 나는 죄인처럼 고개를 처박고 사과를 거듭거듭 해댔다.

"그래, 그래 되었다. 살다 보면 이런 일 저런 일 다 겪는 게 의사란 직업이다."

콩 교수의 화해의 말이 떨어졌다. 드디어 남북적십자회담이 서서히 풀리고 있었다. 우리는 서로 인간적이 되어 가정사까지 다 이야기했다. 그토록 혹독한 교수님의 뒤안길에 자비로움이 있는 줄은 꿈에도 몰랐었다.

"결국 의과대학 교육은 엄격해야 돼. 교육은 엄격하니 받아야 머리에 남는 게 생기는 거야."

실제로 의과대학 6년 동안 다니면서 보니 모든 교수들이 딱딱하고 엄격하니 교육을 하셨다. 학교생활이 한참 지난 후 나는 이처럼 보수적인 집단이 없구나! 하는 생각을 했다. 의사들은 완전히 스트레스의 연속으로, 비교적 차가운 얼굴을 가지고 살게 돼버리는 그런 팔자에 대해서도 조금씩 이해가 되었다. 결국 나는 당시에 너무도 깊은 절망에 빠져 있었고, 그 절망이 마침내는 실습실의 해프닝으로 이어졌다고 교수님에게 자초지종을 말씀드렸다. 그러자 작은 체구를 호탕하게 흔들어대며 웃으셨다. 너무 크게 웃다가 나한테 맞은 눈을 손으로 만지며 이렇게 말씀하셨다.

"자식, 너 주먹 세더라. 지금도 얼얼하네."

결국 동물해부학은 에이 플러스가 나왔고, 2년간의 세월이 쏜살같이 지나갔다. 그런데 이번에는 병태가 문제를 일으켰다. 본과 1학년 1학기가 되면 모든 다른 의과대학들과 마찬가지로 해부학 실습이 시작된다.

병태는 시체를 보고 기절을 했다. 메스를 대고 사체를 절개할 때 그의 손은 몹시 떨렸고 토까지 했다. 여느 때와 마찬가지로 나는 생기를 얻고 해부학 실습에도 흥미를 느끼고 있었다. 모두 다 병태의 기도 덕분이지만, 그래도 어찌되었든 나는 생기를 찾고 활발한 사람으로 바뀌어가고 있었다. 하루는 병태가 임신한 여자같이 꽥꽥대더니 가운을 벗고 밖으로 나갔다. 미행을 해보니 화장실에서 심하게 토하고 있었다.

"병태야! 너 요즈음 어디 아프냐?"

"아니, 아무래도 학교를 그만두어야 할 것 같아."

"너 지금 무슨 소리를 하고 있는 거냐?"

"신학교로 편입하고 싶은데 아버님이 반대하서…"

"야! 우리 저쪽 잔디밭이나 벤치에 앉아서 얘기하자."

"그래…"

녀석의 얼굴에는 완전히 핏기가 없다.

"의과대학이 생리에 안 맞니?"

"으응."

"그래도 지난 삼년이 아깝지 않니?"

녀석을 설득하자 녀석은 노력하겠다고 겨우 고개를 끄덕이는데 나보다 더 불쌍하게 보였다. 급기야는 계집아이처럼 울어가며 이야기를 했다. 그리고 한술 더 떠 병리시간의 세포와 조직을 현미경으로 보고 나서 한다는 말이, 자신의 병이 암 같다고 했다. 겨우 턱걸이로 본과 2학년에 진급하여 임상을 배우게 되었는데, 모두 자기 병 같다고 우겨댔다.

이별

우리는 숨차게 달려와 드디어 본과 3학년까지 진급하게 되었다. 그러나 어느 의과대학이나 마찬가지이겠지만 항상 막판에 패자로 둔갑

하는 놈들이 한 명은 있다. 우리는 벌써 1년이나 2년 후에는 학교를 졸업하게 된다. 가정이 그렇게 가난하지는 않았지만, 병태 아버님은 고집이 세서, 그리고 너무 고생을 많이 하셔서 억지로 병태를 의대에 보냈는데, 병태는 그것을 편안하게 느끼지를 못하고 아버님만 병태가 의대 간 것을 흡족해 하고 있었다. 병태가 의대에 다니는 것이 아니라 병태 아버님이 의대를 다니고 계시다는 인상을 받았다.

병태는 어려서부터 신이 부른 사람이다. 다시 말해 소명을 받은 것이다. 병태는 어려서부터 꿈이 신부, 신학교수가 되는 것이었다. 억지로 의대에 다니는 자신이 우습게만 느껴졌고, 그런 자신의 모습에 너무도 자신없어 했다. 그리고 강요당하는 자신을 신 앞에 한없이 부끄러운 존재로 인식하고 있었다. 자신의 아버지에 대한 적대적인 감정마저 억압하고 용납할 수 없는 그는 급기야 정신과를 출입하게 되었다. 검사 상으로는 아무 이상이 없는데, 자꾸 여기저기 아프고 모든 병이 자신의 병이라고 주장하는 망상에 빠진 것이다. 선배의사들은 그것을 건강 염려증이라고 불렀다.

하지만 병태 아버지는 생각이 달랐다. 그런 사실도 모르고 동네방네 촌구석을 떠들고 다니며 우리 아들이 의과대학 다닌다고 자랑을 서슴지 않으셨다. 또한 자식을 자랑스럽게 생각하시고 다른 부유한 의사 아들들에게 기죽지 말라고 특별 장학금(책값+술값)까지 보내주어 병태는 더욱 많은 죄책감에 시달리고 있었다. 사실 병태는 선배 정신과 의사에게 2년이란 긴 세월 동안 정신분석 치료를 해오고 있었다. 나는 본과 3학년이 끝나가면서 또 경제적으로 시달리고 있었다. 의과대학 공부도 바빴지만 밤에는 중학생 한 명을 가르치며 학비를 벌어야 했다. 물론 그 시대는 과외가 불법이네 하는 세상도 아니고 물가도 그렇게 비싸지 않았다. 한 과목 가르치면 당시 돈으로 3만 원 정도의 수입이 생겼다. 그걸로 50만 원 이상 되는 학비를 충당하기에는 역부족이었다. 그런데 그런 고민을 하던 차에 병태가 환하니 웃으면서 나와 같이 자기가 살고 있는 하숙방으로 가자고 한다. '이상한 일이네? 병태가 저렇게 밝은 미소를 띠다니…. 몇 년 만인가?' 하고 나는 의아스러운 표정으로 따라갔다. 병태의 방에는 신앙과 관련된 사진이 붙여져 있었고, 여자 방처럼 은은한 향기가 나고 너무나 단정했다. 털털하고 여기저기 너저분하게 책들이 산재한 나의 방과는 대조적이었다. 병태는 여기저기 서랍을 뒤지더니 내게 두툼한 봉투를 내밀었다.

"나 학교 그만두기로 했다."

"그러면 이 봉투는 무엇이냐?"

"아버님이 용돈 주시는 것을 날마다 조금씩 모았다. 내가 학교를 떠날 때 이 돈이 정작 필요한 사람이 있을 것 같아서 모은 거야. 그리고 아버님이 책값이나 술값을 너무 많이 주어서 신학교에 가려는 나를 더욱 죄책감으로 몰아넣어 도저히 쓸 수도 없었다. 너 다음 학기 학자금도 없잖니?"

"…."

나는 눈에서 눈물이 나오려는 것을 억지로 참고 있었다. 녀석의 세심한 배려가 너무도 고마워서 콧등이 시큰거렸다. 그러나 나는 덥석 그 돈을 받을 수가 없었다.

"아버님이 승낙하셨냐?"

"응, 긍정적으로 승낙하시지는 않았지만, 내가 정신과에서 건강 염려증으로 치료 받고 있다는 것을 1년 전부터 알고 계셨어. 그게 무척이나 마음에 걸리셨던 모양이더라. 왜 시골사람들 정신과 하면 완전히 미친 사람만 다니는 데인 줄 알고 충격 받잖니? 아버지도 그러신 것 같아. 1년 내내 고민하다가 그냥 나 하고 싶은 대로 하라고, 하는 수 없다는 듯 허락을 해주셨어. 그리고 이미 신학교로 옮길 서류 다 해놓았어. 그리고 나니 이상하니 아픈 곳이 다 사라지고 질병에 대한 공포가 서서히 사라지더라. 난 마음의 병이 이렇게 무서운 줄 몰랐어. 그리고 그분(하느님)의 사랑이 이렇게 무섭게 나를 채찍질할 줄은 꿈에도 몰랐어. 이젠 나도 내 갈 길을 가게 됐어.”

“그러면 왜 나는 그런 게 안 오냐?”

“넌, 비겁하니 법대에 가서 다른 사람을 징역살이 시키려고 하는데, 그런 신의 소명이 오겠니? 결국 너는 출세 지향적인 꿈이라서 신이 그런 은총 대신 의사가 되라고 의사로서의 은총을 준 거지 뭐. 좋게 생각해!”

“너 그러지 말고 이렇게 하자. 이제 1, 2년만 다니면 졸업이니까, 의사가 되고 또 신부님도 되고 얼마나 멋있냐?”

“그 방법은 낡은 수법이야. 이미 선배 정신과 의사들도 나한테 썼던 방법이야. 그리고 정신과 대가 교수님도 써먹은 낡은 수법이야. 때문에 시간도 이렇게 많이 지체되고, 항 우울제도 너무 많이 먹었는데, 아버님의 용서로 이제 약도 치료도 필요 없어진 게 벌써 3개월이 넘었어. 나로서는 모든 준비작업이 끝났어. 그리고 우리가 예과 1학년 때 이미 서로 토론하고 주고받았던 막스 뮐러의 『독일인의 사랑』처럼 내가 사랑하는 사랑도 한 길이야, 한 사랑이라고! 하나님을 향한 한 사랑이지, 의사이면서 신부를 겸한 명예욕을 가진 짬뽕사랑은 아니거든…”

나는 갑자기 쓸쓸하고 허전한 가슴속의 절망감을 느껴야만 했다. 이제 병태가 학교를 떠나면 누구와 미운 정 고운 정을 나누며 학교를 다닌단 말인가? 나는 본과 4학년에 진급했다. 순전히 병태 덕분이지만, 병태는 나를 의사로 만들려고 찾아온 손님이었다. 병태가 사라진 학교는 나에게 쓸쓸하다 못해 외로움과 고독감을 가져다 줄 것이다. 병태는 떠나면서도 나에게 촛불기도를 하면서 이렇게 말했다.

"우리 영원히 변치 말자. 그리고 훌륭한 의사가 되어라."

"…."

병태의 가슴속에는 강요당하는 서러움이 숨어 있었다. 그리고 그런 상황에서 빠져나가고 싶은 무의식적인 소망과 욕구가 장시간의 건강염려증으로 번져서 자신의 희망과 꿈을 이루지 못하는 좌절과 싸우고 있었던 것이다. 그리고 그는 유년기의 소망을 꼭 달성하려고 마음먹었던 것이다. 그가 학교에 다니는 것이 아니라 아버님이 학교를 다닌 것이다. 그 꿈들을 달성하게 되자 그는 건강을 회복했다. 사람에게는 항상 자기에게 맞는 옷이 있기 마련이다. 그런 옷 중에 하나가 직업이다. 나는 인턴 생활을 하면서도 법대나 문과 쪽의 꿈을 못 버리고 그와 유사한 옷을, 다시 말해 문과와 좀 비슷한 과가 무엇일까 생각하다가, 훌륭한 의사는커녕 도회지를 벗어나지 못하는 정신과 의사가 되어버렸다. 스트레스를 받는 환자들은 도시에 더 많기 때문이다.

"다 왔다."

기차는 어느덧 목적지인 내장산에 도착했다.

"정말 아름답다!"

"뭐가?"

"내장산과 우리!"

우리는 등반을 하면서 데칼로니서(성서의 일부)의 사랑, 감사, 용서, 기도에 대해 신나게 토론했다. 참으로 삶은 살 만한 것이다. 나는 치열한 의과대학 생활 중 가장 축복받은 일이 치열하지 않은 병태 신부를 만난 것이었다. 당시에 우리 모두는 치열했지만, 지금 아이들은 더욱 치열해서 무섭기까지 하다. 아프리카 수단의 천사 이태석 신부라는 사람이 이 땅에서 태어난 것이 우리를 자랑스럽게 했다. 난 그렇게 못 살았지만, 이 척박한 시대에 얼마나 아름다운 사람인가? 나는 한없는 부끄러움을 느낀다. 그래도 입만 살아서 계속 씹어댄다.

"루터는 고장 난 자동차인 가톨릭교회에서 개혁을 하자며 삐져나온 가톨릭의 배신자인데, 타락할 대로 타락한 가톨릭을, 고장 난 자동차로 치면 '빵꾸 난 타이어'를 새 타이어로 바꾸어 개신교라 칭했다네."

"개신교는 성찬의 기쁨과 행위의 중요성을 뺀 말씀의 성찬만 중요시한다네."

"가톨릭은 말씀의 성찬과 행위의 성찬을 뺀 미사라는 제사의 성찬과 고해의 성찬만 즐긴다네."

그런데 이 말들을 꼼짝 못 하게 한 사람이 아프리카 수단의 천사 이태석 신부이다. 근자에 들어 가톨릭의 병폐를 예방하는 귀감이 되는 분이 한국에서 배출된 것이다. 그리고 과거의 민주주의 탄압에 대한 항거를 '행위'로 옮긴 자들이 기독교와 가톨릭의 순교자들이다.

사실 치열하고 일류라는 것이 나로서는 비웃음밖에 안 나오게 만드는 저속하고 유치한 것들보다 못한 것이었고 이기적인 것에 지나지 않았다. 그것은 마치 자신만을 보호해 달라고 외치는 성직자가 종교라는 커다란 율법으로 성전을 짓는 것과 다름없었다. 내 인생에서 내가 배고플 때마다 한 달에 한두 번이라도 흰 쌀밥을 주었던 집주인 아줌마가 나의 형제나 친척보다 더 고마웠다. 나는 우리나라에 어진 대통령이 나와서 모든 국민들이 치열하게 싸우지 말고, 나처럼 등록금이나 간을 구걸하지 말고, 정말 행복한 국민들이 되게 하는 왕이 오시면 좋겠다고 생각한다. 치열한 일류는 타인을 배려하지 않고 자신만을 좋게 하는 이기적인 돼지인 것이다.

"패고 들어와라. 기어이 이겨라. 일류가 되라."

웃기는 이야기다. 이제는 사랑의 시간과 진정한 가족 공동체가 무엇인가를 묻는 시대이다. 피가 섞였다고 다 효도하고 사랑하는 세상보다 조금 더 큰 이웃사랑 공동체가 될 것이다. 그런 면에서 'New familism period(새로운 의리로 뭉친 가족주의)가 올 것이다. 내가 제일 싫어하는 학자가 피터 드러커(Peter Ferdinand Drucker)와 빌게이츠이다. 빌게이츠가 많은 돈을 사회에 내놓았다고 해서 좋은 사람은 아니다. 컴퓨터를 개발하여 수많은 실업자를 생산한 것에 비하면 그의 봉사는 의무에 불과하다. 천재는 신이 원하는 세상과 반대로 살기를 꿈꾸는 자들이다. 또한 월가의 주식 천재들과 빅 마트 사회를 무절제하게 열어가는 약육강식의 일류 고급 노예들이다. 천재들은 세상과 신에 거슬리는 자들이다.

"일류가 작은 기업을 죽여라. 큰 것이 간다."

도대체 얼마나 커야 사람들이 만족할까? 얼마나 일류여야 행복할까? 산 정상에 올라서 산에게 난 물었다.

"너 세상을 지배해서 행복하니?"

"아니, 춥고 외로워, 난 뾰족하거든…."

"넌 왜 항상 혼자니?"

"1등이니까"

"왜 넌 남에게 자리를 내주지 않고 괴로워하니?"

"바보야, 정상은 뾰족해서 남에게 자리를 내어주는 데 냉정해."

"그렇구나. 외롭겠다."

"…"

나의 경험상 간 기증을 부탁할 때 치열한 삶을 사는 일류나 이류에겐 부탁하지 말고, 뭔가 마음이 여유롭고 진실로 착한 사람에게 부탁하라. 그리고 그 은혜를 갚아라. 형제라도 치열한 일류는 항상 굶주려 있다. 건물에 벽돌 한 장 더 끼우고 자신의 미모를 걱정하며 주님의 이름을 빌려 더욱 이기적이 되기 위해서… 온갖 미사여구를 구사하며 거절한다. 그러나 잊지 마라. 죄인은 간 이식을 받는 환자이다. 왜냐하면 그 환자는 가족들에게 수많은 생각의 반향을 불러일으키고, 가족의 분열을 꾀하는 자이며, 가족을 천사와 악마로 심판하러 오는 신의 대리자이다. 그러므로 죄인은 바로 숙제를 가지고 온 간 이식환자이다.

'나 때문에 가족들은 얼마나 괴로워했을까?'

죄인임을 잊지 말자. 감사하자. 용서하자. 결국 내가 못 나서 그런 거다. 속죄하는 사람은 병자다. 이 치열한 현실 속에서 타인을 위해 간을 내놓은 사람은 별로 없다. 그러므로 형제나 가족 중에서 간을 기증하거든 평생 감사하자. 타인의 간을 기증 받은 경우는 더더욱 감사해야 한다. 왜냐하면 다른 수술과 달리 간 이식은 완치가 되기 때문이다. 그렇다고 남의 간 기증 받는 것을 주저하지는 말라.

얼음계곡

세상을 살면서 외로워서 나 혼자라고 외칠 때!

알지 못할 죄책감에 시달리지만 어느 날 분명 내 죄라고 깨달을 때?

빚에 시달릴 때…

중병에 걸려 죽음을 기다리나 아무도 도움이 안 된다고 느낄 때…

자식이 아프거나 죽었을 때!

쓸데없는 일에 수년간 시간을 보내고 집착할 때!

죽음을 각오하며 사약을 구하러 다니고 싶을 때…

증오와 분노로 가득 찼을 때!

나 자신이 쩨쩨한 놈이었다고 느낄 때…

비 오는 날 우산을 잊고 와 산에서 수많은 시간을 걸어야 할 때…

나보다 불쌍한 사람들이 많다는 것을 모르고 혼자서 외로워할 때…

죽음이 가깝다고 느낄 때…

나의 인생이 얼음이라고 생각할 때…

얼음계곡은 나에게 말한다.
'아무리 추워도 봄은 온다고!'
'아무리 추운 데서 죽어버린 곤충에게도 예수와 천국은 있다고!'
'누구에게나 있다고… 인생의 얼음계곡은.'

오키나와에서 딸과의 의견차이

일본은 유럽 문화를 최초로 받아들여 메이지 유신으로 밥을 먹고 사는 나라이나 요즈음은 쇄국해야 한다고 생각하는 사람들이 늘어나고 있는 듯하다. 왜냐하면 개국을 통해 선진국이 되었더니 대량실업, 조기퇴직, 고학력 실업, 물가인상, 세금인상 등으로 고통스러워지고 말았다. 따라서 메이지 유신은 잘못된 정책이며, 쇄국이 맞는다고 주장하는 사람이 꽤 있는 것 같다. 이러한 현상은 국내에서는 볼 수 없는 현상이다. 일본은 세계 2등 국가이고 메이지 유신을 해서 선진국이 된 걸로 배웠는데, 일부 일본인은 그렇게 생각하지 않는 것이다. 조금 천천히 왔어도 한국처럼 약간 여유 있지 않았을까 하고 생각하는 사람들도 있다는 것이다. 그러나 앞에서도 말했지만 일본의 배려 문화는 사람을 두렵게까지 한다.

일본은 우리나라와 달리 좌측도로를 자동차가 사용한다. 그런데 그것도 모르고 오키나와에서 자동차를 빌렸다. 자동차를 렌트해주는 국제 렌터카 회사들이 인터넷에 등록되어 있어 유명하다는 회사를 골라 예약을 했다. 나는 제주도처럼 공항에서 내리면 정면에 직원이 나와 기다릴 줄 알았다. 그런데 오산이었다. 오키나와 국제선 공항은 무슨 버스 정류장만큼 작다. 겨우 마쯔다 렌터카 회사를 찾아 서툰 일본어로 자동차 보험을 들고(돈이 들더라도 주저하지 말고 대인, 대차, 대물 등 몽땅 꼭 들어놓는 게 편함) 차를 인수인계 받았다.

차는 마쯔다의 준 중형차였고 핸들도 유럽이나 호주처럼 좌측에 붙어 있었다. 나는 차를 몰고 시내로 나갔다. 좌측도로와 우측도로를 자주 혼동하다가 드디어 사거리에서 실수를 하고 말았다. 좌측도로에서 좌회전해서 좌측도로로 들어가야 되는데, 그만 우측도로로 들어갔다가 살그머니 좌측도로로 들어갔다. 쉽게 말해 사거리에서 좌회전 녹색

신호를 받고 사거리 안에서 좌측도로를 찾으려고 한 바퀴 원을 그린 것이다. 지금 이렇게 설명해도 무슨 말인지 모를 것이다. 가서 죽지만 말고 한번 해보고 오라. 뒤에 탔던 아내와 딸은 뿔이 나서 말했다.

"간 수술 시켜 살려 놓았더니, 이제 교통사고로 자살하려고 하는구먼. 당장 내리세요. 내가 운전할 테니…."

나는 큰 죄를 지은 죄수처럼 차에서 내려 핸들을 바꿨다. 하지만 오키나와에서의 5박 6일 동안 아내는 다섯 번이 넘게 우측도로로 들어가는 실수를 해 여러 번 죽을 뻔했다.

"뭐 고것이 고것이구만."

"공연히 내가 운전한다고 했네요."

"계속하시구려, 뭐 편하고 좋구먼."

호주 시드니에 놀러 갔을 때 택시를 타고 혼자서 배낭여행을 하다가 어이없이 야간에 객사할 뻔했다. 멀리서 보니 306미터인가 몇 미터인가 하는 시드니 타워가 너무 아름다워 택시를 타고 가보았다.

"기사님! 안녕하세요? 시드니타워에 가고 싶네요."

여기서 '기사님, 안녕 하세요'는 Hi라고 하면 된다. 뭐 굿 데이라고 하든가….

"예. 다 왔습니다."

야간임에도 불구하고 나는 한국에서 하던 대로 우측도로로 내려서 보니 도로 중앙이었다. 세게 달리면서 차 안의 기사들이 나에게 난폭한 욕을 해댔다. 도로는 사람이 다니는 인도가 아니었다.

"퍼키 유!"

사방 군데군데에서 호주 기사님들이 욕지거리를 해댔다. 그런 반면에 일본인은 미소를 지어주었다. 대단한 인내심을 가지고 타인을 배려하는 민족이 일본인이다. 자신을 '자동차'라는 무기로 들이받으려는데 미소로 응답하는 나라는 전 세계 중 유일하게 일본뿐이다. 물론 오키나와 국도의 최고 속도는 60킬로이고, 고속도로는 80킬로에서 100킬로이나, 대부분 70~80킬로로 달려서 사고를 피할 수 있었다. 일본인들이 얼마나 인내력과 배려 의식이 좋던지 화를 낼 때까지 건드려보고 싶어질 정도였다.

대강 일본 소개는 이 정도로 하고 딸 자랑을 하겠다. 우리 딸은 얌전하고 머리도 좋고 키도 크고 예쁘다. 그런데 이런 것 썼다가 평생 딸에게 구박받을지도 모르겠다. 학교는 내가 가장 싫어하는 예체능계 H체대 무용과에 1학년으로 합격하여 다닌다. 초등학교 다닐 때 영어를 가르치는데, 굉장히 어려운 문법을 초등학교 1학년생이 금방 깨달아 집안에서 맹자, 공자, 제갈량에 버금가는 천재가 나온 줄 알았다. 내가 영어 문법과 문제를 10문항 출제했다. 그런데 5분도 안 되어 그 문제를 100점 맞은 것이다.

"야! 너 천재다. 어떻게 풀었니?"

"아빠! 이 문제 푸는 것 간단해. 주어를 먼저 10개에 다 써. 그 다음에 동사만 10개 다 써. 그 다음엔 목적어나 보어를 10개 한꺼번에 쓰면 끝이야."

"그러니까 문제를 생각해가면서 푸는 것이 아니라 아무 생각 없이 밑으로 풀었구나? 옆으로 풀지 않고…. 참으로 신통방통하다."

그래서 나는 천재인 줄 알고 딸을 의대에 보내고 싶었지만, 나중에 보니 대단히 인내력 없는 아빠를 닮은 게으른 아이였다. 그리고 아버지의 유언이 자식들에게 예체능계는 절대 보내지 말라는 말씀과 형제간에도 보증서지 말라는 말이었다. 그래서 설마 예체능계는 안 갈 거라고 믿고 있었는데, 딸은 엄마와 속닥속닥하더니 H체육대학 무용과에 가버려 한동안 말도 안 했다. 그럴 필요도 없었지만 서운한 마음을 감출 수가 없었다. 그래서 나는 내 딸을 보편타당한 딸로 키우기로 목표를 바꾸었다. 그리고 E여대나 S여대가 더 명문이라고 생각했었는데, 무용과는 H체육대와 SJ대라며 자랑을 했다. 그래서 내 친구들에게 전화를 해보았다.

"H체육대 무용과 가면 밥을 사야 된다. 그만큼 좋은 학교야, 좀 배워라. 더구나 국립이잖아. 학비도 싸것다. 너 돈 번 거야."

"E여대가 더 좋은 거 아니냐?"

"그건 우리 학교 다닐 때의 구식 이야기여."

"그렇구나. 하나 배웠네."

그래도 마음속에서 아버지의 유언이 떠나지를 않아서 '학교 체육선생' 하면 어떻겠느냐고 해도 무반응이다. 어찌 되었든 서로 으르렁거리는 친한 친구 같은 하나밖에 없는 딸이다. 간도 준다고 한 예쁜 딸이다.

"여기서 비프스테이크를 제일 잘한다는 잭스 스테이크 하우스가 어디예요?"

"아, 재키 스테이크 하우스요?"

"예."

"제 차로 앞장설 테니 따라오세요."

그러더니 자기 차로 모신다. 배려와 친절이 도를 넘는다. 미국처럼 '고우 투 스트레이트, 라이트 엔 덴 레프트.'라고만 해도 되는데, 하던 직장 일을 그만두고 동반해서 안내한다. 참으로 순박하다. 그런데 문제는 여기서부터다.

"얘네들 또라이 아니야? 참 이상하다. 어딜 가나 왜 이렇게 친절하냐?"

그 잘난 내 딸 이야기다. 나는 순간적으로 내장과 심장에서 불이 또 도진다. 난 잘못된 것을 보면 넘어가지를 못한다. 친절을 베푸는 사람에게 정신병자라니… 이게 보편타당한 말인가? 그냥 조용히 넘어가려고 꾹 참으려는데 딸이 한 마디 더 한다.

"일본인은 확실히 정신병자야."

"너 언제부터 정신과 전문의 됐니? 우리나라에도 아빠 어렸을 때 시골에 가면 순박한 시골사람들은 다 저랬어. 서울에서 살더니 너 좀 이상하다."

"아빠가 이상하네. 왜 그런 것을 가지고 화를 내?"

"난 네가 정신병자 같다. 보편적이고 타당하고 인간으로서 당연히 지켜야 할 것을 우리가 얼마나 잊고 살고 있는가를 반성하지는 않고, 도리어 친절한 일본 아저씨를 정신병자라고 하다니. 넌 나쁜 아이야."

이 정도 되면 서로 언쟁을 하고 목소리가 하늘을 찌르고 한 시간은 교육하는 것이 항상 나의 습관이다. 집사람이 그만두라고 해도 끝장을 보았고 사과를 받아냈다.

"아빠, 죄송해요."

"진작 그래야지."

딸이 무슨 잘못이 있겠는가? 보편타당한 것을 지키지 않고, 온 국민이 단합하여 전세 값을 올리고, 약자를 괴롭히는 사람들이 모여 살면서 '아름다운 대한민국'을 외치는 한국인이 제대로 된 정체성을 찾으려면 수십 년은 걸릴 것이다. 그리고 나서 한국에 들어와 한 판 더 했다. 텔레비전을 보니 일본의 배려 문화 그리고 지진 속에서 꽃피는 인간애, 질서를 잘 지키는 일본인에 대해 방영 중이었다.

사실 일본은 미국의 문화를 받아들인 것이 아니라 유럽의 문화를 받아들인 나라다. 점잖고 배려하는 것과 단합하는 모습이 독일인과 흡사하며 독일과 전쟁 동맹국이었다. 독일 신부님들이 미국 신부님들에 비해 훨씬 점잖다(gentle). 물론 일본은 네덜란드 문화부터 받아들였지만 말이다. 나는 일본의 배려와 단합이 칼과 총으로 단합한다면 한국 침략은 식은 죽 먹기라는 생각과 동시에, 우리는 '왜 지금도 고구려, 백제, 신라로 나눠지는 영화가 인기'인지 모르겠고, 신○아의 '4001'이 5만 부가 팔리는 관음증이 만연하는지 모르겠다.

"아빠, 일본이 독도가 자기 땅이라는 주장을 교과서에 실었어."

"너 혹시 일본 돕기 운동에 돈 보냈니?"

"응, 아빠가 일본 강의 한 시간 했잖아. 4만 원 냈어. 엄마 2만 원, 나 2만 원 해서 도합 4만 원! 잘했지?"

"뭣을 잘해? 그놈들이 독도를… 우리 땅을 자기네 땅이라고 하잖아? 저것들이 인간이여? 그런데 4만 원을 내? 저놈들은 너희 증조할아버지를 칼로 베었고, 배려와 단합이 잘못되면 칼과 총으로 무장하고 무서운 동물로 변하는 나라야. 무슨 기부를 그렇게 많이 해. 4만 원이면 자장면이 몇 그릇인데…."

"아빠! 또 일본의 이중성에 대해 한 시간 강의하려고 그러지. 미안하지만 오늘은 선약이 있어서… 그럼 안녕!"

"…."

"일본 아이들이 지진이 많이 일어나니까 독도에 이민 와서 버섯처럼 붙어서 살려고 그러면 독도에 못 살게 뜨거운 전기장치를 해서 구워버릴까 보다."

또 싸우나마나 한 싸움을 했다. 언제나 보편타당하고 인간으로서 당연히 지켜야 할 일들이 지켜지는 사회가 올까?

어렸을 때 내가 아버지를 무시하고 살았는데 딸도 나를 무시하고 사는구나 하는 생각이 들었다. 아버지는 경성제국대학이나 동경제국대학 법대를 나오신 것이 아니라 일본 주오대학 법대를 졸업했는데, "동경제국대학은 좋은 학교지만 경성제대와 일본 주오제대는 당시에 좋은 학교가 아니었다."라고 말씀하셨다. 그래서 일본 주오제대 법대는 학교도 아닌 줄 알았다. 아버지가 항상 그렇게 이야기를 하셨기 때문이다. 그러나 엊그제, 그러니까 54세가 다 되어 2011년 3월에 일본 주오대 법대를 인터넷으로 찾아보니 명문대 중 하나였다. 일본 최초의 독일식 법대로 독일인이 법대를 설립했다고 되어 있으며 법대가 명문대였던 것이다. 다시 말해 법은 독일이 가장 발달된 국가인데, 하필이면 동경대학이나 교토대학이 아닌 주오대학 법대를 설립했고, 아버지는 한국인으로서 일본의 초창기 독일식 법대에서 공부를 해서 일본인도 합격을 못 하는 고시에 합격한 것이다. 그러면 아버지는 자기 모교를 왜 시시한 대학이라고 했을까? 지금 생각해보니 아들이 변심해서 의대에서 법대로 가는 것을 사전에 차단하기 위해서였었다.

"일본은 배울 나라는 아니며 그 문화가 매우 단순하다. 그러나 일본에 가면 최소한 몇 개는 배울 것이 있으니 나중에 일본을 꼭 한번 가보아라. 왜 친일파가 나오고 그들이 우수한가를 보고 배우되 나쁜 점도 많다."

"일본을 꼭 가봐야 되나요?"

"가기 싫으면 말고… 담배 가지고 있으면 하나 주라."

지금도 아버지의 목소리가 쟁쟁하다. 내 딸도 의대를 가고 싶긴 했던 것 같다. 그런데 실력이 안 되었고, 우리 때와 달리 의대가 너무 좋아졌다. 좋아졌다는 이야기는 그만큼 먹고 살기 힘들고 치열하다는 이야기다.

그런데 우리 시절엔 한 해에 정신과 전문의가 전국에서 64명 배출되었는데, 지금은 100명에서 200명 사이라고 한다. 너무 많이 나와 쉬울 것 같은데 그게 아니란다. 전체 수석을 해야 의대에 가는 것 같았다. 정신과는 또 그들 중에서 수석을 해야 하는 것 같다. 의대생도 우리 때 J의대와 CH의대를 합해서 120명 정도였었는데, 요즈음은 한 군데 의대생이 180명이다. 그러니까 매년 한 지방(전라남도만 해서)에서 360명의 의사가 나오며, KAI를 졸업하거나 KAI를 중퇴하고 의대로 이전한 학생도 많다고 한다. 의사 중 신용불량자가 정확한 수치는 아니지만 30%를 넘어서서 의사이면서 일본처럼 우동장사를 할지도 모른다. 어찌되었든 나 역시 아버지의 맘에 드는 아들이 아니었듯 딸도 내 마음에 드는 딸은 아니지만, 그 간격을 좁히려고 노력하러 애쓴다.

나 역시 정신과 의사지만 사업가 이사장 밑에서 일하기도 하고 의사 주인장 밑에서 일하기도 하므로 세상에서 공부가 최고는 아니다. 가족이란 무엇인가를 서로 느끼는 것이 더 중요하다. 그런데 무용과 다니는 딸은 아빠가 맛있는 것을 사줘도 살 뺀다고 안 먹고, 무슨 발표회 나간다고 안 먹고, 그냥 그대로 놔두면 또 사이가 안 좋아지고…. 어렵다. 유도학과나 태권도부에 갔으면 먹는 거라도 잘 먹을 텐데 말이다.

왜 하필이면 먹는 것도 같이 안 먹는 과에 가가지고 함께할 시간이 별로 없어 일부러 여행을 가서 함께하곤 한다. 어느 날 갑자기 남자친구 데려와 영원히 부모 품을 떠나겠지만 말이다. 사실 아버지란 것은 쉬운 직업이 아니다. 가장 무서운 것이 자식인 것 같다. 그래도 무난한 딸이다. 착하니까….

윤○열 박사와 아랫도리

영암 왕인 박사의 묘지를 보면, 왕인 박사의 출생은 예수님의 출생과 달리 당당하다. 한번 가보면 재미있는 초상이 있다. 예수처럼 머리에 할로(hallow)를 달고 왕인 박사가 태어나는 벽화 조각상이 있는데, 예수처럼 성스럽지 못하고 웅장한 아랫도리를 그려 넣었다. 직접 가서 보시라. 여기에 싣기엔 좀 민망하다.

의사들이 가장 부러워하는 직업이 교수다. 돈 많이 버는 의사를 좋아하는 시절은 젊었을 때 한때이고, 시간이 흐르면서 실력만 있다면 대학병원 교수라는 직업을 부러워하게 된다. 그런데 실력 있는 교수는 소수이고 자부심을 느끼는 교수도 소수다. 연구라는 것 자체가 외롭고 쓸쓸한 길이다. 그런데 일부 교수들은 교수는 안 하고 정치적 교수가 되곤 한다. 다시 말해 남극기지에서 쓸쓸한 바닷소리나 고래소리를 들으면서 연구하는 것과 같이 외로운 연구의 길보다 정치적으로 유명해지려는 쉬운 길이 교수 사회에 존재한다. 그 길은 개업의보다 질이 나쁘고 비열한 길이다. 실력도 없지만 외로움을 싫어해서 대인 관계에 빠져 있는 교수들도 많다. 교수는 외롭고 힘든 과정을 거쳐야 대가가 된다.

그런데 그 불투명한 대열에 서 있는 의사가 펠로우 선생들이다. 펠로우 선생님들은 레지던트 취급을 당하지만 엄연한 연구직이다. 혹시 모르는 사람을 위해 설명하자면 펠로우란 '전문의 과정을 이미 마치고 조금 더 연구하고 싶고 될 수만 있다면 교수를 하고 싶은 사람'을 말한다. 그 외롭고 기나긴 대열에 서 있는 사람이 AS병원 윤○열 박사다. 모르겠다. 박사인지… 박사겠지. 그 어려운 AS병원인데….

간 병동엔 남자 레지던트 대신 펠로우(fellow)만 있고 온통 20세 전후의 여자 간호사들 천지다. 복재정맥(Saphenous vein)은 허벅지 안쪽, 성기 바로 밑에 있다. 그러니까 허벅지 안쪽을 타고 혈관이 흐르는데, 이 혈관으로 간 이식 때 이식에 필요한 여러 가지 모양을 만든다고 생각하면 된다. 간 이식을 마치면 상처 부위들을 소독하는데, 여성 간호사들을 너무 많이 채용해서 남자들은 조금 불편하다. 어쩌다 남자와 부딪히는 게 회진 때 교수님들과 담당 주치의인 윤○열 박사였다. 그런데 주치의도 주치의지만 남자가 소독을 해주는 날은 그렇게 반가울 수가 없다. 왜 남자 간호사는 채용 안 하는지 모르겠다.

신ㅇ아가 말한 권력구조 내의 아랫도리나 평범한 내 아랫도리나 다 똑같지만, 시술받는 환자 입장에서 부끄러움을 탈 수밖에 없다. 여성들은 안심해도 좋다. 진료 실무 팀이 모두 여성 간호사들이니까 말이다. 신ㅇ아의 『4001』! 무슨 아랫도리 이야기가 첫날부터 5만 부 가깝게 팔리나? 신ㅇ아 씨는 아래만 가지고 노는 게 아니라 하루에 5만 명의 관음증 환자를 가지고 노는 대단한 인물이다. 아마 정식관료와 S대 교수 출신들이 정계에 뛰어들어 출세는커녕 비웃음을 산 사례는 많지만, 그 중 가장 비웃음을 사면서도 버티고 있는 사람이 정운ㅇ 씨와 이회ㅇ 씨가 아닌가 싶다.

신ㅇ아의 『4001』은 아마도 학벌 없는 미장원 아지매도 사보고, 못 배워서 서러운 만화 가게 아저씨도 사보고, 장사 안 되는 비디오 집 아저씨도 에로틱 비디오에 질려서 한 권 사보고, 환자 없는 의사 선생도 한 권 사보고 그러는 모양이다. 아마도 그 안에 학벌위조 방법, 정씨의 비리, 권력자와 의사의 추함, 출세방법, 권력구조라도 쓰어 있는지 모르겠다. 그래서 못 배운 설움 털어버리고 신ㅇ아 씨를 배워 학력위조 후 고위층에 접근하는 기술을 배우려는 모양이다.

윤ㅇ열 박사님은 나의 주치의로 유능한 외과의사시다. 신ㅇ아 씨와는 아무런 관련이 없고, 그녀가 말하는 아랫도리 이야기와도 상관이 없다. 그야말로 문자 그대로 의학적 아랫도리일 뿐이니 오해 마시기를 빈다. 윤 박사는 굉장히 학구적이고 유머러스하시다. 더구나 윤 박사는 정씨처럼 S대를 나오지도 않았고 교활하지도 않다. 굉장히 친절하시다.

"안녕하세요, 잘 주무셨어요?"

일요일은 윤ㅇ열 박사가 병원 주인이시다. 회진은 혼자서 한다. 일요일 날은 제일 말단이 왕이다. 말단이지만 환자와 가장 가까운 사이다.

“예, 선생님도 잘 주무셨어요?”

“예, 오늘은 실을 빼겠어요. 바지를 내리세요. 아마 오늘 마지막 실을 뺄지도 모릅니다.”

근엄하신 나의 주치의시다.

“아니, 선생님! 아랫도리의 그 물건이 너무 작네요. 으하하하.”

“예에? 으아악!”

“다 뽑았어요. 고생하셨어요.”

이 의사도 호모인가 하고 생각하는 찰나에 실을 다 뽑아버려 하나도 안 아프다. 이것은 명백한 성희롱과 환자희롱인데, 윤○열 박사가 밉지 않은 이유는 유머러스하고 친절하시다는 거다.

“마취했어요?”

“아니요.”

“…”

항상 올 때마다 웃기는 이야기를 하나씩 준비하는 시골냄새 나는 부드러운 의사다. 또 언젠가는 큰 스테이플러를 들고 대단한 외과의사처럼 병실로 웃으면서 들어오셨다. 나는 또 저 젊은 친구가 어디를 어떻게 스테이플러로 눌러서 얼마나 큰 고통을 주려고 왔을까 생각하면서 초긴장을 하고 있었다.

“선생님! 젊었을 때 명물이셨죠? 선생님 얼굴에 그렇게 쓰여 있어요.”

윤 선생의 농담에 나는 내심 ‘오늘은 또 맨살에 언제 저 기구로 살을 무참히 꿰맬 모양이다.’라고 생각하며 엄살도 못 떨고 그 기계만 쳐다본다.

“아, 예. 뭐 해부학 시간에 담배 피워서 교수에게 쫓겨나기도 하고, 데모 주동도 아닌데 열심히 하다 보니 제일 앞줄에 서 있다가 경찰한테 한 대 맞기도 하고…. 외과 인턴 선생 때는 처치를 바꿔서 해서 외과 교수님에게 불려 다닌 적은 있어도 뭐 그렇게 명물까지는…. 뭐, 하여튼 정신과만 잘하면 되는 것 아닙니까?"

"거 보세요. 선생님은 명물이시네요. 한가하시니까 오늘도 처치 하나 합시다."

"저 바쁘긴 한데…."

"뭐가 바쁘세요?"

"밖에서 신부님이 올라와 두 시간 동안 기다리시는데요. 하긴 목사나 신부는 주님과 교회의 노예 중의 노예, 종 중의 종이니까 두 시간 이상 기다려도 됩니다."

"으하하하, 보세요. 명물이시잖아요. 목사나 신부님 말을 잘 들어야죠."

"오늘은 또 무슨 폭행을 하시려고?"

"아. 다 끝났습니다."

"언제요?"

"아니 또 아랫도리가 터져서 한 세 바늘 꿰맸네요."

눈 깜짝할 사이에 스테이플러로 세 바늘씩이나 꿰매버렸다. 통증이 서서히 밀려왔다. 또 유머러스한 윤 선생은 웃기면서 꿰매버린 거였다.

"아이고, 마취도 없이… 생살을…. 마약이라도 처방해주세요."

"네, 마약을 처방하지요."

그러나 주사를 맞아도 한참 아픈 걸로 보아 인체에 해로운 마약은 안 쓰고 간단한 진통제만 쓴 것 같았다. 의사들은 환자를 위한답시고 거짓말들을 많이 하면서 환자보다는 한 수 위라는 자기도취에 산다. 그러나 나는 정신과 의사여서 안다. 환자들이 얼마나 능구렁이들이며 의사보다 한 수 위라는 것을…. 웃기는 괴짜 명물 선생님은 윤○열 박사였다. "윤 박사님 감사했습니다."

김○숙 신경정신과 원장님과의 인연

J의대 병원에서 레지던트 3년차나 4년차가 되면 S대학 소아정신과에 가서 6개월 이상 파견근무를 하는데, 그때 만난 친구다. 정확하게 몇 년도인지는 모르고 20년이 넘었다. 대충 29세나 30대 초반 때다.

김○숙 선생은 S대 출신이고 김○근 선생님은 부산 M병원 출신이다. 이 세 명이 같이 S대학 병원 소아정신과에 근무를 하고 교수님의 지시를 받는다. 그런데 김○숙 선생님은 경북 김천 사람이고, 김○근 선생님은 부산에서 출생한 사람이며, 나는 광주 본토박이다. 그런데 두 분이 모두 친절하고 점잖다.

"저, 김○숙 입니데이."

"전 태평수랑게. 잘 부탁하드라고."

"전 김○근 입니데이."

뭐 다들 이렇게 심한 사투리는 안 쓰지만 가끔씩 이야기를 하다 보면 본토발음이 나와 서로 웃고 난리다. 우리는 젊은 시절을 이렇게 보냈다. 특히 김○근 선생은 이미 친척이 병원장인 병원에 부원장으로 가게 돼 있었고, 김○숙 선생은 S대 출신답게 교수가 꿈이었고, 야망이 큰 사나이였었다. 김○근 선생은 성실했고, 특히 김○숙 선생은 상당히 유능한 사람이었다. 경상도 사람의 기백은 충만하나 박 정권과 전두환 정권을 싫어해서 미국으로 유학 겸 영원한 탈출을 시도한 전과가 있다. 그 당시에 그렇게 열심히 하더니 한국에서 전문의 따면 만족을 해야 하는데, 미국까지 가서 또 정신과 전문의를 딴 것이다. 그래서 큰일을 할 줄 알았는데 지금은 인천 작전동인가 계양구인가에서 개업의로 성실하게 근무하고 있다. 좌우지간에 한국은 인재를 고사시킨다. 고사는 물론이고 환자가 의사를 칼로 찌른 사건이 광주에서 터졌다. 무언가 밟아야, 그래서 폭발해야 시원하다고 느낀다. 그 이야기는 그만큼

일본의 태자들을 가르친 백제의 왕인 박사. 아내의 말에 따르면 당시엔 박사가
수만 명 되는 요즈음 박사들과는 달리 학교도 안 나오고 서당만 나와서
박사가 되는데, 1,000년에 한 명 나왔단다.
백제 시대에 중, 고등학교가 없는 걸로 보아 아내의 말이 맞다고 생각된다.

서로 존중하지 않는 사회라는 말이다. 일본이나 미국에는 드문 문화다. 우리는 그 시절 대학로에서 연극도 보고 맥주도 한 잔씩 하며 꿈을 키웠다.

"환자가 촌지를 30만 원을 주고 갔는디, 우리는 대개 과장님과 상의해서 의국비로 썼는데, 이것을 과장님한테 보고해야 되까라?"

그때만 해도 의사의 시대여서 의국에 먹을것과 촌지가 떨어질 날이 없었다. 지금은 불법이라며 거의 없어진 걸로 안다. 그러나 20년에서 25년 전에는 그랬다.

"무신 놈의 그런 양반다운 소리를 합니꺼? 우리 대학 과장님 방에 가면 서랍이 전부 현찰 봉투입니데이. 혼자 알아서 쓰이소."

김○숙 선생님 이야기다. 경상도 사나이인데 반골이 확실하다. 성골 진골이 아니다. 그때 난 직감적으로 '아부가 심한 교직이 힘들 텐데 교직을 고집하는구나.'라고 눈치를 챘다.

"못 쓰겠으면 나 주이소."

"예, 여기 있어라."

"김○근 선생님 가입시더. 내가 서울 구경도 시켜주고 할 테니 가입시더. 이태원 가입시더."

"그라입시더. 근데 무신 돈입니까?"

"전라도 광주에서 올라오신 촌시런 태평수 선생이 촌지 받은 이 더러운 놈(촌지)! 우리가 써버립시데이."

"아니 그런 일이 있읍니꺼?"

이렇게 해서 공부도 열심히 하고 술도 먹고 이태원도 처음 가보았다. 그렇게 친하게 지낸 사람들이 미안하게도 서로 바빠 전화만 하고 산다. 보고 싶다. 벌써 20년은 족히 넘어버렸다.

"S대에 아는 사람 있어요?"

"잘 지냅니꺼?"

"아니요, B형 간염에 걸러서 간경화증으로 간 이식을 하려고요."

"아, 그래요? 내도 B형 간염 보균자였는데, 중간에 갑자기 항체가 생겨버렸심데이. 그럴 확률이 뭐 0.001%에서 몇%라 카던데…. 기적이라 합데이."

매번 아쉬운 부탁을 해도 항상 웃고 받아주신다. 아무튼 개업이 성공하기를 빈다. 인천 작전동 근방 김○숙 신경정신과 원장님 감사합니데이. 그러나 부탁은 별로 도움이 안 되었고 간 수술은 엉뚱하게도 서울에서 가장 유명한 선생님이 해주셨다. 그래도 항상 고마운 김○숙 선생이다. 김 선생님은 학교 졸업 후 당시 5,000만 원 하던 서울 집을 팔고 "S대는 더 이상 나에게 가르칠 것이 없어 미국 갑니데이." 하면서 미국으로 갔다. 가서 죽도록 고생하고 한국에 오니 의료보험 제도가 정착되어 의사는 돈을 못 버는 직업이 되어 있었다. 또 땅값이 오르고 집값이 올라 지금은 무려 8억 원 가까이 한다고 한다. 그래서 '공부는 엄청나게 많이 하고 손해는 엄청나게 많이 본 사례의 S대 출신'이 되었다.

"거, 마, 그라니까 미국 가서 공부해보니까 좋기는 좋습디다. 미국 의사 면허증도 주고 시민권도 줄라고 해캄서 은근히 무시하는데, 서울 교수들보다 더했으면 더했지 덜하든 안 합디다. 문딩이 옐로우가 하얀 원숭이 안 되더라코요. 그래서 집이쳐뿔고 들어와서 개업했심더."

"왔다, 겁나게 고생해부렀네. 허긴 교수들한테도 아부를 그렇코롬 못하드만 결국 내가 말한 대로 되아부렀구만. 잘 들어왔고 그나저나 겁나게 보고 잡소. 김 박사. 나도 요즈음 청운의 꿈은 가버리고 노운(老運)의 꿈을 안고 서울로 갈라고 했는디, 거 코미디언 머시기도 50평서 산단디, 나는 전세 값도 없당게. 그래서 꿈을 접어뻘었어. 그나저나 뭔 놈의 나라가 이 모양이여. 전세대란은 뭔 전세대란이다요?"

"거, 마, 내가 그라니까 한국 놈은 옐로우가 맞을 깁니더. 너무 시끄러운 문딩이 자식들 아닙니꺼?"

"그랑게 말이요. 그나저나 보고 잡소. 인자 박사고 뭐고 다 필요 없고 건강히야 되어. 그라니께 개업도 잘되고 건강해야 쓴당게. 인자 참말로 명심히여. 건강, 건강이 최고여."

서로 이렇게 심한 사투리는 쓰지 않지만 난 김 박사의 영어 솜씨를 안다. 경상도 사투리를 쓰는데 영어발음은 어떨까? 미안하지만 아주 유창하고 정확한 영어를 쓴다. 27년 전 외국 환자가 S대 병원에 오면 김ㅇ숙 선생이 다 보았다. 그의 두뇌와 남자다움은 으뜸이다. 역시 경상도 사나이들은 드세어 선배교수들에게 아부를 못 하더니, 그 아까운 머리를 개업해서 푼돈 버는 데 쓰고 있다. 그 마음의 불을 어떻게 껐을까 궁금하다. 항상 고마운 친구다.

간 이식 제외 대상

① 고령: 살 만큼 사신 100세 환자인데 간병까지 겹쳐 있다면 마취나 수술에 견디지 못하므로 수술하지 말 것을 추천한다. 하지만 가족들이 너무 돈이 많아 쓸데도 없고 그런 일은 드물지만 간 기증자가 너무 많아 불로장생을 꿈꾸는 진시왕처럼 생각하는 자라면 '자기 마음대로 하세요.'

② 간 이외에 여러 장기로 암이 퍼진 경우

또 박사님들이 이 책을 볼 사람도 없지만, 보신다면 "'퍼진 경우'가 뭐냐? '전이된 경우'라고 쓰지."라고 할 수 있지만, 전이란 말이 무슨 말인지 모르는 사람도 꽤 많다. 다시 말해 암들이 간, 폐, 신장, 뇌까지 옮겨져 있는 경우엔 수술이 무의미하다.

③ 치료가 되지 않는 감염증

④ 약물 중독자

⑤ 심한 폐 기능 장애

⑥ AIDS

⑦ 수술 후 여러 가지 이유로 환자가 적응 불가능하다고 판단될 경우

⑧ 간 기증자가 없거나 돈이 없는 경우: 돈이 있어도 간 기증자가 없다면 당연히 수술을 받지 못하는데, 환자들은 유능한 의사만 있으면 된다고 생각하기 쉽다. 어떤 방법으로든 간 기증자를 데리고 오되 합법적이어야 한다.

돈이 없는 환자들을 위한 정부의 보조나 의료 보험료 인하, 이들을 위한 기부 문화가 필요하다. 가난도 억울한데 부모 잘못 만나

수직 감염으로 죽어가거나 더러운 음식물 섭취로 죽어가는 자를 불쌍히 여기는 것은 굳이 의사가 아닌 일반인들도 느끼는 인간으로서의 감정이다. 그러나 부자들에겐 그다지 비싼 금액은 아니다. 정부가 대부분 지불하고 4~5천만 원 정도 내면 되니까 그렇게 비싸진 않다. 외제 차 한 대 값 정도이니까…. 배려와 기증보다 투쟁 문화가 발달한 나라에서 간 기증자 구하기가 제일 힘들다.

살아주어서
고마워

제7부

연기, 꽃, 인생

제1장

수술

간 기증자는 구하셨나요?

가족들은 조급하고 불안해했다. 모두들 만나는 사람마다 걱정을 해준다. 나는 죄책감을 느낀다. 죄인이 되어버린 심정이다. 의사라는 자리는 이미 보호자들이 다 차지하고 감 놔라, 콩 놔라 하고 있었다. 나는 안사람이 '이리 가자' 하면 이리 끌려 다니고, '저리 가자' 하면 또 저리 따라갔다. 환자가 무슨 할 말이 있겠는가? 이래서 사람들이 죽기 전에 자기 할 말도 다 못 하고 죽는구나 싶었다. 많은 사람들이 방황하다가 죽는다.

다른 나라 사람은 퀴블러 로스의 말처럼 부정(denial), 분노(anger), 협상(bargaining), 죽음에 대한 수락(accept)을 거치는지 모르지만, 한국인은 이 중 하나만 선택하고 죽으면 된다. 분노 단계에서 죽으면 눈을 뜨고 원귀(원한 맺힌 귀신)가 되면 되고, 수락 단계에서 죽으면 눈 감고 수락 귀신으로 죽으면 된다. 일설에 의하면 한국인은 한 맺힌 귀신들이 많다고 한다. 바쁘게 이 병원 저 병원 유명한 병원 끌려 다니다가 겨우 예약이 되면 암이 다 퍼져 죽고 만다. 얼마나 원통한가?

"왜 수술을 안 해주세요, 네?"

마누라와 보호자는 담당교수에게 떼를 쓴다. 담당교수는 안타까워한다.

"몇 달 전부터 기다렸는데요. 선생님 살려주세요."

아픈 사람은 아무 말이 없는데 보호자들이 증상, 애로사항, 병원에 대한 애증, 의사에 대한 불만 등 진료와 별 관계없는 별의별 이야기를 다 한다. 나도 '의사 질'을 해보아서 안다. 자기네들이 다 환자인데 내가 할 말이 별로 없고 미안하기도 하다. 내과에 자주 입원하는 바람에 아내는 박사가 되었다.

"간 기증자는 있어요."

가만히 생각해보니 간 기증자가 없어져버렸다. 둘째 동생이 간 기증을 하겠다고 했는데, 시골에 내려가보니 동생의 아내가 "당신 죽을라고 환장했느냐?"라고 하는 바람에 도망친 것이다. 그것도 동생이 빨리 "못 하겠으니 형님 알아서 하라!"라고 통보를 해주었다면 좋았을 텐데, 본인도 너무 괴로웠는지 아무 말 없이 몇 개월을 지체하는 바람에 수술은 더 지연되고 말았다. 동생이 원망스럽긴 했지만 다 내가 자초한 일이고 내 잘못으로 돌리는 수밖에 없었다.

"…없는데요."

"간 기증자가 없으면 수술 못 하지요. 아실 만한 분들이…."

그때서야 아내는 정신을 차리고 물러선다. 난 간 기증자를 잊어버렸다. 그리고 무작정 6개월이 흘렀다. 그 6개월 동안 너무 괴롭다 못해 절망에 이르렀다. 하지만 아내의 권유로 계속 기도를 했다. 그러던 어느 날 강원도에 사는 사촌동생이 간을 기증하겠다고 연락이 왔다. 감격스러웠다. 고마웠다. 하느님께 기도한 보람이 있었다.

간 기증자 선택 방법

간 기증자를 선택하는 것은 차를 선택하는 것과 같다. 하지만 차를 선택하듯, 또는 아파트를 구입하듯 즐거운 일은 아니다. 상당히 초조하고 불안한 가운데 오랜 시간을 기다려 선택을 한다. 기증자에게 하소연을 하는 구차스러운 작업이다. 인터넷에 간 기증자들의 간이 널려 있어 인터넷상으로 구입할 수 있다면 얼마나 좋을까?

자동차처럼 기름 값을 아끼려면 도요타의 프리우스 1.8 하이브리드를 타면 되지만 가격이 비싸다. 프리우스는 왠지 모르게 일본 차라 거부감이 들어서 단단한 독일 차 BMW를 사려고 했더니 연비가 안 좋다. 물론 국산 차들보다는 훨씬 좋다.

전문가들의 말을 빌리면, DOHC(double overhead cam) 엔진은 좋은 엔진이 아니라 서민 엔진이라고 한다. 서민 엔진이라면 비싸고 단단한 엔진이 아니라 주물 기술이 떨어져 내구성이 약한 엔진을 말하며, 외국 차가 크랭크축이 하나인 데 비해 두 개이기 때문에 차가 무거워 연비가 떨어진다는 것이다. 게다가 한국인은 나부터 그러지만 개 폼 잡는 중형차를 좋아한다. 다시 말해 큰 차를 좋아한다. 남을 밟고 서려고… 자랑하려고… 기 안 죽으려고….

외제 차의 엔진은 힘도 좋고 강하며 가벼우나 엄청나게 비싸다. 그래서 폭스바겐의 골프를 선택하는데, 기능도 좋고 연비도 좋지만 왠지 사이즈가 프라이드보다 약간 더 클 뿐이다. 다시 말해 사이즈에 비해 비싸고 폼이 안 난다. 가격도 그랜저보다 더 싸다. 뭐 이런 생각을 하면서 맨 처음 인터넷에서 외제 차 신차를 보다가 가격에 놀란다. 나중에 중고차를 보지만 주행거리가 10만 킬로, 5만 킬로, 11킬로 등이 있는데 믿음이 안 간다.

그런데 간은 한국식으로 생각하면 된다. 자기 키와 몸보다 크고 나이가 어린 사람이 좋다. 그러니까 자기 몸이 프라이드면 좀더 큰 아반테 급이나 소나타 급의 간이 좋고, 자기 몸이 소나타 급이면 그랜저나 체어맨 정도의 엔진을 구하는 것이 간 이식의 기본인 것 같다. 대충 20대에서 30대의 간이 좋고, 본인보다 더 큰 사람이면 된다. 물론 혈액형이 동일하면 더욱 좋다. 아마도 심장이나 신장도 마찬가지로 젊고 건강한 가족이 가진 강력한 엔진이 더 좋을 것이다 그러나 문제는 이런 사람을 구하기 쉽지 않다는 것이다. 물론 중국인, 미국인 간, 죽은 기증자의 간이 있지만 자기 차례가 되는 것은 하늘의 별 따기여서 결국 가족의 간을 사용하게 된다.

가족이라는 것이 무엇인가라는 의문에 빠지게 되고 여러 배신감을 느끼는 시기가 온다. 그런데 가족 중에서 70대 노인들은 모두 다 간을 기증한다고 자청한다. 심지어 본인과 관계도 없고 모르는 70대 기독교 신자들도 준다고 난리다.

"아이고 이놈아! 어쩌다 그런 병이… 그러니까 내가 술 먹지 말라고 했제잉. 내가 간 준다. 가만 있그라. 걱정 붙들어 매!"

"삼촌 B형 간염 때문이라니까요? 삼촌보다 더 술 안 먹어요."

하고 항변해도 간이 나쁜 사람은 모두 술꾼 대접을 받는다. 뭐 죽어가는데 술꾼, 주색잡기, 나쁜놈 등 모조리 다 갖다 붙여도 할 말이 없다. 그런데 70대 노인들이 왜 기증을 한다고 하실까? 우리 어머님은 80대에 가까운데 간을 기증한다고 난리를 치다가 담당교수를 만나고 포기하셨다.

“내가 죽어야제, 자식을 살릴 수만 있다면…”

사실 간의 일부만 기증하므로 죽지도 않지만, 늙은 간은 이식하는 데 의의를 두지 않는 듯하다. 다른 노인네들은 아직도 유교와 의리들이 살아 있다. 문제는 야망에 가득 찬 30대에서 50대의 부인을 가진 형제에게는 아예 말을 꺼내지 마라. 스스로 준다면 모른 척하고 받고, 받고 난 후 평생 갚으면 된다. 노인들은 대개 유교 정신과 기독교 정신을 이야기했다.

“내가 죽기 전에 너한테 간을 기증함으로써 너희 아버지를 저 세상에서 다시 보고 너희 할아버지를 볼 것 아니냐?”

유교 사상이다.

“내가 죽기 전에 너한테 간을 기증함으로써 예수님을 만나 떳떳할 것 같다.”

기독교 정신이다. 참으로 현학적인 조상들이다. 그러나 이렇게 이야기하면 기겁을 한다.

“삼촌, 고모, 여기 AS병원에 오신 김에 신체 기증서에 서명이나 하고 가세요. 80대 90대 간은 필요 없대요.”

“이런 호래자식이 있나? 그러니까 내가 죽고 나면 신체가 부위별로 쪼개진다는 것이제. 내가 너를 위해 여수에서 서울까지 왔는데…”

한 대 안 맞으면 다행이다. 이것도 유교다. 다음은 나와 나이가 비슷한 50대 가족을 보자. 틈만 나면 일류를 외치고 가난에 시달려 자기만 부자가 되려 했고 민주화를 이끌었다는 세대와 7080이라는 세대를 보자. 그런데 이들은 민주화를 외치면서도 가슴속에 독재에 당하면서 살아온 서러움과 비도덕적인 자본주의(**부동산 투기, 일류 지상주의, 권력숭배 사상**)가 그림자처럼 때로는 향수처럼 따라다닌다.

다시 말해 무능하고 한없이 베푸는 것이 억울하지만, 자식한테만큼은 자신의 배고픔을 전달하지 않겠다는데, 배타적으로 타인에게 이기적이다. 희생과 이기심이 상존한다. 참 복잡한 민족이다. 그러다 보니 자식들은 더욱 더 소위 배려정신이 없게 된다. 날마다 아버지나 조국으로로부터 맞고 자란 것이 서럽고 배고프던 시절이었다. 그럼에도 불구하고 치열하기만 할 뿐 자식에겐 정작 본인의 아버지보다 나약하다. 남을 위해 산다는 개념 자체가 없다. 미국식으로 나를 위해 산다고 하지만, 기증 문화는 미국식이 아니다. 참 한마디로 분석하기 힘들게 복잡하고 콤플렉스가 많아 뭐라고 설명하기가 힘들다.

즉 대한민국의 주체성의 정체가 불투명하다. 촌극의 천한 배우와도 같다. 부자와 일류일수록 더욱 더 자기만을 생각하는 듯하다. 그러므로 같은 형제에게 간, 신장, 폐 등을 부탁해서 들어준다면 참으로 고마운 일이다. 나 역시 이러한 역사적 배경 하에서 성장했고 남을 배려하는 사람은 아니어서 형제들에게 '간을 기증해 달라.'고 말한 적이 없었다. 그런데 둘째 동생이 말을 건네 왔다.

"형, 내 간을 줄게."

"고맙다."

그런데 6개월이 흘러도 무소식이다. 나중에 알고 보니 제수씨가 반대해서, 아내가 반대해서 못 하겠다는 소리를 들었을 때 화가 치밀었다.

"이놈아! 네가 분명한 태도를 보였으면 6개월이란 시간을 허송세월을 보내지 않았을 텐데 말이다. 나도 직장에 가야 되는데…."

"… 미안해요."

부모지간도 마찬가지였다. 간암 환자들이 마지막으로 호소하는 데가 아내와 자식이다. 그런데 이들이 염치없는 사람들이라고 생각하면 곤란하다. 환자는 약자이고 도움을 요청하는 사람이다. 그리고 그것이 비록 자존심과 연관되더라도 자식에게 하소연하는 것은 당연하고 오히려 현명하다.

또한 그러한 사건을 통해 소위 '가족'이라는 것이 더욱 뜨겁게 느껴진다. 동생의 입장은 백 번 이해한다. 미안해서 6개월간 의사표시를 못 했으니 말이다. 오히려 빨리 "나는 간 기증을 못 한다."라고 한 형제들보다 더욱 미워진 것은 잠시뿐이었다. 지금 나는 동생을 비난하는 것이 아니라 다른 이웃을 예로 드는 것보다 나를 예로 드는 것이 독자들이나 타인에게 피해가 덜 갈 것 같아서 그렇게 하는 것이다.

내 가족들은 원래 아버지로부터 물려받은 것이 없어 형제간의 사이가 좋다. 단지 결혼하면 아내 편이 되고 내 동생이 이미 아닌 것이 한국의 실정일까, 아니면 우리 가족만 그럴까 하는 생각이 들어 씁쓸했다. 한 순간만… 서운했다. 주변에서 물려받은 것이 많은 자식들의 형제들이 원수처럼 사는 것을 볼 때 우리 부모들이 얼마나 치열했는가를 반성해본다.

하물며 자신과 전혀 관계없는 이가 장기를 기증한다면 얼마나 고맙겠는가? 그가 성경처럼 행동하고 성경처럼 살았다면 그 사람 자체가 성경이다. 사촌동생이 "간을 기증하겠다."라고 했을 때 참으로 감사함을 느꼈다. 다른 사람의 이야기를 들어보자. 피부과 김 박사 이야기다.

"참으로 힘들었어요. 눈물만 한없이 흐르더군요. 자식들 신세는 안 지려고 했거든요."

그 다음은 내 이야기다. 아내가 나 몰래 병원에 다녀온 뒤 서재에서 울던 이야기를 해주었다.

"'오늘 병원에 갔는데 내 간 사이즈가 너무 작아 당신에게 줄 수 없다더군요.' 하면서 서재에서 혼자서 울고 있더군요. 나는 그때도 한없이 기도하면서 기다렸습니다. 하느님을 의심하지는 않았습니다. 죽이고 살리고는 신의 뜻이라고 하면서요."

다음은 김 박사 이야기다.

"저는 자식이 4녀 1남인데, 아들에게 모든 것을 투자해서 아들이 저에게 간을 기증할 줄 알았죠. 그런데 강력히 거부하더군요. 엉뚱하게도 가장 서운하게 대접했던 막내딸이 간을 기부하더군요. 한없이 미안하고 감사했어요."

"…."

"서로 서운했던 이야기를 했고, 딸과의 관계는 더욱 좋아졌지요."

나는 과감하게 이야기하고 싶다. 실은 이 이야기는 피부과 김 박사가 해야 되지만, 그분이 요즈음 등산과 의료봉사 활동으로 바쁘시다. 나도 만날 수가 없다. 과감한 이야기라는 것은 가족을 위해서 가족의 간을 누구의 것이든 너무 지체 말고 이식수술을 하라는 것이다. 간암이 더 퍼지기 전에…. 살아 있음에 감사하게 될 것이고 간처럼 잘 낫는 병도 없다. 간 이식에 성공하고 대기실에서 외래진료를 받을 때, 수술이 끝나고 아침마다 2층 방사선과에서 사진을 찍을 때, 우연히 푸른 가운을 입고 있는 우주인 같은 환자들을 만날 때 서로간의 인사가 "안녕하세요?"가 아니고 "누구의 간을 이식 받으셨나요?"다.

수술 전 단계

수술 받기 2주 전에 입원해서 의사가 시키는 대로 하면 된다. 별로 할 일이 없다. 눈코 뜰 새 없이 돌아가는 방사선 검사, 컴퓨터 단층 촬영, MRI, PET, 혈액검사 등…. 간호사가 시키는 대로 하면 된다. 당뇨가 있으면 당뇨에 대한 전 처치, 심장이 나쁘면 심장에 대한 전 처치 등 수술 전 처치를 한다. 환자는 의사를 신뢰하기만 하면 된다. 단점이 있다면 AS병원 자체가 환자가 많기 때문에 특별한 일 아니면 간호사들에게 말하기조차 미안할 정도다. 그러나 옆에서 보니까 '약을 한 번씩 쓰면' 좀더 봐주니까 알아서들 참고하시라. 엄청난 방사능에 노출되는 이 시기엔 불안하고 우울해진다. 원내에서 간단한 운동이나 계단 오르기가 도움이 되었다.

신기한 것은 내과 의사들이 사용하는 약 용량과 비교가 안 된다는 것이다. 내과는 약을 쓰는 데도 검사 결과에도 소심하지만, AS병원 간 이식 외과 팀은 대범하다. 전해질 균형을 맞추는 데도 내과보다 더 환자가 부담을 안 느끼게 해주었다. 당뇨인데도 "먹을 것 다 먹으라."라고 한다. 치료적인 면에서 다소 거칠지만 내과의 잔소리보다 훨씬 낫다. 그리고 다른 일반외과 파트보다 더 자상하다. 아마도 소아 간 이식 외과도 담당해서 거친 성격들이 보다 섬세해지는지도 모르겠다. 그냥 내 추측이다.

나는 처음에 장기 치료에 비용이 얼마나 나올지 몰라서 특실을 쓰지 않고 노인 두 분과 같이 쓰는 다인실을 썼다. 한 분은 위암이었고, 한 분은 말이 없으셔서 무슨 병인지 몰랐지만, 아마도 암 환자들인 것 같았다. 사실 암 환자 아니고는 이식을 할 사람들이 별로 없지 않은가? 두 분 다 할머니가 없는지 아들과 딸들이 몇 번 출입할 뿐이었다. 70세가 넘어가면 많은 일을 받아들여야 한다는 생각이 번쩍 들게 해주었다. 너무나 외로워하셨다. 두 분 다 넉넉하지는 않지만, 그런 대로 노후자금을 비축한 홀아비 할아버지들이었다. 난 시골에서 올라와서 서울의 노인네들을 잘 이해하지 못했으나, 두 노인분들을 보면서 인생 공부를 다시 했다. 52세도 적은 나이가 아니지만 70세 선배들 앞에서 인생을 다시 배우는 것이다.

미안하게도 나만 호강'에 초쳐서 마누라가 옆에 있어주는 사람이 되어버렸다. 한 할아버지는 밤이 되면 60대 할머니가 찾아오신다. 또 한 할아버지는 간병인 아주머니와 많은 대화를 나누려고 노력하셨다. 나이가 들어 너무 외로우신가 보다 했다. 인간의 본성 중 가장 큰 외로움은 아마도 혼자되는 것이 아닐까 싶다. 그것도 늙어서 병들어 있으면 더 외롭다. 아내의 죽음, 본인의 질병, 자식들의 홀대 등 늙은 몸으로 책임져야 될 부분들이 많았다. 수술 전부터 수술 끝나고 퇴원할 때까지 간 이식의 경우 보통 5주에서 7주가 걸리는데, 49일 정도의 병실 생활을 하면서 정신과 의사로서 느낀 것은 독거노인들의 삶에 대한 것이다.

그 중에서도 아픈 사람들이어서 그런지 외로움을 많이 타고 자식들 몰래 사랑하는 할머니들을 가지고 있었다. 이것은 노인들을 욕할 것이 못 된다. 다행히 돈 없는 노인은 연애를 하면 자유롭지만, 돈 많은 노인들은 자식들의 감시 대상이 되는 것도 보았다. '죽지도 않은 사람' 가지고 재산 싸움을 하는 것도 문제지만, 수술이 성공한다 한들 모시지도 않을 자식들이고, 또 그것이 당연한 문화가 된 것이 내가 본 서울이었다. 다시 말해 자식들이 노인을 모시지 않는 대신 노인들은 자유를 선택한 것이다. 그런데 그 노인들의 자유란 것이 아주 소박한 것이다. '섹스를 해주는 할머니', '사랑을 나누는 할머니' 등 여러 종류가 있겠지만, 내가 보기엔 그저 외로움을 달래고 서로 이야기나 하는 '정신과 의사 할머니'를 필요로 하는 것같이 보였다. 두 할아버지는 나를 부러워했다.

"그 댁은 젊은 색시와 같이 있으니 좋겠소. 더 늙어봐. 엄청 외로워."

"죄송합니다. 마누라와 함께 있어서…."

"뭐 그건 아니고, 말인즉 그렇다는 이야기네."

이때 나는 짧은 콩트가 생각나서 나의 미래를 점쳐보았다. 제목은 치매로 죽어가는 의사다. 간 이식이 끝나면 노인들에게 또 남은 무서운 병이 있다. 질병 이야기 하는 글이므로 병 천지를 만드는 것은 당연하다. 아마 이 글을 읽으면 모르긴 몰라도 최소한 몇 명은 술 담배 끊고 운동을 하며 자기 관리를 하게 될지도 모른다. 그리고 그것이 이 글의 목적이다. 병자가 된 초라한 의사를 보며 통쾌하시기를 빈다. 나는 아들이 없고 딸만 있지만, 아들이 있고 며느리와 같이 지내는 70대 할아버지로 가장시켜 보았다.

알츠하이머 병(Alzheimer's disease)

요즈음 학부모나 모든 기업은 사이버나 컴퓨터 등 이공계를 미리 선호한다. 앞으로 다가올 미래를 대비해 정보사회를 위해서 자식을 엔지니어로 만들겠다는 것이다. 또 이왕지사 국가에서 주는 라이선스를 대비한다는 것이다. 이것이 부모들의 철학이다. 그러나 내가 보기에는 그렇지 않다. 결국 엔지니어와 윤리, 문과 계열의 철학이 합치되지 않는 한 모든 문화나 문명은 멸망하고 말 것이다. 세상은 단순 명료하게 말하면 건반을 두드리는 조화의 음악이다. 간 이식이라는 수술이 하나의 오페라나 합주단의 연주인 것처럼 말이다.

나는 요즈음 나 자신이 몰라보게 달라지고 있음을 느낀다. 그래서 기억력 감퇴와 건망증을 예방할 목적으로 자꾸 신문을 본다든가 아니면 일본인들이 주장하는 파친코를 한다든가, 아니면 에스트로겐을 먹어본다든가 하는 별 볼일 없는 일밖에 내게 주어진 것은 없다. 대개 1997년 4월의 신문 기사를 보면, 일단 광고란부터 보면 너무도 물질적이고 상업적이었다. 그런 세계의 끝까지 가보지도 않고 출판물들은 어떤 행위예술을 하고 있었다. 대부분 말세론적인 광고들이었다. 희망적인 것은 그 어디에서도 볼 수 없는, 돈을 위해 사는, 오로지 돈만을 생각해서 돈 때문에 사는 것인지 인간이 돈에게 이용당하고 있는 것인지도 잘 모를 기사들이었다.

지구대 폭발 - 인간은 어디에서 왔는가? - 인간의 집단멸종 위기 가능성은 없는가?
사이버 시대와 정보통신 혁명 - 정보 지배 사회가 오고 있다 - 정보가 곧 돈이고 권력인 시대가 다가오고 있다.

사이버 체계는 현재의 수직적 권력 구조를 수평적으로 바꾸어 놓는다. 사이버 체계가 아니더라도 그 민족이 얼마나 우수하냐에 따라 컴퓨터 없이도 이미 수평적인 구도로 변해가고 있다. 2000년 4월 마이크로소프트사는 서울의 현대와 삼성과 마찬가지로 분할구도에 들어간다. 그러나 한국, 즉 정보 부자들이 권력의 주인이 되는 것이다. 이제 정보는 자본의 원천인 동시에 경제적, 정치적 힘이 되었다. 일부 정보 부자들이 쓸데없는 정보를 많이 흘리고 다녀서, 정보의 양적인 산출은 많았지만 정말로 인간의 마음을 움직이는 정보들은 너무도 빈곤했다. 오히려 국가에서는 해커들을 잡느라고 정신이 없었고, 이들을 교화시켜 정반대로 건전한 사람으로 만들어 유용한 정보를 만들고자 노력했을 뿐이다. 급기야는 전 세계 전산망에 바이러스를 집어넣어 사회적인 정보 테러를 일으키는 이도 있었다. 사람들은 정보의 양적인 산출에 놀랐지만 나중에는 정작 자기에게 필요한 정보가 너무도 빈약하다는 사실과 자연과 함께하려는 사람들만 증가시켰다. 컴퓨터는 고작해야 구시대의 라디오 정도 역할로 축소시키는 데 국가나 주민들은 동의

하기에 이르렀다. 지금 생각해보면 정보산업 사회라는 것이 한 역할이 있는데, 그것은 실업자의 증가이다.

하지만 이런 정보혁명은 민주주의를 더욱 발전시킬 가능성이 있는 동시에 권력에 의해 정보가 통제되는 전체주의의 위험을 내포하고 있다. 인터넷 중독증 환자는 여전히 컴퓨터를 좋아했으나 일부는 자연으로 돌아가려는 운동을 했다. 낚시나 라이브 콘서트를 보려고 노력했고, 이것이 결국은 건강에 좋다는 결론을 내리고 '컴퓨터 앞에 너무 오래 앉아 있으면 VDT 증후군이나 인간의 면역체계를 약화시키고 수많은 방사능이 나온다.'는 사실을 알았으나 컴퓨터를 강물에 버리지는 못했다. 그러므로 1997년에 나온 정보 지배사회가 오고 있다는 데이비드 론펠트의 이야기는 2010년과 2011년에 정확히 들어맞게 된다. 그러나 그 중에서도 세계적으로 가장 뜨겁고 성급한 민족인 한민족은 인터넷과 영어회화로 외화와 시간을 낭비했다.

1997년의 신문은 미국 대통령인 클린턴 역시 돈 과 성(sex)을 무지무지하게 밝혀 댔음을 폭로했다. 소위 선진국이 다 된 우수한 민족을 가진 나라의 대통령도 인간의 권위와 인간의 명예욕을 버리지 못했다. 다시 말해 어느 나라 할 것 없이 자본에 미쳐 있었다.

클린턴 집권 2기 첫 발부터 '늪'
화이트워터 동업자 '대통령을 위한 거짓말 넌더리.' 검사에 비리
정보 제공

지난 15일은 미국의 흑인 프로야구 선수인 재키 로빈슨이 인종
차별의 장벽을 깨고 처음으로 미 프로야구 메이저 리그에 진출한
지 50년 되는 날이었다.

(중략)

이 경기 중간에 로빈슨의 50주년을 기념하는 행사가 있었다. 이 자리에 클린턴 대통령은 목발을 짚고 나와 축사를 했다. 이에 앞서 클린턴은 미국의 새 영웅으로 떠오른 프로 골퍼 타이거우즈를 이 행사에 초대해 국민들의 관심을 사로잡아보려 했다. 그러나 타이거우즈는 이를 거절했다. - 우리나라 같으면 감히 스포츠 선수가 대통령이 만나자는데, 안 만나줄 사람도 없거니와 안 만나주었다가는 청와대에서 가만 놔두지 않을 것 - 그래서 그들 사회는 우수하다.

(중략)

백악관 침실을 팔고 커피를 팔면서 거액의 정치자금을 모았고 최근에는 자신의 전용기까지 선거 모금운동에 동원한 것으로 밝혀졌다.

그런가 하면 대통령 취임 직후부터 유령처럼 따라 다니는 화이트워터 스캔들은 14일 이 사건의 핵심 인물이자 클린턴의 화이트워터 부동산 동업자인 짐 맥두걸이 예상보다 훨씬 가벼운 3년 징역형을 받게 되면서, 예상보다 새로운 양상을 보이기 시작했다. 2011년 1월 리비아 사태로 미국 최초의 흑인 오바마 대통령은 사회복지나 연금 등에는 신경을 못 쓰고 기름 값 잡느라 정신이 없었다.

(이하 전체 생략)

다시 본론으로 들어가자. 여기서부터는 노인 심리와 치매에 대해 소설 형식으로 써보겠다. 물론 주인공은 나 자신이다.

나이가 일흔이 넘고 너무 오래 산 죄로 수없이 많은 신문을 읽어왔다. 더구나 나의 꼼꼼한 성격 탓인지 무엇인가를 잊고 있다고 생각하면, 그리고 해놓은 일도 없이 노년을 맞이했다는 후회로 굉장히 초조해지곤 했다. 의료업에서 손을 떼어버린 지도 오래다. 망각이 때로는 자유로울 수도 있다는 나의 젊은 날의 망각과는 전혀 다른 차원의 것이다. 노년에 있어서 망각이란 죽음과 나 자신이 그렇게 멀리 떨어져 있다는 젊은 날의 망각과는 전혀 다른 차원의 것이다. 다시 말해 노년의 망각은 죽음이 가까운, 똥 싸다 죽는 지저분한 병이다. 2027년의 70대 부모들은 그러한 초조감과 절박감에 시달리고 정을 그리워하며, 과거 구시대의 유물인 정이라는 것이 얼마나 중요한 것인가를 실감하게 해주었다. 노인들은 대부분 자기 혼자서 죽음을 맞이하거나 아니면 부부끼리 죽음을 맞이하기도 한다. 부부 동반자살도 심심치 않게 기삿거리가 됐으나, 최근에는 차츰 증가 추세여서 아예 기삿거리가 되지도 못한다.

그래서 나는 최소한 나의 아내나 자식들에게 누를 끼치지 않으려고 열심히 기도도 하고 정반대로 과음과 과로를 해서 아내보다 먼저 죽으려고 노력을 했다. 그러나 어디 그것이 쉬운 일인가? 술잔을 들었다가도, 죽더라도 깨끗이 죽어야지 하고 생각한다. 또한 젊은 날 자녀들을 먹여 살리기 위해 날 새기, 과로, 과음을 마다 않곤 했기 때문에 나는 빨리 죽을 것이라고 생각했었다. 이렇게 오래 살리라고는 생각도 못했었다. 모두 다 운명의 장난이다. 2000년대에는 무수한 예언자들이 나와 예수의 재림도 이야기하고 전쟁 이야기도 하며, 3차 대전 이야기도 하고 적그리스도 이야기, 666 이야기가 판을 치고, 사이비 신앙 숭배자들이 집단자살 쇼를 연출하며 멸망을 예언했으나, 그런 예언은 전혀 받아들여지지도 맞지도 않았다. 인간은 성실하게 불황에 대비했고 허튼 정보 체계마저 건전한 쪽으로 돌려놓았다. 심지어는 혜성도 지구를 피해 가버렸다.

요즈음은 부쩍 의심이 늘어간다. 이제는 내가 나 자신을 못 믿어서 메모장에 메모를 남긴다. 젊었을 때는 컴퓨터를 많이 사용했는데, 나이에는 장사가 없다고, 인간이 살아야 기껏 일백 년을 못 넘긴다고, 오히려 단순한 메모가 이렇게 좋은지 몰랐다. 유창한 영어 실력은 다 어디론가 사라져버렸고, 심지어 모아 놓은 재산의 세금 관리도 못 해서 큰아이에게 계산을 물어본다. 사람이 살아가는 데 정작 중요한 것은 사랑이었는데, 내가 젊었을 때 얼마나 교만하게 노인들을 의학적으로 기계 보듯, 기계를 수리하듯 했는가 하고 생각해본다. 이제는 기계라면 딱 질색이다. 나는 비교적 그래도 운이 좋아 큰며느리와 같이 살고 있고, 먼저 죽기 시합을 열심히 한 죄로 할멈이 오히려 먼저 하늘나라로 가버렸다.

요즈음 일부 젊은이들은 부모들을 국가 차원에서 지은 양로원이나 유료 또는 무료 요양소로, 아니면 대형 병원으로 보내는 것이, 마치 공장에서 제품을 만들기 위해 수송 시스템에 다 써서 못 쓰게 된 깡통을 쓰레기 소각장으로 보내버리듯 한다. 다시 말해 새로운 신생 전통이 생긴 것이다. 1997년도가 신 이조였다면, 2027년은 신 고려가 된 것이다. 최소한 노인에 한해서는 그렇다는 것이다. 아마도 1990년대는 그래도 구시대적인 유물인 양심이 남아 있고 인간의 감정이 남아 있어서 지금처럼 공개적으로 부모를 양로원에 수감시키지는 않았다. 물론 일부 상류층들은 실버타운에 들어가 게이트볼, 골프도 치곤 하지만, 거기 가면 뭐하나? 똥 치고 오줌이라도 싸면 그것을 치우는 아름다운 나이팅게일을 찾아볼 수도 없고, 병원은 멋지고 하드웨어는 거창한데, 의사를 찾으면 의사 찾기가 힘들고, 소프트웨어 없는 공장 같은데 말이다. 더구나 실버산업도 이윤을 목적으로 하고 있기 때문에 노인네들 주머니를 노리는 의사나 간호사에게 촌지라도 조금 건네주어야 똥, 오줌을 치워준다.

"충청도 양반, 그래도 제이 피(JP)가 나쁜 놈이여?"

"어 김대중이가 더 나쁜 놈이여?"

"무엇이라 고라? 이 식칼로 회칠 놈들아! 김대중 선생 욕하지 마!"

"그라지들 마이소. 김영삼 씨가 최고제! 김영삼 씨 때문에 통일이 될라 안 그랬습니까?"

"김대중이가 통일시키려고 했당게."

"아닙니더, 이명박 대통령이든가?"

글쎄 고급 실버 병원에서 3김 가지고 싸우다 한 명이 사망했다는 2027년 기사다. 나는 혼자서 중얼거리며 집에서 신문을 보다가 그런 기사가 나올 때마다 '정말 지역감정이란 무섭구나! 내일모레 죽음을 맞이하는 사람들이 아직도 저런 우상을 못 버리다니, 쯧쯧…' 하는 생각이 든다. 고려장 당하는 실버타운은 죽어도 가기가 싫다. 그래도 집에 있으면 손자 얼굴이라도 보는 것이 얼마나 큰 기쁨인데 말이다.

돈 많은 친구들은 사립 양로원으로 가서 눈만 껌벅껌벅하다 시간이 되면 죽어 나가는 아우슈비츠를 재 체험하고 있었다. 아우슈비츠보다는 훨씬 낫지만 외로움과 무료함을 달래기 위해서 그들은 그것을 그렇게 명명한다. 가끔은 어린아이들처럼 어쩌다 자식 놈이 손자를 데리고 와주면 눈물을 머금고 감사해야만 한다. 가끔 너무도 오랜 시간 면회를 안 오면 아이들처럼 자기들끼리 싸우기도 한다.

어찌되었든 나도 언젠가는 큰자식 놈과 헤어져 합법적이고 매정한 서구식 정신 보건법에 따라 양로원이나 대형 정신병원 신세를 지게 될 것이다. 차라리 조그마한 정신의원이나 자원 봉사대가 자주 와주는 병원이 나은데, 이제나 저제나 한국 사람들의 허세는 여전해서 환자를 파악하기도 찾기도 힘든 큰 병원에 보내는 것이 자식들로서는 효도라고 생각하는 것이다. 영감들 말로는 1990년대에 비하면 2027년의 양로원은 천국처럼 꾸며져 있을 거라고들 하나, 자본주의의 극성으로 정이 없기는 2027년이 더하면 더하지 덜할 거라고 생각되지는 않는다.

그래서 나는 가끔 엉덩이 쪽을 만져 보고 혹시 오줌을 저리지는 않았나? 혹시 똥은 저리지 않았나? 하고 확인하는 습관이 나도 모르게 생겨버렸다. 그게 생기면 예나 지금이나 아이들이 좋아하지 않는다. 옛날에는 '병든 부모 3년 수발하면 효자 없다.'가 요즈음에는 '병난 부모 삼일 수발하면 효자 없다.'로 바뀌었다.

국가 정책에 따라 특별한 사람만 묘지에 묻힌다. 땅이 모자라니 1950년생부터 1963년생까지는 베이비붐 세대여서 죽은 후에도 땅을 축내서는 안 된다며 화장을 하도록 법을 바꾸어 놓았다. 우리는 한 줌의 재로 돌아가는 세대가 된 것이다. 그리고 모두 불교 신자가 되도록 강요받는 화장 세대가 된 것이다. 또한 우리들의 오래된 관습은 파기되고, 우리가 그러했듯이 깊이 있게 생각하지 않고 자기 자신의 인생을 양보하면서까지 부모를 모시지는 않는다는 새로운 전통이 생겨난 지 이미 오래 되어 버렸다.

그래서 나는 대소변 확인 작업으로 점점 더 초조해지고 여위어 간다. 며느리가 약간 웃거나 곁눈질만 해도 자꾸 내 이야기를 하는 느낌이 들어 불쾌해진다. 또 아이처럼 혼자서 쉽게 토라진다. 내 방으로 가서 죽은 할멈 사진을 들고 울기를 어디 한두 번 했던가?

"이 사람아! 자네가 더 오래 산다고 하더니 그렇게 쉽게 가다니! 이 의리 없는 인간아!"

"…"

죽은 사람은 말이 없다. 이런 짓도 밤에 잠이 안 올 때 해야지, 낮에 자주 하면 그 무슨 노인정신보건법에 따라 정신병원에 보내질 수도 있다. 이래서 노인네들은 천대를 받는다. 그저 며느리가 잘해주면 곱게 밥이나 먹고 오래 된 모차르트 음악이나 들으며, 손자들 학교에서 돌아오면 예쁘다고 머리나 쓰다듬어주면 될 것을 말이다. 칠순이 다 된 영감이 무슨 욕심이 있겠는가? 권력, 정치, 돈, 명예, 지위, 독재, 심지어 안기부에서 주장하는 반공에도 관심이 없다. 가끔 일흔이 다 되어서도 건강하여 국회에 남아 있는 동창을 본다. 우리 노망 동지회들은 텔레비전을 보면서 그를 보고 웃는다.

하지만 난 그 친구가 아직도 건강하니 국회의원을 하고 있다는 게 부러운 것이 아니라, 그의 건강이 부럽다. 늙으면 망령이 나서 자기가 번 것을 다 쥐고 천국의 문으로 가려 하고, 더 오래오래 권세를 두 손에 쥐고 천국에 가려 하는 모양이다. 늙으면 확실히 망령이 난다. 모든 것을 가지고 가려 한다. 사후에는 아무것도 필요 없어 심지어 죽으면 육신이라는 의복도 남겨두고 가는데, 나이가 들면 고집이 황소고집이 되거니와 모든 재물과 권세를 두 손에 쥐고 가려 하는가? 아마도 노인네들의 초조감 때문일 것이다.

젊은 우리 아들은 모르겠지만 실은 노인네들이 죽기 싫어하는 이유가 또 하나 있다. 이것은 절대 비밀인데 이 책을 통해서만 공개한다. 별 것 아니다. 그것은 죽은 후에 죄가 너무 커서 정확한 하느님의 심판을 받는 것이 두려워 피일차일 하루라도 더 현세에 머물려는 것이다. 그리고 또한 죽는다는 것은 필연인데, 죽는 것에도 어느 정도 자신감이 필요하다. 그런데 죽음을 준비하느라고 열심히 살아본 경험 대신 영원히 살 거라고 믿고 게으르게 살아왔지 않은가? 그래서 노인네들은 죽는 것도 두려운 법이다. 허세로 "가려면 빨리 가야지!" 해놓고

도 돌아설 때는 의사들에게 "돈을 조금 더 드리리다. 좋은 약으로 주쇼." 하는 이중적인 마음으로 살아왔지 않는가? 그래서 의사들은 타락하게 되어 있다. 의사가 타락을 안 하려면 한 2년 정도 강제로 쉬고 자신을 되돌아보며 반성하는 법을 제정해야 한다. 의사도 휴식이 필요하다. 젊은 놈들은 평생 자신이 지구에 붙어서 살 거라고 믿고 노인네들을 무시하는 미국놈들보다 더 서구화되어버렸다. 도대체 정신머리가 썩어빠진 것이다.

지금 생각해보니 묘 앞에서 죽은 이에게 절을 하는 것이 조상들의 넋을 기리고 숭배하는 의미도 있지만, 그것도 일종의 오래된 권력 유지와 통합의 수단이었다. 그리고 아버지가 죽으면 바로 나한테 또 너희들이 와서 절을 해야 한다는 일종의 약속이었다. 그 약속은 조상 대대로 내려오다가 근래에 와서 많이 사라져버렸다. 눈에 안 보이는 관습과 미덕이 이렇게 좋은 것인지 꿈에도 몰랐다. 그런데 그것을 전부 보전하려는 늙은이들의 노력에도 불구하고 많이 자연스럽게 없어져버린 것이다. 그런 이유 저런 이유로 2030년쯤 묘지에 절을 하는 전통은 사라져버릴 것이라고 학자들은 주장한다. 인터넷 장례식장이 생겨나고 애완견에게 절하는 세상이 온다고 한다.

그런 상황이고 보니 이 노인네가 악쓴다고 세상이 달라지라는 법이 어디 있단 말인가? 그러니 낸들 어떻게 하겠는가? 일부 노인들은 모여서 유교사상 숭배 대회도 해보고 관청 앞에서 머리에 띠 두르고 결사반대를 외치다가 미친 노인으로 취급 받아 정신병원으로 옮겨지기도 한다. 그러나 우리 노인들은 그런 노인들을 존경하기까지 하며 용기 있는 노인이라고 칭송했다. 병원도 정치범처럼 그들에게는 독방을 주었다. 요즈음은 이 세상 모두가 싫어진다. 정말 죽을 때가 되긴 된 모양이다. 통 무슨 일을 했는지 기억이 안 난다. 2000년에 보았던 영화

'그린 마일'이 생각난다. 세상은 모두가 악의로 가득 차 있어, 차라리 죄를 안 지은 내가 죽는 것이 더 낫다며, 차라리 죽여 달라는 흑인이 생각난다. 세상은 모두들 서로가 미워하는 유리 조각 같은 상처를 가지고 있으니 저 세상이 더 나을 것이라고….

이상하게 가까운 기억들이 자꾸 사라진다. 예를 들면 엊그제 아침에 30세 된 아들 같은 주치의가 다녀갔는데 기억이 안 난다. 그런데 치매를 주치의에게 들켜서는 안 된다. 만일 들키면 쓰레기 소각장이나 다름없는 대형 노인 정신병원으로 가야 한다. 초등학교 때나 중학교 때 기억은 살아 있는데, 금방 한 일은 자주 잊어먹는다. 또한 내가 생각해도 이상하리만큼 나 자신이 어린이같이 고집스러워졌다. 며느리한테 미안하기만 하다. 하지만 필자라고 해서 친구들과 달리 예외가 될 수는 없을 것이다. 나도 똥, 오줌을 못 가리면 여지없이 그 공장으로 가야 한다. 그 공장에 가는 것은 별문제가 안 되지만, 손자들 얼굴을 못 보고 나는 하루도 못 산다.

사회적으로 근로자보다 더 불쌍한 사람들이 있다. 그것은 인간으로서 투표권이나 기본권이 없는 장애아, 치매 노인, 불구자, 정신증 환자들이다. 그것은 예나 지금이나 똑같은 현상이다. 아마도 이들이 제대로 대접받는 사회가 오면 그 사회는 정말 좋은 사회가 될 것이다. 1900년대 이후 불황으로 실업자들이 급증했고, 심지어는 노인네들이나 하는 수위나 경비도 40, 50대 젊은이들로 절반쯤 교체되어, 일자리를 잃고 술에 취해 나자빠진 노인네들을 쉽게 볼 수 있게 되었다. 이런 현상은 2011년에도 마찬가지이다. 아마도 이들이 제대로 대접받는 사회는 정말로 좋아진 사회일 것이다. 왜냐하면 이들이 대접받는 사회가 된다는 것은 굉장히 발전된 민주주의 사회가 되었음을 의미하기 때문이다. 국방이나 경제 등 다른 제반 행정이나 정치가 안정되었음을 의미한다.

다시 말해 어느 정도 인간의 부가 완성된 나라에서만 사회복지가 가능한 법이다.

그래도 과학은 발달되어 소위 불치병에 도전하는 의사들이 수많은 것들을 연구하고 있다. 또한 소위 불치의 병을 가진 사람들끼리 모여 사는 동네라든가, 불치의 병을 가지고 소외되는 사람들을 위해 개척교회 목사님이나 신부님들의 운동이 일어나 확산되곤 했다. 그렇다 한들 그런 힘은 무의미했다. 무의미하다기보다는 나약했다. 왜냐하면 젊은 성직자들이 이런 활동을 기피할 뿐 아니라 돈 많은 의사나 기업들이 한 달에 300만 원이나 되는 노인병원을 지어 마지막까지 착취를 해대는 게 요즈음 세태이기 때문이다. 오히려 현대화된 이후 사람들은 더욱 외로워하고 젊은이나 노인이나 마치 무슨 동물농장에서 사는 느낌이 든다. 아, 그리운 정이여! 1980년대나 1990년대 인간의 정이여! 우리는 목마름으로 인간의 사랑을 갈구했다. 아마 이래서 2011년엔 세시봉이 다시 히트를 쳤나 보다. 세시봉 노래엔 정이 있으니까.

"아버지, 식사를 하고 또 밥 달라고 그러시면 어떡해요?"

며느리의 이야기로는 벌써 내가 다섯 번 이상 상을 받았다 놓았다 그런다고 한다. 이제는 시간, 장소, 사람도 분별력이 없어진다. 그래서 강박적인 내 성격상의 문제로 더욱 나를 초조하게 만드는 것이 건망증이다.

"아버지, 오늘 날짜를 계속 틀리시면 어떻게 해요?"

며느리는 효부다. 아랫동네 윤 원장이 며느리를 통해서 나에게 달력에 붉은색 연필로 동그라미를 쳐놓고 기억을 하게끔 훈련시키고, 신문이나 잡지라도 자꾸 보게 하라고 하는 것이다. 그래도 윤 원장은 좋은 사람이다. 다른 지역사회 정신 보건대 의사들은 대형 병원으로 나를 보냈을 것이다. 2010년대 이후 사회는 너무도 많이 변화되었다. 쉽게 말해 인간은 컴퓨터의 노예가 되어 있고, 많은 40대와 50대의 젊은 실직자가 배출되었으며, 인간은 공장에서 나오는 제품이나 다름없이 죽을 때도 가족들과 함께 임종을 맞이하는 것이 아니라, 임종 보건법이라는 게 생겨 기계적으로 신부님이 오시고, 기계적으로 임종 전문 병원에서 통증 없이 죽게 해준다고들 떠들어댄다. 그런 미명하에 병원들은 장례식장을 갖추었다.

빌게이츠와 피터 드러커는 아주 잘 나갔다. 바보 같은 인간들은 그들을 존중했다. 윤 박사의 재활 요법이라고 하는 치료를 며느리를 통해서 열심히 배우면서 인생에 이렇게 많은 숙제들이 있는가 하는 생각을 해보았다. 재활치료라는 게 꼭 초등학교에 새로 입학한 1학년 1반 교육 같았다. 아니, 그보다 더 수준 이하의 것들이었다.

그러나 바로 코앞에 놓인 날짜를 쳐다보지 않으면 바로 잊어버리곤 하여 불쌍한 며늘아기의 고운 눈에 눈물이 서리면, 나 자신을 때려죽이고 싶은 심정이 되어버린다. 가끔 아파트 옥상에서 뛰어내려 자살하고 싶은 충동이 일지만, 큰자식 동네 우세시키는 것이 되므로 그 짓도 함부로 할 수가 없다. 분명 뇌의 안에서 세포들이 위축되거나 노화되어, 뇌세포가 저희들끼리 단합하여 먼저 가버린 것이다.

나는 상실감을 느낀다. 어제였던가? 칫솔질을 하다가 이빨 하나가 쑥 빠지는 것을 보고 1970년대 영화 '빠삐용'이 생각났다. 감옥 안에서 영양실조로 이가 빠지는 주인공들 생각이 난 것이다. 엄청난 분노가 치밀었다. 점점 나는 나의 육신이라는 의복을 하나하나 신으로부터 뺏기고 있음을 실감한다. 그리고 치과에 가서 틀니를 집어넣고 흐뭇해하는 나의 모습이 얼마나 처참한지 눈물을 참을 수가 없었다. 곧장 그 치과 화장실로 가서 무릎을 꿇고 신께 빌었다.

"여보! 나 좀 빨리 데려가주오." 혹은 "신이시여! 저 좀 빨리 데려다가 당신의 제물로 삼으시고 저를 죄인으로 단죄시켜주옵소서!"라고 기도하며 한참을 울고 나니 속이 좀 후련해졌다. 그리고 속물처럼 거울 속으로 의치를 보고 슬픈 미소를 띠며 나온 적이 있다. 말로는 표현할 수 없는 이런 심리구조를 어떻게 설명해야 옳을까? 노인네의 신체 상실의 공포감은 사람을 바짝바짝 타들어가게 하고 더욱 빨리 노쇠하게 만든다. 이제 엔도르핀도 안 나와서 인생무상을 느끼고 있던 터에 며느리와 아들, 손자들은 유원지에 놀러들 간다고 한다. 1990년대에 '축제'라는 영화가 있었다. 그 영화를 다시 재탕하고 있는 느낌이다. 그럴 때 이 못된 노인은 마음에서 공연히 분노가 치밀어오른다. 그러나 그런 것을 자꾸 섭섭하다고 표현하면, 착한 자식들을 못 살게 하여 역으로 내가 더 빨리 양로원에 가게 될 테니까 참을 수밖에 없다. 물론 자식을 위해서도 그렇게 하는 것이 좋다.

1994년도엔 미국 레이건 대통령이 알츠하이머병에 걸렸다고 신문에 난 적이 있었다. 1997년엔 우리나라에도 대형 정신병원들이 많이 설립되었으나 정신과 환자는 보아도 똥, 오줌 못 가리는 치매병원들은 부도가 났다. 의료 종사자들이 똥, 오줌 치우는 일은 안 한다는데, 그 당시 인플레이가 그토록 심해도 일을 안 하겠다고, 노사가 월급 문제와 인원감축으로 대립 중이었다. 더구나 자기 부모 똥도 안 치우는데 어떻게 남의 부모 똥을 치느냐는 식이었다. 사람들은 즐기는 것이 민주주의라는 잘못된 인식과 고지가 때문에 정신병원은 유지되기 힘들었다. 1998년에는 단국대학 병원을 위시하여 병원 급의 인원감축과 부도로 이어졌고, 부도는 끝이 없었다. 물론 다른 회사도 마찬가지였다. 아마 IMF였던가?

레이건 대통령은 자기 자신의 병을 모든 사람에게 공표하여 알츠하이머병에 대한 경각심을 높여주었다. 아마 레이건도 다가오는 죽음과 망각, 신체의 유실이 두려워 자신의 공포를 조금이라도 덜어보려고 자신의 병을 알린 것이리라. 어차피 사람은 죽게 되어 있다. 대통령 하실 때 사회복지에 더 많은 관심을 갖고 자국의 노인복지에 더욱더 신경을 썼더라면 좋았을 텐데, 미국도 한국과 마찬가지로 국방에 더 신경을 쓰니 퇴임 후 노인복지를 이야기한들 무엇 하랴? 그 후 클린턴은 사회복지비 감축으로 빈축을 사기도 했고 여자 문제로도, 재물로도 스캔들을 낳았다. 저는 안 늙을 줄 알고 말이다. 권력을 누려보고 죽는 놈은 더 쓸쓸하고 고통스럽다. 왜냐하면 삶에 대한 미련이 보통사람보다 더 많기 때문이다.

"아버님 오늘 며칠이에요?"

"아가, 오늘은 피곤하다, 이제 그만하면 안 되니? 내일도 있잖니?"

"안 돼요, 윤 박사님이 그렇게 게으르면 치료하기가 힘들대요."

"알았다. 오늘이 2020년 5월 18일 아니냐?"

"…."

"틀렸니?"

"예, 오늘은 4.19예요."

"그게 그거 아니냐? 비슷한 날인데 뭘 그러냐?"

"…."

나는 빨리 아내를 만나고 싶다. 그리고 그 나라에 가면 영원히 고통도 없고, 오로지 즐거운 음악과 평화만 있을 것같이 느껴진다. 아늑하고 조용한 시골 풍경과 조용한 햇살이 쏟아지는 안정된 초원 그리고 평화로운 호수가 있는…. 또 넓은 집과 자본이 필요 없고 노동과 사역이 없는 그 나라 말이다. 나는 거기에 가서 넓은 호숫가에 젊은 모습의 아내와 함께 드러누워 모차르트나 첼로, 피아노나 바이올린으로 울려퍼지는 보다 성스러운 노래를 들을 것이다. 그런 마음이 들어서 나는 며칠 며느리가 하라는 투쟁이나 공부를 게을리 하고 잠만 잤다. 그랬더니 그야말로 심각한 치매 현상이 나타나기 시작했다. 며느리와 큰자식은 내 문제로 요즈음 가정불화가 조금 있다. 서로 나에 대해 고마운 걱정을 나누는 것이다. 어느 날 밤이었다. 새벽 두 시쯤 되었을까? 옆방에서 큰아들 목소리가 들린다.

"요즈음 아버님은 어떠셔?"

"안 되겠어요. 윤 원장님 말씀으로는 이제 입원을 하셔야 될 것 같다는데…."

며느리는 조심스럽게 아들놈 의향을 묻고 있었다. 갑자기 나는 분노가 일었다. 하지만 뻔하다. 당연한 이야기의 종말이 아닌가? 나는 나스스로 직장에서 명예퇴직을 했다. 명예퇴직이 아니라 자발퇴직을 하여 10년간 근무한 병원을 그만두었다. 내가 10년이나 돌보던 환자들과 나 스스로 이별을 했다. 회사에서 말하기 전에 나이 60세에 당당하게 이사장 눈치 안 보고 병원을 그만둔 것이다.

70세다. 이번에도 마찬가지다. 나 스스로 입원을 하자. 그리고 내가 사라지면 집안이 조용해질 것이다. 사람은 항상 물러날 때를 아는 것이 현명하다고 누가 말했던가? 나는 다음날 조용히 윤 박사에게 전화를 걸었다.

"난데요, 윤 박사! 이제 나도 갈 때가 된 모양이오. 순교하지요. 보내주시고 필요한 서류들을 준비해주시오. 조용한 종합병원이나 아니면 자식들이 경제적으로 힘들다고 하면 요양소를 알아봐주시오."

"예, 알겠습니다. 선배님, 대단히 어려운 결정을 하셨네요?"

"무슨 어려운 결정? 윤 박사도 내 나이가 되면 나의 마음을 알게 될 거요!"

나는 며느리와 몇 명의 남자 간호사원들이 마중 나온 앰뷸런스에 실려갔다. 그후 그 병원 간호사들과 친해지려 노력했으나 여전히 한국이라는 나라는 서비스 정신이 없다. 간호사들은 며느리처럼 따뜻하지도 않고 까다로운 사람들로 보였다. 물론 병원은 1994년에 비해 외형적으로 화려하다. 대부분 의료장비나 환자 감시체계도 모니터나 컴퓨터로 작동된다. 그러나 사람들 마음이 없는 이런 병원은 차라리 1900년대 노인당보다 못했고, 걸핏하면 첨단 의료장비로 뇌를 지지기 일쑤다. 의사들은 과잉으로 억지로 친절해 보였으며, 의사들도 수입을 올리려고 나 같은 환자에게 쓰지 않아도 될 비싼 약을 써서 병원수입을 올려주었다.

2020년 의사들은 그렇게 안 하면 인사 팀에서 가차 없이 명예퇴직이 아니라 잘라버리기 때문이다. 나는 과거를 그리워할 뿐 후배 의사를 욕할 마음은 전혀 없다. 사회 전반적으로 불어오는 인원 감축에 오히려 그렇게 모나리자 같은 웃음을 파는 후배 의사들이 불쌍하고 가엾다는 생각뿐이다. 어찌되었든 나는 이 힘든 세상과 이제 이별해야 한다. 죽음이나 아니면 내가 그리던 그림 속으로 가든지, 아니면 내가 자주 듣는 모차르트의 음악이 있는… 그리고 그분이 계시고… 나의 아내가 있는 곳으로….

여기까지 나라는 매개체를 통해 노인 심리 그리고 치매에 대해 소설식으로 꾸며 보았다. 알츠하이머병에 대해 간단히 기술해보면, 1906년경 알츠하이머가 발견한 병으로 전체 치매 환자의 55%를 차지한다. 원인 불명의 전반적인 뇌의 위축과 특이한 조직학적인 소견을 보인다는 것이 특징이다. 발병은 급진적이 아니라 서서히 일어난다. 하는 일에 지능이나 능력이 탁월한 사람들이 간단한 일에도 실수를 하고 과오를 일으키며 주의 집중에 결함이 생긴다. 관계 망상, 의심, 일시적이나마 피해망상이 생기고 고집스러워진다. 그리고 꼼꼼함, 의심, 강박관념 등이 증가한다. 시간, 장소, 사람들에 대한 대상 인식능력이 서서히 저하되고, 시간적으로는 가까운 시간의 기억력 장애가 더 심하다.

우리나라의 경우 정확한 것은 아니나 1991년을 기준으로 박 모씨 등에 의하면, 65세 이상의 노령 인구에서 약 2.0~10.8% 정도가 치매로 고생하고 있다고 한다. 물론 이 질병이 심해지면 쉽게 알아볼 수 있을 정도가 된다. 말기에는 자극에 대해 과민해지고 실어증, 불결, 심한 치매, 능동성 상실, 식물성 존재상태 등으로 발전하여 사망한다. 카프카의 '변신'이나 '축제'처럼 우리는 우리의 조상이 병들면 처음에는 슬퍼하고 울기도 하나 나중에는 분노로 변한다. 아버지가 노망하면 맨 처음엔 서서히 기억 상실만 보인다. 그러나 이 노인은 자꾸 무슨 일을 젊었을 때처럼 하려고 한다.

그리고 가끔 풍을 맞아 치매(infarcted dementia)가 되는데, 이들은 거동이 불편하면서도 음주를 하려 하고, 기어서 외출도 한다. 절룩거리며 외출을 하다가 사고로 갈비가 부러지거나 다리가 부러지기도 한다. 그러다 보면 보호자들은 이내 슬픔은 어디 간 곳 없고, 아버지나 어머니를 무시하고 자신을 탓하며 분노하다가 나중에는 부모에게 무감각해진다. 그래서 3년 효자 없다는 말이 나오게 된다. 자식들은 죄책감에 시달리다가 그 죄책감마저 포기 상태가 되고, 주변의 시선을 의식하지만 만성 우울증에 빠져 살게 된다. 그런 상태로 한 10년 이상 살다 보면 부친 서거라는 사망이 축제가 되는 것이다. 그래서 사람은 변한다. 동양이 서양이 되고 있다. 요즈음 서양인들이 대 가족을 만든다고 한다.

AS병원 수술 팀들은 2009년 이전에 내가 간 이식 수술을 할 때 입신양명(立身揚名)을 했다. 그러나 나는 해놓은 것 없이 2027년 75세에 두 발로 겨우 서는 것이 입신양명이었다.

"그때 간 이식 안 하고 죽었어야 돼…"

천재들의 발견은 세상을 바꾸지만, 그리고 마땅히 그들이 수없는 공적을 쌓지만, 그 편리성과 잔혹성은 대비를 이룬다. 빌게이츠의 기부금이 컴퓨터로 인한 사람들의 대량실업을 막지 못하며, 아인슈타인의 이론 발견이 일본의 원자력 발전소의 파괴를 막지 못해 방사능이 누출되었고, 이는 앞으로 전 지구적 환경오염을 유도할 것이다. 피터 드러커 등이 기술혁신과 신지식인 사회를 주장한다 하더라도, 사회의 부는 1%로 향해 있다. 앞으로 사회는 급속도로 오염될 것 같다.

수술 후 마취에서 깰 때 꾸었던 꿈

꿈은 인간의 무의식의 결정체로서 너무 깊이 자리 잡고 있어 의식 상태에서 알 수가 없다. 마치 지구의 북극 얼음 2/3 정도가 잠겨 있는 것처럼 말이다. 지구는 둥글지만 지구 속에 무수한 해저동굴이 있는 것과 유사하다. 그만큼 우리는 우리 자신을 모르고 죽어간다. 우리의 뇌의 기능의 1/3 정도도 못 쓰고 죽는다고 한다. 렘(REM; rapid eye movement)수면이 '꿈꾸는 수면'으로 밝혀진 것은, 실험실에서 잠자는 사람의 눈이 심하게 움직이는 것을 지켜보던 연구자가 흔들어 깨워 물어보자 꿈을 꾸고 있었다고 대답한 데서 비롯되었다. 이후 보통 7~8시간의 수면 중 꿈꾸는 수면인 렘수면과 꿈을 기억하지 못하는 비 렘수면(Non-REM)이 4~5회 주기적으로 반복된다는 것을 알게 되었다.

보다 구체적으로 이해해보자. 잠은 얕은 수면에서 깊은 수면으로, 그리고 깊은 수면에서 다시 얕은 수면으로 넘어가는 반복의 연속이다. 먼저 잠이 들면 서서히 깊은 수면에 빠져든다. 그 다음 어느 지점에서부터 다시 낮은 수면으로 올라가면 한 주기가 완성된다. 한 주기의 간격은 약 90분이다. 그리고 주기의 끝에서 꿈을 꾸게 된다. 꿈꾸는 수면에서는 여러 가지 특이한 현상이 발견된다. 가장 대표적 특징은 눈 운동이 활발해진다는 것이다. 또 비 렘수면처럼 근육은 이완된 상태이면서도 뇌파는 각성 시기처럼 낮고 빠르게 움직인다. 이러한 렘수면은 성인을 기준으로 전체 잠자는 시간의 25% 정도 된다. 그러나 렘수면이 꿈꾸는 수면이라 해서 렘수면 내내 꿈을 꾸는 것은 아니다. 꿈이 렘수면 시기에 나타난다고 해서 렘수면이 반드시 꿈꾸고 있는 수면 상태라고 말할 수 없다는 얘기다.

그럼 꿈을 꾸는 이유는 무엇일까? 정확한 이유는 밝혀지지 않았지만, 현재까지 알려진 바는 이렇다. 호흡 중추나 체온조절 중추 등이 있는 교뇌(Pons)-연수(Medulla oblongata) 부근의 렘수면을 조절하는 장소에서 렘수면을 일으키는 전기적 흥분이 시작된다. 이 흥분이 대뇌피질에 전달되고, 그 과정에서 기억의 저장 창고인 해마(Hippocampus)를 자극하게 되어 꿈이 만들어지는 것으로 보인다. 한편 꿈을 꾸는 이유를 심층심리학에 적용하여 보면, 무의식이 '무의식의 바다에 떠 있는 섬 같은 존재인' 의식에게 경고를 해주기 위한 것이기도 하다. 의식은 제한된 감각기관을 통해 한정된 정보만을 볼 수밖에 없는 데 반해, 자기 정신의 또 다른 하나인 무의식은 의식의 한정된 정보에서 생길 수 있는 오류나 위험성을 미리 꿈을 통해 알려주는 이미지라고도 볼 수 있는 것이다. 교과서적 이야기라서 교과서 그대로 읊어보았다.

간 이식수술의 발전도 발전이지만 1983년경 우리가 임상 실습을 돌 때는 18~20시간 이상 마취를 유지하는 수술을 본 적이 없었다. 물론 수술 받던 날도 나는 잠들어서 수술을 받았으니까 더 볼 수 없었다. 수술 중에, 수술 후에 중환자실에서 꾸었던 꿈을 소개할까 한다. 나는 잘 잤는데 수술실 밖에서 뜬눈으로 나를 기다리는 가족들이 불쌍하고 안타까웠다.

"드득… 드드드득, 꽝, 퍽!"

도대체 왜 이런 꿈을 꾸는지 모른다. 지금도 그 의미를 모르는데 나름대로 미화시켜볼까 한다. 참으로 무자비한 꿈이었다. 셀 수도 없이 많은 북한군이 밀고 쳐들어와 양민들을 학살하는데, 따발총을 쏘고 칼로 찌르고 난리가 났다. 사방 군데군데 피투성이가 된 양민들로 가득하다. 수술은 18시간이나 지속되었으니, 90분마다 꿈을 꾸었다면 몇 번이나 꾸었을까? 어찌되었든 세상은 난리가 나고 선홍색 핏빛이 눈앞을 가렸다. 꿈속에서 나는 2명이었다. 하나는 도망치고 싶은 나였고, 하나는 정면으로 부딪혀 적군과 싸우는 정의로운 나였다. 그런데 젊었을 때 친하게 지내던 전남대 선배 의사와 평소에 존경하는 신부들이 한쪽에서 회의를 한다. 그런데 나만 빼고 모두 신부 복장을 하고 있다. 왜 조선대 의사 선배나 동기는 안 보이고, 일부 친척이나 형제 정도밖에 없는데, 반대편 출신학교 선배들이 꿈속에서 출현했는가? 하필이면 왜 평소에 존경하면서도 조금은 어려워서 기피하는 유명한 신부들이 나타났는지 나도 모른다.

"양민들을 위해서 누군가는 죽어야 됩니다."

한 신부님이 말했다. 그런데 신부님들이 젊어져서 전부 20대로 나오고 나만 50대로 나온다. 어디서 많이 들어본 영화 대사이다.

"누가 죽어야 됩니까? 죽는다는 의미가 순교를 말합니까?"

"우리가 죽는다고 저들이 총을 거둘까요?"

비디오나 영화를 너무 많이 본 탓도 있지만, 우연히 나는 꿈속에서 '광주 민중항쟁'과 비슷하다는 생각을 했다. 그리고 꿈속에서 당시 고등학교 교리 선생을 했는데 '광주항쟁' 때 죽은 학생들이 보이며 복선이 깔린다. 나는 죽은 학생들을 다시 보며 깜짝 놀라서 '그래, 그때 몇 몇 대학생을 제외하고 양민과 고등학생들이 많이 죽었어. 이번엔 내가 확실히 순교해야 돼.' 하는 생각을 꿈속에서 한다. '나는 이번에 죽어야 된다. 광주 민중항쟁 때 부끄럽게도 살아남았다. 내 학생들은 죽고 대학생들은 별로 죽지도 않았다. 그리고 지금까지도 사회적 봉사나 서비스를 했다고 볼 수 없다.'

"제가 죽겠습니다. 이번엔…"

"금구, 넌 가족이 있으니 안 돼! 신부인 내가 죽겠다. 이번 저항은 내가 순교하겠다."

바오로 신부님이 외친다. 강호동보다 12세 많은 개띠라서 개꿈은 잘 꾼다. 돼지나 용을 꿈에서 보고 복권 사면 그 날은 항상 손해 보는 날이었다. 그는 사실 현존하여 65세 된 노인인데, 아주 스마트하고 똑똑한 20대 신부로 등장하며 대단히 논리적으로 장황한 국가관을 이야기한다. 그런데 북한군이 기분 나쁘게 총을 쏘았는데 젊은 바오로 신부가 맞아버렸다. 꿈속에서 또 피가 낭자한 그림이 보인다. 간 이식 수술 시 피를 20병 이상 교환해준다고 들었다. 그래서 그 많은 피들이 보였는지도 모른다. 금구는 나의 본명이다. 과거에 실존했던 성인 금구도 꿈이 신부가 아닌 변호사였으나, 변호사로서는 자신의 꿈을 실현할 수 없어 성직을 택한 분이다. 내 이름은 에이레 파 신부가 지어주셨다. 지금은 천국에 계실 텐데 남들이 참 '금구'라는 이름을 잘 지었다고들 했다. 내 꿈도 아버지의 일을 물려받아 법관이 되는 것이었는데, "법관이 되겠다."고 하면 그날은 돼지게 두들겨 맞든지 아니면 집에서 쫓겨나는 날이었다. 핑계 같지만 훗날 내 뜻이 아닌 아버지의 뜻에 따라 의사로 꿈이 변경되자 공부가 하기 싫어서 성적이 나빴는지도 모르겠다. 그러나 아버지는 비참한 자기 인생을 자식에게 물려주고 싶지 않았을 것이다. 자신처럼 직업을 잃고 유배당하게 하기 싫으셨으리라.

"신부님, 제가 순교해야 되는데 왜 꽃다운 나이에 가십니까?" 하고 울부짖는데 누군가 흔들어 깨운다. 눈을 뜨니 간호사다. 내 몸은 완전히 마약에 절어 있고 마취되어 있는데 간호사가 자꾸 깨운다.

"숨 크게 쉬어보세요, 기침하세요."

수술이 끝나면 유리창을 통해서 보호자를 볼 수 있는데, 아내의 얼굴에 수심이 가득하다. 그래서 비몽사몽간에도 '나는 무사하다'는 표시로 웃어주었다. 입에는 호스나 튜브가 박혀 있고 손은 묶여 있다. 나중에 입에 물린 엔도트라키얼 튜브(기관지 삽입관)를 빼주었는데, 하루 정도 목소리가 허스키하고 발음이 잘 안 되며 목이 굉장히 말랐다. 굉장히 마른 정도가 아니라 아예 물기가 입안에 없을 정도로 엄청 말랐다. 간호사는 물을 절대 안 주고 헝겊에 물을 묻혀 삼키지 말고 있으라고 한다. 중환자실 간호사와는 2~3일간 별 대화가 안 되는 상태로 한쪽 팔이 묶여 있었다.

"눈 떠보세요. 정신 차리세요."라고 하면 눈뜨고 정신 차리면 된다. 그런데 계속 졸린다. 약물에 의한 마취상태는 상당히 오래 간다. 물론 그 후에도 수술 부위 통증 때문에 마약 패치를 가슴에 붙여주어 신기하게도 통증이 별로 없지만, 통증이 생기면 마약을 주사로 놓아준다. 그 덕에 정신착란증이 오는데 자연스럽게 받아들이면 된다. 그런데 나중에 생각해보니 조금 창피하지만 간호사들이 모른 척해준다. 하여간 이상한 꿈을 꾸었다. 난 정신과 환자를 볼 때도 이상한 꿈 이야기를 하면 모른 척한다. 실제로 꿈은 너무도 많은 의미를 내포하고 있고 복잡해서 건드리지 말라고 선배들에게 배웠다. 참 좋은 이야기다. 어차피 모르는데 아는 척하는 놈이 웃기는 놈이다. 그런데 정말 웃기는 일은 '정신과' 나부랭이를 조금 배웠다는 타과 의사들과 미성숙한 일부 정신과 의사들이 꿈 해석이나 조언을 해주어 사람 잡는다. 한 예를 들어보자.

한 소년이 '아버지한테 뱀 모양의 회초리를 맞는 꿈'을 꾸었다고 내과나 외과의사에게 고백한다. 개원 가에서 친구 의사나 선배 의사들이 말한다.

"나는 모모 의대를 수석으로 졸업한 외과 의사야. 넌 말이야, 왕자 병이고 오이디푸스 콤플렉스야. 그리스 로마신화를 보면 우짜고 저짜고."

한 30분 자기자랑 해가며 착실하게 면담을 하고 마치는 것을 직접 보았다. 정신과 교수도 그런 사람이 있었다. 그는 한술 더 떠서 교과서에 쓰인 대로 뱀 모양의 회초리는 '아버지의 성기'를 의미한다고 할 수도 있다고 말해준다. 아마 이런 이야기를 해주면 그 환자 기분 나빠서 다시는 그 교수 만나러 오지 않는다. 의사의 세 치 혀로 인해 치료 대신 반대로 자살할 수도 있다는 점을 잘 아는 사람이 정신과 의사다. 한 수 가르쳐주겠다. 그냥 들어만 주면 된다. 환자가 수치심을 느끼면 안 되는 법이다.

독자들 나름대로 내 꿈을 해석하는 것은 자유다. 나는 신약성서를 자주 읽는다. 고등학교 때는 수녀님의 조언에 따라 날마다 아침에 눈 뜨면 읽었는데, 이 성경이란 책이 대부분 예수가 나쁜 임금과 총독에게 저항하는 내용이다. 읽으면 읽을수록 광주항쟁 사태와 동일하다. 내가 이 책을 읽는 것을 보면 누군가는 마치 내가 '독실한 신자'처럼 보일 수 있지만 그렇지 않다. 나는 사실 '하느님을 원망하는 자'이고 '냉담자'이다. 왜냐하면 살면서 지독하게 운이 나쁘다고 생각하며 살았고 게으르고 감사하는 마음과 겸손의 미덕이 부족했다.

정신과 의사 중 스캇 펙이라는 사람이 있다. 그는 미국의 정보기관과 요직에서 근무한 적이 있다. 그런데 이 의사는 조금 특이하다. 그의 대표저서 가운데 『끝나지않는 여행』이라는 책이 있는데, 이 책에서 그는 축사(귀신을 몰아내는 치료)와 신앙에 관련된 악마적인 사람 등을 언급하고 있다. 그런데도 명실 공히 미국의 베스트셀러다.

정신과 의사는 원래가 도마와 같이 '끊임없이 의심하는 사람'이라는 점에서 신앙심을 갖기 힘든 존재이므로 이 책을 난해하다고 하고, 기독교인들은 너무 과학적이어서 난해하며 스캇 펙이 신앙의 초신자라서 그렇다고 평가하기 쉽지만, 신앙인이면서 심리학이나 정신과를 전공한 의사라면 한 번쯤 보고 고민해볼 책이라고 생각한다.

특히 정신과 의사의 눈에 보이는 '회개하지 못하는 보호자인 어머니와 아버지'들의 악한 모습에 대한 표현과 귀신들의 존재를 믿는 유일한 정신과 의사여서 흥미로웠다. 지금은 그가 독실한 기독교 신자가 되었다고 한다. 난 정신과 의사를 단순히 먹고 살기 위한 하나의 페르소나(persona, **직업적 가면**)라고 생각하며 정신과 의사 혼자 해결 못 할 일들이 너무도 많다는 것을 알며, 동시에 인간의 모든 면을 정신과적으로 해석하는 대가들이나 피라미 정신과 의사를 좋아하지 않는다. 그 뒤에 어마어마한 신적인 요소들이 인간의 마음속에 다양하게 존재하기 때문에···. 오히려 정신과 의사들은 너무도 세속적인 사람들이 많아서 가지고 있는 '신앙'도 마르게 된다. 신앙과 정신과 의사를 착각하는 사람들이 종종 있는 이유가 겹치는 부분과 겹치지 않는 부분들이 있기 때문이다. 하느님의 법을 따라야 한다.

"지금 왕좌를 차지하고 있는 모든 통치자들이 하느님께서 뽑아 세운 자들입니까? 그렇다면 저들이 제정한 모든 법률과 규정이 선한 것이요, 따라서 이의 없이 복종해야 할 텐데, 과연 그렇습니까? 대답은 '아니오'라는 것입니다. 많은 통치자들이 주어진 권력을 남용하여 거대한 재산을 모으느라 백성을 착취하고, 저들의 악에 저항하는 사람들을 부당하게 처벌하며, 이웃나라와 불의한 전쟁을 일으키고 있는 게 현실이지요. 저들의 법이 그릇되었다면 우리는 마땅히 그것에 불복해야 합니다. 모든 것을 다스리는 최고의 권위는 땅의 법이 아니라 하느님의 법입니다. 만일 이 두 법이 서로 충돌한다면(상충되어 모순된다면) 우리는 당연히 하느님의 법을 따라야 합니다."

- 성 요한 크리소스토모

344~354년 사이, 시리아의 안티오키아에서 태어난 성 요한 크리소스토모는 386년 사제품을 받은 이후 12년간 안티오키아의 설교 사제로 활약하면서 수많은 명 강론으로 황금의 입, '금구(金口)'라는 영예로운 별명을 얻었다. 398년 콘스탄티노플의 총 대주교가 되어 화려한 생활을 즐기고 성직을 매매한 6명의 주교를 잘라버린다. 일종의 종교개혁인데, 이런 사람들은 꼭 비싼 대가를 지불한다. 407년에 유배되어 탈진 상태로 사망했다. 그는 명 강의와 명 저서를 남겼는데, 그가 성서 중에서 가장 많이 인용한 것은 바오로의 서한들이다. 나의 성당 이름이 금구라는 것을 재차 강조하려고 알려드린다. 냉담 금구다.

제3장

삶의 기쁨과 수술 팀에 대한 감사

　모든 것이 한 순간에 해결되고 축복받은 느낌이다. 훨훨 나는 기분이다. 그러나 마음만 그렇고 수술 후에 눈에 보이는 튜브, 인공호흡기, 셀 수도 없는 각종 배액 주머니, 전선들 때문에 아직도 갈 길이 멀다는 것을 느낀다. 무슨 우주에서 온 사람 같은 느낌이 들지만 '아, 내가 살아서 숨을 쉬는구나. 수술은 성공했구나. 감사.'라는 생각과 안도감이 든다. 그때부터 20개 정도 되는 줄과 배액 주머니를 3주에 걸쳐 섬세하게 전문 간호사와 의사들이 제공해준다. 환자는 고통스럽긴 해도 의사들이 나에게 '간이식 여행'을, 또는 외국식당에서 안 먹어본 '양식'을 주며 '멋진 대접을 하는구나!'라고 생각하면 그만이다. 그런데 가장 고달픈 것이 새벽 3시부터 5시 사이 아무 때나 처들어오는 햇병아리 인턴 의사들의 채혈이다. 꼭 여러 번 찌르는 인턴이 있다. 꼭두새벽에 날마다 채혈을 한다면, 그것도 동맥혈을… 아! 참자! 나도 저러면서 배웠는데….

　어찌 되었든 환자들이 말은 안 하지만 다시 태어났다는 기쁨과 동시에 수술 팀에 대한 깊은 감사를 느끼는 시기가 이때다. 바로 이 시기가 환자를 협박하거나 의사가 원하는 것이 있다면 모조리 다 해줄 것 같은 시기다. 그러나 AS병원 L 교수님이 이끄는 제자 의사들과 간호 팀은 세계 최강이지만 그런 사람이 없었다. 그러니 안심하고 의료진이 제공하는 서비스를 받으면 된다. 그래서 나는 항상 나의 지인들에게 이렇게 말하곤 한다.

"용대가리가 안 될 바에야 교수 자리는 하지 말고 개원해서 닭대가리가 되라고…. 닭대가리 장사라도 하면 돈이라도 챙기지만, 이류 교수나 머리가 아닌 몸쯤 되는 교수는 평생을 2등 콤플렉스에 시달린다고…."

괴로운 것이 꼴등이 아닌 2등이다. 꼴등은 언제든지 포기하고 접을 수 있는 자유가 보장되지만, 2등은 평생을 포기도 못 하고 콤플렉스에 갇히고 만다. 1등이이어도 다 같은 1등이 아니다.

『외과의사 L』이란 책을 읽어보면 의사가 '공부하고 노력해야 될 양'이 얼마나 많으며 '정상'에 도달하기가 얼마나 어려운가 하는 것을 의사들에게 가르쳐준다. 의사가 출세가 아닌 '역사서'에 남는 것은 두 가지다. 그것은 돈을 벌고 국회의원이 되는 것이 아니라, 1) 최고의 신기술을 터득한 의사 2) 아프리카에서 죽은 이태석 신부 같은 봉사를 제외하고는 모두 다 가정에 충실한 '잡초'이다. L 선생님은 다른 의사나 세상을 탐하여 책이나 몇 권 남기는 정신과 의사들과 달리 겸허했다.

그러나 이런 생각도 잠시, 많이 좋아지면 '왜 면역 억제제는 이렇게도 오래 먹는지? 왜 비싼 고기는 강제로 먹어야 하는지?'에 대해 경제적으로 빈곤한 서민들은 슬슬 화가 나기 시작한다. 이게 이 어려운 수술의 맹점이긴 하지만 어쩔 수 없는 현실이다. 단지 과거 1980년대에 우리가 레지던트를 할 때는 면역 억제제가 '부작용이 많은 중국집 술'이라면, 지금은 부작용을 걸러낸 순한 '독일 맥주'쯤 된다고 한다. 그래도 같은 계통 약이라서 '배가 아프다'든가 하는 여러 가지 증상이 생기는데, 그 증상에 대해서는 약사님이 따로 설명을 해준다. 그러나 퇴원 후 소고기 값(수술 창상이 잘 치료되라고 먹는 단백질)과 한 달에 30만 원부터 60만 원에 이르는 약값은 서민들에게 적은 돈이 아니다. 간 이식수술 치료 후 사망자가 약 3~5%에 이르는데, 그 3%를 해결하는 것을 고민하고 있다고 한다. 그에 대해 정신과 의사의 입장에서 생각하면 빈곤, 우울증, 자살, 약물 중단도 한 원인이 될 수 있다는 생각이 든다. 왜냐하면 약 중에 비 보험 처리가 되는 약이 많은데, 정부는 이에 대한 충분한 보상을 해줄 필요가 있다는 생각이 든다. 물론 수술 후 출혈, 정신혼란 상태, 신부전, 흉막 삼출증, 무기폐(폐가 바람이 빠진 것처럼 쪼그라드는 것), 거부반응을 제외한 이야기이지만 말이다. 나는 수술 후 폐에 물이 차는 흉막 삼출증과 담즙이 세는 담즙성 복막염으로 고생했다.

사실 나는 이 책을 쓰면서 두려운 점도 있다. '무슨 의사가 이렇게 병이 많아. 이 의사에겐 치료를 안 받을 거야.'라고 하지나 않을까 하는 두려움이다. 그러나 간 이식수술은 수많은 의사들이 자랑할 일은 아니어서 비밀스럽게 치료 받고 완치된 사람들이 많은 걸로 안다. 또한 이 책을 쓰면서 문장력이 떨어져 창피나 사지 않을까도 두렵지만, 환자분들이 용기를 갖고 살라고 좋은 조언을 해주면 어떨까 하는 심정이다. 어찌되었든 의사도 결국은 죽는다. 그 어느 누구도 죽음은 피할 수 없다.

제4장
수술 후 정신병

소중한 것은 잃고 나서야 그 소중함을 알게 된다. 상처투성이인 내 마음에 슬픔이 번진다. 고통을 당한 만큼, 눈물을 흘린 만큼 미래엔 웃을 수 있다. 이 세상에 의미 없는 일은 하나도 없다. 그때마다 다정한 사람들의 다정한 한마디는 나에게 힘을 주었다. 심지어 더 이상 만날 수 없는 나의 아들과 나의 아버지도 곁에 안 계시지만 다정하고 따스함을 마음으로 느낀다. 난 날마다 포근한 귀신을 섬긴다. 왜냐하면 생명은 연기가 되어 금방 사라지기 때문이다.

안 무섭냐고? 전혀 안 무섭다. 왜냐하면 가족들이기 때문이다. 혹시 아내가 먼저 세상을 떠난다면 아내의 영혼과 함께 나는 몇 년간 또 슬픔을 같이할 것이다. 나는 항상 쌀을 자루에 담아 문고리에 매달거나 천정에 매달아두어, 날마다 할머니가 와서 먹고 가라며 죽은 아내의 영혼과 슬픔을 같이하는 이웃 할아버지의 고운 마음을 본 적 있다. 또 아내가 죽자 남편이 금방 죽어버리는 사람과 남편이 죽자 아내가 얼마 안 돼 죽는 경우를 허다하게 보았다. 인생은 연기와 같고 한 판의 꿈인 까닭이다. 꿈 이야기를 한 번 더 해보자.

오랜만에 아들이 보인다. 특히 불을 끄거나 약간 어두운 조명 하에서 아들은 잘 보인다. 아들이 한 살 때부터 열두 살 때까지 성장하는 모습이 보인다. 살아생전엔 뇌성마비로 걷지도 못했는데 아주 건강하게 나타났다. 열두 살 이후엔 다른 아이로 바뀌어서 나타났다. 얼마나 반가운지 모른다. 그래서 정신과 환자들이 약을 안 먹고 이러한 꿈 같은 현실을 즐기며 생각에 따라 현실이 조작되므로 치료를 거부하는구나, 하는 것을 생생하게 느꼈다. 간 이식 수술이 아니고는 못 느끼는 현장감이었다. 아마도 많은 정신과 의사들이 이론으로만 정신착란증 또는 정신병을 이해하고 있을 것이다.

"아빠는 오래 살 거야."

"그동안 잘 살았니?"

"뭐 엄마랑 재미있게 살던데…."

무슨 일본 영화 '철도원'을 보고 있는 것 같지만, 실제로 새벽운동을 할 때 같이 손을 잡고 산책을 했다. 그러나 감정의 기복이 심하고 내용이 연결되지 않는다. 아들이 약 5분 간격으로 왔다 가는 행위가 반복되는데, 진짜 실물이 보이고 사라진다. 사라질 때는 너무나 슬프다.

"그럼, 누구 엄만데…."

"잘 있어, 그만 갈게…."

'철도원'이라는 영화에선 한참을 머물고 딸이 밥도 해주고 하지만, 나의 경우는 정신병적 상태여서 내용이 앞뒤 연결이 안 되었다. 일본 작가들은 마약을 먹고 소설을 쓰는 모양이다. 그리고 그 다음날은 또 아들이 서늘하고 무서운 이야기를 해준다.

'아빠는 금방 죽을 거다.'라는 예시적 이야기도 해준다. 그러니까 Beautiful mind라는 책처럼 실제로 아들과 이야기를 하는 거다. 두렵냐고? 아니다. 헤어질 때는 슬펐다. 그리고 그 다음날이 그리워진다. 그 다음의 이야기를 기다린다. 그래서 내 환자들이 약을 안 먹어서 재 발되는 거였다. 그 다음 소리가 굉장히 궁금하거든….

"어! 아빠, 살아 있네."

"아빤 죽어도 좋고 살아도 좋아. 살아 있으면 엄마와 함께 살고 죽으 면 아들과 함께 사니까…."

"그러면 아빠는 동생과 엄마랑 같이 살아라."

"왜, 또 가려고?"

"아마 내일부터는 다른 아이가 올 거야. 난 갈게."

그리고 그 다음날부터는 실제로 그 시간에 다른 아이와 산책을 하 고 대화를 하다가 사라졌다. 그런데 사실 수술 받기 전엔 이런 꿈을 자주 꾸었다. 그런데 마약에 취하면 또렷하게 아들이 실제로 보인다. 이러한 현상은 마약과 약물에 의한 정신병인데, 실제로 정신과에서 도 파민 가설을 설명할 때 사용한다. PCP나 amphetamine(히로뽕)을 동물 이나 인간에게 투여할 때 뇌에서 도파민이 증가하면 정신분열병과 똑 같은 증상을 흉내 내는 것을 보고 이를 도파민 가설이라고 명명하게 되었다고들 한다. 뭐 아들뿐이냐? 아버지도 찾아오신다. 술병과 화병 으로 돌아가신 아버지와 함께 막걸리 한 사발 마시고 담배도 한 대 피 우다 아내한테 혼나는 내용인데, 실제로 보이고 실제로 들리며 실제로 술을 마시고 담배를 피운다. 모두 허상인데 명백하게 보인다.

"박정희 이놈이 내 라이선스를 뺏어가!"

아버지는 또 술에 취해 호통이다.

"아버지, 이젠 잊어버리세요. 아버지 덕분에 민주주의가 왔거든…."

"넌 걱정 마라, 내가 조상님들에게 이야기해서 살려줄 테니…. 거 담 배나 하나 주라."

"예. 여기요."

그때 마누라가 들어온다.

"지금 무슨 파티 하세요? 병실에서 담배를 피우고 술을 마셔요?"

나는 화들짝 놀란다. 정신을 차리니 아무도 없는 병실에서 금방 침대에 누워 있었는데 혼자 서 있다. 혼자 중얼거린다. '이래서 우리 환자들이 낙상이나 옥상에서 뛰어내려 죽는군.'

그 다음날 아버지가 또 오신다.

"미안하다. 지금도 라면 먹니?"

"아니요, 밥 먹어요."

"… 용서해다오."

"무슨 용서는… 고마워요. 낳아주신 걸로 됐어요."

아버지의 실직으로 나는 대학교 1학년 때부터 대학을 졸업해서 의사가 될 때까지 끼니를 제대로 먹은 적이 없다. 아버지의 사소한 영웅적 행위로 본인은 직접적인 희생자가 되었고 가족들 전부는 간접적인 피해자가 되었다. 박정희의 처벌은 내가 중 3때 이루어졌고, 그나마 벌어놓은 돈이 있었기에 대학교 1학년 때까지 버텼다. 그러나 대학생활을 할 때는 집안이 거의 빈털터리였다.

그걸로 끝이 아니었다. 그 저항정신은 광주항쟁으로 이어져 또 참여해서 우리 가족을 열심히 못 살게 하시고, 사회적 영웅은 '사회에 이름을 떨쳤지만 가족에겐 불행'을 남겼다. 광주항쟁 때 광주항쟁 수습위원들마저 다 도망친 상황에서 엘리트 변호사는 아버지 혼자 남아 도청을 사수하셨다. 배운 자들은 다 도망칠 때 못 배운 자들과 함께 총성 속에 있었던 기인이다. 물론 다 죽고 몇 사람 안 남았는데, 그 안에서 또 살아남아 진압군에 체포되었다. 천재나 영웅은 사회를 살리지만 가정을 버린다는 말이 딱 맞았다.

　그런데 재미있는 것이, 마취약이 연해지면 점점 현실감이 생긴다는 것이다. 마약은 하고 싶어도 못 하는데, 정신과 의사로서 피치 못할 마약 경험을 했다. 그래서 무균실은 꼭 소아정신과 병동처럼 생겼고 출입이 어느 정도 통제된다. 모두 사고를 방지하려고 비싼 돈 들여 모든 균이 정화되는 환기 시스템이 작동된다고 한다. 수억짜리라는데 눈에는 안 보인다. 시간이 흐름에 따라 아들, 아버지, 이상한 아이, 담배와 술은 사라져버렸다. 한동안 멍하고 슬펐지만 참았다.

　수술이 끝나면 누구나 찾아오는 것이 한 가지 있다. 마취약에 의한 경한 정신병이다. 그리고 마약에 취해 있는 것이다. 생각해보라! 18시간 내지 자고 마취에서 깨어나서 약 1주에서 길면 10일 이상도 약물에 취해 있다. 아주 기분 좋은, 붕 떠 있는 상태였다. 말로만 들었을 뿐 마약 중독환자나 정신과 환자들이 왜 정신이상 상태에서 행복해 하는지를 몰랐다. 그러나 직접 마취와 마약을 접해보니 정말 즐거웠다. 그러나 마약은 수술을 제외하고 단 한 번이라도 맞아서는 안 된다. 왜냐하면 평생 끊지 못하는 중독이 될 뿐 아니라 불법행위이므로. 마약은 맞는 순간부터 지옥행 티켓이다.

연기(영혼)

　진도에 가면 접도에 있는 남망산에 꼭 가보라. 사람들은 바다를 끼고 도는 산 중에서 으뜸을 사랑도의 지리산을 꼽는데, 내가 보기엔 별로다. 하긴 모든 산이 아름답긴 하다. 바다를 낀 산 중에 으뜸이 나에겐 남망산이다.

남망산

2011년 3월 10일 나는 구직활동도 무산되어 여행을 떠났다. 두 군데는 병원장 자리였고, 한 군데는 과장 자리였는데, 나이가 많고 몸이 약할지도 모른다는 의심을 받고 떨어졌다. 병원장은 과거에 두 번이나 해본 적 있었다. 병원장이란 직책은 겉만 번지르르할 뿐 이사장과 후배 과장님들의 얼굴마담 대용이어서 하기 싫었다. 또 일이 터지면 경찰서나 법원에서 오라 가라 하는 몸이 된다. 또 한 군데는 돈만 보면 가고 싶을 만큼 고액의 봉급을 준다고 했으나 이사장이 면허대여, 불법 의료행위로 교도소에도 다녀온 데다 2주 이상 집 근처에 부하 직원들을 안기부 직원처럼 풀어놓았다. 그래서 나는 아내와 함께 집을 비우고 여행을 떠나기로 한 것이다.

"빨리 오세요. 우리 병원으로…"

그러나 나는 이번에 아프면서 끝까지 내 소신대로 선하게 살기로 결

강진 마량 남서부 해안

심을 했다. 그래서 이것저것 고르다 보니 직장이 없어져버렸다.

강진 마량과 약산에 가서 놀기로 했다. 그런데 바다 물빛이 남서해안 특유의 잿빛이 아니라, 에메랄드빛은 아니지만 아열대 지방의 맑은 잉크 빛이었다. 제주도와 오키나와에서 그런 물빛을 본 일은 있지만, 완도 약산에서 진도에 이르기까지 그런 물빛을 본 것은 처음이어서 사진을 찍어댔다.

"여보! 이런 물빛은 처음 보지 않아? 아름답네."

"으응, 나도 지금 그 생각을 하고 있었어."

3월 11일 영암 월출산 밑 경포대에서 진도군 남망산으로 향했다. 여전히 바다 물빛은 진도나 완도의 물빛이 아니다. 저녁에 돌아와 뉴스를 보니 온통 일본 지진 뉴스다. 일본 물과 한국 물이 섞인 것이다. 11일 오후 일본 동북부 지역에 진도 8.9의 강진이 발생했다는 보도가 있었고, 그 다음날 뉴스에서는 진도 9.0으로 수정했다. 그리고 2011년 3월 28일 방사능이 우리 바다에는 없다던 주장은 뒤집어지고, 동해안에서 인체에 해롭지 않을 만큼의 방사능이 발견되어, 5년에서 6년 후에는 우리나라 바닷고기에도 해로운 물질이 숨어들 것이라는 정반대의 의견을 뉴스로 제공했다.

자동차, 배, 비행기, 집, 나무판, 쓰레기, 시체들이 바다에 둥둥 떠다니는 장면이 무슨 '지구 종말' 영화의 한 장면 같다. 나는 옛날부터 '우리의 시대가 빈곤에 대한 개발과 독재에 대한 항거의 시대'라면, 다음 세대는 자연에 대한 파괴로 인한 '대 재앙'에 대한 항거의 시대가 되리라는 생각을 해왔다.

내가 사람의 목숨이 연기라고 생각한 것은 인턴 선생 시절부터이다. 아주 젊고 미남인 치과의사로 생각된다. 응급실에 실려왔는데 이미 죽어 있었다. 이제 막 결혼한 27세 새 신랑이란다. 새 색시는 젊은 나이로 과부가 되고 말았다. 그때부터 나는 '연기꽃 같은 인생'이라는 표현을 쓰곤 했는데, 그 후에도 수많은 사람들이 연기꽃처럼 살다가 사라지는 현장을 목격했다. 그런데 2011년 3월 11일 저녁엔 일본인들이 무더기 연기처럼 사라져버렸다. 그래도 영혼은 남겠지…?

이번 일본 원전사고는 장기적인 대책이 필요하다. 앞으로 이웃나라 한국의 공중에 방사능이 떠다니고 수백 년에 걸쳐 인간과 바다 속 물고기들의 생태교란 및 변성 작용에 기여할 것이다. 그러나 정부는 별 탈이 없다는 말로 시작해서 오늘까지도 별 탈 없다고만 한다. 다른 나라에서는 이미 한국과 중국을 오염 대상국가로 분류했고, 노르웨이 대기 연구소에선 2011년 4월 18일과 19일 한국 상공에 오염물질이 도달한다고 하는데, 누구 말을 믿어야 할지 모르겠다. 초등학교 때 날마다 흑백 텔레비전에 나오는 가수가 최희준이어서 나는 가수가 최희준 하나뿐인 줄 알았다. 그분의 노래처럼 인생은 나그네길이니, 연기처럼 사라지는 것은 각자의 몫으로 남겨야 할 것 같다.

꽃

꽃이 왜 아름다운지 아는가? 산길은 모퉁이를 돌아서면 돌아온 길을 금방 잊어버리고 새로운 길과 사랑을 나눈다. 이와 같이 모두가 찰나이기에 아름답다. 꽃은 금방 시들기에 아름답고 길은 금방 잊어버리기에 또 가보고 싶다.

'flowers'라는 일본 영화가 있다. 나는 이 영화가 무슨 꽃 이야기인 줄 알고 열심히 보았다. 그런데 나중에 자세히 보니 한 가문의 여인네들이 3대에 걸쳐 시집가는 이야기다. 꽃 이야기가 아니라 삶에 대한 이야기였다. 꽃 같은 시절이란 이야기는 흔히 젊은 시절을 말한다. 실제로 젊음은 부러운 시절이다. 그러나 본인들은 꽃이라는 사실도 모르고 금방 지나쳐버리고 만다.

또 다른 측면에서 보면 20대에 꽃을 피우는 사람도 있고, 30대에 세상의 권력과 영광을 거머쥐고 꽃피웠다고 하는 사람도 있다. 40대, 50대, 60대에 어떤 탤런트를 발휘하여 재물을 모아놓고 꽃을 피웠다고 하는 사람도 있다. 그러나 이 세상에서 가장 아름다운 꽃은 타인을 위해 죽거나 자식을 위해 죽어가는 꽃이다. 피를 통한 순교만큼 어렵고 아름다운 봉사의 꽃은 드물다. 특히 나는 아플 때 이 문제로 고민을 했다. 그러나 낫고 나니까 금세 사람 마음이 변한다. 꽃이 하나씩 떨어지고 지는 줄 모르고 현세의 이익을 따른다. 인간의 궁극적인 목표는 사랑, 헌신, 배려, 그리고 구원받는 것이다.

오키나와 비오로의 언덕에 핀 난꽃

　사실 안개꽃, 눈꽃은 있어도 연기꽃은 없다. 인터넷상에서 조사해보니 연기꽃이라는 꽃을 파는 가게는 몇 군데 있었다. 그러나 내 생각에 연기꽃이라는 꽃가게는 '왠지 금방 사라질 운명' 같아서 작명이 조금 잘못된 것 같다. 그냥 현존하는 탐스러운 안개꽃이나 실존하는 꽃 이름으로 개명하는 게 좀 나을 듯하다. 아무래도 안개가 연기보다 더 오래 머무니까…. 아니, 차라리 불멸의 꽃집으로 바꿔보시면 장사가 잘 될지도 모르겠다.

　나한테도 꽃 같은 시절이 있었나? 꽃 같은 시절은 누구에게나 있다. 수명이 20세를 넘기면…. 우리 모두 한때 모든 꽃과 나비처럼 아름다운 삶을 짧게 가진다. 그러나 그 후 고달픈 책임과 십자가를 진 엄마나 아빠의 삶을 산다. 나는 시인이나 소설가, 배우, 예술가들에게 평생을 '꽃'으로 가면 쓰지 말라고 한다. 그들은 평생 시든 꽃을 '싱싱한 꽃'

으로 변장시킨다. 우리가 꾸는 꿈처럼 변장한 시도 없으면 세상은 삭
막할 것이다.

시(詩)와 꽃

시집을 가지고 다니기만 해도
마음이 맑은 사람이다.

시집을 사는 사람은
마음이 여유로운 사람이다.

시를 읽는 사람은
행복한 사람이다.

시를 쓰는 사람은
아름다운 노래를 하는 사람이다.

봄이 되면 봄의 꽃노래
여름이 되면 여름의 꽃노래
가을이 되면…

하지만…
하지만 말일세.

시인들아! 그만두게나.
꽃은 꽃으로서 한때라네.
가만두어도 충분히 아름답다네.

삶

삶은 영원한 안식을 준비하는 시간처럼 보이지만, 실은 죽음이라는 한 지점을 향해 가는 고행길이며 수도의 길이다. 그러나 나는 아직도 이승의 삶도 모르고 저승의 삶도 모른다. 오직 존재에 대한 감사를 드릴 뿐이다. 수술을 받고 초기에 통증이 가라앉지 않거나 담즙관이 터져서 살을 녹이고 칼로 찌르듯이 아플 때 "하느님! 살려주세요." 하는 외마디가 삶일까? 통증이 가라앉고 석양이 내려앉으면 오늘 하루도 무사히 가는구나! 하면서 눈에 이슬이 맺히는 것이 늙음의 시작이다. 그럴 때 나는 '살아갈 날에 대한 안타까움'을 느꼈다. 그러나 다 나은 지금 절실한 기도도 잘 안 나온다. 금방 교만하고 자만에 빠지며 오리 지능처럼 돌아서면 잊어버린다. 감사의 마음까지 잊어먹는다. 삶이란 어리석은 것이다. 그러나 삶이란 경이로운 것이다.

제5장
빠진 두 가지

수술 전에 소형 공(탁구공 모양)이 풀무 같은 네모난 플라스틱에 들어 있는 무기를 한 개씩 나눠주고는, 간호사가 열심히 가르쳐주며 입으로 불라고 하는데, 수술 전후에는 그것을 꼭 연습해야 한다. 무슨 놈의 장난감을 주나? 하고 한 곳에 버려놓지 말라. 이놈이 어디에 쓰는 물건인가 하면, 폐활량에 도움을 주어 마취 시 호흡을 돕고 합병증을 예방하는 것이다. 모든 환자들이 한 개씩 들고 다닌다.

두 번째, 스테로이드라는 약을 60밀리그램 정도 초기에 사용하는데, 밥맛이 너무 좋아 나중에 당뇨와 체중 조절을 해야 할 일이 생긴다. 어떤 사람은 밥맛이 떨어지는데, 나는 지금도 밥맛이 좋아 힘들다. 뼈와 이가 안 좋아지므로 규칙적인 치과 검진과 운동을 꾸준히 해야 한다. 이가 시리다. 수술 후에도 6개월에 한 번 정도 검진 받으러 치과에 다녀야 한다. 대부분의 이식환자가 그런 것 같다. 간 이식뿐 아니라 다른 이식도 마찬가지다.

수술 후 검사 데이터와 합병증

수술 후에도 죽을 때까지 운동을 열심히 해야 한다. 수술 후 먹는 모든 약들이 면역 억제제, 스테로이드, 리스페리돈 등 모두 다 살찌는 약이어서 당뇨, 고혈압, 대사성 증후군 등을 예방하는 차원에서 죽도록 운동을 하지 않으면 안 되는 것이다.

예시 1. 간 이식 수술 직후 혈중 수치와 현재 혈중 수치의 비교

검사 항목	수술 직후 혈중 수치 (2010년 4월 27일)	현재 혈중 수치 (2011년 2월 28일)	정상치
WBC	12,800	7,400	4,000 ~ 10,000
Hb	9.7	12.1	13 ~ 17
BUN/CREATININE	9/0.7	25/1.5	10 ~ 26 / 0.7 ~ 1.4
GOT	298	37	400이하
GPT	293	77	400이하
ALBUMIN	3.3	4.0	3.3 ~ 5
T-BILIRUBIN	4.7	0.6	0.2 ~ 1.2

　그런데 정작 문제가 되는 것은 수술 후의 검사 데이터이다. 검사치를 써놓고 괄호 안에 정상치를 써놓은 검사지를 나누어주거나, 보호자 또는 본인이 기록을 하게 한다. 그런데 그 검사치가 정상치에 비해 숫자가 하도 높아 실로 환자를 두렵게 한다. 그러나 그냥 자연스럽게 기다리면 된다. 예시 1에서 보여주는 대로 수술 직전에 40 이하이던 GOT와 GPT가 상당히 높아졌다. 200 이상이어서 공포감을 준다. 그리고 GOT, GPT가 떨어지면 BUN, CREATININE이 올라가 간이나 신장이 고장 날까 겁난다. 소심하고 꼼꼼한 사람이나 직업이 의사인 사람은 불안의 도를 넘어 상당히 두렵기까지 하다. 그러나 모두 최고의 수술진이며 대한민국의 내로라하는 이 박사가 이끄는 수술 팀이므로 믿어야 한다.

　이제 모든 정지된 시간이 다시 서서히 살아나면서, 정지된 기증자의 간이 서서히 생명력을 불어넣어주는 시간이 시작된다. 새로운 시간이 시작되는 것은 새로운 생명이 자라는 것과 같다.

　"교수님! BUN, 크레아티닌, GOT, GPT, 당 등 수많은 검사치가 높아요. 이러다 죽지 않나요?"

　"안 죽습니다. 자연적인 코스입니다."

　어떤 교수님이 웃으면서 간단하게 말씀하셨다. 정말로 수술 후 3~4주 정도 흐르니 신기하게도 정상 수치에 도달하고 몸의 통증도 사라졌다. 또 수술 창상도 많이 아물어서 퇴원하라고 한다. 지금 생각해보면 남의 간이 들어오자 내 몸에서 그것을 이물질로 인식하는 면역체계들의 반응이었던 것 같다. 다시 말해 새로운 간이 남의 집에 이사와 보니 얼마나 불편하겠는가? 사람도 타향에 가면 몇 년씩 정을 못 붙이는데, 하물며 새로운 간은 타인의 몸속에서 얼마나 불편하겠는가? 그러니까 수술 전 처치와 수술 후 창상치료 및 통원치료에 대한 교육까지,

병원에서 보내는 시간은 대략 5~9주로 보면 된다. 물론 재수가 없으면 나처럼 합병증이 오기도 한다.

선생님이 "운동 열심히 하세요."라고 해서 퇴원 후 운동을 열심히 했다. 그런데 대개 담즙액과 관련된 가는 T-tube라는 노란 고무로 된 관을 배에 부착시켜준다. 이것을 6개월에서 1년 동안 가지고 다녀야 하는데, 나는 자전거를 심하게 타서 뱃속에서 떨어져버렸다. 나는 원래 인격이 남보다 모자라 성격이 불같이 급해서 지금도 교수나 법관이 안 되고 의사를 한 것이 다행이라고 생각한다. 아마 내가 교수가 됐으면 제자들 90%는 이렇게 말했을 것이다.

"너 불 교수 봤니? 그 양반은 피해 다녀야 돼. 왜냐하면 성질이 급하고 자기 뜻대로 안 되면 하루 종일 학교에 붙잡아놓을 테니까…."

만일 법관이 됐으면 동료 법관들이 이런 말을 했을 것 같다.

"불 판사, 세상천지가 원래 조금씩은 다 불법인데, 저 자식은 위아래도 몰라. 세상천지가 악이야. 저놈은 대통령도 감옥에 처넣을 놈이여. 모르지… 지 아비와 자식도 감옥에 처넣고 웃고 있을지."

만일 신부가 되었다면 신자들은 이렇게 말할 것이다.

"불 신부님은 해도 너무해. 모두 다 가정이 있는데 전부 다 버리고 예수를 믿으라고만 하시니, 우리 집 거덜 나겠다. 다른 성당이나 교회로 개종하자."

그래서 요즈음은 일부러 게으른 척하고 부드러운 척하려 노력한다. 그리고 가끔은 기도도 한다. 마음의 불을 끄려고 숫자도 세어본다. 그런데 수술 후 다른 부위는 빨리 힘이 생기는데, 복근 힘은 가장 나중에 생긴다. 그리고 이 점을 의심하지 말라. 운동은 그냥 걷는 정도만 2시간 이상 하는데, 살살 걷고 쉬었다 걸어야 한다. 마누라가 "운동을 하세요." 하고 다그쳐도 서서히 운동하라. 너무 지나치게 하지 말고 슬로우 시티를 생각하면서 시골길 걷듯 걸어라. 난 퇴원 후 3개월 정도 흐르자 많은 것이 좋아졌다. 통원치료를 받고 장기간 면역 억제제를 먹어야 되는데, 마치 자동차에 한 달에 한 번씩 60만~70만 원어치 주유하는 기분이다. 나중엔 30만 원 정도로 줄지만….

많이 좋아졌지만 계단 오르기와 복근 운동은 힘이 없어서 못 하겠다. 그래서 복근 운동을 한다고 집에 있는 자전거를 탔다. 처음에는 탈 만했다. 평지에서 살살 타면 된다. 그러다 4개월 정도 지나니 자신 감이 생겨 오르막을 자전거로 오르려고 시도하다가 뱃속에서 뭔가 터 졌다. 무엇을 실로 묶어 놓은 모양인데, 그것이 T 삽입관 떨어지는 소 리였다. 그러니까 그 삽입관이 최소 6개월에서 1년은 가지고 살아야 하는 것인 모양이다. 그런데 나의 자만이 화를 부르고 말았다. 배가 칼 로 찌르고 찢어지는 듯 하루 정도 아팠다. 담즙에 의한 복막염이라는 생각이 들었다. 그러나 나는 24시간 그 통증을 이겨냈다. 용감해서 이 겨낸 것이 아니라 재수술이 무서워서 참아냈다. 쉽게 말해 "이제는 더 이상 수술은 싫다."라는 무대책 버티기였다. 참 어쩔 수 없다. 질병과 죽음 및 두려움 앞에서는 신분도 과학도 필요 없고, 합리적인 생각도 필요 없다. 오로지 두려움뿐이다. 나는 아내 몰래 무표정으로 칼로 생 배를 가르고 녹이는 통증을 참았으나 결국 들켜서 24시간 내에 '체포' 되어 AS병원으로 끌려갔다. 그러니 자전거는 절대 타지 마라.

그런데 그 '통증'이라는 놈이 희한하다. 가벼운 통증은 오래 가는데 '어마어마한 통증'은 어떤 순간에 멈춘다는 것이다. 아마도 우리 몸에 서 '엔도르핀'이라는 자동 마취제가 작용하는 모양이다. 이빨로 고기 를 씹으면 고기가 위로 가고, 위를 지나 십이지장 초반부에서 담즙이 고기를 녹인다고 배웠는데, 정신과 의사라서 잘 모르겠으니 정확히 알 려면 내과 의사나 인터넷의 네이버(Naver)라 불리는 형님에게 물어보라.

담즙으로 인한 살이 녹는 통증은 내 생애에 처음 경험한 위대한 경험이었다. 그만큼 아프다.

L 박사님은 본인이 만든 대작을 망가뜨린 나를 보더니 약간 미간을 찌푸렸다.

"어쩌다 이렇게 됐지?"

"…"

나는 아무 말도 안 했다.

"입원실이 없으니 특실로 입원하세요."

옆에 있던 간호사가 응급실에 누워 있어도 된다고 했는데도 나는 특실로 입원했다. 그런데 그 특실 입원비가 하루에 60만 원 이상 되는, 탤런트나 배우, 유명인사, 갑부들이나 쓰는 병실이었다. 물론 돈 많은 의사는 써도 괜찮지만 나같이 가난한 의사는 힘들다. AS병원에서 18층 근방의 특실은 피해가야 한다. 퇴원할 때 병원비가 장난이 아니다.

"교수님, 수술하게 되나요?"

"…"

바쁘신지 화가 났는지 아무 말씀도 안 하신다. 나중에 동료 외과의사들에게 물어보니 자신이 만들어 놓은 소위 '생명과 관련된 파이프'를 건드리는 놈은 예쁘게 봐줄 수 없다고 한다. 특실로 입원한 후 나를 가장 편안하게 보살펴주시는 L 박사님의 애제자이자 막내 제자인 윤○열 박사님이 나를 반기신다. 윤○열 선생님은 일반외과 전문의 과정을 마치고 청운의 꿈을 품고 간 전문의가 되려고 공부하는 나의 성실한 노력파 주치의시다. 수술 때부터 계속 나를 돌보아주셨다. 지금은 무명이나 앞으로 유명한 의사가 될 분이다.

"윤 선생님! 또 수술하지요?"

나는 지금부터 27년 전에 장이 파열되어 복막염이 되면 외과의사들이 환자 배를 대문짝만큼 열어놓고 식염수를 탱크로 부어 장을 씻고 자르고 붙이는 수술을 본 적 있다. 나도 담즙에 의한 복막염이니 또 배를 가르겠구나 하고 24시간을 고민했다. 두려움이 천정을 찔렀다. 수술을 도대체 몇 번 해야 하는 걸까?

"수술 안 하고 소독만 하면 되고 항생제만 씁니다. 뭐, 간단합니다."

"그래요? 진작 올 걸…."

수술을 안 한다는 말에 나는 수백 번 감사를 표현했다. 수술 후의 데이터와 합병증에 대해서는 한 가지만 이야기해주었는데, 사실 AS병원의 작은 안내서를 보면 합병증이 수십 가지여서 안 보는 게 낫다. 그리고 수술 과정을 보면 어려운 수술이긴 하지만 생각보다는 환자가 받는 고통이 크지 않다. 그러니 강원도 어디 슬로우 시티에 놀러온 듯 할 일 없이 왔다 갔다 하고 즐기면서 텔레비전도 보고 운동도 하고 연예가 중계나 보면 된다. AS병원에서 유명 인사들이 하도 많이 장례식을 치르고 연예인들도 자살하면 AS병원 장례식장에서 장례를 치르는 까닭에 나는 개인적으로 AS병원을 싫어한다. '사람 살리는 병원'이라는 이미지보다 '죽어가는 사람이 많은 병원'이라는 이미지로 보인다. 죽어버린 사람도 AS해주는 것처럼.

결론은 수술 후 운동은 개인에 맞게 지속적으로 하라는 것이다. 나 같이 무리하게 자전거 타며 복근 운동하지 말기를 바란다. 그런데 복근 운동하니까 생각나는 게 성생활이다. 적당한 시간이 흐르면 성생활을 하라며 무슨 포지션이 좋고 어쩌고저쩌고 교육을 해준다. 금방이라도 하라는 것처럼…. 많이 좋아지고 세월이 조금이 아니라 4개월이 넘어서면 가볍고 지속적인 복근 운동을 하라. 그리고 성생활도 한참 후에 하기를 빈다. 조금 좋아졌다고 의욕적으로 비탈길 자전거 타기는 피하는 것이 좋을 듯하다.

또 한 가지 배운 것은 상당한 시간이 흐른 뒤에 GOT, GPT 수치가 상승하면 거부반응을 생각하고 바로 담당 의사를 찾아가야 한다는 것이다. 면역 억제제를 올리고 내리고 하면서 언제든지 생길 수 있는 현상이었다.

살아주어서
고마워

살아주어서 고마워!

제1장

살아주어서 고맙다

생긴 것이 의사라기보다는 키가 크고 육군처럼 어깨가 떡 벌어진, 약간은 멍청하나 얼굴은 미남인 신경외과 의사 친구가 있다. 원래 꿈이 육군 장성이었으나 집안이 부유하여 의사의 길로 강제 징집되어 지금은 광주에 H병원이라는 병원에서 원장을 한다. 등산을 좋아하여 시간만 나면 티베트나 네팔을 방문해서 히말라야 근방을 얼쩡대는 것이 취미다. 그 친구의 눈으로 볼 때 나는 산책 정도의 산을 좋아한다. 그래서 등반을 가끔 같이 한다. 죽마고우처럼 지내는 우리는 산에서 '스님이 키우는 풍산개' 두 마리를 만난 적이 있었다. 그 후로 우리는 우정이 더욱 깊어졌다.

아마 무등산이었던 것 같다. 무등산도 화순 안양산과 연결되어 꽤 큰 산이다. 이 루트는 광주 민중항쟁 때 젊은 사람들이 광주에서 공수부대를 피해 화순으로 넘어가던, 마치 말 등처럼 생긴 루트다. 무등산장에서 출발하여 안양산까지 가면 8시간 이상 걸린다. 어느 일요일, 그 친구는 산을 얼마나 잘 타는지- 아니면 내가 못 타는 건지- 거짓말 안 보태고 정말로 나와 산 반 개 정도 차이가 나게 걷고 있었다. 그 친구가 어느 방향으로 간다는 것은 알고 있었다. 나는 산을 즐기면서 타는 스타일이고, 그 친구는 산을 사관생도처럼 싸우듯이 탄다는 점이 나와의 차이점이다.

"태평수, 난 꿈이 육군 대장이었어."

하고 한 마디 던져놓고 산을 달려서 가버리는 놈이다. 그 날은 유달리 날씨도 화창한 초여름이었다. 보통은 산을 타고 내려와서 한 잔 하면서 이야기를 한다. 육사 이야기는 안 해도 될 것을 의사가 꼭 육사 이야기를 한다. 그러고 나면 보통은 목적지에서 만난다. 그런데 그 육군대장 신경외과 의사는 그날 산행이 중반에 접어들었을 즈음 멀리서 개 두 마리가 뒤에서 쫓아오고 있었고, 육군 대장님은 내 쪽으로 죽어라고 산 능선을 타고 달려오고 있었다.

"어라! 저놈이 나를 배려할 놈이 아닌데…. 왜 산을 거꾸로 타나?"

15분 정도 흐르자 그는 벌써 내 앞에 도착했다. 그런데 자기 혼자만 오면 될 것을 개 두 마리를 몰고 온 것이다. 그것도 사냥을 제일 잘한다는 풍산개다. 진돗개와 싸워도 잘 안 진다는 풍산개를 두 마리나 달고 달려왔다.

"태평수! 살려주라. 저 개들에게 돌을 던져라!"

육군 대장님은 말도 잘 못 하고 소심한 나에게 돌을 던지라고 한다. 개가 짖는데, 짖는 소리가 멍멍이 아니다. "으르릉 으르릉 크엉… 컹!" 한다. 그런데 주변은 돌로 된 산이고 나무 한 그루 달랑 있다. 우리 육군 사령관님은 자기가 먼저 살려고 단숨에 나무 꼭대기로 올라가버렸다. 그리고 나 혼자 무려 15분 이상을 돌팔매질을 하는데 그 시간이 1년처럼 느껴졌다.

"야! 네놈이 무신 죽마고우냐? 뭐? 육군 사관학교?"

한참을 욕하며 개들과 싸우니 뒤에서 스님이 젊잖게 "어이, 어이, 삽
살아! 풍돌아! 짓지 마!" 하신다. 그러자 모든 사태가 수습되었다.

"야! 에베레스트! 또 빨리 가라."

"…"

"산을 한 개 더 넘어봐라."

"…"

"어허, 사령관! 네놈이 죽마고우냐?"

"…"

"산에 개를 몰고 와?"

"… 그만 좀 해라. 같이 있어주어서 고맙다."

창피하긴 했던 모양이다. 그 후로 그 친구는 내 옆에 얌전히 붙어서
산을 다닌다. 그 개에 대한 공포의 추억 때문에… 우리는 친구가 되었
다. 나는 원래 배신자나 친구에게나 모두 다 친절하지는 않지만 어쨌
든 그 친구와는 친해졌다. 그런데 등산 후에 마지막 말이 귀를 맴돈다.

"같이 있어주어 고맙다."라는 말이다. 난 곰곰이 생각해본다. 누가
가장 나와 오랫동안 같이 있어주었는가? 아내다. 두 말 하면 잔소리
다. "같이 있어주어 고맙다."란 말은 사소한 말이지만 명언이었다. 이렇
게 바꾸어보라. 명언이 된다. "같이 존재하여 고맙다."라든지 "같은 시
대를 실존해주어서 감사하다."든지로…. 언제 죽을지 모르는 이 세상
을 같은 동기 의사로서 살아준다는 것이 얼마나 고마운가? 그리고 얼
마나 명언인가? 젊은 사람은 모를 것이다. 30대 아들을 장가보낸 부모
들이, 60대 아버님이 스티브 맥퀸, 잉그리드 버그만, 세시봉을 왜 되풀
이해서 보고 듣는지는 그 나이가 되어보면 알 것이다. 동시대인의 중요
성을 알 것이다. 그 친구가 산에서 한 그루의 나무를 차지했지만, 그의
언변과 처세에 감탄하여 지금도 친구로 지낸다.

수술이 끝난 날에도 55세 된 나의 친구의사는 광주광역시에서 병원도 마다하고 형제처럼 서울에 있는 나를 방문해주었다. 참으로 의리 있는 친구다. 수많은 세월을 바보처럼 아옹다옹하다 보면 깊은 정이 드는 법이다. 특히 동기들 40명에게서 무려 4천만 원을 걷어서 병원비를 내주고 돌아갔다. 혼자서 내면 4천만 원이지만, 40명이 내면 70만 원씩 내면 된다. 우리 기수 졸업생이 50명이었다. 자살 3명, 병사 7명을 빼면 전원 다 낸 것이다.

"축하한다."

"무얼?"

"같이 살아주어서 고맙다."

"너희들이 나 죽으면 나를 안주삼아 씹을 것 같아서 마취 상태에서도 눈뜨고 살아 있었다."

"잘했다."

"없을 때 누가 나를 욕하던?"

"누가 너를 욕하겠냐? 정말로 같이 살아주어서 고맙다."

"너 호모냐?"

"아니, 어쨌든 고마워."

녀석은 눈물마저 글썽거린다.

"호모구만."

미남 육군 사령관을 돌려보내고 곰곰이 생각해보니 명언이었다. 같이 살아주어 고맙다는 말을 조금 유식한 말로 바꾸면 '같이 실존해주어서 고맙다'가 된다. 또 다른 말로 하면 '같이 존재하여 고맙다'가 된다. 고마워해야 할 사람은 난데 상대방이 나에게 고맙다고 한다. 그것은 마치 아무리 좋은 경치, 음식, 아름다운 시대, 아름다운 산도 혼자서 보면 눈물만 나기 때문이다. 가만히 그 녀석에 대해 생각해보니, 자살한 의사 세 명을 생각해보니 전부 육군 사령관의 친구였다. 그는 더 이상 동기를 잃고 싶지 않았던 것이다. 떠나는 자는 무섭지 않지만, 남는 자는 외롭고 두려운 게 인생이다. 그 친구에게 사령관 대신 '에델바이스'란 별명을 주려 한다. 알프스나 한라산에서 피는 꽃이다. 에델바이스의 꽃말은 소중한 추억, 인내, 기품, 용기이다.

"에델바이스와 의대 11회 동기들에게 감사드린다."

감염 조심하세요, 그리고 포기하지 말아야 되는 이유

등반을 하다가 응급실에서 환자가 왔다고 콜 당하면 그것처럼 짜증나는 일이 없다. 비싼 음식을 시켜놓고 먹지도 못한 채 나올 수도 있다. 그러나 등반이나 음식은 돈을 내고 포기하더라도, 생명은 돈을 안 내고라도 살아야 한다. 웃기는 이야기지만 동기들의 보복이 두려워 기부금으로 만에 하나 살아날 수 있다. 그렇지만 포기하는 자에겐 '포기'하는 바로 그 순간에 병세가 악화된다. 경우에 따라 죽고 나면 마누라와 자식만 불쌍해진다.

"야! 그 친구 죽었대. 우리가 아이들 학비라도 보태줘야 되는 거 아냐?"

개뿔 같은 소리! 죽고 나서 장례식 치르는 3일간 친구들이 한두 번 애도를 표하고 술김에 하는 소리일 뿐 학비 대주는 것 본 적이 없다. 그러니까 살아야 한다. 내 자식은 내가 키워야 한다. 수술 후 통원 치료비와 감염은 상당히 많은 비용을 요구한다. 수술비에 비해 아무것도 아니라고 하지만 가난한 사람들에겐 큰 비용이다. 예를 들어 건축

일을 하는 노가다라면 하루 일당을 포기하고 한 달에 30만 원에서 60만 원 하는 병원비를 낸다는 게 보통 부담스러운 일은 아닐 것 같다. 간 이식 실패율의 3% 중 1%, 그러니까 30%는 환자가 겨우 수술비를 내고 통원 치료를 하거나 고기 사먹을 돈이 없다. 또는 우울증이 심해 수술 후 복용하는 면역 억제제를 끊어버릴 수도 있겠다는 생각이 들었다. 그 중 가장 많이 문제가 되는 것이 감염으로 보인다. 감기, 폐렴 등 사소한 병 또한 죽음의 원인이 될 수 있다. 나는 감기에 걸리면 무균실 사용으로 인해 수천만 원이 들게 된다는 사실을 안 후 이를 악물고 운동을 많이 하여 면역성을 높이려 애쓰다가, T-tube가 빠져나와 수술 후 900만 원 정도 까먹었다. 감기에 걸리면 폐렴이 되어 2천만 원 돈을 쉽게 쓴 사람도 있다.

또 포기하지 말고 살아야 되는 이유는, 포기하지 않고 기다리고 기도하다 보면 아주 '엉뚱한 기증자'가 나타나는 수가 많기 때문이다. 나는 처음에 간 기증자가 있기만 하면 되는 줄 알고 여러 사람을 탐문했고 아내도 동참했다. 그러나 아내의 간 크기가 작아서 안 된다는 말을 듣고 중국행을 결심했다. 그리고 결국 산다는 것이 거추장스러워지자 6개월 이상을 포기 상태로 살았다.

제3장

미래에는…

　오늘도 사막을 여행하다 트럭이 사막에 처박혀서 여러 명이 매달려 트럭을 빼내어 살려고 하는 사람, 해저 탐험을 하다가 원래 위치로 돌아가지 못하는 사람들이 있다. 히말라야같이 높은 산에서 다리를 다쳐 날이 새어 구조되기를 기다리는 사람들, 펭귄들은 무리지어 물로 뛰어드는데 혼자서 산으로 가는 펭귄들(5만km만 더 가면 눈과 먹을것이 없을 텐데.), 자식에게 '너의 간이 필요하다.'라고 말 못 하는 간암에 걸린 아빠가 있다. 정작 부모인 본인은 죽어가면서 살아남은 자들을 걱정해야 하는 절박한 부모들, 부모가 죽고 돌봐줄 사람 없는 어린아이들, 정부에선 이상 없다고 하지만 방사능을 마시는 일본인들, 파도에 떠내려간 사람들 등이 있다. 이 지구상에는 이처럼 무수한 절박한 사람들과 동물들이 있다.

　많은 과학자들은 단세포 생물이 수억 년에 걸쳐 인간과 인간의 뇌를 만들었다고 한다. 그리고 요즈음 들어 세상에 가장 쓸모없는 인터넷과 소셜 네트워크의 발달로 지구의 언어 90%가 멸종될 것이라고 말한다. 공룡의 사멸처럼 인류의 멸종도 그다지 멀리 있지 않다는 것을 수많은 과학자들이 경고하고 있다. 이는 내가 말하는 것이 아니다. 다시 말해 머지 않아 우리의 고전적인 소설가 톨스토이와 도스토옙스키가 사라지고, 그렇게 되면 출판업도 멸종할 것이다. 당연히 인간의 정서는 메마르고 방사능이 든 물을 마시면 정부에서는 그냥 X-ray 한 장 찍었다고 생각하라고 하는데, 계속 오염되어 수년이 지나면 인간에게 DNA 변성이 일어나 암 등 각종 재해가 올 것은 불 보듯 뻔하다. 다시 말해 '전 지구인 환자 되기' 또는 '의사와 환자가 같이 환자 되는 세상'이 온다는 것이 과학자들의 주장이다. 그러면 의사와 환자는 같이 방독면을 쓰고 대화를 한다.

"어이구, 갑갑해, 이놈의 방독면, 어디가 아프세요?"

"어따, 답답헌그. 이 염병할 방독면, 배가 아파요."

"정말로 답답하구먼, 이놈의 산소통. 어디, 제주 삼다수 먹었어요, 강원도 평창수 먹었어요?"

"둘 다 오염되아부라서 그냥 지하수 끓여먹어요."

"그러세요. 저도 그러고 살아요. 약 없어. 나도 날마다 진통제 먹고 설사하면서 살아요."

"환자나 의사나 매일반이구만."

체르노빌 사고는 1986년 4월 26일 오전 1시 23분, 체르노빌 발전소의 원자로 4호기의 비정상적인 핵반응으로 발생한 열이 감속제인 냉각수를 열 분해시키고, 그에 의해 발생한 수소가 원자로 내부에서 폭발함으로써 생긴 사고이다. IAEA의 보고에 따르면, "사고 발생 시에 0세부터 14세였던 아이들 1,800명이 갑상선 암으로 기록되었는데, 이는 통상보다 훨씬 많은 양이다."라고 한다. 그러나 증가 비율은 기록되지 않았다. 발생한 소아 갑상선 암은 대형이었고 활동적인 타입이며 조기에 발견되어 처치할 수 있었다. 처치는 외과 수술과 전이에 대한 아이오딘 131 치료가 필요하다. 현재까지 이러한 처치는 진단된 모든 케이스에 대해 성공을 거두고 있는 것으로 보인다.

반대로 야생 동물에 대해서는 인간이 없는 광대한 피난 장소가 만들어졌다. 이 지역의 동식물에게 방사성 강하물이 어떤 악영향을 가져왔는지는 아직도 알지 못한다. 동식물은 인간에 비해 방사성 내성이 크게 다르고 폭넓게 차이가 있기 때문이다. 그러나 대량의 방사성 물질이 강하된 주변에서의 생물의 다양성은 증가하고 있는 것으로 나타나고 있다. 이 지역 일부의 식물이 돌연변이로 변하고 있다는 보고가 있고, 그 때문에 기괴한 모습으로 변한 식물이 있다고 하는 '이상한 숲'이나 '기괴한 숲'에 대해 소문이 떠돌고 있다.

지구는 신비롭다. 인간은 경이로운 동물이다. 그리고 자연과 싸워 항상 그 어려움을 극복해왔다. 그러나 어쩌면 우리는 원자로가 폭발한 마당에 과연 과학의 세계가 지구를 재앙으로부터 구할지 아니면 멸망으로 갈지 숙고할 필요가 있다. 우리는 빌게이츠 때문에 컴퓨터의 편리성을 알았지만 대량실업(**컴퓨터와 로봇이 사람보다 말을 잘 들어 대량생산 체제에 알맞음**)을 만들었다. 아인슈타인은 원자폭탄을 만드는 수학을 만들었으나 그 후 원자력 발전소와 더욱 발전된 살상무기를 만들어냈다. 소셜 네트워크는 한 개인을 부자로 만들고 다수는 쓸데없는 인맥 쌓기 소비자가 되게 만든다.

나는 갑상선 암을 앓았다. 어렸을 때 나는 감기에 걸려 병원에 자주 갔고 X-ray를 많이 찍었다. 그런데 의사들 말이 목 주변의 몇 장 안 되는 방사선이 수십 년 후에 갑상선암을 일으킨다는 것이다. CT 한 장은 평생 찍을 X-ray 양과 비슷하나, 당장 질병을 일으키지는 않지만 수십 년 후에 질병을 일으킨다고 한다. 그러므로 장기적인 입장에서 미래를 점쳐보면 변형된 바이러스, 변형된 세균, 오염된 공기, 오염된 물 등 모든 대자연이 우리의 것이 아님을 명심해야 후손들이 편할 것이다. 그러므로 일본의 방사능은 금방 잊히겠지만, 그 오염물질은 대기 속에 영원히 남을 것이다. 일본이 50년간 준비한 것을 하늘이 하루에 박살 내버렸다. 그리고 이것이 과학의 허구요, 과학의 본질이다. 어떤 물질을 만들어낼 수는 있지만 신이 원래 만든 상태로 제자리에 가져다놓을 수는 없다는 말이다.

또한 이웃나라 중국에서 폭발하면 바람의 영향으로 치명적이 된다. 더구나 중국산은 부실하다. 그 튼튼하다는 '메이드 인 저팬'이 저 모양인데 중국에서 터지면 어찌될까? 마야, 로마, 청나라가 왜 멸망했으며 공룡들이 왜 멸망했는지 고민하고, 더디게 개발하는 연습을 해야 할 것 같다.

"야! 넌 왜 요즈음 연락도 안 해?"

"세상이 더러워서 절에 좀 다녀왔다가 중 되려고 산에서 며칠 수도 중입니다."

"어디 절이냐?"

"순천에 있는 절입니다."

"어디 절?"

"신부님! 말 못 합니다. 그쪽의 더러운 기운이 이리 날아옵니다. 나 의사 안 하고 스님 됩니다. 그쪽은 공기가 세균만 있어서…"

"야! 이놈아. 얼른 산에서 내려와. 광주 공기나 순천 공기나 다 똑같아. 이쪽 공기가 그쪽으로 간 거야. 공기는 돌고 돌잖아. 부모님 기다리신다."

19세 때쯤이다. 의예과 1학년으로 한참 젊고 신선한 기운을 품고 있을 때였다. 세상이 싫어 중이 되고 싶었다. 그러나 신부님 말씀대로 공기는 돌고 도니까…. 뱃속이 출출하여 절 근방 가게에 들러 소주 한 잔과 오징어 한 마리를 먹고 있는 나를 보고 주지스님은 깜짝 놀라 웃으시며 하루 만에 돌려보냈다. 옛날 절밥은 참으로 맛있었다.

“네놈이 먼지이고 세균이야. 얼른 내려가서 의사나 되어라.”

“예, 그럼 신세 많이 지고 갑니다.”

난 어려서부터 스님도 알고 지내고 신부님도 알고 지내는 이상한 놈이었다. 사람들과의 대인관계는 별로 중요하지 않다고 생각하고, 신들과의 대인관계를 중요시했다. 왜냐하면 사람은 결국 죽는데 그 심판을 예수가 할지 부처가 할지 아무도 모르므로 당연히 두 분께 밉게 보이면 안 된다는 것이 내 철학이다. 시체를 지붕 위에서 말린다는 조로아스터교도 괜찮고….

“신부님! 술 좀 주세요.”

“그래, 잘 왔다.”

미사주 대신에 쓰는 마주앙에 소주를 섞으면 폭탄주가 된다는 사실은 신부님만 알고 있었다. 나에게 이 폭탄주를 먹여 재운 것이다. 그리고 등에 업고 집에 데려다 놓았다. 참 고마운 신부님이었다.

미래는 녹색환경의 시대가 되어야 한다. 원전은 절반 이하로 줄이고 풍력발전을 사용한다면 신이 말세를 조금은 연기해주시리라 믿는다. 나는 건강해졌지만 그 대가로 신은 또 다른 사랑과 고통을 준비하실 것이다. 왜냐하면 그것이 인생이니까.

화순군 운주사와 조광조, 그리고 이이와 이퇴계(退溪) 선생

화순군 운주사의 부처님 형상은 전국에서 보기 드문 형태로 누워 있는 부처상이다. 나는 조광조와 율곡 이이, 이황에 이르기까지 뜻을 같이한 사람들이 이곳에서 나오고, 왜 하필이면 조광조의 묘가 화순군 능주면에 있는가 하는 것이 궁금하다. 또한 묘가 초라해 한 영웅적 인간을 이렇게 대접한 임금이 밉기도 하다. 동시에 허망한 세상임이 영웅의 죽음으로 돋보인다.

화순군 운주사는 전국 학생들의 수학 여행지이다. 갈 때마다 학생들 천지다. 그런데 운주사 녹차 집에 가면 한지에 예쁘게 만해 한용운의 시가 쓰여 있는데, 이는 너무나 지당한 이야기다. 분명 율곡과 퇴계는 서울에서 화순까지 와서 조광조의 묘를 보고 한숨과 눈물을 지었을 것이다. 이 세 사람은 무슨 연유로 서로 비슷한 학문을 했을까? '계곡으로 물러나다'란 의미로 이황은 이퇴계라고 아호를 짓고 높은 자리까지 올라간 이유는 도대체 무엇일까? 과연 이상주의와 도덕정치는 실현되었는가? 같은 전주 이씨를 비판하면 욕먹을까? 전주 이씨 아니시

사랑하는 까닭 

내가 당신을 사랑하는 것은
까닭이 없는 것이 아닙니다
다른 사람들은
나의 홍안만을 사랑하지마는
당신은
나의 백발도 사랑하는 까닭입니다.

내가 당신을 그리워하는 것은
까닭이 없는 것이 아닙니다
다른 사람들은
나의 미소만을 사랑하지마는
당신은
나의 눈물도 사랑하는 까닭입니다.

내가 당신을 기다리는 것은
까닭이 없는 것이 아닙니다
다른 사람들은
나의 건강만을 사랑하지마는
당신은
나의 죽음도 사랑하는 까닭입니다.  

만해 한용운 스님의 詩

너무나 예쁜 한지에 쓰인 만해 한용운의 시

겠지? 내가 서울에서 못 사는 이유가 집세도 비싸지만 바로 지당하다는 말 때문이다.

"지당하다."

"보편타당하다."

"인간이면 지켜야 한다."

"상식적이다."

이것들이 없는 곳이 서울이다. 가톨릭이라는 말의 의미가 '보편화, 보편타당한 종교'라는 의미라고 한다. 과연 보편타당한지 어떤지는 잘 모르겠다.

화순군 능주면에는 조광조의 묘가 있다. 조광조(1482~1519)는 개혁정치를 표방하고 실패했는데 후세에 율곡 이이는 "하늘이 그의 이상을 실행하지 못하게 하면서도 어찌 그와 같은 사람을 내었을까?" 하고 조광조의 실패를 안타까워했다. 조광조는 선조 초에 영의정에 추증되었고, 그 후 능주면의 죽수 서원 등 각지에서 그를 기리는 사당과 서원이 세워졌다. 마침내 광해군 때는 문묘에 배향되었다. 조광조는 덕과 예로 다스리는 유교적 이상 정치를 현실에 구현하려는 다양한 개혁을 시도한 인물이다. 그가 죽은 후 그의 이상은 이황, 이이 등과 같은 후학들에 의해 조선 사회에 구현되었다. 그는 성균관 유생들을 중심으로 한 사림파의 절대적 지지를 바탕으로 도학정치의 실현을 위해 적극적으로 활동했다. 무르익지 않은 사림파의 과격한 개혁정치에 염증을 느낀 중종과 이의 지지를 업은 훈구파가 대대적인 숙청을 단행하는 기묘사화로 그는 전남 화순군 능주면에 유배되었다가 사사되었다.

여기까지가 내가 아는 정보와 인터넷 정보이다. 그런데 경기도 어디엔가 또 묘소가 있다. 그러니까 누군가 조광조의 시신을 경기도로 옮겼다는 이야기인데, 그가 누군지는 모른다고 한다. 아마도 조광조를 지극히 따르고 흠모하는 사람이거나 그의 자손들일지도 모르겠다. 지당하고 보편타당하고 인간으로서 지켜야 하고 상식적인 것들이 이퇴계 선생 시절에도 잘 안 지켜진 모양이다. 안 지켜지니까 상식적인 것과 지켜야 될 것들이 계속 학문으로 연구된 것 같다. 그런데 도학정치란 무엇인가? 나도 잘 모르니 마찬가지로 네이버(Naver) 형님에게 물어보시기를….

　서울이나 광주나 공기도 더럽고 집값 차이를 빼놓으면 별 볼일 없을 텐데, 서울로 오라고 할 수도 있다. 그렇다. 광주도 예전의 광주가 아니다. 단지 공기가 광주 쪽이 약간 맑고 바닥이 좁아 살인사건과 형사사건 같은 지당하지 못하고 보편타당하지 못한 일이 발생할 때 조사와 수사가 쉽다. 권력가와 부자도 말 몇 마디로 마음만 먹으면 정당한 서류를 꾸며 감옥에 보낼 수 있다. 그런 점에서 광주가 더 나을 것 같다. 서울보다 바닥이 좁다. 물론 그런 사람들은 뒤에 서울의 고수 관료들을 등에 업고 이조시대의 권력가와 동일하게 행동하려고 하고 서울에 미리 사놓은 집에서 살겠지만, 서울 사람들의 입막음은 가능해도 지방 사람의 입은 막기가 힘들다. 그래서 전남 지방자치 단체장과 광주 기관장들이 자주 바뀌는 것이다. 피곤하기는 무식한 시골 사람 입이 더 피곤하다. 아는 사람과는 돈으로라도 타협이 된다. 그래서 우리는 아는 사람들과 함께 죄를 도모한다. 동일하게 생긴 B형 간염 균들이 서로 같이 모이는 것과 유사하며, 이렇게 모인 균들이 부패하여 사람을 넘어뜨린다. 균들이 모여 힘을 써서 죽이는 것이 한 개인이라면, 아는 사람들이 모여서 음모를 꾸미고 부패하면 한 나라를 망하게 한다.

제5장

내 나이 20세 안에는 꽃을 피우리라

서울로 통원치료 갈 때마다 지하철에서 젊은 사람들과 학생들을 본다. 너무도 젊고 싱그럽다. 꽃을 보는 것 같다. 난 무엇을 했을까 하는 생각이 절로 든다.

10대엔 사서삼경을 끝장보고…

20대 안에 과거에 급제하고…

머리엔 꽃으로 만든 관을 쓰고…

30대엔 병조참판쯤 하다가…

40대엔 책을 수백 권 남기고 재상을 역임하다가…

50대엔 임금님에게 개혁에 대한 상소를 하다가 영웅이 되어 유배를 가거나 형장의 이슬이 된다.

옛날 역사책이나 사기열전을 보면 영웅들의 길이 대체로 이렇듯 허무하다. 그러나 세상이 변하여 아마 이렇게 죽은 사람도 없고, 죽을 이유는 더더욱 없어지게 되자 노인 인구의 증가가 심각해진다. 노인

선운사에 핀 병풍꽃

인구의 수명이 100세 넘는 것도 시간문제다. 그렇게 되면 20세 안에 인생의 꽃을 피울 필요도 없다. 40대에도 꽃을 피우고, 60대에도 꽃을 피우고, 80대에도 꽃을 피우고… 100살엔 장가나 시집을 한 번 더 간다. 그러나 K라는 대학에선 벌써 몇 명이 죽어나가는지 모르겠다. 심지어 교수까지 죽어나간다.

비단 K라는 한 집단만이 아니다. 해고된 가장, 교수와 의사의 자살, 학생의 자살, 배우들의 자살 등 직업의 구분 없이 아무나 자살을 한다. 군사정권을 제외한 지난 20년간의 문민정부 이후 경제대국이 된 후 더욱 심해진다. 우리 민족이 주체성(identity)을 확립하지 못하고 정체성의 혼동기를 맞는 모양이다. 주체성(identity)이란 '난 남자냐, 또는 여자냐?'부터 시작해서 '나는 과연 무엇을 추구하는 사람인가' 등 다양한 소원으로 이루어진다. 그러므로 성적, 종교적, 국가적, 정치적 주체성 등 다양하다.

왜 그럴까? 구조적인 문제도 있고 가정교육의 문제도 있겠지만, 다른 관점에서 본다면 1) 외로움 2) 자유로움에 대해 자유를 다루는 기술의 부족 3) 삶이나 생명경시 풍조의 강화 4) 게임이나 컴퓨터 등 기계에 의한 인간의 감정 말살 5) 미래에 대한 불안 6) 민주주의가 된 이후 20여 년이라는 역사밖에 안 되어 주체성의 혼란으로 정체감을 느껴서 7) 감정의 순화교육이 없어서 8) 경제적 빈곤과 빈부 차이 8) 정신적 빈곤감 9) 한국인의 헝그리 정신과 빨리빨리 증후군 때문에 뭐가 안 되면 바로 자살할 수도 있다, 등으로 둘러대면 뭐 하나라도 해당될 것이다. 그러나 정신과적인 측면에서 자살의 원인은 이보다 더 심각한 조건들이다. 예를 들어 배우자의 죽음, 사랑하는 대상의 상실, 건강 상실, 경제적 상실 등이 훨씬 더 큰 문제들임에도 불구하고, 사소한 것 때문에도 목숨을 거는 것이 요즈음의 잘못된 자살의 특징이다.

에리히 프롬(Erich From)이라는 심리학자는, 인간에게는 본질적으로 죽음을 추구하는 본성(Necrophilic)과 삶을 좇고 창조를 추구하는 본능(Biophilic)이 있다고 했다. 소위 말해 인간에게 자유를 피하는 악마적 근성이 있다는 것이다. 그 일례로 독일이 두 번의 전쟁을 치르면서 경제적 빈곤국가가 되는데, 많은 독일 국민들이 빈곤과 자유보다는 전쟁을 일으키고 승리로 이끄는 데 일조했고, 특히 독일 여성들은 히틀러를 지지했다. 콧수염의 히틀러를 우상화한 것이다. 물론 로마 교황청도 2차 대전을 묵인했으며, 독일의 많은 사람들이 1차 대전의 패전비용을 안 갚고 전쟁을 하는 것이(이기기만 하면) 독일이 경제대국으로 가는 지름길이라고 여기며 동조했다. 히틀러 한 사람의 힘이 아니었다. 그 배경에는 자유로부터 도피하고 살인을 하고 싶은 성숙치 못한 독일인들의 욕동이 있었다는 것이다. 그래서 또 한 번 전쟁을 치르는 데 동의했으나 일본과 함께한 전쟁은 패망하고 말았다.

저자의 좁은 소견으로 볼 때, 남북대치만 없다면 이제 민주주의가 되었고 개발과 생산의 시대도 어느 정도 완성되었다. 그런데 인간의 과학 발달로 산천이 너무 많이 무너졌고 더 이상 파괴할 데도 없다고 본다. 그러므로 K나 일류 연구가들이 너무 서두르지 않는 것이 자살을 예방할 수 있을 것 같다. 과학은 거의 경지에 도달했고, 인간의 몸도 뇌만 이식하면 모든 이식수술이 성공한다. 그러므로 이제는 배려 문화와 나눔의 문화가 필요한 시기가 아닌가 한다. 그런 면에서 사회과학이나 인문과학의 시대가 다시 올 때도 되지 않았나 생각해본다. 오래 살면서 천천히 갈 수밖에 없는 현실이 아닌가? 또 전쟁을 하고 파괴한 다음 다시 개발할 것인가? 그럴 경우 지구는 얼마나 오염되며 독자들 자신의 손자들은 또 얼마나 많은 세슘과 요오드와 썩은 물을 마셔야 할까?

젊은 사람들이여! 인생은 너무도 길어져버렸고 일자리는 부족하다. 그렇다고 이제 와서 대량생산 체계의 컴퓨터를 부수는 운동을 다시 할 것인가? 서로 머리를 맞대고 또 다시 생산적인 생각을 해야 한다. 그런데 이제는 과학이 아니다. 나는 애석하게도 그 답을 내가 가장 싫어하는 성경에서 찾는 수밖에 없다고 본다. 왜냐하면 과학이 거의 완전히 꽃을 피운 데다 이미 지구엔 지구를 파괴하고도 남을 핵이 쌓여 있을 것이기 때문이다. 과거 19세기엔 건설적 과학이 파괴적 과학으로 응용되었다. 지금의 과학은 이 핵 쓰레기를 원점으로 분해시키고 더러운 공기를 정화시키며 산천을 보호하는 과학으로 변환돼야 할 것이다. 다시 말해 요즈음은 박사가 넘치는데, 그 박사가 신의 사랑을 받지 못한다는 것이다.

더구나 고급인력이 넘치면 부작용이 따른다. 과학이란 편리성과 불편리성, 건설과 파괴에 동시에 사용할 수 있다. 그 대표적인 예가 핵물질과 인간 복제다. 다시 말해 핵은 원자로로 사용이 되지만, 이번 일본 지진 사태로 보아서도 알겠지만 폭탄이 되며, 인간 복제는 군대를 만드는 데 사용될 수도 있다. 모두 다 인간이 저질러 놓은 인과응보다.

과거엔 서로 사랑해도 되고 안 해도 되었지만, 이제는 '나 살려면 이웃을 사랑하는 것이 필수'가 될 것이다. 이 말은 더 좋은 세상이 된다는 것이 아니라 더 나빠져서 사랑밖에 무기가 될 수밖에 없는 세상이 올 수도 있다는 말이다. 타인을 왕따시키고 타인을 비방하는 것이 얼마나 즐거운 일인데, 그 선택권이 없어진다는 것이다. 그렇게 안 하면 공멸의 시대가 올 것이다. 그만큼 악의 무기는 충분하다.

"'내 놓을래, 죽을래?' 하니까 이번에 S 회사에서 얼마 내놓지 않던가? 웃으면서 이렇게 말하더군. '뭔가 청와대에서 오해가 있었던 모양인데, 실은 내가 의도한 것은 그것이 아니고, 우리 경제가 낙제점은 아니고… 정부 정책에 적극 협조 해야죠.'"

"무엇을 내놓으라는 건지, 민주주의인지 공산주의인지 알 수 없구먼."

S 회장님도 헷갈리는 세상인 모양이다. 돈 벌면 '사랑한다' 하며 기부해야 되는 세상이다. 이 세상에 돈으로 안 되는 것은 얼마든지 있다. 예를 들면 내가 아무리 돈이 많아도 간, 신장, 폐, 뇌 등은 돈 주고 살 수가 없다. 수명도 살 수 없으며, 건강도 살 수 없고, 구원과 형제애도 살 수 없다. "서로 감사하고 사랑하세요. 속으로는 아니꼽지만…" 뭐 이런 시대가 올 것이다. 지금 이미 부의 독식이 시작되고 60% 이상의 중산층은 무너지고 있다.

기사제목: 자기 돈 기부엔 눈감는 총수들(『매일경제』 04/18 17:39)

표 1. 한국과 미국의 개인 기부 차이(단위, 억 달러)

나 라	개인 기부 총액	GDP 대비
미국	2274.1	1.6%
한국	54.3	0.7%

(한국은 2010년 1월 기준 환율)

이명박 대통령은 공정사회 추진을 강조하면서 "기부를 하려면 개인 돈으로 해야지 회사 비용으로 하는 것은 제대로 된 기부가 아니다."라고 지적한 바 있다. (중략)

워런 버핏 버크셔해서웨이 회장은 지난해 빌&멀린다게이츠 재단에 16억 달러(1조7400억 원) 상당의 주식을 쾌척하는 등 390억 달러(약 42조 원·기부약속 포함)를 사회에 환원했다. 버핏 회장은 또 '더 기빙 플레지(The Giving Pledge·기부서약)' 운동을 통해 지난해 빌 게이츠, 데이비드 록펠러 2세, 마이클 블룸버그, 테드 터너 등 40여 명의 미국 기업인으로부터 1500억 달러를 기부하겠다는 약속을 이끌어냈다. 자발적인 기부문화다. 우리가 기업인의 거액 기부소식을 들을 수 있는 것은 법정에서다. 위기에 몰려야 기부를 약속한다. (『매일경제』 기사)

죽지 마라, 과학적 업적이 없으면 찐빵장사 해도 되고 시골길의 쑥을 삶아 먹어도 된다. 고물장사도 괜찮더구먼…. 저자가 말하는데 20세 안에 꽃을 피우지 마! 무지하게 교만해진다. 자기밖에 모르니까 자살하는 거야. 학생들아! 네 부모가 너를 얼마나 아깝게 귀하게 키웠니? 네 친구와 이웃들은 네가 일류라고 또 얼마나 사랑하니? 기가 막히게 사랑하신단다.

제6장
하나의 매듭일 뿐

어떤 일이 끝날 때 매듭을 짓는다고 한다. 또는 상대방과 계산을 끝내거나 헤어질 때 매듭을 짓는다고 한다. 문제는 세상 사람들이 이 표현을 할 때 매듭짓는다고 하지 '매듭짓고 자른다.'라고 하지 않는다는 것이다. 그래서 세상과 인연을 맺은 후 제대로 끝나는 인연이 별로 없으며, 잊혀져버린 과거는 없고 생각나는 과거는 있다. 다시 말해 매듭지은 후의 인생이 또 기다리고 있는 것이 인생의 수수께끼다. 그래서 세상에 태어나 죄를 짓지 않으려고 노력해야 한다. 매듭지은 원수 같은 인연이 언제 시퍼런 눈 뜨고 달려들지 모르며, 다 나은 병이 언제 여운을 느끼듯 찾아오고, 잊힌 애인이 언제 질투의 화신으로 찾아올지 모르는 것이 인생이다. 악연을 만들지 마라.

죽음을 매듭이라고 이야기한 사람이 법정 스님이다. 그런데 세상에 과연 매듭이 있을까? 과거가 현재를 만들고 현재는 미래와 연결되어 있어 결국은 과거도 미래와 연결되는데 말이다. 법정 스님 이야기나 들어볼 거나. 법정의 책을 보면 인용이 대단히 많다. 『법화경』에서부터

인도 이름이 붙여진 어려운 경 등 다수의 인용을 번역 또는 사용한다. 사실 논문이고 『법구경』이고 간에 인용이란 자신의 옷이 아니라 남의 옷을 잠시 빌려 입는 것이다.

나는 운이 좋아 S대 의대를 나오시고 정신과 학회장을 지내신 Y 선생님에게 한 가지를 배웠다. 모든 것들이 간단명료하게 설명되는 것만이 진리라고 하시고 simple and clear로 행동하셨다. 다시 말해 과학이란 간단(simple)하고 명확(clear)해야 한다는 것이다. 잘 모르는 것을 아는 척하려면 수많은 수식이 필요한데, 그것이 바로 비 과학(비 진리 또는 거짓)이라는 것을 학생시절 때 배웠다. 다시 말해 과학은 합리성을 가지고 쉽게 설명하고 입증할 수 있어야 되는 것이다. 그래서 명 강의는 쉽다. 아인슈타인의 강의는 쉬운데 그 제자들은 어렵다. 뭘 모르니까, 또 아인슈타인의 옷을 입고 아인슈타인인 척하려니까 족보도 안 남는다.

과학만 간단하고 명확하여 진리라고 했는데 그렇지 않다. 세상사 모두가 그러하다. 부부간에도 약속, 충성, 사랑 등 표현은 간단할수록 진실이다. 그러나 어느 한 쪽이 말이 많아지면 거짓이고 바람피우고 있는 경우가 많다. 심지어 바이블도 십계명으로 요약하면 얼마나 간단하고 진리인가? 그 10가지를 날마다 배신하는 것이 인간이다. 그러므로 세상의 모든 사악한 것은 변명하기 위해 말이 많아지고 화려한 수식이 필요하게 된다.

또 한 분은 건양대학 심리학과 K 교수인데, 이분에게 배운 것도 마찬가지다. 교수들이 알고 있는 진정한 자기의 논리가 몇 개 안 된다는 것이다. 전부 인용이라는 것이다. 다시 말해 타인의 논리와 타인의 옷을 입고 평생을 자기 것이라고 우기며 산다는 것이다. 그래서 타인의 옷마저 없다면 누드가 되는 것이 교수라고 한다. 어찌되었든 좋은 것을 본 것 같아 인용한다. 법정 스님의 '무소유의 행복'에서 그대로 인용한다. 신기하게도 내 책을 요약한 느낌이 든다. 경상도의 신화적 인물이 강O동과 이갱구라면 전라도의 힘이 법정이다.

"모든 일은 그 때가 있는 것 같다. 세상을 살아가면서 그때그때 삶의 매듭들이 지어진다. 그런 매듭을 통해 사람이 안으로 여물어가는 것 같다. 흔히 이 몸이 내 육신인 줄 아는데, 병이 들어 앓게 되면 내 몸이 비로소 내 것이 아님을 알게 된다. 내 몸이지만 내 마음대로 되지 않기 때문이다. **(다음 말은 진짜로 내 자신도 통감한 이야기다.)** 그리고 한 사람이 앓는데 수많은 사람들의 걱정과 염려와 따뜻한 손길이 따르는 것을 보면, 결코 자신만의 몸이 아니라는 것을 깨닫는다. 병은 내가 앓는데 친지들도 그만큼 아파한다. 이웃이 앓기 때문에 내가 아프다는 까닭이 여기에 있다.**(중략)** 아프면서 이웃에 필요한 존재로 채워져야겠다고 마음먹었다."

그러나 법정은 암을 이기지 못하고 자신의 오두막으로 돌아와 채소밭을 가꾸었다.

"그때그때 그 자리에서 내 자신이 해야 할 도리와 의무를 다하는 것이 아름다움이다. **(중략)** 아름다운 마무리는 삶에 감사히 여기는 것이다."라는 상당히 긴 이야기를 하고 돌아가셨다. 물론 돌아가시기 전 마지막 강론이 이 아름다운 산천을 건드리지 말라는, 4대강 대운하 사업에 대한 강력한 반대 의사 표명이었다. 나의 육신과 가죽마저 신이 거저 내어준 의복이라는 것을 안다면, 그것은 커다란 은총이다. 모든 것이 공짜다. 잠시 놀다 가는 한 판의 인생이 이다지도 아름답단 말인가? 과학적으로만 말하면 매듭 뒤에는 실이나 줄이 남는다. 법정은 매듭을 지었다고 생각하지만, 그 매듭 뒤에는 법정을 흠모하는 사람들과 불자들이 남았을 것이다. 인생은 참 질긴 인연들로 구성된다.

제7장
요약(summary)

우리는 살면서 질병에 걸리지 않고 싶어 하며 건강한 삶을 누리기 원한다. 그러나 인간으로 태어난 이상 질병이 안 생기면 노화되거나 죽지 않고 영생을 누릴 것이다. 다시 말해 산다는 것은 즐거운 일이 더 많지만, 누구에게나 가슴 아픈 일이 생길 수 있다는 것이다. 그러면 가슴 아픈 일을 피해가는 방법을 알아보자. 예를 들어 내가 한라산 정상에 갔는데, 한라산의 정상 또는 지리산 천왕봉의 정상에서 해를 볼 확률이 몇 %나 될까?

그것은 놔두고 내가 돈 들여 외국여행을 계획했다. 예를 들어 호주의 블루 마운틴이 최고라고 해서 실제로 비행기를 타고 가서 보니, 날씨가 안 좋아 칠흑 같지는 않지만 거의 세 자매 봉도 안 보이고 아무것도 보지 못한 채 올 수도 있다. 그야말로 재수도 없고 돈도 많이 든 여행이다. 백두산에 가서도 그럴 수 있고 가까운 서울의 명산 북한산과 광주의 명산 무등산에서도 그럴 수 있다. 왜냐하면 내가 15년 전 안개 끼고 비온 날 블루 마운틴에 가서 아무것도 못 보고 시드니 시내에 있는 이상하게 구부러진 다리와 쓸데없는 무슨 도서관과 평소에 가지도 않는 성당(시드니의 성모마리아 성당)만 방문하고 왔기 때문이다. 그럴 때 가장 좋은 것은 일기예보를 미리 알아보고, 몇 월의 시드니가 좋고, 몇 월의 북한산이 아름다운지를 알아보고 가는 것이다. 건강에도 가장 간단한 일기예보 체제가 있다. 최소한 내가 무슨 병으로 죽을 것인가 점을 쳐보는 것이다.

별것은 아니지만 여러분이 가지고 있는 핸드폰(셀룰러 폰), 아이팟, 또는 갤럭시 탭을 꺼내서 메모라는 난에 키를 누르고 다음을 기록한다.

1) 나의 조상 중 정신병을 포함하여 3대와 4대의 가족 중(보통은 3대) 누가 무슨 병으로 죽었는가? 예를 들어 어머니나 아버지 가족 중 누군가 폐암으로 죽었다면 폐암을 기록한다. 폐암을 기록했으면 그 옆에 폐암을 잘 보는 의사 이름을 인터넷으로 찾아 적지 말고, 폐암 잘 보는 유명한 병원 이름만 적는다. 왜 의사 이름을 쓰지 말라고 하는가 하면, 당신이 지금 20대라면 50대가 되었을 때 폐암 잘 보는 의사가 폐병으로 죽고 없을지도 모르기 때문이다. 그러니까 병원 이름만 적어놓으면 그 교수 후배가 교수가 되어 당신의 폐병을 봐줄 것이다.

2) 폐병에 안 걸리는 방법을 대강 기록한다. 예를 들면 흡연금지 또는 오늘부터 담배 안 피우기 등을 적는다. 그러나 폐암으로 죽은 사람이 조상 중에 있었다면 담배를 안 피워도 폐암에 걸릴 가능성이 있으므로 잔기침 혹은 법정 스님처럼 천식기만 있어도 주기적인 정밀검사를 해본다. 대개 50대 이후부터나 빠르면 40대 이후부터 건강관리를 시작한다.

3) 당뇨, 고혈압, 대사성 장애 등은 흔한 질환이지만, 유전성이 있다

면 더욱 조심해야 한다. 규칙적인 운동을 한다. 왜냐하면 이들 자체는 사소한 병이지만, 다른 큰 병에 걸리면 생명을 좌우하기 때문이다.

4) 조상 중에 위암에 걸린 사람이 있었다면 라면 등 인스턴트 식품은 피하고 싱겁게 먹는다. 식이요법은 인터넷상에 너무 많으니 참고하기 바란다.

5) 욕심을 버리고 즐거운 마음으로 산다. 수도자들의 수명이 가장 길다고 하는 최근 뉴스만 보아도 알 수 있다. 서울 땅이 나의 재산인데, 내가 죽으면 무슨 소용이 있겠는가?

6) 평소에 선한 일을 형제들에게 또는 가족들에게 베푼다? 사실 이것은 내 경우 별 도움이 안 되었다. 그러나 선한 일을 많이 하라. 어떤 부위를 부탁하여 기증을 받으려면 형제들에게 선한 일을 많이 하는 정도가 아니라 죽도록 해야 될지도 모른다.

7) 간암, 간경화증에 걸렸을 때 너무 늦지 않도록, 만약을 대비하여 간 기증자를 이 사람 저 사람 생각해둔다. 말이 안 되는 이야기이지만, 술자리에서는 서로 준다고 했다가 집에 가서 마누라와 상담 후에 농담으로 한번 해본 소리였다고 할 것이다. 내 생각에 간경화증의 초기, 중기, 말기가 있다면, 늦어도 중기와 말기 사이 6개월부터 1년을 잡고, 간암은 더욱 더 서둘러야 한다.

8) 끝까지 포기하지 마라. 엉뚱한 사람이 도와준다.

9) 암에 걸렸다고 자신을 탓하지 마라. 건강에 해롭다. 암에 가속도가 붙는다.

10) 자녀들의 도움을 받아라. 가족이란 좋든 나쁘든 함께하는 것이다. 요즈음 아이들 너무 편하게만 커서 이식 후 오히려 정신적으로 성숙할 것이며, 가족의 유대가 더욱 단단해진다. 당신이 살

아야 가족을 책임질 것 아닌가.

11) 간염 예방접종은 종류별로 다 하자. 그래도 보균자로 남는다면 나처럼 차선책들을 생각하며 살아간다.

12) 간은 다른 신장이나 폐와 달리 남에게 30~50%를 기증해도 원래대로 재생되어 1-6개월 내에 정상 간으로 돌아온다고 한다.

13) 가족 간의 혈액형이 맞지 않는 경우나 간의 사이즈가 안 맞는 경우, 또는 다른 가족이 간암에 걸린 똑같은 상황이라면, 양쪽 가족 간의 협의 하에 가족 중 건강한 사람의 간을 서로 교환할 수 있다.

14) 나만 좋아지지 말고 좋아진 체험담을 서로 공유하여 간 이식에 대한 편견을 불식시키는 방법도 생각해보자.

여러 가지 이유로 인해 증식과 억제가 조절되지 않는 비정상적인 세포들이 통제되지 못하고 과다하게 증식할 뿐만 아니라, 주위 조직 및 장기에 침입하여 종괴(덩어리)를 형성하고 정상 조직의 파괴를 초래하는 상태를 악성종양, 또는 암(cancer)이라고 정의하는데, 사실 암은 무서운 병이 아니다. 왜냐하면 치료할 시간을 조금 주기 때문이다. 미래에 오는 병은 변형되고 증식되어 항생제도 듣지 않는 세균들이다. 이놈들은 시간도 주지 않고 사람을 죽음에 이르게 하는 독성물질로 탄생되고 있다.

15) 아파트, 토지, 사업, 자동차 자금은 빚을 내서라도 비축해두면서도 정작 건강을 위한 자금은 준비해두지 않으면 안 된다. 치과 임플란트와 이식 등을 위해 1억 정도는 저금을 해놓을 필요가 있을 것 같다. 기증자는 있지만 돈이 없을 경우가 허다할 것 같다. 비 보험처리가 많기 때문이다. 30대에 암보험에 드는 것도 좋을 것 같다.

16) 모두 다 개인적인 선택이다. 사랑에 둘러싸인 나를 위해서, 사랑
하는 아내를 위해서, 사랑하는 사람들과 함께하기 위하여 사는
것이고, 그것을 위해 생존을 선택하지만, 여전히 간 이식에 대한
불신이나 개인적인 삶에 대한 거부로 삶을 포기해버리는 사람
들을 보았다. 나의 이야기는 하나의 케이스일 뿐 모두 다 그렇게
하라는 말은 아니다. 어차피 여러 의견을 들어보아야 할 일이
다. 여러 의견을 종합하다 보면 좋은 의견들이 나올 수 있다는
것이 저자의 조그마한 목적이기도 하다.

제8장

수술 후의 심각한 부작용

수술 후 심각한 부작용은 별로 없었다. 단지 정신적으로 자신감이 없어져서 아내에게 의존적이 되어 어린아이 같은 상태에서 빠져나오려고 부단히 노력했다. 그러나 아내가 용납을 안 한다. "그렇게 무리하면 안 된다.", "재발하면 어쩌나?" 등 좌우지간 아내가 모든 것을 통제하려 한다. 약도 정확한 시간에 챙겨주어 버릇이 더욱 나빠진다. 쉽게 말해 의사 생활 중 '환자 취급 받는 시기'로서 아주 느긋하니 보내도 아무 말을 안 한다. 그러나 정작 본인은 너무도 답답하다. 대개 3~4개월을 못 참고 일터로 가거나 6개월을 못 참고 일터로 갔다. 나는 아내의 지극한 사랑으로 더 길게 쉬기도 했지만, 일터로 나가려고 하면 부작용이 나타났다. T-tube이 빠진다든가 GOT, GPT가 올라가서 나를 자극하는 게 아니라 아내를 자극했다. 왜 검사 수치 옆에 정상치를 기록해놓는지 정말 의사들이 원망스러웠다. 물론 수치가 올라가면 초음파 등 부수적 지출도 동반된다.

다시 요약하자면 의사인 나는 환자가 되고 아내는 보호자 겸 전문의가 된다. L 박사님도 나는 안 보고 보호자 눈을 보면서 이야기를 했다. L 박사님의 애제자 윤0열 선생님만 나와 대화가 되어 기뻤다. 그래서 가장 심각한 부작용은 보호자의 과도한 자상함이고, 그 자상함은 직장에 못 가게 하여 경제적 손실을 불러온다는 것이다. 물론 무시하면 되지만 그때그때마다 의학적 문제가 생겨 아내에게 할 말을 못 하고 직장을 포기했다. 하지만 아내의 그런 정성에 감사하게 되었다. 가장 심각한 부작용은 아내가 간 전문의가 된다는 점이다.

제9장

베풀지 않는 부와 일류!

빌 게이츠가 아무리 많이 기부를 해도 컴퓨터에 의한 '수많은 실업'을 극복하지 못하며, 아인슈타인이 만든 이상한 공식은 일본을 재생시킬 수 없다. 또 빅 마트를 창시한 사람은 '다수의 소상인'을 구제할 수 없다. 심지어 이 세 사람의 발견은 지구를 멸망시킬 수도 있다. 빌 게이츠, 아이슈타인, 빅 마트 개념의 창시자들, 소셜 네트워크의 주인공 같은 사람들을 과연 우리가 머리 숙여 존경할 필요가 있는가 하는 생각이 요즈음 들어 자꾸 든다. 이러한 의문점은 점점 더 세계적 논쟁거리가 될 것이다.

즉 과학의 편리성은 양날 가진 칼이며 동전의 앞과 뒤이다. 인류에게 그토록 편리한 원자력 발전소가 인류를 멸망시킬 무기임을 일본 지진을 통해 간접적으로 체험을 한다든지, 빌 게이츠나 소셜 네트워크의 주인공이 수많은 99%의 소비자를 만들고 1%인 자신들은 부를 차지하는 부작용을 보면서, 과연 우리가 이러한 착취적 구조에 맹종하면서 무의미한 삶을 살아야 하는가 하는 생각이 든다. 세계를 움직이는

CEO나 학자들의 경영이론들도 대단히 파괴적인 위력을 가지고 있다. 빌 게이츠가 수만 달러를 사회봉사 기부금으로 지불했지만, 그것이 지속적이지는 않으며 대량실업을 초래했다. 또 로봇의 발명은 '말을 잘 안 듣는 인간은 필요 없는 세상'을 창조하게 되고, 이는 독재보다 더 무서운 사회를 만들어간다.

시간이 흐를수록 빈부차이는 커져만 가고, 인간의 외로움은 극에 달해 앞으로 남는 장사는 '정신병원'밖에 없게 될 것이다. 정말 이것이 무슨 짓인지 나도 모르겠다. 문제는 우리가 과연 이렇게 살면서도 베풀지 않는 일류와 부유한 권력자를 찬양할 필요가 있느냐는 점이다. 정신과 의사들은 이러한 문제에 대해 즐거워하고 정신병원을 운영하는 이사장과 CEO는 즐겁겠지만, 정치인들이 이러한 사회적 구조를 '참사랑을 느끼는 그리스도가 원하는 이타적 사회'로 만든다면 충분히 치유되어 사회생활을 할 수 있는 사람들이 환자들 중에도 얼마든지 있을 것이다.

이웃나라 일본과 미국에서 시행하는 새로운 가족주의 운동도 하나의 해법이 될 수 있다. 즉 모든 직업, 모든 물건과 상품의 공짜 거래, 물물교환, 의사의 무료 진료, 변호사의 무료 변론, 은퇴한 공무원의 무료 서류 서비스가 이루어지는, 50세 이상의 사람들이 촌락을 만들어 서로에게 봉사하는 운동이다. 또한 풍력발전, 태양발전, 그린 환경운동, 슬로우 시티 운동, 명상 등도 그 하나의 해법이 될 것이다. 그러나 이러한 운동 역시 지대한 희생이 요구된다.

치열한 이류에게도 존경을 표시하지 말고 '함께하는 자와 고통을 나누는 자'에게만 경의를 표하는 사회가 되도록 노력하자. 부자들의 노예가 되지 말고, 부자들의 가게에 가지 말고, 그들을 경멸하자. 미안하게도 이류의 아류들은 더 많은 콤플렉스에 시달리며 타인을 위해 살지 않는다. 정신과에 둘째 딸 증후군이라는 것이 있다. '언니를 못 이기고

둘째로 태어나 항상 존재감이 없는 치열한 딸들이 기회에 오히려 민
감하여 시집을 잘 간다. 다시 말해 이류는 극도로 이기적이다. 하류는
무식하고 멍청하여 형제처럼 단합하지 않으면 생존할 수 없다. 데모를
하면 항상 약자들이 이기게 되어 있고, 법이 약자의 손을 들어주는 점
도 하류의 단합을 유도한다. 그러나 일류, 이류, 하류든 베풀고자 한다
면 사회는 더욱 밝아질 것이다.

최소한의 소비만 하자. 왜냐하면 최소한의 연료소비, 최소의 소비는
항거운동도 되지만 후손들에게 좋은 공기를 주는 그린 운동도 된다. 그
리고 나도 가난해지지 않는 길이다. 경제학자들이 스태그플레이션, 더블
인플레이션, W자형 곡선을 이야기하든지 말든지, 어차피 인류의 마지막
은 이러한 용어 속에서 멸망하게 될 것이다. 그러므로 연기시키는 방법
뿐이다. 나는 사람들이 왜 사회에 기여도 하지 않는 기업체나 병원 사업
등, 약간의 봉사를 하는 척하지만 그것을 결국 은근히 자신의 이익으로
환원시키는 기업체를 유명 기업체라며 존경하는지 그 이유를 모르겠다.
그들은 천재지만 가슴에 악마를 품고 있다. 죄인인 것이다.

한 일본 독신 할머니는 6억 원이라는 돈이 있는데도 안 쓰고 일터에
나가 돈을 버는데, 그 이유가 미래에 또 무슨 일이 생길까 하는 노파
심과 불안 때문이라고 한다. 어떤 천재와 일류가 자기 돈을 뺏어갈까
두려워서 말이다. 동시에 언제 아파서 거대한 수술을 할지 몰라서⋯.
노후대책 자금에 거대한 수술비나 위대한 수술비를 포함시키는 것이
합당할 듯하다. 또한 우리 가족과 나 자신까지도 세상에 무언가 기여
한다기보다는, 즉 배려한다기보다는 투쟁과 치열함에 더 익숙해져 있
었다. 그 투쟁과 치열함은 나의 건강을 다 망쳐놓았다. 유명한 병원보
다 중소 병원이 의사들에게 치열함을 더 많이 요구한다. 멸망하지 않
으려고 또는 돈을 더 벌려고 강요한다.

고향 떠나기

간 이식을 끝내고 통원치료나 입원치료를 받을 때 대개 환자의 주도권이 사라진다. 문제는 한국의 임종 직전의 암 환자들이다. 환자의 주도권이 거의 없다. 자신의 인생도 정리하고 유서도 써야 하는데, 아내나 자식들이 더 더욱 가까이 붙어 있다. 이 소식을 들은 친척들은 걱정의 표시로 더 많이 늘어난다. 그러므로 한국의 부모들은 하고 싶은 말이나 유서를 남길 만큼 가까운 사람에게 존경과 여유를 주지 않는다.

"여보, 우리 서울로 직장을 옮기자."

"뭐라고? 통원치료 때문에…."

"으응, 지방 의사들은 못 믿겠어."

나 역시 아픈 놈이 죄인이라고 무조건 아내의 말을 듣게 되었다. "그럼 그렇게 하자."라고 해놓았는데 뭔가 마음 한 구석에서 허전한 느낌이 든다. 아내의 불안이 너무 지나치지 않는가 하는 생각이 들었다. 고향에서 짐을 다 묶어놓고 컴퓨터도 서너 대나 버리고 좀 쓸 만할 물건도 정리해서 이삿짐을 최소화했다. 누구나 다 그렇겠지만 떠나기 전에 조상이나 죽은 자식의 묘에 들러 인사를 한다. 할아버지, 할머니, 아버지, 아들 등 몇 개 안 되는 묘이지만 봄과 여름에 한 번씩 매년 들러 직접 풀을 베곤 했었다. 남들은 꽃들에게 정이 든다는데, 우리는 묘에 정이 들었다. 서울로 가기 싫었다. 이 묘들을 그동안 우리가 관리해왔는데, 이제 누가 관리할까 하는 생각이 앞섰다. 동생들은 서울과 울산 등 전국 각지로 갔는데 우리마저 떠난다면 먼저 떠난 분들이 얼마나 서러워하실까 생각하면서 마지막 가위질을 했다. 결국 서울부터 서울 인근을 몇 바퀴 돌다 지치면 아내는 포기할 것이다.

특히 죽은 아들이 제일 걱정스러웠다. 겨울이 오면 춥겠고 여름이 되면 더울 텐데…. 아내는 속없이 나를 더 걱정한다. 떠나려니 죽은 사람들의 묘가 걱정이 되고 가지 말라고 끌어당기는 느낌이 든다. 우리는 죽은 조상들에게 해년마다 우리의 소원을 기도했고, 그들은 모두 다 들어주었다. 묘처럼 편안하고 평등한 곳이 없다. 더구나 가톨릭 묘지는 묘지가 너무 많아 따사로운 느낌도 들곤 한다. 나는 정말 서울로 갈 필요가 없다고 생각한다. 솔직히 말해 가기 싫었다. 그런데 서울에서 드디어 큰 사건이 생겼다. 전세대란이었다.

"직장이 생겨도 집 때문에 못 올라오겠다."

"그러게 말이야, 말단 공무원들은 정부에서 이동시키면 죽음이겠다. 도대체 이 나라가 어떻게 되려고…."

"…."

잘하면 그냥 내려가서 고향에서 살겠구나 싶었다. 그래서 일부러 서울에 있는 병원 몇 군데를 지원했다. 봉급이 광주보다 적었다. 그만큼 병원들이 많고 의사들이 많이 거주한다는 이야기다. 봉급이 적을 뿐 아니라 사람을 많이 떠보고 재보는 것이 불쾌하다. 어쩔 수 없는 면접 이지만…. 나의 생활범위는 광주나 서울에 있어도 정신과 진료실, 응급실, 입원실이다. 그러므로 서울에 사는 것이 무의미하다. 어디 가나 반경이 정해져 있고, 불길한 환자는 꿈에서도 보고 깨어나서 '별일 없냐?'라고 전화하는 것이 나의 일이다. 수없이 내가 거절하고 상대방이 거절했다. 그리고 마침내 고향 근처로 돌아와버렸다. '웨이 백(way back)'이란 영화처럼 전국을 돌면서 느낀 것이 광주와 서울이 굉장히 가까운 거리라는 것이다. 비행기를 타면 45분 정도밖에 안 걸리고, 제주도도 35분 정도밖에 안 걸린다.

인간성이나 인심 같은 것 말고 교통이 가장 답답한 동네가 강원도 속초, 강릉이다. 이 지역은 의료진이 많지만 개업을 해도 잘될 것 같았다. 대개 외진 곳은 개업이 잘된다. 의사들이 기피하기 때문이다. 경상도는 청송 같은 데도 사립 정신병원을 짓기에 좋다. 거제도도 괜찮다. 난 통원치료도 지방에서 받고 싶다. 그러나 나의 극성스러운 보호자가 지방 의사를 못 믿는다.

살아주어서
고마워

마지막 승부

제1장
직장 구하기

사람들은 흔히 성공의 잣대를 직장에서 찾거나 다시 건강해져 권력과 건강을 누리고 건재함을 과시하는 것으로 생각하는 경향이 있다. 그러나 인간의 궁극적인 목표는 삶의 성숙과 진실한 것들을 추구하는 것이라고 본다. 그래야만 인간으로서 진정한 행복감을 느낄 수 있을 것이다. 우리 사회가 많이 가진 자를 존경하는 이유가 무엇인지 도대체 알 수가 없다. 가진 자들이 배려하고 나누어주는 사회도 아닌데 말이다.

그래도 통원 치료를 받고 그 치료비를 마련하려면 직장을 가져야 한다. 부부 중 둘 다 맞벌이라면 한 사람은 놀아도 되겠지만, 대부분은 그렇게 여유롭지 못하다. 대부분 의사나 다른 직장인 또는 일반인도 간 이식을 받으면 거의 완치된다는 사실을 모른다. 문제는 지루한 면역 억제제 복용과 헤파박스라는 주사를 한 달에 한 번을 맞아 직장에 폐를 끼친다는 점이다. 그래서 보통 대부분 직장생활보다 사업체를 운영하는 것을 선호한다. 그것도 전에 200%의 에너지로 일을 했다면 50% 정도로 줄여서 일한다.

나는 개업을 해서 그렇게 큰돈을 벌지 못했다. 나는 환자에게 돈을 많이 못 받는다. 봉사하려고 한 것도 아닌데, 한때는 무료 환자가 60% 정도 된 적도 있었다. 좌우지간 비즈니스 마인드가 별로 없다. 그렇다고 무한정 봉사하는 사랑이 넘치는 의사도 아니다. 사랑이 넘치는 일은 의사가 할 수 있는 일이 아니다. 의사는 치료를 할 뿐이다. 사랑은 애인과 하시기를…. 또한 나를 따르는 후배도 없어서 동업을 못 한다. 돈 없는 선배는 후배들이 안 따른다. 그래서 남의 병원에서 월급쟁이를 하면 속이 편하다. 내가 직접 경영하는 것이 아니기 때문이다. 그래서 열등감이 심한 나는 남의 회사를 내 회사로 착각할 정도로 일을 해준다. 상당한 둔재 아니고는 그렇게 안 한다.

간 이식을 한 의사들은 후배가 4일, 본인이 3일 근무하는 식으로 동업을 했다. 아마 일반인들도 사업을 생각할 수가 있으나 나처럼 사업이 안 맞으면 월급쟁이 생활도 괜찮다. 내가 1년 가까이 쉬는 사이에 정신과 병원들은 환경이 많이 바뀌어버렸다. 새로 뽑는 사람들에게 나이 제한이 생기고, 월급을 대략 200만 원 정도 더 깎으려고 오너들이 애를 쓴다. 다시 말해 앞으로 정신과 의사의 인기가 떨어진다고 오너들이 착각을 시작했다. 일반 회사는 더할 것 같다. 일단 과거엔 정신과 의사가 초빙이었는데 구직으로 바뀌어버렸다. 이는 향후 대학교수들의 협조가 필요한 일이다. 과거에도 정신과 의사가 많고 정신병원이 적어 오너들의 횡포가 심했다.

그래서 나는 정신과 학회장님에게 편지를 쓴 적이 있었는데, 그 다음해 정신과 전문의를 1/2로 줄여주셨다. 지금은 그렇지 않지만, 과거엔 의리 사회여서 그런 것이 통했다. 한 가지 변수는 의사가 아닌 수많은 사업가들이 이제 병원사업에 참여할 수 있게 법이 바뀌었다는 것이다. 옛날엔 자기가 가르친 제자에 대한 교수님들의 의리가 살아 있었으나 요즈음은 그런 의리가 사라져버렸다. 안타깝다. 몸에 있는 병이 다 좋아졌는데 직장이 없거나 밥벌이가 없으면 안 된다. 수술 받으면서 쉬기도 해서 경제적 손실이 있을 것이고, 초기에 40~60만 원 정도 드는 통원 치료비도 일반 서민에게는 많은 액수다. 또 평생 면역 억제제를 복용하려면 일을 해야 한다. 정신과 환자도 마지막의 재활요법과 취업이 굉장히 중요하다. 나의 경험으로만 취업하는 법을 소개한다.

① 10군데 이상 지원한다. 이 이야기는 취업할 때까지 지원하는 끈기를 가져야 한다는 말이다. 100군데를 할 수도 있다. 이미 죽음의 언덕도 넘었는데 무엇이 두려운가?

② 이력서는 너무 많이 쓰지 마라. 갑, 을, 병, 정 네 군데 회사에서 근무했다면 한 군데는 빼라. 너무 많이 옮겨 다니는 것을 회사에서 좋아하지 않는다. 의사 같으면 미국에서 근무한 것이 있으면 한두 개 쓰고, 한국에서 가장 좋은 회사나 대학 한 군데만 쓴다. 나머지는 구두로 답변하면 된다.

③ 불리한 것을 정성스럽게 말할 필요는 없다.

④ 질병에 대해서 물어보더라도 건강하다고만 하라. 나중에 알게 되면 그때 가서 이야기해도 된다. 법에도 불리하면 묵비권이라는 것이 있다.

⑤ 의사나 일반인 오너들도 간 이식이 완치된다는 사실에 무지하다. 일부러 이야기해서 불리한 조건이나 혜택을 만들지 말라.

⑥ 최선을 다하라.

⑦ 취업 후 대단한 성과를 올려버려라. 예를 들어 통닭집에 취업이 됐다면 통닭을 지난 번 종업원의 1.5배 정도 팔아준다. 나는 전에 근무하던 병원에서 환자를 지난 번 의사가 매달 190명 입원을 보았다면, 최근 병원에서는 250명까지 입원 환자수를 올려놓

았다. 그러나 앞으로는 잘 모르겠다.

⑧ 매일 감사의 기도를 올려라. 하루하루가 새로워질 것이다.

⑨ 봉급을 위해서 일을 하지만, 봉급보다는 삶을 위해서 일한다고 생각하다 보면 어느새 직장이 즐거워진다. 그러므로 즐거워하라.

사실 내가 체험한 취업 과정을 적어놓은 것인데, 이 글이 회사에서 잘릴 수 있는 빌미가 될 수도 있다. 하지만 그렇게 된다면 그것은 신의 뜻이다. 그때는 개업을 하겠다. 오로지 환자 여러분에게 희망을 주고 싶은 소망일 뿐이다. 분명히 이 책은 바보 같은 책이다. 책으로부터 얻는 이익보다 잃는 것이 더 많을 것 같다. 건투를 빈다. 아마 이런 점 때문에 문장력이 있는 자라도 이러한 투병기들을 쓰지 않아서 그렇게 흔한 이야기 거리가 되진 않을 것 같다. 내가 잘나서 쓰는 책이 아니다.

제2장

주! 너의 하느님을 의심하지 말라

몸이 아픈 것은 수많은 교훈을 준다. 매일 공휴일은 물론이고 보는 것도 듣는 것도, 만지는 것도 먹는 것도, 숨 쉬는 것과 냄새 맡는 것도 모두가 느려진다. 때로는 이들 중 한두 개 고장이 났다가 좋아지면 그렇게 고마울 수가 없다. 예를 들어 몸에 있던 죽을 것같이 아픈 통증을 의사가 주사를 놓아주어 사라진다든지, 아니면 완전히 통증이 낫는다든지 하면 자유로워진다.

그러나 이들 중 한 군데라도 고장이 나면 죽을 수도 있고, 평소와 달리 걸을 수 없을 수도 있다. 그럴 땐 갑자기 귓가를 맴도는 바람소리, 평소에 신경도 안 쓰던 공기의 흐름소리, 책상 위의 바퀴벌레, 하늘을 나는 잠자리, 들에 핀 꽃과도 대화를 한다. 심지어 강박증이 심한 의사들이 1초에 몇 번 눈을 깜박거리는지 세어보기도 한다.

그런데 이 모든 것이 아프고 병들 때 신이 주는 은총이다. 어떤 때는 병원에서 가끔 프로나 아마추어 가수 또는 음악가들이 환자를 위한답시고 병원을 방문하면 콘서트를 해주어 보러 가곤 했는데, 그 음악가가 바이올린을 켜면서 발을 몇 번 까딱거리는지, 눈은 몇 번 감았다 떴다 하는지를 세기도 한다. 또 가수들은 손으로 동일한 동작을 몇 번 하는지, 평소에 바빠서 전혀 신경 쓰지 않았던 것에 흥미를 느낀다. 그만큼 여유가 없이 바삐 살아온 것이다.

하지만 병이 좋아지면 쉽게 망각하고 또 죽어라고 일만 한다. 무엇이 환자에게 도움이 될까 생각하면서 치료하기도 하고, 또 아무 생각 없이 치료하기도 한다. 환자들은 의사에게 사랑과 관심을 원하겠지만 그 사실을 자주 잊는다. 도대체 무엇을 위해서 환자만 보고 살지? 하고 자문해보아도 아픈 것에 비하면 환자의 노예가 천만 배 더 낫다. 그래서 직장을 구하기 시작했다. 우선 통원치료 받기 쉬운 서울부터 시작했다.

"물론 학교는 광주에서 제일 좋은 고등학교를 나오셨죠?"

"아닙니다. 이류 학교를 나왔지요. D 고등학교를 나왔습니다."

왜 의과 대학에 대해 묻지 않고 고등학교를 묻는지 나는 전에는 알지 못했다. 그런데 나의 객지생활의 경험상 그 지역의 일류 고등학교 출신들이 의대를 장악하고 의사가 되기 때문에 그 지역 연고를 따지며, 자기 지역에서 자기 지역 대학 의사가 하나도 없을 때 이사장은 스스로 창피를 느낀다는 것이다. 일종의 자존심이었다.

"만일 우리 병원에 채용되면 가족들이 다 서울로 올라오실 거죠?"

"네."

"선생님은 정신과 중에서도 무엇을 전공하셨는지요?"

"정신과 중에 무엇이라뇨?"

"요즈음은 무슨 성(Sex) 전공, 알코올 전공, 약물 전공 등 여러 가지로 나누던데요?"

"아하! 그 전공이요? 그것은 회원 가입하고 왔다갔다 몇 번 하고 돈 좀 내면 정회원 자격증을 주는데, 사실 형식적이죠. 저도 한두 개는 가지고 있어요."

상대는 비 의사이고 여성 이사장이다. 그런데 여성 이사장과 능구렁이 대표 원장들이 병원을 이끌어가는 데가 꽤 많다는 것을 깨달았다. 사업가인 이사장과 원장(의사)의 관계는 참으로 미묘하다. 사업장인 병원에 따라 다르지만 1) 대표 원장과 이사장이 서로를 이용하며 상존하는 형태 2) 의사가 대표 원장이면서 고용 의사의 장점보다는 약점을 자꾸 들추어내는 고용주 3) 대표 원장이 이사장한테 끌려 다니는 경우 4) 대표 원장이 이사장을 가지고 노는 경우 5) 이사장과 대표 원장이 형제처럼 지분으로 묶인 경우 등이 가장 많고, 정말 이사장과 의료진이 한 팀인 병원은 보기 드물다. 다들 좀팽이들이 모여서 사는 것이다.

"제일 민감한 사안이 봉급인데, 우리 병원은 0.34~0.56을 줍니다만, 선생님은 어느 정도나 드리면 될까요?"

"당연히 0.56을 받지요. 이사장님이 그렇게 말씀하신다면 원룸에 0.56을 주세요."

난 0.56이 서울에서 최고의 봉급인 줄 몰랐다. 거기다 집까지 요구하면 당연히 탈락이다. 그러니까 병원의 실세는 원무과장, 행정원장, 기획실장 등 여러 가지로 불리는 실세의 하수가 있고 이사장의 얼굴마담인 대표 원장이 있다. 나처럼 과거에 원장을 했더라도, 그 병원 대표 원장이 나이가 30대로 어리면 절대 40대나 50대를 과장으로 뽑으려 하지 않는다. 이럴 때는 이사장을 직접 만나는 것도 한 방법이다. 난 그 방법이 가장 비굴하여 한 번도 쓴 적이 없다. 그러나 이 방법을 선택해 30대 원장을 밀어내고 40대나 50대 병원장으로 교체되는 것을 두 병원에서 보았다. 아마 이것이 가장 한국적인 방법이다. 믿고 있던 실무자가 이사장을 배신하고, 이사장이 대표 원장을 믿지 못하고 의사는 얼마든지 있다고 생각한다. 서울은 이사장이나 원장들이 봉급에 아주 민감하고 너무 뜸을 들이며 사람을 떠보는 경향이 심했다. 다시 말해 서울은 병원도 많고 의사도 많아 병원들이 잘 안 되어 어떤 기준이 없었다. 나는 안 되겠다 싶어 강원도 병원을 지원해보았다.

한 곳은 속초였는데, 사업가가 이사장으로서 건축가였다. 그리고 초창기 병원이었다. 정신과 병원에 대한 지식이 없어서 매달리다시피 애원을 하며 3개월 이상 전화를 해댔다. 도와주고 싶었지만 대전에서 과거에 이용만 당하고 의사 봉급을 몇 개월씩 연기해서 주었던, 소위 예수를 이용한 기독교 계통의 병원에서 고생했던 추억이 떠올라 거침없이 거절했다. 그런데 그 후로도 몇 군데 더 지원해 실패하자 초창기 설립병원이라도 근무할 걸 하는 생각이 들었으나 동시에 '내 자리가 아니다.'라고 포기했다. 하느님을 의심하지 말자. 나를 위한 자리가 어딘가에 있을 것이다.

1년간 쉬는 사이에 그만큼 정신과 의사가 증가했고, 증가한 만큼 봉급을 삭감시키고 있다는 정보를 몰랐다. 강원도 춘천에 면접 보러 간다고 전화를 하고 속초에 한 번 들른다는 것이 그 날 이상하게도 강릉으로 발길이 닿았다. 거기도 여성 이사장과 남자 대표 원장으로 구성되어 있었다.

"멀리서 지원해주서서 감사합니다."

"정말 거리가 멀어요. 이렇게 깊을 줄은 몰랐어요."

광주에서 강릉까지 여섯 시간, 서울에서 강릉까지 세 시간 반 정도 걸렸다. 서울 AS병원 다니는 것이 광주보다 더 힘들어 아무런 메리트가 없었는데 공연히 간다고 했다는 생각이 들었다. 차라리 떨어지기를 바랐다.

"물론 학교는 광주에서 제일 좋은 고등학교를 나오셨죠?"

"아닙니다. 이류 학교를 나왔지요. D 고등학교를 나왔습니다."

"만일 우리 병원에 채용되면 가족들이 다 강릉으로 올라오실 거죠?"

"네."

"선생님은 정신과 중에서도 무엇을 전공하셨는지요?"

"정신과 중에 무엇이라뇨?"

"요즈음은 무슨 성(Sex) 전공, 알코올 전공, 약물 전공 등 여러 가지로 나누던데요?"

"아하! 그 전공이요. 그것은 회원 가입하고 왔다갔다 몇 번하고 돈 좀 내면 정회원 자격증을 주는데 사실 형식적이죠. 저도 한두 개는 가지고 있어요."

질문의 내용이 똑같다. 나의 대답도 똑같다.

"제일 민감한 사안이 봉급인데, 우리 병원은 0.44~0.66을 줍니다만, 선생님은 어느 정도나 드리면 될까요?"

"당연히 0.66을 받지요. 이사장님이 그렇게 말씀하신다면 전세방에 0.66을 주세요."

난 0.66이 강릉에서 최고의 봉급인 줄 몰랐다. 거기다 집까지 요구하면 당연히 탈락이다. 서울은 숙소 없이 0.34, 강릉도 숙소 없이 0.44가 답이었다. 강릉에서 느낀 점은 시골스러우나 관광지라서 약간 들뜬 분위기이며 병원이 상대적으로 적어 개원해도 될 만한 도시라는 생각이 들었다. 애매모호한 봉급이 내려갈수록 100만 원씩 올라간다. 중간에 예산과 화성 및 나주 등에 전화만 해보았다. 노인 병원을 정신병원으로 돌리려고 하는 데도 있었고, 사업가들이 정신병원 사업에 뛰어들거나 원무과장 출신의 사업가가 병원을 설립하려 하는 데가 많아서 다 포기했다. 의사 초빙이라고 하지만, 의사를 종처럼 생각하시는 분들이 가끔 있다. 난 성격상 아무리 봉급이 많아도 그런 병원에 오래 있지 못한다. 모든 의사들이 그렇겠지만….

광주로 내려왔다. 광주는 고향이기도 하다. 쓸 만한 병원은 자리가 차서 없고, 시시한 병원들만 비어 있었다. 게다가 광주 출신이어서 광주 병원의 정보는 다 알고 있었다. 더구나 어려운 점이, 서로 선후배이다 보니 조심해야 할 점도 한두 가지가 아니었다. 목포로 향했다. 어쩌면 나는 병원 여행을 하며 즐기는지도 몰랐다. 그런 느낌을 받았다. 전국 병원 주인 성격 파악에 대한 고찰을 하고 다니는 것이었다.

"원장님이세요? 봉급은 얼마나 주시는지요?"

"숙소 제공에 0.8인데요."

"그거 괜찮네요."

"학교는 어느 학교를 나오셨나요?"

"J의대 11회인데요."

"어이쿠, 선배님이세요."

"누구시더라. 아! 김 선생! 반갑네. 그 병원 마음에 드는데 내가 한번 내려갈게…."

"선배님! 제가 담당이 아니고요. 다른 사람이 담당이라서 나중에 연락드릴게요." 나중에 연락하니 이미 뽑았다고 둘러대는 걸로 보아 내가 선배라서 어려웠던 모양이다. 또 '내 자리가 아니군.' 하고 생각했다. 단 어떤 이유도 좋은데, 나이가 많아서 안 쓴다는 말은 좀 듣기 불쾌해 할 거라는 내 맘을 알고, 그 말은 차마 못 하고 "제가 담당이 아니라서…."라고 해준 후배에게 고마움을 느꼈다. 좌우지간 내려가면서 봉급은 올라갔고, 4월 초순에 영암과 해남 사이에 있는 종합병원 급 병원으로부터 원장으로 오라는 연락을 받았다. 또 봉급이 100만 원 올랐다. 어차피 서울은 전세대란이라며 집이 없다고 해서 포기했다. 고등학교 때부터 서울에서 출사표를 던지는 것이 꿈이었는데, 하느님이 보우하사 서울에 가면 지하철과 병원만 알고 계속 전라도를 헤맨다. 하느님은 여지없이 내 마음을 읽으시고 내 마음이 편안한 자유로운 병원으로 나를 인도해주셨다.

50대부터 70대는 실업자로 살면 대단히 위험한 나이다. 술이나 마시고 "내가 과거엔 장성, 장관, 교장, 군수, 학장, 시장, 면장, 읍장, 이장이었다."라고 악을 쓴들 더 모른 체한다. 아무 일이라도 찾아서 해야 한다. 그렇지 않을 경우 자살, 폭행, 타살, 성적 추함을 드러내기 쉬운 나이다. 실은 처음부터 원장 자리를 찾았더라면 진작 취업이 되었을 텐데, 과장만 한다고 고집한 것도 내 잘못이다. 나이 들면 어느 정도는 점수를 감하고 '병원장 하라면 하고, 과장 하라면 하고, 계장 하라면 하고' 사는 지혜와 감사의 마음을 잊지 말아야 한다. 그만큼 아팠는데 무엇이 겁나겠는가?

'100살 먹어 출사표를 던지려나? 그때는 힘도 없어. 못 가! 출사표는 무신 놈의 출사표! 출상(出喪) 표겠지.'

제3장

가장 듣기 싫은 말 '아버님'

나의 평생의 생활반경은 집과 병원이다. 서울에서도 몇 번은 살았었는데 서울을 모른다. 집과 병원을 지하철로만 왔다 갔다 했기 때문이다. 의사 아니면 할 것이 없다. 그렇게도 거부한 직업이었건만…. 병원에서도 바빠서 다른 과 의사들과 이야기할 시간도 없이 혼자 지내니 내 방과 응급실, 병실, 정신과 외래가 생활반경의 전부다. 그리고 저녁에 친구들과 한 잔 하면 다음날 피곤해서 근무하는 데 지장이 있기 때문에 아주 친한 친구가 아니면 안 만난다. 그러니 무식하게 술을 마셔댄 것은 결코 아니었다. 광주에서도 집과 병원만 왔다 갔다 했다. 그래서 내가 얼마나 늙었는지 잘 몰랐다. 그런데 어느 날 병원에서 근무하는데 어떤 간호사가 이런 말을 하는 거다.

"선생님! 우리 아버지가 개띠인데, 우리 아버지와 동갑이시네요."

또 어느 날 대학에서 파견 나온 레지던트가 이런 말을 한다.

"선생님! 우리 어머니와 동갑이시네요."

사람이 많은 서울에 왔더니 임산부가 자리를 내주며 이렇게 말한다.

“아버님! 앉으세요.”

‘어라! 내가 앉아야 되나? 내가 언제 아버지가 되었나? 난 아직도 마음나이가 30인 줄 아는데….’

나중에 AS병원에 입원했더니 수많은 간호사들이 ‘아버지’와 ‘환자’로 부르는 바람에 졸지에 아버지 환자가 되어버렸다. 정말 늙는다는 것은 서글프다.

“아버님, 피 뽑을까요?”

“환자분 방선과에 가셔야죠.”

“아버님 외래로 가실까요?”

“아버님 소변 보셨어요?”

조금 시간이 흐르면 할아버지가 되겠지…. 광주 모 병원에서는 정신과 환자를 환자라고 부르지 않고 옛날부터 ‘손님’으로 부르고 있다.

제4장

오르막길과 내리막길

세상 모든 것이 내리막길로 가고 있으나 사람들은 받아들이지 않는다. 경제도 내리막이 시작되었다. 지진도 일어났다. 앞으로 남은 반세기 안에 모든 것이 또 변할 것 같다. 생명도 유효기간이 다가온다. 그러나 마음으로 인정하기 싫어한다. 누가 총만 쏴준다면 늙어서 서부의 건맨(gun man)처럼, 스티브 맥퀸처럼, 존 웨인처럼,멋진 영화배우처럼 죽고 싶다. 병실에서 똥 싸가며 죽고 싶지 않다. 마음대로 안 되겠지만 말이다.

우리는 그만큼 올라왔다. 포화됐다. 인생도 마찬가지다. 오르막길이 있으면 내리막길이 있다. 열심히 올라오면서 기대했다. 저 언덕 위에는 뭐가 있을까? 아무것도 없었다. 수많은 고생을 했어도 인생의 답을 모르겠다. 어차피 인생은 양파 까기처럼 속이 텅 비어 있지만, 열심히 살아나가는 데 의의를 둘 뿐이다. 올라가면 언젠가는 내려간다. 편리하게 사용했으면 불편함이 찾아오고, 빛이 시작되면 어두움이 찾아오고, 젊음이 찾아오면 늙음이 오고, 건강하면 병들고, 사랑이 찾아오면 질

제주 알 오름

투하여 증오하며, 만나면 이별한다. 이별하면 또 만난다. 그리고 죽는다. 그러므로 지금 이 시간 사랑하고, 느끼고, 깨어서 행복을 지각하고 나누는 일이 대단히 중요하다.

제5장

Nella Fantasia
(내 환상 속으로)

그에게서 새 생명을 얻었으며, 그 생명은 사람들의 빛이었다. 그 빛이 어둠 속에서 비치고 있다. 그러나 어둠이 빛을 이겨본 적은 없다. "말씀이 세상에 계셨고 세상이 이 말씀을 통하여 생겨났는데도 세상은 그분을 알아보지 못했다." 수십 년 전의 가톨릭 공동번역 성서 요한의 복음서 중 한 구절이다. 요즈음 번역은 어떤지 모르겠다. 그러나 신교의 성경 중 요한복음에는 어둠이 빛을 이겨본 적이 없다는 구절을 "빛이 어둠에 비치되 어둠이 깨닫지 못하더라."라고 쓰여 있다. 또 다른 식의 유사한 표현으로는 "어둠이 그 빛을 알지 못하더라."라고 표현되어 있다.

'어둠이 빛을 이겨본 적이 없다.'라는 표현보다 '어둠이 그 빛을 알지 못하더라.'라는 표현이 나에게는 더욱 현실감 있게 느껴진다. 왜냐하면 어둠이 빛을 이기지 못한다는 표현은 어쩐지 자연과학적으로 들린다. 그러나 어둠이 그 빛을 알지 못하고 느끼지 못한다는 표현은 다소 문학적이고 현실감 있게 들린다. 성경 단어나 성경 번역을

제주 알 오름

가지고 어떤 번역이 옳고 어떤 번역이 그르다는 이야기를 쓰려는 의도
는 전혀 없다. 단순히 개인적인 직감을 전달하고 있을 뿐이다. 모르시
는 분을 위해 추가 설명하자면, 여기서 자꾸 빛이라고 이야기하는 부
분은 성경 말씀이나 하느님의 사랑, 정의로우심 정도로 생각하면 될
것이다.

"맨도사 대장! 당신은 여기까지 와서 노예사냥과 살인을 하시는 거
요? 맨도사 맞지요? 빨리 이 마을을 떠나시오!"

"우리는 민주주의자들이 아닙니다. 우리는 성직자로서의 일을 할 뿐
입니다."

2000년의 역사를 간직한 가톨릭 예수회 신부들의 고독한 전쟁을 묘
사한 작품이다. 사르트르의 말처럼 루터의 개혁에 대항하여 가톨릭
예수회 신부들의 활약이 컸다는데, 그 소속 신부님들이 아닌지 모르

겠다. 거기에 나오는 교황청 소속의 신부님은 아주 정치적으로 비겁하게 나온다. 결국 정치적인 신부는 그 지역 내부의 신부들에게 모든 일을 맡기고 떠나버린다. 이런 것을 볼 때 가장 오래된 역사와 경영 운영 방식을 가지고 있는 것은 가톨릭이다. 평신도들은 자유롭지만, 신부들은 혹독한 나눔의 공동체가 된다. 어떤 정부도 가톨릭을 건드리지 않았다.

미안하게도 우리나라의 민주주의는 역사적으로 20년 정도밖에 안된다. 그러니 민주주의의 역사에 관해서는 말도 하기 싫다. 그 이야기는 또 얼마나 많은 시련이 우리 앞에 놓여 있는가를 의미한다. 유럽은 500년 정도, 미국은 200년 정도의 민주주의 역사를 지니고 있다. 그러나 그 사회에서도 무슨 이데올로기가 바뀜으로 사회가 좋아진다고 하겠지만, 여전히 선진국도 문제를 안고 있다. 문제는, 공산주의는 패망했지만 민주주의의 결과가 무엇인가를 예측하기 힘들다는 점이다. 1%의 자본가만 양산하고 거지들이 다시 나올지도 모른다. 서양은 정치와 종교의 유착 역사를 가지고 있고, 우리는 정치와 경제의 유착 역사를 가지고 있다.

"그래도 너무 가혹합니다. 자학입니다. 저러다 죽겠어요. 신부님 어떻게 좀 해보세요?"

"…."

"로드리고 당신을 신의 종으로 받아들입니다."

(중략)

"신부님, 그들과 싸우겠어요."

"그것은 나에게 허락된 사항이 아닙니다. 신은 사랑입니다."

"…."

"다른 신부들도 같은 생각을 하고 있나요?"

"…"

"그렇습니다."

'미션'이라는 영화를 나는 생각날 때마다 멍청히 10번 이상 보고 있다. 틈나는 대로…. 이 영화는 과연 나만 좋아하는 것일까? 모를 일이다. 인간의 나약함을 보고 싶어 자꾸 이 작품을 보는지, 아니면 패배로 끝나는 '미션'이 죽은 후에 산 자가 된다는 교훈을 보려고 하는지, 나 자신에 대해 알 수가 없다. 어찌되었든 그냥 여러 번 본다. 작품의 무게와 장엄함 때문에 본다. 아니면 높은 데에 올라가서 분열되는 모습 때문에 보는지도 모른다. 정신분열증 환자만 보다 보니 분열의 끝을 보는 기분을 맛보려 하는지도 모른다. 그러나 보다 엄밀히 말하면, 인간의 사랑의 위대함과 자신들을 시험대에 세워버린 신부들의 나약함, 그리고 신 앞에 우리 모두 한낱 나약한 인간일 수밖에 없다는 극명한 사실을 담은 장엄한 실화여서 더욱 자주 보게 된다. 사랑에 대한 질투에서 시작되어 신부가 되고 또 다시 살육으로 종지부를 찍는 맨도사, 그리고 거기에 나오는 수도자들 역시 사랑으로 시작하여 사랑으로 끝나지만 서로간의 사랑에 대한 견해가 다르다. 신에 대한 사랑을 표현하는 신부, 인간적인 사랑을 표출하고 마는 맨도사 대장! 그것이 실화라고 하니 더욱 매력적이다.

속세의 사랑에서 형과 동생이 한 여자를 첫사랑의 대상으로 삼고, 그녀를 차지하기 위해 결투를 통해 형이 동생을 살해한 후 그 죄책감을 해결하지 못한다. 그리고 온갖 고초 끝에 신에 대한 사랑으로 전환된다. 구약의 카인과 아벨이 야훼의 사랑을 차지하기 위해 질투를 하여 카인이 동생인 아벨을 죽인 것과 다름없다. 질투를 통해서 본 사랑이다. 그리고 장엄한 폭포와 절벽을 타고 올라가는 맨도사의 업보는 고행을 통한 속죄였다. 여자 때문에 동생을 살해한 대가로 속죄의 길을 떠난 것이다. 누가 시킨 것도 아니고 스스로의 가슴에서 우러나오는 양심의 소리에 따라 자신을 학대하고 파괴시키려는 처절한 속죄의 모습이다. 가톨릭을 보고 있는 것이 아니라 불교를 보고 있는 듯하다. 불교다운 풍경의 착각과 장엄한 동양적인 화면이 많이 펼쳐져 명상을 유도한다. 순수한 원주민과 원시림, 그리고 그가 인디언에 의해 인간적인 용서를 받고 울며 몸부림치는 그의 모습은 감동을 주기에 충분하다. 원주민 중 한 사람이 그의 죄를 용서해주는 밧줄 끊기 작업으로 또 다른 화해와 용서의 사랑이 피어난다. 그리고 그 영화가 끝날 때 요한복음 구절이 나오며 막을 내린다.

"어두움이 빛을 알지 못하더라."

결국 원주민의 영토는 식민지화되고, 대지는 정치적 희생양이 되어 살육과 피범벅이 되고 만다. 살육하는 강자(어두움)가 "신은 사랑이시다."라는 성경말씀(빛)을 모르더라는 약육강식의 현실을 보여주는 장엄한 예시적인 실화다. 이처럼 단순 명료하게 인간의 본성을 표현한 영화가 드물다. 질투에서 연유된 멍에 - 고통의 십자가 - 예수교도 간의 갈등 - 수도자 공동체 안의 내부적인 인간적 모순 - 살육 그리고 또 다시 살육 - 정치적 쟁점화 - 평화의 파괴로 종결되는 현실적인 실화다. 극명한 선과 악의 처절한 게임이다. 살인, 애정, 증오, 명상, 구원, 인간의 나약함, 맹세, 선과 악, 허무, 가치관의 대혼란 등 인간이 보여주는 사랑, 그리고 그 뒤편에 도사리고 있는 파괴적인 본능과 탐욕이 너무도 잘 묘사되어 있다. 이경규 씨와 박칼린 씨는 이 영화가 쉽게 칭송받는 이유가 배경음악의 아름다움 때문이라고 했다. 그러나 물론 배경음악도 아름답지만 영화의 내용이 이렇게 무게 있고 훌륭하기 때문에 칭송받는 것이다. 우리는 그 신부님들처럼 봉사하며 살고 있지는 않지만, 그러한 희생과 봉사를 서로 간에 열망하기를 빌어본다.

한국의 가톨릭이 복 받은 것은 사실이다. 세계의 가톨릭이 신부의 성추문과 교황의 콘돔 사용에 대한 헛소리로 부패하고 변질되는 가운데 이태석 신부를 하느님이 보내주시어 일침을 가한 것은 참으로 복 받은 일이다. 그렇지 않으면 살아가는 데 돈만 생각하는 우리들의 뇌가 갑자기 변하기는 힘들 것이다. 돈만 있고 사랑이 없다면 무슨 의미가 있겠는가? 신은 우리에게 더욱 가혹한 희생을 요구할 것 같다. 일본의 지진만 보아도 그렇다. 편리함에 대한 대가(代價)의 지불 아닐까? 계속 누리기만 원한다면 세상은 점점 더 힘들어질 것이다. 50년간 일본이 한 일을 몇 시간 만에 끝내는 것을 소위 말해 대자연 또는 신이라고 부른다. 인간이 50년간 이룩한 것을 신이 몇 시간 내에 단죄한다.

자아의식이 깊게 조명되면 될수록 그림자의 어둠은 깊어지게 마련이다. 선한 나를 주장하면 할수록 악한 것이 그 위에 도사린다. 짙게 도사리고 있던 그림자는 악을 구축하고 사회적 물의를 일으킨다. 도덕적인 청렴과 결백을 주장하는 자가 성적 추문에 휩싸이고, 정의를 주장하는 국회의원이 악의 구렁텅이 속에서 헤맨다. 고매한 철학과 지성을 지향하는 사람이 권력과 재물에 눈이 어두워진다. 나를 찾아 떠나면 떠날수록 나를 모르게 되고 끝내는 자기 자신도 모르고 죽는다. 예수와 하느님 아버지, 또는 신에게 가까이 가면 갈수록 악의 유혹은 더 심해진다.

그림을 완벽하게 그리려면 반드시 그림자가 필요하다. 그림자가 없는 그림은 평면적 구도이다. 빛과 그림자를 표시하는 그림이 티베트 불교의 탱화다. 만다라다. 인생의 반복적인 명암을 의미하기도 하며 윤회 같은 여러 가지 의미를 나타내기도 한다. 너무 많은 의미를 내포하고 있다. 때문에 신에게 가까이 가면 갈수록 즐거워야 하는데 죄책감과 도피하고 싶은 마음이 강해진다. 이를 이기려고 하는 자들이 수도자들이나 대부분 신의 뜻을 깨닫지 못한다. 하물며 일반 신도들은 그저 기도나 하다가 가는 게 인생이다. 빛과 그림자는 연속극에도 나타난다. 인간의 마음속에도 명암이 있고, 인생 전체에도 있으며, 하루 한 날에도 음영이 있다. 자신의 마음을 깊게 들여다보려고 기도를 하면 할수록 죄책감과 겸손함이 깊어진다. 나중에는 지나치게 쪼그라들어 버린다. 빛이 지나치면 그림자는 줄어들고 강해진다. 빛은 간장을 빚는 것과 같다. 너무 지나치게 졸이면 짜진다.

너무 어렵다면 연속극 '동해야'에 비교하면 이해가 쉽다. 동해와 동진은 서로 다른 이복형제인데, 동해는 선한 사람을 상징하고 동진이란 자는 악한 사람을 상징하도록 작가가 설정해 놓았다. 크게 보면 동진이가 악이고 동해는 선이다. 결국 선악의 징벌로 끝날 '신 장화와 홍련', '신 콩쥐와 팥쥐', 배다른 역할이 바뀐 '신 흥부와 놀부전'에 지나지 않는 연속극에 왜 우리는 미쳐 있을까? 다시 강조하면 빛과 그림자이다. 그림에서도 빛이 강해지면 어두움은 줄어들지만 강해진다. 빛이 약하면 어둠은 늘어나지만 안개처럼 스멀스멀 숨는다. 착한 일을 하려면 대단한 용기가 필요한 이유가 이 때문이다. 우리는 빛을 이용하여 사는 시간이 많은 것처럼 보이나 수많은 어두운 그림자를 극복하지 못하면 착한 일을 하기 힘들다. 선한 일에는 강한 반대자가 한두 사람이 아니다. 예를 들어 경찰이 시민을 위해 강도를 잡다가 우연히 순교하는 경우는 많지만, 아침에 출근하면서 가족들에게 허락을 받고 나오면 절대로 죽는 일이 안 생긴다. 경찰도 사람이므로 가족의 소망을 듣게 되어, 악질적인 강도라면 쫓아가는 척만 할 것이다. 가족의 소망은 당연히 사회정의 구현이 아닌 '살아오세요.'이다.

또 다시 예를 들면, 일본인들은 독일인과 비슷한 교육을 받는다. 잘 아시다시피 '타인을 배려하고 질서를 지키는 교육'만 초등학교 내내 한다. 그 긴 시간을 거기에 집중한다. 그러나 그들이 역사의 그림자 속에서 총칼을 들었던 과거를 보라. 얼마나 잔인한 일을 했는가? 집단적인 죄는 참으로 다루기 힘든 인간에 대한 신의 시험이다. 일본과 독일의 배려와 질서 문화가 뒤집어지면, 다시 말해 그들이 그 정신을 이용해 단합하여 총칼을 들면 언제든지 잔혹한 일이 가능하다. 오늘날도 가능하다. 이것이 그림자다. 미군이 월남전을 비롯해 평화를 앞세우고 나간 해외전쟁은 신의 마음에 슬픔만 일으켰을 뿐이다. 선한 전투요원들은 심한 죄의식과 외상 후 스트레스 증후군에 시달리게 되었다. 왜냐하면 그들은 일부 군인이긴 하지만 전쟁터에서 양민학살, 윤간, 심지어 여군의 남성에 대한 성적 희롱까지 마다하지 않았다. 가톨릭의 제2의 십자군 전쟁이나 다름없다. 얼마나 어리석은 일인가? 신이 그 모습을 보고 기뻐할 리도 없고, 만일 로마 교황이 좋아했다면 그는 개다. 좋아할 리도 없겠지만….

로마 교황에게 혼날지 모르지만, '사람들은 눈에 안 보이는 신'에게는 화를 내지만 눈에 보이는 '교황'에겐 두려움을 느낀다. AP 연합통신에 따르면, 성직자가 연루된 스캔들이 사회에 더욱 커다란 충격을 주는 것은 그들의 직업이 세속적인 직업과 구별된 '성직(聖職)'이기 때문이라고 한다. 그런데 최근에 공개된 가톨릭교회의 성직자와 관련된 아동 성추행이 세계적으로 더욱 화제가 된 데는 두 가지 이유가 있다. 장기간에 걸쳐 은폐하려는 시도가 있었다는 점과 가톨릭교회의 수장인 교황 베네딕트 16세가 관할했던 독일 교구에서 발생했다는 점이다(『시사저널』 1069호, 2010년 4월 14일자).

이렇게 되면 빛과 그림자가 명확히 보일 것이다. 배려심 많은 점잖은 독일 신부가 이런 일에 가담했다. 종교는 분명 세속화되어버린 일부를 탐하고 즐긴다. 특히 독일 시사 주간지 『슈피겔』은 100여 명의 가톨릭 성직자와 사제들이 1995년 이래 독일 전역에서 아동 성추행을 벌였다는 의혹을 담은 기사를 실었고, 이 때문에 바티칸은 더욱 긴장하기 시작했다. 그 이유는 현 교황 베네딕트 16세의 출신 교구에서도 이 같은 문제가 발생했기 때문이다. 현재 서구 세계 곳곳에서 드러난 가톨릭교회의 아동 성추행 문제와 은폐 의혹은 이제 베네딕트 16세 교황의 문 앞까지 근접해 있다. 베네딕트 교황은 바티칸으로 옮기기 전 뮌헨 추기경으로 1977년에서 1982년까지 재임했었는데, 뮌헨 추기경으로 있었던 1980년, 실제로 소년들을 성추행한 신부에게 병원 치료를 받게 한 후 다시 복직시켜서 추가적인 성추행이 벌어졌다는 것이다. 이에 대해서 바티칸 대변인 론바르디 주교는 "이 문제에 교황은 책임이 없다."라고만 발표하고 더 이상의 논평을 하지 않았다. 그 후 교황은 또 한 가지 실수를 한다.

【바티칸시티=AP 로이터/더데일리】김인규 기자 = 교황 베네딕토 16세가 "일부 경우에 있어 콘돔의 사용이 정당화될 수 있다."라고 언급했다. 교황 베네딕토 16세는 내주 출간 예정인 『세상의 빛』이라는 책에서 에이즈(후천성 면역 결핍증) 확산을 막기 위한 '특정한 경우'라면 콘돔 사용을 허용할 수 있다고 밝혔다.

교황 베네딕토 16세와 독일 가톨릭 저널리스트 피터 시월드의 인터뷰를 다룬 신간 『세상의 빛』에 따르면, 교황은 콘돔에 대한 변화된 입장을 보였다. 베네딕토 16세는 안 해도 될 말을 자주 하는 것 같다. 사실 한국에서 의사들도 이런 이야기가 낯 뜨겁고 귀찮아서 안 한다. 보건소 모자보건센터 보건 여성 간호사 요원들이나 하는 이야기다. 어찌되었든 서양의 명화들은 대부분 빛과 그림자를 가지고 있다. 동양의 그림은 공간이 있다. 명암을 평면으로 표시한다. 사람이 죽으면 '빛이 하얗게 보인다.'고 하던데, 나는 마취를 18시간 이상 당하는 수술 속에서 훌륭한 신부들의 순교를 보았다. 착한 사람이 아니었나 보다. 빛도 안 보이고 그림자도 안 보이고, 피 터지는 전쟁과 신부들의 순교만 꿈에서 보았다.

한국의 가톨릭은 선교에 의한 가톨릭이 아니라 지식인들이 스스로 받아들인 가톨릭 이라는 점이 자랑이라고들 말한다. 또한 이 땅의 민주화에 가톨릭이 기여했다. 나는 한국의 가톨릭을 존중하는 냉담 가톨릭 신자지만, 항상 한국의 가톨릭을 걱정하며 서양처럼 되지 않을까 주시하고 있다. 파문 따위는 웃기는 이야기다. 인간이 무슨 짓을 못 할까? 가톨릭이 나를 파문시키면 신이 나를 용서할 것이다. 다른 일은 문책하실지라도 말이다. 인간이 만든 법이 꼭 신에게 가까이 가는 법인 것은 아니다.

왜 빛은 안 보이고 순교하는 평신부가 보였을까? 나도 나를 모른다. 혹시 나보고 순교하라는 말은 아니겠지. 겁난다. 신이 다시 살려주고 로마 교황청에서 순교시킨다면… 설마 아니겠지. '그 이상한 그림자 없는 큰 빛이나 보여주시지. 평소에 신부들과 사이도 안 좋았는데…' 죽은 후 그림자에 대한 심판과 죄에 대한 심판을 피하고 싶다면, 자신의 빛보다 자신의 욕망을 더욱 더 성찰해야 할 것이다.

어디까지가 자살인가?

지금으로부터 25년 전이다. 아내의 할아버지의 죽음은 간단하고 명료했다. 그분은 신앙심에 가득 차 있었다. 그분의 눈은 초롱초롱 빛이 났고 옆구리에 항상 성경책을 가지고 다니셨다. 또한 늘 매우 홀가분한 기분이신 듯 보였다. 법정 스님과 이태석 신부의 사망 직전 얼굴은 병들어 누렇게 뜨고 깡말랐지만, 할아버지는 어느 때보다 젊게 보이셨다.

"할아버님 병은 살 수 있는 병이 아닌가요?"

"으응, CT(**단층사진 촬영**) 상 수술하기도 편한 위치고 뇌수종(Hydrocephalus)이어서 그리 걱정 안 하셔도 될 거야."

"감사합니다. 선배님."

평소에 친하게 지내던 신경외과 의사 선배의 명쾌한 답이었다. 그래서 나는 즐거운 마음으로 아내에게 이 소식을 알렸다. 그리고 며칠이 흘렀다. 그런데 그 즐거움도 잠시, 여러 군데에서 할아버지 일로 전화가 빗발쳤다.

"할아버지가 수술을 거부하신다네. 자네가 어떻게 한 번 해보소. 우리 영감 죽으면 안 된다 말이세."

할머니의 부탁이다.

"할아버지가 젊었을 때 그렇게 바람만 피시더니 교회를 한 1년도 안 다니셨을 거네. 그런데 갑자기 그렇게 신앙심이 깊어지서부렀단 말이세. 저렇게 주 하나님만 믿으면 된다며 기도만 하고 수술은 안 하겠다고 고집을 피우시니, 어떻게 한 번 해보소."

장모님의 간곡한 부탁이었다. 정신과 의사 모두를 설득의 귀재나 과학의 연금술사로 보시는 모양이다. 평소에 할아버님의 백구두, 점잖은 양복차림과 깔끔한 모습에 멋쟁이 할아버지라고만 생각했고, 당시엔 장가 온 지도 얼마 안 되어 할아버지가 바람둥이인 줄 몰랐다. 어찌나 남자다운지 남자인 나도 '참 매력 있는 분이다.'라고만 생각했었다.

"할아버지 좀 살려주세요. 성경책만 껴안고 구원 받았다고 저리도 행복해 하시니 죽겠어요."

아내의 부탁이다. 그때까지만 해도 별것도 아닌 것을 부탁한다고 쉽게 생각했다. 조금만 설득하면 될 줄 알았다. 한 시간 설득하면 되리라 생각했는데, 1주일이 지나도 설득이 안 되었다.

"할아버님! 그러지 마시고 수술 받으세요. 완치된대요. 그렇게 어려운 수술이 아니래요. 선배가 잘해준다고 했어요."

"태 서방! 고마운 말이나 나는 주님의 말씀을 깨달았고 인생에 한 점의 미련도 없네."

"완치가 된다는 수술을 안 받는 것은 이해가 안 가거든요. 수술 받으세요."

"좀 나가주게! 기도시간이네."

"할아버지! 고생만 하신 할머니가 불쌍하지도 않으세요? 제발 수술 받으세요."

“백날 해보게. 한번 믿음이 생긴 이상 내 뜻은 못 꺾네. 한 세상 한 판의 꿈같이 멋들어지게 놀다 간다네.”

도저히 나의 열성적인 설득에도, 가족과 의사의 설명에도 요지부동이었다. 도대체 신앙이란 무엇인가? 할아버지는 제대로 깨달은 것인가? 시간이 없는데, 내 눈엔 자살행위인데 말이다.

“선배! 우리 처 할아버지 말이야, 묶어서 마취 후 수술해줘. 내가 책임질게.”

“안 돼! 환자에게도 인권이란 게 있잖아.”

“… 허긴 잘못되면 선배 책임이 될 수도 있으니까….”

“그라제!”

할머니는 서럽게 우시고 할아버지는 얼마 후 성경책을 껴안고 조용히 돌아가셨다. 너무도 이기적인 죽음으로밖에 안 보였다. 할머니는 몇 날 며칠을 우시며 ‘나 혼자 어떻게 사느냐?’고 하셨지만, 할머니 역시 점잖은 분이어서 이내 이성을 찾고 일상으로 돌아가셨다. 법정이나 이태석 신부도 임종 전에 약간은 초조한 눈빛을 보였다는데, 아내의 할아버지는 당당하게 돌아가셨다. 그래서 그분들보다 더 위대하다는 이야기가 아니다. 돌아가신 분에게 누가 될까 두렵긴 하지만, 내 추리로는 바람둥이 할아버지가 어느 목사의 꾐에 넘어가 잠시 최면 상태나 종교적 황홀 상태에 빠진 것이 아닐까 하는 의문이 지금도 든다. 자살은 분명 아닌데 자살 같은 느낌을 지울 수가 없다. 정말 그 짧은 시간에 깨달으셨을까? 할아버지의 종교적 구원관에 의심을 품어선 안 되겠지만, 제발 구원받으시고 천국에서 행복을 누리시기를 빈다. 짧은 순간의 헛된 망상이 아니기를 빈다.

기독교나 가톨릭에서 자살은 용서 받지 못할 죄로 취급하고 구원의 결격 사유로 생각한다. 하지만 요즈음처럼 자살이 흔한 사회에서 자살이 용서받지 못한다는 말은 너무 가혹하게 들린다. 왜냐하면 자살을 하려면 먼저 우울증에 걸리든지, 정신이 분열되든지, 아니면 다른 정신병에 걸려야 하기 때문이다. 다시 말해 환자는 이미 극도로 예민하고 종교에 다가갈 정신적 여유가 하나도 없을 뿐만 아니라 우울증으로 탈진되어 있다. 할아버지와 달리 황홀경이 아닌, 이미 마음이 분열되고 혼란한 자에게 '신에게로 나아가라!'라고 말할 수는 없다. 그는 또는 그녀는 이미 정신병자이기 때문이고 병자로서 불쌍히 여김을 받아야 되기 때문이다. 자살의 스펙트럼 중 어느 부분이 죄의 사함을 받아야 구천을 떠돌지 않고 원혼이 쉬지 않을까 싶다. 정신병 환자는 성경에 나오는, 불쌍히 여겨야 되는 환자이기 때문이다. 자살을 미화해서도 안 되지만, 자살에 대한 변론은 남겨두고 싶다.

간 이식도 마찬가지다. 간 이식을 하면 힘들어진다는 주장이 약간 있고, 간 이식을 했더니 나처럼 좋더라가 대세라면 해볼 만한 수술이지만, 모든 조건이 갖추어지더라도 본인이 포기하면 죽음뿐이다. 자아도취와 우울증은 간병보다 더 심한 정말 못 말리는 병이다. 자아도취는 교만하게 하고 우울증은 사람의 용기를 빼앗아가기도 한다. 살고 싶은 의지를 꺾어버리는 마음의 병이 더 무섭다. 구원받고 싶은 욕망을 뺏긴 자에게 종교를 강요할 수 없는 것과 같다.

나중에 알았지만 할아버지를 전담한 신경외과 선배의사는 지독한 강박증 환자였고 할아버지를 결박해서 수술할 배짱이 없는 의사였다. 하지만 의사는 그렇게 냉정한 사람들에게 어울리는 직업이다. 내가 신경외과 의사라면 밤 2시에 몰래 아내의 할아버지를 묶어서 '대가리 깐다.'는 수술을 했을 것이다. 왜냐? 난 성격도 급하지만 훌륭한 의사도 아니니까….

바늘구멍과 천국
(6개월마다 치과에 가세요)

한참 간경화로 힘들 때 가장 도움이 되었던 것은 아내의 기도와 아내가 함께 하자고 한 기도다. 명목상 백일기도였지만, 6개월 이상 지속되었다. 솔직히 말해 할 일이 기도밖에 없었다. 원래 나는 지극히 자폐적이고 내성적이다. 길에 핀 제비꽃, 들꽃을 보고 멍하니 앉아 있거나, 군사훈련 시간에도 하늘을 쳐다보는 낭만적인 사람이었다. 그래서 그 지루한 기도도 재미가 있었다. 다 나은 다음엔 안 했다. 간절히 바라지 않고 다시 게을러졌기 때문이다.

내가 좀 사회화되고 명랑해진 것은 전문의를 따고 경제적 여건이 좀 좋아진 다음이다. 나는 쓸데없는 몽상을 좋아한다. 나에게는 여러 친구가 있지만 다들 별 사연이 없는 부자 의사들이고, 사연이 없어서 별로 가까운 사이들이 아니다. 그런데도 귀찮게 아플 때 '나도 아프면 내라.'라는 곗돈을 보내주었다. 고마운 일이다. 사실 다 이야기하라고 하면 이 귀찮은 에세이인가 리포트인가 모를 일을 한 번 더 해야 하기에 생략한다.

나에겐 이들보다 더 소중한 두 친구가 있다. 둘 다 선배이고 종교인이다. 한 사람은 집에 가면 성모상과 십자가만 있고 성경책만 보신다. 과거엔 텔레비전도 없었는데 요즈음은 '동해야'라는 연속극을 보시는 걸로 보아 텔레비전도 장만하시고, 시간을 죽이는 걸로 보아 늙어서 만사가 귀찮으신 모양이다. 이분 이야기는 별로 기 막힌 사연이 없는 교수라서 생략한다. 또 한 분은 기독교 장로 겸 치과의사인데 만날 때마다 성경 이야기만 한다.

이분 이야기만 하기로 하자. 나는 면역 억제제를 먹은 이후 식욕이 좋아져서 체중이 엄청나게 불고 충치가 생기고 이가 시려서 치과에 자주 들른다. L 원장(선배)에게 가면 이빨 치료도 공짜지만 영광의 굴비정식, 백합죽, 영광 떡, 회도 공짜로 사준다. 참 좋은 선배다. 당뇨와 고혈압엔 적게 먹는 것이 좋은데 자꾸 무엇을 먹인다. 덕분에 배가 산더미 같아졌다. 면역 억제제 중 특히 코티졸은 지방을 축적하는 기능이 있고 식욕이 엄청나게 좋아지게 한다. 약의 부작용이니 어쩔 수 없다. 억지로 적게 먹어야 되는데 다 맛있다. 그리고 성경공부를 한다. 사실 난 기독교 신자들처럼 무슨 복음 몇 장 몇 절에 "하느님을 시험하지 마라."라는 구절이 있는지도 모르고 그냥 듣기만 한다. 사실 그 선배의 지루한 성경 이야기를 들으려면 상당한 인내력이 필요하다. 그래서 음식만 먹고 듣기만 한다.

"난 네가 좋다. 나의 긴 성경 이야기를 들어주니까. 세상은 말세가 오는데 거의 말세가 다 되었다. 그래서 주님의 구원을 준비해야 한다."

"어떻게?"

"일단 김치를 3년 치를 마누라한테 담으라고 배추를 사다줘. 그리고 쌀과 마스크, 생수도 3년 치를 사서 저장해. 앞으로 집과 차가 문제가 아니야. 말세가 오면 식수가 다 오염된다는 구절이 나와. 그러니까 식수를 찾는데, 지하수를 찾아야 돼." 나는 그래도 밥값은 해야겠다 싶어 굴비를 통째로 먹다가 말을 거든다.

"방독면이 빠졌네."

"아! 참! 방독면도 중요해. 일본 원전의 낙진을 조심해야지."

"그나저나 김치는 형수 혼자 담아요, 삼년 치를?"

"당연하지."

"허리 빠지겠네."

"곧 말세가 와, 우리는 주님의 심판을 기다려야 해."

"지난달에 말세라며?"

"사람들이 기도를 많이 해서 몇 달 연기를 해주신 거야."

"그러다 형 이혼 당하는 것 아니야. 형 앞의 굴비는 안 먹고 말만 할 거제."

"이혼은 무슨? 으응 너 다 먹어."

나는 밥을 다 먹고 한 마디 강론을 시작한다. 밥값과 치료 값은 해야 하니까.

"월남전부터 시작해서 아프가니스탄, 걸프, 이라크 전쟁에 이르기까지 미군들의 제2의 십자군 전쟁을 치르고 있고 지금도 전쟁을 하고 있어. 무기장사를 위하여, 석유를 위해서 말이야. 그런데 대표적인 집단 범죄가 미군들의 양민학살이야. 예를 들어 12명의 병사가 이동 중 월남의 농민을 보고 한 곳으로 모아놓고 정규군도 아닌 일반인을 베트콩으로 우긴 사건이 있었대. 그 미군 중 한 명이 개머리판으로 양민의 머리를 치면서 '너 베트콩이지?'라고 했더니 '아니요.' 했어. 마침 이들은 금방 다른 지역에서 전투를 하고 온 후라 아주 신경질적이 되어 있었지. 모두 다 베트콩으로 보이는 거야. 우리가 미국인을 보면 다 똑같이 보이듯 말이야. 그래서 한 병사가 총을 쏘아대기 시작하자 다른 군인들도 쏘아대기 시작했어. 그런데 한 군인만 총을 안 쏘았어. 그들이 베트콩인지 양민인지 구분이 안 간 상태에서 총을 쏠 수 없다는 것이 그의 논리였어. 대장은 화가 나고 두려웠어. '만일 이놈이 우리를 군법회의에 넘긴다면 상당히 복잡해지겠군.' 하는 생각에 이르자 대장은 그 총을 안 쏜 군인을 즉결처분 해버렸어.

이런 살상, 윤간, 양민학살과 고문 등은 도처에서 암묵적으로 이루어졌대. 다들 정규군이 아닌 사람을 죽일 때 '그래서는 안 돼.'라고 외치는 사람은 죽었고 천국에 갔다는 이야기야. 다시 말해 천국에 가려면 생명을 걸어야 하고 그만큼 어렵다는 이야기가 '천국을 가는 것은 낙타가 바늘귀를 통과하는 것만큼 어렵다'는 그 말이야."

"야! 넌 어떻게 그렇게 성경을 잘 아냐? 난 20년 후에나 깨달은 것을 금방 알다니… 너 천재다."

"나 바보야. 우리 집에서 제일 미련하다고 항상 아버님이 그러셨어. 뭐 한 수 더 가르쳐준다면, '참 신앙을 행하는 것은 그 자체가 성경이다.'라는 말도 어디서 본 것 같고, '선한 일을 행하는 것만으로도 참 신앙이다.'라는 말도 어딘가 있을 거야. 뭐 붙이면 다 말이 되는 게 성경이던데…"

"야, 너 대단하다. 네가 장로 해라."

"그나저나 선배! 왜 나만 보면 성경 이야기를 길게 해? 운철이나 철수한테는 안 하고 말이야."

"걔들에게 이런 말을 하면 나보다 미친놈이라고 그래. 넌 영적 기운과 영성이 있어, 넌 모르지만…. 운철이나 철수는 눈에 빛이 없고 맨날 땅과 세금 이야기밖에 안 하잖아. 걔들은 영성적 체험과 종교적 관심이 없어. 생긴 걸 봐라. 그 애들은 돈벌이 의사야."

"무슨 소리? 착하기만 하던데…"

우리는 식사를 마치고 광주로 향하기 위해 선배의 차에 올랐다. 난 이 선배가 왜 이렇게 종교에 심취해서 교회에서 장로 생활을 하는지 모른다. 그러나 왜 그런지 궁금했다. 57세인데도 마음이 어린아이처럼 착하다.

"선배는 언제부터, 왜 종교에 관심이 많아졌지?"

"…"

무언가 가슴 아픈 사연이 있다는 침묵이 잠시 흐른 다음 눈물을 글썽였다. 나는 30년 이상 알며 지낸 선배의 사연을 듣고 깜짝 놀랐다. 그렇게 가슴 아픈 사연들이 상처가 되어 있었다니.

"그러니까 내 이야기를 한번 들어보렴. 난 원래 교장 선생님의 셋째 아들로 태어났어. 아버지는 엄격하고 대단히 꼼꼼한 분이었지."

"뭐, 평범하고 나보다 더 좋은 집안이네."

"더 들어보시게나. 원래 6형제인데 지금은 세 명만 남아서 국내에 살아. 형 둘은 먼저 천국에 가고, 한 명은 그 꼴에 너무 지쳐 스위스로 가버리고, 두 명은 신장 이식을 해서 너처럼 면역 억제제를 먹고 살아."

"뭐가 상당히 복잡하네."

"… 그러게 말이야. 그런데 살아가다가 그럴 수도 있는지 모르겠지만, 두 형이 다 성장해서 사춘기쯤에 무슨 전염병을 앓더니 그만 정신 지체로 살다가 죽어버렸어. 그때부터 난 도대체 어떤 존재이고 무엇을 위해 세상에 태어났는가 고민하기 시작하다가, 신앙이 없으면 죽을 것 같이 두려워 신앙을 선택했지."

키가 크고 음악을 좋아하고, 플루트를 잘 불고 미남이고, 항상 웃고 나와는 달리 화내는 법이 없는 이 선배가 지금 무슨 말을 하고 있는 가. 나는 눈물이 나오려는 것을 참느라고 혼났다. 왜냐하면 아들을 잃어본 경험이 있는 나로서는 가까운 가족의 죽음이 얼마나 큰 상처가

제주도의 이름 모를 섬

되는지 누구보다 잘 알고 있기 때문이었다. 그것도 사춘기에 두 형의 죽음은 큰 상처가 된다. "내가 30년 이상 알고 지낸 선배에게 한없이 미안하다."는 것이 나의 짧은 소견이었다.

"그런 상처가 있었구나."

"그게 끝이 아니야. 마음의 의지가 되었던 이기적인 큰 누나는 다 잊고 싶다며 스위스로 떠나고, 그 후로 두 여동생은 신장 이식을 받고 뭐가 복잡하더라고…. 쉽게 말해 하나님! 해도 너무하지 않소? 라는 질문에서 신앙을 택한 것이 장로까지 되어버린 거야."

"…."

난 인제부터 아무 할 말이 없었다. 듣기만 하면 된다는 것을 잘 알고 있었기 때문이다.

"그래서 3대에 걸쳐 내 집안 내력을 조사하기 시작했어. 아무 잘못도 한 것 없고 흠이 없었어. 몇 년간 조사하다가 최근에 발견한 것이 4 대 친할아버지가 여자를 한 집에 8명을 데리고 살았다는 거야. 그래서 그것 때문에 내가 죄를 받고 있는 거라고 생각되었어."

"선배도 나처럼 귀신을 믿는구나."

"그럼, 귀신이라기보다는 요즈음엔 DNA라고들 하잖아."

이 섬을 자세히 보라. 섬의 윗부분을 보고 이 섬을 다 보았다고 하면 곤란하다. 이 섬의 바다 밑 쪽 기둥에는 더 많은 생물들의 더 긴 사연이 있을 것이다. 젊은 의사들은 프로이트의 무의식을 연상하지만 인간과 자연은 그 이상의 스토리를 가지고 있다. 예를 들면 기린이 떼지어 다닌다고 이야기하지만, 어떤 기린은 혼자서 돌아다니기도 한다. 갈매기는 여럿이 모여 먹이활동을 한다고 하지만, 따로 혼자 다니는 놈도 있다. 펭귄이 물속으로 가는 것으로 알았는데 산으로 가는 놈이 있고, 표범이 멧돼지를 이긴다고 알고 있지만 가끔은 멧돼지가 이기기도 한다. 그리고 우리는 왜 펭귄이 산으로 가느냐고 묻고 그것이 비과학적이라고 하지만, 산으로 가는 펭귄을 잡아서 무리에게 섞어놓은들 산으로 다시 갈 뿐 우리는 그 이유를 모른다. 가끔 물고기가 공중을 날다가 갈매기 밥이 되곤 한다. 역시 그 이유를 모른다. 단지 과학자들은 저것은 비정상이라고 말할 뿐이다. 아무것도 모르면서….

도대체 세상은 어떻게 이루어지고 인간은 어떻게 살아가는 걸까? 난 아직도 잘 모른다. 다만 세상이 신비하고 경이로울 뿐이다. 남극의 B-15라는 기지에 가면 지하 380미터, 지상 48미터의 얼음으로 구성된 대륙이 있다고 한다. 거기서 근무하는 세계적인 과학자들은 타이타닉을 만든 나라보다 더 큰 얼음 덩어리를 모른다고 한다. 인간이란 무엇일까? 인간도 이 빙하의 수수께끼처럼 신비로운 형성 과정을 거칠 것 같이 보인다.

　단순히 그 선량한 예수 같은 선배를 정신과식으로 해석하자면 '죽은 형들'에게 줄 음식을 끊임없이 누구에겐가 사주고 싶은 것으로 해석할 수도 있다. 하지만 이런 해석은 오히려 상대의 상처를 건드릴 수 있다. 잊혀 있는 것이 더 좋을 수도 있어 난 아무 말도 하지 않았다. 상처를 계속 건드려서 상처가 더 깊어지면 통증도 깊어지고, 어느 순간 나 자신이 통증 속에서 사는 것이 당연하다고 느껴버리는 경험들이 나에게나 그 선배에게도 너무 많다는 생각만 했다. 목사의 아들로 태어나 장로를 하는 편안한 사람과 집안에 신부가 많아 신부가 되는 사람들은 상처가 없기에 예수를 죽을 때까지 보지 못할 수도 있다. 그냥 감투나 계급일 뿐이라고 생각하고 살 것이다.

　목이 마르기 시작하면 처음엔 목이 너무 마르지만, 어느 단계를 넘어서버리면 우리 몸에서 호르몬이 나와 목이 마른지 모르게 한다. 배가 처음 고플 때는 배가 굉장히 고프지만 자주 지나치게 굶으면 배가 고픈지를 모르며, 상처가 나서 처음엔 통증을 느끼지만 너무 오래 지속되면 통증인지 모르고 지나간다. 또한 슬픔이 시작되면 고달프나 슬픔 속에 묻히면 그게 슬픔인지 모른다. 그러나 지나치면 죽는다. 다 나으면 잊힌다. '형을 행복하게 해주는 것은 그 선배의 형처럼 계속 맛있게 굴비를 먹는 일이겠구나.' 아픈 것을 깨우지 말자. 적당한 상처가 그를 천국으로 인도할 것이다.

제9장
죽은 자를 위하여

법정 스님 책에 『아름다운 마무리』라는 것이 있는데 내용을 까먹었다. 단지 법당에 가거나 교회에 갈 때 구원 받아야겠다든가 깨달아야겠다는 목적을 가지고 다니라고 말한 것을 기억한다. 아무 목적 없이 다니지 말라고 한다. 그러나 나는 아무 생각 없이 가라고 하고 싶다. 무슨 생각을 하면 마음이 더 복잡해져서 못 간다. 그저 멍청히 법당에 앉아서 놀거나 절을 하다 보면 영감을 얻거나 느닷없이 깨달음이 올지 어떻게 알겠는가? 다시 말해서 법정 스님은 목적파이고, 나는 대충대충 사는 대강파이다. 좋게 말하면 프리랜서 같은 프리파이다.

사실 질병에서 아름답게 마무리되는 것은 건강하게 살아남는 것뿐이다. 그래서인지 법정 스님이 돌아가시기 며칠 전 텔레비전에 비친 모습은 '깡마르고 수척한'이라는 표현이 더 맞다. 다시 말해 아름다운 마무리는 살아남은 자의 몫이어서 죽어버린 자에게는 미안하기 그지없는 일이다. 살았다고 자랑하는 것 같아 더욱 송구스럽다. 그래서 아름다운 마무리보다는 그냥 죽은 자를 위하고 산 자를 위해서 위로의 글을 쓰려 한다.

돌아가신 모모 님들에게

저는 당신들이 어떻게 죽어갔는지 잘 모릅니다. 그러나 저의 경험상 대강 이러하더군요. 대단히 힘들고 고통스러워서 신을 배신할 정도의 찢어지는 통증을 느꼈으리라 추측됩니다. 마약이 없으면 너무나 아프더군요. 이승도 모르고 저승도 모르는 제가 감히 죽음이 좋은지 삶이 좋은지 알 턱이 없지요. 그래도 용기 있게 죽음의 미션을 수행하셨군요. 감히 죽음의 문턱 앞까지 안 가본 자들이 그 통증을 이해할 수 있겠습니까? 저 역시 길지는 않지만 수많은 모함과 오해를 받아가며 살아보았습니다.

B형 간염의 모체로부터 수직감염에서 시작된 당신의 간염은 간암에 이르러 사망하거나 출혈로 사망하셨겠지요. 술 담배를 많이 해서 죽었다는 오해를 받으셨을지도 모르겠습니다. 물론 술 담배를 많이 한 사람이 더 많겠지요. 저 역시 길지는 않았지만 살이 찢어지는 고통과 멈추지 않는 출혈로 극도의 두려움에 떨면서 신을 찾았습니다. 요즈음에도 좋아진 저 자신을 보며 교만해질 때도 있지만, 당신이 겪다가 지쳐서 돌아가신 그 고통을 생각하려 합니다. 왜냐하면 고통과 슬픔은 사람을 겸손하게 만들며 미미한 존재로 만들더군요. 나 자신 우주의 미아가 된 느낌이 들더군요. 한편으로는 지극한 감사와 은총을 느껴 매우 혼란스러운 감정이었습니다. 그러나 어차피 또 다시 종점에서 당신들과 만나게 될 것입니다. 완치되었다 한들 삶의 시간이 조금 연장되었을 뿐입니다. 하오

니 부디 간을 또는 신장을 가족들이 안 주었다거나 못 구했다고 분노하지 않았으면 합니다. 죽음은 누구나 맞이하는 길입니다.

저 역시 그러한 경험을 했습니다. 그런 체험을 한 순간 인간인지라 분노했습니다. 온몸에 힘이 쭉 빠지고 이 세상에 가족마저 도움이 안 된다는 원망과 비감으로 흔들리고, 지하 깊은 곳으로, 바다 깊은 곳으로 쑥 빠지는 느낌이었습니다. 공감합니다. 동시에 가족들에겐 미안한 마음만 들어 혼났습니다. 한 쪽엔 원망이, 그리고 한 쪽엔 감사와 미안함이 혼재된 감정이라니. 참 혼란스러웠습니다. 그러다가 온몸이 솜털처럼 힘이 탁 빠지자 올 것이 오고 있다는 생각이 들더군요. 저는 모든 고통과 삶이 끝나는 줄 알았습니다.

간의 질병 이외에 다른 죽음도 이야기해보지요. 당신이 혹시 사채 때문에 자살하거나 죽었다면 돈을 욕하시고, 사채업자들을 용서할 수만 있다면 용서하시기를 빕니다. 왜냐하면 이 세상에서 용서받을 수 없는 사람들이 많이 있는데 고문 기술자, 전쟁광, 사채업자, 세리 등입니다. 다른 종류도 더 많겠지요. 그들은 따로 하느님이 지옥의 불과 늪에 빠뜨릴 것입니다. 사채와 보증의 늪은 뱀처럼 유혹이 심해서, 그리고 그 늪의 깊이를 알 수 없는 당신은 그것들의 수렁이 얼마나 깊은지를 깨달았을 때, 때는 이미 늦었을 것입니다. 당신이 너무 큰 사업체를 벌려 부에 대한 욕망을 다스리지 못한 탓도 있지만, 그 점을 들어 신에게 용서를 구하십시오. 이승의 종교들은 자살은 구원이 안 된다고 하나 제 생각은 그렇지 않습니다. 신은 그렇게 쩨쩨하지도 않고 소심하지도 않으리라 봅니다. 정신과 의사가 보기에 자살은 병에 지나지 않습니다. 병든 자의 혼을 지옥에 내리친다는 이론은 살아 있는 자의 심판일 뿐,

옥황상제나 신들의 생각이 아닐 수도 있습니다. 꼭 그 자살자를 처단하기 원하는 기독교 신자라면 잡초와 덤불과 함께 태우듯이 신께서 같이 태울 수도 있다는 것이 제 이론입니다. 자살이 허용되는 나라도 있습니다. 그러므로 신은 한 번의 기회는 더 주시리라 봅니다.

당신이 돈이 없어 병사했다면 커다란 축복입니다. 신은 사람이 남을 돕고 극빈자로 죽는 것이 자신을 닮았다고 칭송합니다. 분명 주님의 은총으로 죄의 사함을 받을 것입니다. 당신이 타인을 위해 과로하다 죽었다면 신은 순교나 순직 처리를 해주실 것입니다. 당신은 멋진 나라와 가족을 위한 119 대원입니다. 당신이 정당한 일을 했는데 정부에서 고문하여 죽었다면 당신은 후세에 정의를 알린 것이니, 고문했던 자를 용서하시기 바랍니다. 그자는 명백한 신의 몫입니다. 신이 그를 처벌할 것이 분명합니다. 그는 권력으로 위장하여 악마의 지시를 받은 것입니다. 때문에 신은 그 악마를 처리하는 자를 불러 처벌을 내릴 것입니다. 혼을 내줄 것입니다.

제발 사람들 말처럼 이승보다 저승이 더욱 편한 곳이길 빕니다. 이외에도 억울하게 죽은 자들을 위해 이 책을 통해 기도합니다. 제발 불쌍한 산자들을 너그럽게 용서해주시기를 빕니다. 또한 너무도 슬프게 죽거나 원한 맺힌 영혼을 위해 기도합니다. 그 어떤 말도 위로가 안 되는 보호자를 위해서도 기도합니다. 물론 그럴 때는 주변의 침묵이 약이 되기도 하더군요. 위로의 말에 감사보다는 귀찮거나 본의 아니게 자존심을 건드려서 짜증이 나니까요. 침묵만이 기도가 될 때도 있습니다.

가만히 생각해보니 나 자신을 위한 기도와 생존자를 위한 기도는 많이 했지만, 죽은 자를 위한 기도는 해본 적이 없었다. 어차피 우리가 갈 길이라면 돌아가신 분들에 대한 기도도 조금은 해보자. 본인의 조상 말고…. 그런데 죽음의 종류가 너무 많아 기도하기에 너무 사연이 많다. 죽음의 종류란 제목으로 책을 한 권 써도 될 것 같다.

삶에 대해 알고 싶거든…

한번 죽었다 깨어나 보라는 것이 나의 믿음이다.

왜냐하면 죽어버린 자와 그의 가족들에게 한없이 미안하기 때문이다.

봄이 오는 소리

　자연은 항상 어김없이 봄을 보내 우리를 너그럽게 대한다. 겨울만을 주지 않고 얼음물을 녹이며, 시냇물이 녹아서 다시 흐르고 녹색의 쑥들과 새싹들이 새로 태어난다. 그런데 봄이 온다는 것만으로도 왜 이렇게 우리는 행복해 할까? 거리엔 벚꽃구경 간다며 차들이 밀리고 즐겁게 근교 시골로 차들이 향하고, 돌아올 때 막히더라도 우선 떠나고 본다.

　그만큼 새봄에 대한 기대가 크다. 매년 그렇다. 자연은 그만큼 너그럽다. 고창 선운사의 동백은 조금 뒤에 피겠지만, 벽에 딱 붙어 무슨 소나무 벽화 같은 송악(천연기념물 367호)은 얼마나 경이롭고 늠름한가. 인간이 저런 수천 년 내려온 소나무 한 그루보다 못하다니 실로 한심하다. 그에 비해 저 송악은 얼마나 푸르고 당당한가?

　예로부터 소나무는 선비의 기개를 말하고 대나무와 같이 지조를 의미한다. 이렇게 아름다운 계절에 나는 또 어떤 길을 가야 하는가? 인간의 죽음 뒤에 창조되는 부패와 변패가 저 송악처럼 아름다울 수가

고창 선운사, 송악, 천연기념물 367호

없다. 그러한 귀중한 시간들이 또 내 앞에 놓여 있다. 저 송악이 새로운 봄을 맞이하듯 나와 더불어 모든 것이 살아 있다. 죽기 전에… 모든 것을 사랑하자.

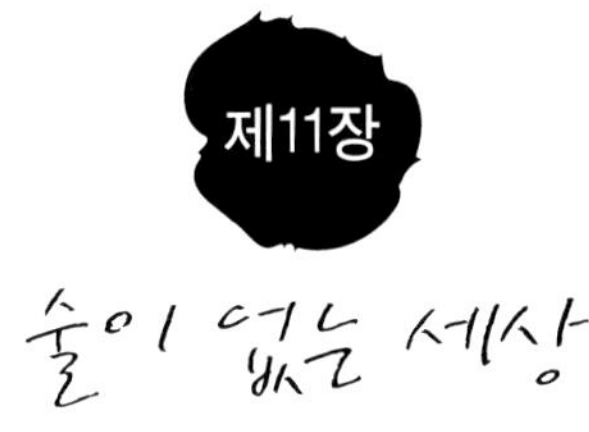

술이 없는 세상

알코올리즘을 전멸시키겠다는 정신과 의사는 미친놈이라는 것이 나의 지론이다. 돈에 미친 놈이다. 술은 그만큼 끊기 어렵기 때문이다. 술과 종교는 비슷하다, 중독되므로…. 종교와 술은 인생의 윤활유다. 생명이다. 세상의 모든 예술이 술을 마시고 태어난다. 시, 그림, 노래, 소설가의 흡연 등을 통해 탄생한다. 술에는 '다시는 안 마신다'는 '참회'라는 영성이 들어 있다. 강박증에는 예수의 완벽함이라는 영성이 들어 있다고 한다. 병적이지만 지나치게 완벽을 추구하는 것에도 영성이 있다. 그러므로 술을 마시더라도 언제든 끊으려 하는 마음을 가지고 살아야 한다. 문자 그대로 언제든지 끊으면 된다. 그리고 끊으려고 노력하는 기회는 날마다 있다.

더구나 적당히 마실 수 있다면 얼마나 좋겠는가? 아내는 뒤에서 고기를 볶고 나는 낚시터에 앉아 낚시를 하면서 전어와 피라미를 잡는다. 전어와 돼지고기는 굽고 피라미들은 모아서 탕을 끓여 소주 한 잔을 마신다. 기분은 천상을 헤맨다. 가을 전어와 가을바다 풍광과 어

우러진다. 너무 아름답고 세상이 깨끗하게 보여 바다에 풍덩하고 싶어진다. 취해서 시와 노래가 절로 나온다. 극락이 따로 없다. 텔레비전의 먹는 프로그램을 보고 술 마시는 상상을 해본다. 그리고 물을 한 모금 마신다, 술 대신에….

술과 고기 없어도 먹을 것은 많다. 술 담배를 안 하니까 자꾸 쓸데없는 것을 먹어 체중이 늘어난다. 이것저것 관리할 것도 많은데, 건강관리는 힘들다. 술은 마력을 지닌다. 계속 취해서 넘어질 때까지 마시게끔 유도한다. 담배 한 모금도 별미다. 그러나 그것들은 건강을 해치는 사탄이고 마약이며 아내와의 약속을 깨뜨린다. 가족을 위하고 나를 위해서 한 잔도 안 마셔야지. 술이 없는 세상을 만들 수는 없지만, 술을 안 마시는 사회적 분위기도 만들 수 있고, 술을 안 마시고 흡연도 하지 않는 사람이 늘게 할 수는 있다.

상실의 시기

옛날에 한 사람이 산을 걸으면서 산에 길이 있어야겠다고 생각했다. 그래서 길을 냈다. 마을엔 도로가 없자 한 사람이 도로를 내자고 했고 여러 사람이 동의했다. 그래서 도로가 났다. 옛날에 어떤 사람이 공산주의나 군사독재보다는 민주주의가 좋다고 해서 많은 사람들이 죽었다. 그 후 민주주의가 되었다. 그리고 후손들은 감사할 줄도 모르는 채 산길과 도로를 아버지보다 더 좋은 차로 달리며 민주주의를 누린다.

한편 무심한 자식 놈들이나 후손들은 전후세대들을 알아주지도 않을 뿐더러 산길과 도로에 대한 감사도 할 줄 모른다. 전후세대들은 가정도 없이 밤낮으로 대한민국을 만들다가 퇴직해 집에 돌아오면 아내에게 배척받는 커다란 상실감만 남았다. 아내는 30여 년간 남편과 자식을 위해 희생했기에 무슨 보상을 남편이 해주리라고 믿었는데 늙고 나니 아무것도 없다. 늦게 귀가하던 남편이 집에 눌러앉아 긴 한숨 쉬는 모습을 보니 불쌍하기도 하지만 직장을 제대한 남편이 달갑지는 않다.

사회는 이 세대를 전후세대라 하고 젊은이들은 그들을 기피한다. 전후세대에게 있어 유교 사회가 근간이 되었던 과거에 돈이란 확실히 천박한 것이었다. 그렇다고 뭐 옛날엔 돈에 관심이 없었는가? 그건 아니다. 단지 유교라는 것도 지금 인터넷처럼 통치의 한 수단이었다. 그런데 요즈음은 민주사회라는 이름하에 사람들은 돈 이야기만 한다. 그저 돈이면 다 된다는 분위기다. 그래서 50대에서 70대는

① 서열과 계급의 상실 : 유교적 뿌리를 빼앗기고 돈을 이야기하지만 돈도 별로 없다고 생각한다.

② 자존심의 상실 : 1950년 이후 국토 건설과 국가 경제를 일으켜 한강의 기적을 이루었지만, 돈이 없으면 '무능력자' 또는 ' 노력하지 않는 자'로 가족과 사회에서 낙인을 찍는다. 딱 까놓고 이야기해서 대한민국의 부자들은 건전한 생산 활동의 그룹보다는 땅으로 부자가 된 그룹들이다. 땅으로 부자가 되기 쉬운 세상이었다. 건전한 생산 활동만 한 사람들은 거의 노후자금이 없다고 보면 된다. 그래도 젊었을 때 고위직 공무원을 하고 아무런 부정을 하지 않고 성실히 살았다면 틀림없이 거지다. 거기서 황혼이혼이라도 당해 위자료 주고 나면 더 거지가 된다. 부정한 짓을 많이 해서 난 재산가라고 자부한다면 할 말이 없지만 말이다.

③ 건강의 상실 : 사실은 40대부터 서서히 시작된 병과 암의 발병 그룹에 들어간다.

④ 경제적 상실 : 40대 말과 50대 초라면 대학에 다니는 대학생 자녀와 실업자를 데리고 산다. 또한 자신도 명퇴하여 실업자일 수 있다.

⑤ 자녀의 상실 : 사실 이 점은 옛날과는 반대다. 집안의 딸들이 결혼하면 옛 어른들은 쓸쓸하게 생각하여 empty nest syndrome(비둘기들의 알이 새가 되어 날아가버리는 것을 빗대어, 인간의 자식들이 하나 둘 결혼하여 집을 떠나 부모 홀로 집을 지키는 현상)이라고 했으나, 미혼과 이혼율의 증가로 자식과 같이 살며 한숨짓는 가족들을 뭐라고 해야 할지 모르겠다.

⑥ 권위의 상실 : 실직, 질병, 경제적 빈곤까지 겹치면서 아내나 가족으로부터 권위를 상실하게 되는데, 이는 질병에 대한 두려움 못지않다. 이외에도 수많은 상실을 경험하게 된다. 여기서 탈피하는 방법이 취미와 3D 직업이라도 가지는 것과 건강을 유지하는 것인데, 이것이 가장 큰일들이다. 만일 이 두 가지가 충족만 되어도 감사하고 행복해 하는 사람이 되어야 한다.

⑦ 신체의 상실 : 건강뿐만 아니라 신체의 일부가 상실된다. 대표적인 것이 '이(teeth)'다. 이빨이 하나하나 썩고 빠질 때 받는 충격은 무섭다. 물론 부자에겐 이빨 10개 가는 데 2~3천만 원이 소요되는 임플란트를 하면 되지만, 실직자들에겐 부담스럽다.

인생은 힘든 것이다. 그러나 나이 들수록 감사해야 하며, 하루하루 살고 숨 쉬는 것을 기뻐하며 서로들 아끼고 배려하고 사랑해야 한다.

"요즈음은 삽을 너무 잘 만들어. 삽자루가 옛날엔 나무였는데 요즈음은 쇠더라구…."

"그래, 집에 삽, 낫, 사냥총 같은 것은 다 없애야겠어. 너희들 통장 관리는 잘하고 있지?"

경기도의 400억짜리 부자가 부부싸움을 하다가 아내가 남편을 삽자루로 살해한 사건이 있었다. 돈이 있어도 여자의 증오나 한을 막을 길은 없다. 결국 아내도 유서를 남기고 음독자살을 했다.

"아니요. 마누라가 관리하는데요."

우리는 선배의 질문에 동시에 대답했다.

"너희들은 이제 황혼이혼 당하면 끝이다. 통장이 없으면 누드로 쫓겨난다."

"선배는?"

"난 어제 쿠데타를 해서 통장을 뺏었다."

"여자들 통장 뺏으면 우울증에 빠지는데…."

"우울증은 놔두고 삽을 조심해야 돼."

"경호원을 세우면 될 거야."

"여성 경호원을 세우면 되겠네."

"좋은 것 가르치는군."

"그런 것 말고 의사로서 삽자루 맞을 만큼 돈 번 사람 손 들어봐! 아무도 없군."

살아 있으니 얼마나 좋은가? 친구들과 만나 농담도 하고 수다도 떤다.

신이 주신 휴가

갑상선 암에 걸려 6개월을 쉬고, 간 이식 수술로 11개월을 쉬었다. 다시는 경험하기 싫다. 아프지 않고 싶다. 사실 살아 있으니 웃기는 소리도 쓰고 우는 이야기도 쓰지만 자원해서 아플 필요는 없다고 생각한다. 물론 몸에 전달되는 참을 수 없는 통증과 출혈량을 보면서 느끼는 두려움도 있었다. 하지만 나 자신의 고통보다는 자식들과 아내가 불쌍해서 '살아야겠다', '내 목숨이 나의 것이 아니었구나', '동시에 다시 의사로서 내가 돌보아야 할 환자가 있고 나의 몫이 있구나.' 하는 생각이 들었다.

참으로 둔재다. 나는 40세 이전에는 '난 의사여서 죽지 않는다.'라는 불사신 증후군을 지니고 있었다. 50세와 60세 사이에 많은 선배의사들이 죽는 모습을 보고도 믿지 않고 교만했었다. 교과서를 보면 조상이 앓던 병이 그대로 유전되는데, 교과서에 쓰인 대로 45세가 되어 바로 당뇨가 왔다. 당뇨나 간암으로 죽은 외갓집 조상들이 많았다. 당뇨 역시 시시하게 생각했으나, 그 후 계속 연속으로 스트레이트로 몇 방

얻어터지니 정신 못 차리게 되었다. 그래서 '과연 이렇게 지저분하게 살아야 하는가?' 하는 생각을 많이 했다. 하지만 주변 사람들, 특히 내가 미워하는 가톨릭 신자들과 친구들이 "나의 삶이 나의 것이 아니라 우리 모두의 것"이라고 해서 정신을 차리고 용기를 냈다. 참으로 감사드린다.

환자란 '참는 자' 또는 '참을 수밖에 없는 자'를 의미하는데, 그 고통을 고스란히 체험했다. 그리고 의사로서 다시 환자들을 측은하게 여겨야 한다는 것을 깨달았다. 정신과의 만성병동에는 대개 40세부터 시작하여 50대, 60대, 70대까지 분포한다. 그들에게서 대개는 간암이나 여러 가지 암이 발견된다. 그러나 그들에게 해줄 수 있는 것이 몇 가지 안 된다. 뿐만 아니라 보호자들도 거의 무관심하다. 심지어 선배의사들이 끝까지 암에 걸린 사실을 감추고 해외여행 한 번 못 가고, 자신의 수술은 연기하고 끝까지 수술을 해주고 죽는 것을 볼 때마다 존경심을 느꼈다. 그러나 이는 어리석은 일이라는 것도 다른 많은 분을 통하여 깨달았다. 죽지 말고 고쳐서 더 오래 살면 더 많은 환자에게 혜택을 줄 텐데 말이다. 재미로, 또는 재미있게 글을 썼지만 사실 죽을 맞이었고 의사로서 스타일 구기는 일이었다.

의사란 환자를 돌보는 사람이기도 하지만 환자와 함께 늙어가고 병들어가는 동료이기도 하다. 이것도 때늦은 깨달음이다. 그렇다고 젊은 의사들을 깨우친다고 그들에게 병을 접종할 수도 없다. 나는 이 책이 환자에게도 도움이 되지만 의사들에게도 도움이 되었으면 한다. 왜냐하면 의사는 불사신도 아니고 신도 아니기 때문이다. 신이 주신 휴가 속에서 수많은 생각과 은총을 받았지만, 여러 사람들을 번거롭게 하고 걱정시켜드린 것 같아 송구스럽기 짝이 없다.

하느님! 멋진 휴가에 감사드립니다! 요즈음도 마음이 정리가 안 되고

어수선할 때면 휴먼 다큐멘터리 '사랑'을 본다. 그러면 마음이 평온해
지면서 삶의 궁극적인 목적에 대해 생각하게 된다. 누구는 클래식 음
악을 들으라고 하지만 한 번 정도 비극적인 삶을 보고 눈물을 흘리면
굉장히 경건해진다. 일본 드라마 '1리터의 눈물'인가 '1억 리터의 눈물'
인가도 볼 만하다. 풀빵 엄마도 슬프지만…. 실존의 의미를 되묻는다.
사랑해라! 사랑하라! 사랑을 느껴라! 매순간…!

맺는말

　인간이 언어를 사용하기 시작하는 것과 벽화, 언어의 기록이 발견되는 시기는 네안데르탈인이 발견되는 대략 35,000년 전이라고 한다. 그렇다면 그 이전에 인간은 무엇을 했을까? 지구는 약 45억 년 전에 생성되기 시작했으며, 생명체가 살 수 있게 된 시기는 약 10억 년 전이다. 그리고 인간이 살 만한 환경이 갖춰진 시기는 수천만 년 전이다. 지구의 역사는 시생대, 원생대, 고생대, 중생대, 신생대라 불리는 시기로 이루어진다. 인간의 두뇌는 단세포 동물에서 수억 년 진화를 했지만, 공룡과 뱀의 지배하에 파충류보다 못한 삶을 누렸다. 그러다 35,000년 전에 언어가 생겨서 서로 모여 살며 씨족사회를 형성한다. 과학자들은 말한다. 언어가 생기기 전에는 뱀의 독에게 졌다고, 그리고 뱀에게 많은 인간이 먹혔다고…. 그래서 그 기억이 우리 조상부터 대대로 내려와 DNA에 기록되어 뱀만 보면 깜짝 놀라 자동으로 온몸에 소름이 끼친다고 한다. 요즈음 통원 치료를 받으러 서울 AS병원을 다니는데 가끔 전철에서 젊은이들을 유심히 본다.

한 대학생이 갤럭시 탭(galaxy tab)을 꺼내서 트위터(twitter)를 한다. 5분쯤 흐르자 갑자기 그 커다란 물건으로 게임을 시작한다. 또 5분이 흐르자 아이팟(Ipod)이라는 물건을 가지고 영화를 본다. 너무 무겁나보다. 5분이 흐르자 핸드폰(셀룰러 폰)을 꺼낸다. 다시 게임을 한다. 도대체 galaxy tab, ipod, cellular phone의 기능이란 게 다 똑같다.

"그거 왜 쓰니?"

"의사소통 때문에요."

"지금 네가 하는 게 의사소통이니?"

"아니요, 게임이오."

"…."

"멍…."

둘 다 멍 때리고 있다. 내심 이런 생각이 든다, 트위터를 통한 의사소통의 시대가 뱀 머리보다 못한 아메바들 게임의 시대라는. 많은 과학자들이 언어의 90%가 사멸한다고 말한다. 그렇게 되면 책은 더 멀리하게 될 것이고 특수한 언어를 아는 이만 책을 볼 테니 아메바 게임만 해도 될 것이다. 그놈 부모가 불쌍하든 말든 내가 상관할 바는 아니다. 나중에 컴퓨터 수리공이나 해커 수사요원이라도 되면 효자겠다는 생각을 지울 수 없지만 말이다. 뭐 잘하면 다시 뱀과 공룡의 지배를 받으면 되니까…. 뭐 인생 별거냐? 난 다 살았고 젊은 너희들의 시대인데 알아서 살아라.

도대체 글이란 무엇이고 의사소통이란 것이 무엇일까? 대학시절, 한창 데모가 무성하던 군사정권 시절에 친구들이 내게 대자보 한 장을 쓰라고 했다. 나는 아무것도 아니려니 하고 써서 신문사에 보냈다. 24-25세 무렵인 것 같다. 정말 머릿속이 텅 빈 채 무슨 백일장 대회인 줄 알고 썼는데, 나중에 그 데모와 전혀 관련이 없는 나에게 총장님께서 책임을 묻겠다고 했다. 그때 나는 '아차, 또 대형사고 쳤구나.' 하고 직감했다. 물론 데모와 관련된 글이다. 데모는 조금 하고 그냥 주변에서 글재주가 있으니 한 번 써보라고 해서 썼는데 그게 데모 주동이라니. 다행히 얼마나 달필이었으면 많은 사람이 감동하여 데모가 더욱 커져버렸을까. 그 뒤로 혹시 고문당했냐고? 아니다! 그때 고문당했으면 의사도 못 되고 더 망하거나 더 유명해질 수도 있었을 것이다.

실은 그 점을 제일 걱정했는데, 아무 일도 안 한 사람들이 몇몇 나와서 주동이라고 해서 나는 풀려났다. 다행스럽게도 그 데모가 성공해서 좋은 방향으로 끝나자, 데모가 끝나기 전 95%가 최후엔 배신하더니 성공 후 서로 자기가 주동했다고 난리였다. 이래서 난 역사책을 안 믿는다. 역사를 통해 혜택을 누린 자의 이야기는 거의 80% 이상은 거짓이다. 그러나 희생된 자의 이야기는 진실이다. 비로소 근자에 들어 친일파가 심판 받는 것을 보면 안다. 물론 난 글밖에 쓴 게 없다. 그리고 그 글의 초점이 반정부적 내용이 아니라 '레지던트 뽑을 때 교수님들 돈 받지 마세요.'라는 시시한 글이었다. 내가 아무것도 안했지만 진심을 담은 익명의 편지 한 통의 힘이 이렇게 무섭고 책임감을 요구하는가는 그때 처음 알았다. 익명이어서 다행이었다. 지금은 뭐라고 썼었는지 기억도 안 난다.

때문에 글과 의사소통이란 것은 책임감을 요구받게 되는 것이다. 때문에 존경하는 인터넷 시대 대학생 여러분, 댓글이나 문자 쓸 때 함부로 남을 비방하거나 글 자랑하지 마라. 옛날 옛날에 청운의 꿈을 안고 과거에 급제하여 정승까지 한 자들도 글 몇 자 때문에 유배되거나 형장의 이슬이 되었다는 사실을 기억하라. 나 자신 별것도 아닌 글을 쓰고 호들갑떤 것에 대해 다시 한 번 사과드린다. 혹시 잘못된 부분이 있으면 넓은 아량으로 이해를 바란다.

우선 이 쓸데없는 책을 꼭 써보라고 하신, 65세 된 퇴직 노교수이시자 평생 스승이나 다름없으신 건양대 김승종 교수님께 모든 감사를 돌린다. 소심하고 어정쩡한 나로서는 책을 쓴다는 게 엄두가 안 났지만, 이 책이 환자들에게 꿈과 용기를 줄 수 있다면 좋겠다는 마음으로 감히 썼다. 또한 이런 나의 생각이 미미하나마 암 환자와 간질환 환자 및 알코올 중독자들에게도 도움이 되기를 빈다. 다시 말해 이 책의 목적은 간질환, 갑상선암, 또는 다른 암 환자들이 치유되기를 응원하는 기도서에 불과하다. 그럼에도 불구하고 다른 책에 기술되지 않은 쉬운 안내서가 될 수 있다고 자부한다.

간 이식과 갑상선암 이야기를 하려면 사실 10쪽 정도 분량이면 끝난다. 그런데 이것을 200쪽 가까이 늘리다 보니 사생활이 너무 노출되어 쑥스럽기만 하다. 독자들이 부담되는 부분도 많으리라 생각한다. 하지만 불초소생의 문장력이 이 정도밖에 안 되는 것을 너그러이 용서해주시기 바란다.

이 글에는 젊은 의사들에게 해주고 싶은 이야기가 들어 있다. 지금은 기라성같이 건강한 영원한 불사신 같지만, 50세가 넘으면 의사도 환자가 되므로 겸손하라는 충고와 동시에 자신의 건강에도 조금은 신경을 쓰라는 이야기가 들어 있다. 겸손하지 못한 의사는 어디서도 칭찬받기 힘들다는 이야기도 들어 있다. 의사는 환자가 되어 의사의 품에서 죽는다. 의사같이 성스럽고 귀찮고 욕먹는 직업이 어디 있겠는가? 의사같이 부담스러운 십자가가 또 어디 있겠는가? 동시에 요즈음 의사가 너무 많아서 의사가 되어 박봉으로 불행하고 억울한 사람도 많을 것이고, 의사로서 행복한 사람도 많으리라고 생각한다.

동시에 나에게 생명을 다시 주신 아산병원 이승규 박사님 수술 팀과 모든 간호사 선생님, 간 기증자, 끝까지 약을 수십 번씩 챙겨주는 아내, 걱정을 해주던 동기 의사들, 병원에서 만났던 환자 의사 선생님들, 그리고 같은 간질환 동기 환자분들의 애정 어린 걱정과 격려에 감사드린다. 그리고 비록 구식 치료이긴 하지만 생명을 연장시켜주신 내과 선생님들과 간호사 선생님들에게도 감사드린다. 기술하지 못한 여러 선생님들에게도 감사드린다.

또한 책을 한 권 쓰는 것보다 한 시간 레지던트 교육이 훨씬 편하다는 사실을 이제야 알았다. 참 바보같이 어리석게도 항상 남의 책을 읽으면서 "이놈의 책이 왜 이렇게 어려운가?", "이것도 책이라고 썼냐?", "시간 낭비다."라는 푸념만 하다가 직접 써보니 이렇게 어려운 줄 꿈에도 몰랐다. 아마 이 책이 게으른 나로서는 마지막 책이 될지도 모르겠다. 또 시골에서 올라와 조언을 해주신 어르신들, 형제들, 정신 장애인 아들을 둔 작은어머니가 아들의 간을 쓰라고 했을 때는 눈물을 억지로 참느라고 혼났다. 결국 그 마음만은 참으로 고맙게 받아두었다. 진심으로 곱게 간직해놓았다. 죽음은 실로 나를 진지하게 만들어주었다. 틈만 나면 귀찮게 했던 서울의대 출신의 신경정신과 김종숙 천사 박사님에게도 감사를 드린다. 결론적으로 큰 도움이 안 되어도 끝까지 보살펴주는 근력을 가지신 분이다. 타인을 보고 나를 느낀다.

젊은 날의 꿈들은 모조리 어디로 가버리고, 늙어버린 수술 못 할 나이를 걱정하고 있는 초조한 동기 외과 의사들을 보면서 정신과 하기를 잘했다는 생각이 들다가도, 늙었다는 말은 듣기 싫고 젊게 일해보려 해도 체력이 부치는 것은 부인할 수 없다. 봉사도 젊을 때부터 해야 하는 모양이다. 평소에 저자가 게으르고 부족한 점이 많아 타인을 위해 봉사를 한다기보다는 도움만 받고 살아온 점에 대해 깊이 반성하고 있으니 너그럽게 용서해주기를 바란다. 앞으로 남은 인생, 나의 가족뿐만 아니라 불쌍한 환자들에게 그 남은 여력을 쓰려 한다. 동시에

교정하느라 고생해주신 선 일영 편집장님과 출판사 사장님께 감사드
린다.

　마지막으로 이러한 수많은 사건을 관장하고 배려해주신 전지전능한
신에게 감사드린다. 그분의 모습을 본떠 항상 약자와 환자들을 성실하
게 보살필 것을 맹세해본다. 끈기 있는 영적 명상과 성령이 내 마음속
에서 자라나기를 기도해본다. 또한 교만하지 않고 항상 겸손한 모습을
지킬 것을 혼자서 다짐해본다.

2011년 7월 초여름에

가끔 떠오르는 잡념들…

1) 왜 종교를 가진 자들은 열심히 기도하고 노력한 것들을 한꺼번에 잃어버리는 걸까? 자신을 향해 철두철미했고 자신에게 엄격했다면 그걸로 충분히 선한 일을 한 것이다. 그러나 그들은 끝내 자신을 칭찬하고 타인을 냉담자라고 비웃는다. 그리고 그러한 자기학대적 성향을 온전하게 받아들이고 자기의 것으로 만들지 못한 채, 타인 위에 종교라는 이름으로 군림하며 자신의 신을 이용하여 사디스트(sadist)가 되는 것을 자주 본다. 그래서 아마도 몽땅 잃어버리는 것 같다. 마음은 공허해지고 신은 알아서 도망가시고, 사탄이 그 자리를 대신하는 듯하다.

2) 글을 쓴다는 것은 어떤 책임성을 요구받기도 하지만, 초등학생이 종이 위에 그저 자신의 이야기를 그림으로 그린 것에 불과하기도 하다. 담담한 이야기를 들려주는 것일 뿐이다. 그러니까 자신의 보통 이야기를 다른 비슷한 사람에게 전달하는 것이다.

3) 삶도 내 마음대로 되는 것이 아니고 생명도 내 마음대로 되는 것이 아닌 것을 보면, 필시 신이 모든 사람의 수명을 지도에 그리고, 그분의 손아귀 안에서 설계되고 끝맺을 것 같다.

4) 인생은 분명 고통이지만 동시에 축복의 길이다. 한 순간의 질병의

고통과 끊임없는 사랑의 실타래가 그 한 예다. 너무도 짧은 인생이어서 한 바탕의 연극이나 꿈과 같다.

5) 오늘도 별로 변하지 않는 따분한 일상의 반복이다. 그러한 일상이 모이면 인생 전체가 따분해지고 스트레스로 병에 걸린다. 따분해하지 말고 매 순간 타인을 위해 조그마한 일을 하나씩 해나간다. 그게 모이면 따분함이 사랑으로 바뀐다. 예를 들면 직원이나 손님들이 버려놓은 종이컵이라도 주워본다든가….

6) 죽기에는 너무 번거로운 가족들이 있다. 아픈 사람이나 금방 죽을 환자는 두 번째고, 그나 또는 그녀가 부양할 사람이 있다는 사실이 마음을 무겁게 한다. 모든 사람들은 한 순간 나의 죽음이 가족의 깊은 슬픔이 된다는 사실을 잊어버릴 때가 있다. 그러나 죽음이 가까이 오면 올수록 가족 때문에 살고 싶어진다.

7) 온몸에서 식은땀이 서리는 정도가 아니라, 짧은 시간에 비 오듯 금방 젖어버리는 통증, 살을 파는 것 같은 통증, 휘발유를 뿌리고 불을 지르는 것 같은 통증, 근육을 비틀어버리는 것같이 아픈 통증이 있다는 것을 왜 몰랐을까? 세상에 이런 통증이 있다니…?

8) 몸이 아플 때는 겸손하고, 서로 돕고, 그리도 친절한 사람들이 다시 건강해지니 모른 척하기도 한다. 나도 그런다. 왜일까? 망각 때문이다. 건강해지면 다시 독립성과 교만이 생긴다.

9) 인생의 다음 장면은 무엇일까? 산행을 하다 보면 늦더라도 결국 정상까지 가게 되는 이유는 다음 경치를 보기 위해서다. 문제는 모르는 인생의 길에서 다음 장면을 예측할 수 없다는 것이다. 그래서 그 삶의 끝까지 열심히 가는 것이다.

10) 광주 민중항쟁 때였다. 정말 질서 있는 품격 있는 데모가 진행되고 있었다. 그리고 며칠이 흘렀을까. 수많은 살인이 일어나고 처절

한 비명들이 들렸다. 사람들은 아연실색했고 그야말로 혼이 나가버렸다. 내 옆에서 서 있던 여학생인지 아가씨인지 모르지만, 20세의 한국 군인의 대검이 그녀의 배를 갈라버렸다. 난 무서워서 눈을 감아버렸다. 그리고 그 군인은 내 곁을 지나 다른 대상을 향해 달려 나갔다. 나역시 혼이 빠져나가서… 분노와 공포는 집에 가서… 한참 후에 밀려왔다. 그리고 죄책감이 밀려왔다.

'내가 왜 살아서 돌아 왔지? 대학생인 나를 왜 못 보았지? 왜 엉뚱한 사람들이 죽어 나갈까?'

별의별 생각이 다 났다. 대한민국에서 태어난 것이 그토록 혐오스러웠던 때가 없었다. 또한 타인을 도울 수 없음에 나의 마음은 깊은 죄책감으로, 깊은 수치심과 부끄러움으로 다가왔다. 같은 학생인데 여학생만 죽인 것이다. 그 후 수년이 흘러 신경정신과를 개원했다. 당시 공수부대를 지휘했던 장교가 외상 후 스트레스 증후군으로 나에게 치료를 받고 갔다. 의사였기에 참고 치료해주었다. 그러나 내심 그 장교를 메스로 살해하고 싶었다. 점점 선과 악에 대해 무뎌져가고 의사로서의 주체성만 찾아 나갔다. 선한 자나 악한 자나 다 살리면 되는, 그런 아무 생각 없는 일을 열심히 하는 것이 의사다. 참으로 불쌍한 사람들이다.

11) 암에 걸렸다 살아 나왔을 때, 기뻤지만 암 병동에서는 기뻐할 수가 없다. 왜냐하면 죽음의 문턱에 서 있는, 유태인 수용소에 끌려가는 유태인들처럼 방사능 치료로 인한 대머리 암 환자분들이 힘없이 슬피 걷고 있는 모습들이 너무 가련하기 때문이다. 웃을 수도 없다. 이토록 엄숙한 성전을 내 살아생전에 처음 보았다. 암 병동은 가장 거룩한 성당 같았다.

첫 봉급

비단 이번 봉급이 첫 봉급이 아닌데도 이렇게 고마운 이유가 무엇일까? 다시 태어나서 받는 봉급이어서 그럴 거다. 가족들을 부양하는 봉급에게 이렇게 감사하다니….

"원장님! 원장님은 이제 오셔서 잘 모르시겠지만, 전에 우리 병원 이사장님이 의사들이 게으르다고 말도 없이 오십만 원씩 깎아버리고, 매달 나오던 골프 비용 오십만 원도 없애버렸지요."

"그래서요, 과장님?"

"그냥 참고 살았지요."

"왜 봉급이 깎였냐고 따지지 않았어요?"

"… 그냥 꾹 참았어요."

"그럴 수가? 그럴 때는 정신과 의사 다섯 명이 한꺼번에 이사장을 만나서 물어야지요. 자존심도 없어요? 이 다음에 그런 일이 있을 때는 같이 가서 따집시다."

"안 됩니다!"

정신과 의사 중 한 명이 외쳤다. 대개 첫 근무지는 어떤 직장이나 어떤 부서나 아랫사람이 기득권을 갖게 된다. 물론 서서히 이양되기는 하지만. 그리고 초기에 기세를 꺾든가 조율하지 못하면 그 직장이 끝날 때까지 갈등이 있다. 일단 그들을 존중하기로 했다.

"그렇게 해서 무엇이 안 좋은가요?"

"잘리는 수가 있지요. 저는 가족이 있고 딸린 처자식이 있어서 유다가 되려고요."

"유다요?"

"예… 한번만 봐주세요."

"또 유다 할 사람 손드세요. 없어요?"

"저요!"

또 한 명의 과장님이 유다를 한다고 했다. 그래보았자 6:2로 나의 승리라고 생각하고 있었다.

"또 없으면 회의를 끝냅시다. 다음에 이런 일 있으면 다 같이 이사장 방에 가서 우리의 의견을 피력합시다. 됐지요?"

"아니오. 우리 모두 유다가 되고 원장님 혼자 가세요."

"그럼, 저도 유다가 되지요."

"왜요, 용기가 없으세요?"

"아니오. 전 원래 유다와 예수에 대한 가슴 아픈 추억이 있어서 은근히 여러분 모두가 유다를 선택하기를 원했습니다. 여기서 끝내죠."

"가슴 아픈 추억이라구요?"

"끝냅시다. 말 못 한다니까요."

"원장님도 예수가 아니라 유다를 선택하신 이유가 무엇…?"

"6:6으로 유다 승인데 저 혼자 예수 하면 당연히 잘리고 십자가에 매달리지요. 과장님들, 앞으로 저를 얕보지 마세요. 저도 유다같이 욕심이 깊거든요."

"…"

질 게임이라면 아예 시작하지 않는다는 통속적인 규칙이 있다. 맞는 이야기다. 옛날 아주 옛날에 여러분은 모르실지 모르지만 전두환 시절이란 것이 있었고, 박정희 씨가 스승이었다. 그분들을 향한 흠모와 데모가 뜨거웠다. 선배교수들도 권력과 돈의 노예가 되어갔다. 그런데 어느 날 그 시절에 총장이 병원장 뺨을 때린 사건이 있었다. 그 사건에 대한 레지던트들의 총장 사과 요구와 더불어 학교에서 의사들이 데모를 하는 줄도 모르고, 나는 순천에 있는 모 병원에 파견의사로 나가 있다가 금방 돌아왔다. 그런데 웬걸? 병원에 수련의는 안 보이고, 교수님들이 인턴 레지던트놀이를 하고 있었다. 마침 지나가던 간호사에게 물으니 데모 시작한 지가 10일도 넘었다며 환자를 봐달라고 했다. 그런데 그 순간 연락이 왔는데, 동기인 일반외과의 갑동 선생님이 하는 말이 대충 이랬다.

"태평수! 빨리 kkk 여관으로 와라."

"무엇 땜시?"

"데모 중이여. 너 데모 중에 환자 보면 죽는다!"

"알았어. 안 본다니까, 환자! 왜 악쓰고 지랄이야?"

난 kkk 여관에 도착했다. 그런데 사중 오중으로 감시하며 서로를 지키는 공산당 빨갱이 식 시스템 데모를 하고 있었다. 총장의 원장에 대한 구타 사태를 내 귀로 직접 들을 수 있었다.

"젊은 제자들도 있는데 총장님이 너무하셨네?"

"그럼, 의사들 자존심도 있는데 우리가 가만있으면 안 돼야. 그랑게 너 태평수 태평하게 이 자리에 가만히 앉아 있으면 돼. 절대 환자 보면 안 된다. 그것이 바로 우리들의 투쟁이야. 너 한 명이 오늘 환자 보았으면 100% 환자거부가 안 되고 99% 될 뻔 해부럿시야. 총장이 사과만 하면 금방 들어가. 아주 쉬워."

"알았어. 가만히 앉아만 있으면 되는구나. 안 움직이고 가만 있으면 우리가 이긴다 그 말씀이구만…. 알았어, 알았다고. 야, 갑동아! 저기 저 며칠 굶은 을동 의사와 함께 빵 좀 사와라. 형 배고프다. 순천에서 금방 올라왔드만 배고파야."

"야 임마, 단식 투쟁이여!"

그래서 난 그 말만 믿고 그 후로 한 달간 밥을 굶으며 그 자리에 있었다. 한 명 한 명씩 지쳐가고 하루하루 날은 흘렀다. 그러나 총장님 사과는 온데간데없고 총장 측의 '당신 자식이 안 들어오는데 당신 자식만 자르겠다.'라는 부모 회유정책으로부터 자유롭지 못한 선후배들이 95%가 넘어서고 있었다.

"이러다 전문의 못 되는 것 아니냐, 우리만…?"

"무신 우리?"

"우리 학교 수련의들만 전문의 못 되는 것 아니야?"

사방이 술렁거렸다. 점점 뜨거워지는 여름이었다. kkk 여관은 썩은 냄새가 흘러넘쳤다. 갑동 의사가 주동인데 주동마저 흔들리고, 나는 모두 다 배신하고 있다는 사실도 모른 채 가만히 앉아 있었다.

"태평수! 네가 제일 인내력이 좋았으니 네가 주동이라 하더라!"

"무슨 소리야? 난 제일 늦게 도착했는데…."

"우린 조금씩 먹었어, 빵을…."

"그래서?"

"그래서 네가 제일 열심히 굶었으니 네가 주범이라는 소문이 난 거야."

"그럼 너희들 먹었어?"

"그럼."

"의사들하고 데모 못 하겠네. 그래서, 너희들끼리 빵을 먹고 있었다고…?"

"그래."

다행히 그 사건은 수련의들의 승리로 끝났지만, 그 후로 예수를 모신 유다라는 분이 대단한 분이고, 그분은 우리들 속에 여전히 살아 계신다는 것을 느꼈다. 아마 많은 신자들이 자신의 마음속에 예수만 살아 있고 유다는 죽어 있다고 생각하겠지만 절대 그렇지 않다. 내 마음속의 유다는 예수보다 더 쉽게 재생된다는 것을 모를 뿐이다. 난 그 사건 이후로 의사들을 못 믿게 되었고, 나 역시 현실 중립적인 견지를 취하는 의사가 되었고 선악에 대해 무뎌져갔다. 그러나 마음속의 상처는 컸다. 우리들 마음속에 예수도 존재하지만 유다도 함께 산다는 사실을 실제로 체험했으니 말이다.

첫 봉급날! 감사합니다. 저는 유다가 되어도 좋습니다. 가족을 위해 살면 살았지, 아버지들처럼, 조상들처럼 국가를 위해서는 외롭게 푸대접 받아가며 죽지 않으렵니다. 쓸쓸하게 사셨고 '국가 유공자'도 돌아가신 다음에 되신 아버님들 감사합니다. 아버님 뜻대로 철저히 거세되어 중성인 의사가 되었네요. 그래서 감사드립니다. 아버지들과 의사라는 직업에게….

'처자식을 위해서 백 번이라도 배신해야지. 절대로 국가를 위해서 희생되지 않으며, 정치에 관여하지 않으며, 의사로서 환자만 생각한다.'

'유다가 되자! 유다가 되자!'

그러나 타인을 밟고 성공하지는 않을 것이고, 의사는 그럴 일이 없는 좋은 직업이다. 얼마나 오랜만에 숨 쉬면서, 그리고 살면서 받는 봉급이냐? 난 예수를 팔지 않고 유다를 판다면 유다가 섭섭해 할까? 유다란 존재는 어쩌면 섭섭함을 계속 당하고 농락당하는 것이 신의 계획이었을까? 모르겠다. 나는 사람들이 현실을 절대로 무시하지 않는다는 사실을 잘 알고 있다. 그러나 이 사회를 위해서 어떤 순간에 느닷없이 강력한 인물이 나와서 사회를 이끌 것이다. 나름대로 각각의 재능들을 감추고 사는 사회적 균형과 그 안에 내재된 인간의 가능성을 믿는다. 왜냐하면 최소한 지금까지는 우리 사회가 긍정적인 방향으로 달리는 힘이 있었고, 힘들 때마다 현명한 자들이 나왔으며, 또 많은 사람들이 현명한 판단을 했기 때문에 민주사회가 유지되고 있다고 본다. 물론 피로 얻은 조상들의 희생으로 겨우 얻은 민주주의와 경제대국이지만 말이다. 민주주의를 누리는 산 자는 죽은 자 또는 죽은 희생자에게 감사해야 한다.

건강과 질병 같은 조그마한 문제가 아니라 전 지구적으로 보는 세계관으로 보면 '삶'에 있어서 경시될 것은 아무것도 없으며 매순간이 귀중하다. 살아 있으면 서로 사랑해야 한다. 인생은 그만큼 짧고, 사랑하기에도 너무도 짧은 인생이기 때문이다. 동시에 삶은 축복이다. 그러므로 혁명이나 쿠데타로 시간을 낭비할 수 없다. 혁명, 쿠데타, 살육, 증오는 우리 시대로 영원히 끝나기를 빈다. 요즈음은 남북문제가 너무 시끄럽다. 정말 전쟁이라도 할 것 같은 분위기다. 전쟁을 원하는 세력과 악마적인 요소들이 곳곳에 보인다. 예수와 유다, 선한 것과 악한 것, 천사와 사탄, 전쟁과 평화가 모두 내 안에 있다. 건강한 몸속에도 세균이 존재하는 것과 같다. 우리가 질병에 지지 않고 방어하려면 면역성을 키우기 위해 날마다 운동을 하는 것처럼 평화를 위해 기도해야 한다. 그리고 관리해야 한다.

'빛과 그림자'에서 말했듯이, 우리가 악마적 요소들을 추구한다면 세상이 그만큼 나를 편하게 해준다는 것이다. 편해서 전쟁을 원하게 된다. 내가 천사 같은 마음을 유지한다면 내가 위험, 질병, 억압, 독재에 시달리고 있다는 증거다. 왜 인간이 편안해지면 타락의 나락에 빠지는지 모르는 사람들을 위하여 굳이 한 마디 하자면, 우리가 건강할 때는 술을 마시고 담배를 피울 수 있지만, 그리고 암에 걸린 후에는 경각심을 가지고 술 담배를 중단하지만, 이미 때는 늦어버린다. 이처럼 날마다 나를 사랑하고 건강을 관리하면 '건강하고 좋은 몸과 정신'을 유지할 수 있다. 나무에 날마다 물을 주듯 기도를 날마다 하면, 그것이 불경이든 성경이든 이슬람 경전이든 신앙심과 영성의 나무는 커질 것이다. 그리고 그 나무는 열매를 맺고 썩지 않을 것이다.

누가 나한테 기독교적 사고방식이라고 비판한다면 할 말이 없다. 난 사실 기독교, 가톨릭, 불교로 구분 짓지 않더라도, 인간으로 태어나면 보다 인간적이 되려고 노력하는 것이 보편타당한 진리이며, 최고의 선을 향하여 나아가는 것이 교회에 안 나가도 지켜야 할 인간의 덕목이라고 생각한다. 교회에 나가는데도 계속 악행을 한다면 그는 교인이 아니라 사탄일 것이다. 그러므로 인간은 모두 유다 같지만, 너무나 고마운 사람들이 존재한다. 지금 이 순간에도 밤마다 불을 밝히고 인간의 생명과 질병을 연구하며 또 밤마다 사람을 살리는 의사들, 내 도움이 필요 없는가 하고 살피는 수도자들, 하루라도 사랑의 손길이 없으면 안 된다는 가톨릭, 기독교, 불교, 이슬람의 봉사자들, 보다 낳은 사회구조를 연구한 역사에 남을 정치가들, 새벽이면 도로를 쓰는 미화부원들, 나라도 맑은 사람이 되겠다는 사람들이 존재한다. 그래서 지구는 경이롭고 아름답다. 물론 악마적 반대세력도 여전히 유효하다.

끝까지 읽어주신 독자들에게 감사를 드린다. 행복하고 건강하기를 빈다. 혹시 병든 분들이 보신다면 용기를 가지고 살아야 할 뿐만 아니라 기도하여 그 용기를 키우시라고 말하고 싶다. 죽을병에 걸렸다면 동시에 두 가지 기도를 하라. 살아 있는 남은 시간과 남은 자를 위한 기도, 그리고 살았을 때를 대비하는 기도를 하라. 가장 가까웠던 사람들과 큰 소리로 울면서 기도하시라, 신이 들을지 모르니까…. 아무쪼록 회복하시기를 빈다.

그렇다고 기독교인이나 가톨릭 신자들은 신에게서 은혜를 받았다고 내게 떠들지는 말기 바란다. 죽은 자들에게 미안하기 때문이다. 첫째는 내가 아는 지식에 의하면 그냥 순전히 과학적 근거 없는 과학이지만, 기도는 경이로운 과학이며 신비라는 것이다. 둘째는 정신이 맑아진다는 것이다. 그러니 여러분 기도 합시다가 아니라, 스스로 기도한다. 독자 여러분과 함께 살아 있어서, 당신과 함께해서 감사하다. 세상의 모든 것을 사랑한다. 그리고 사랑해야 한다. 삶은 매우 짧으므로… 후회하지 않도록… 보살펴야 한다.

From : Dr. 太平 水(=백수, 질병 탈출자)

To : Reader(=독자, 동지 또는 사생활 검색자)